XERIFES & CORONÉIS

RENATO IGNÁCIO DA SILVA

Planejamento, projeto gráfico da capa, ilustração e diagramação de Rigsil.

Uma edição da:
RENIG - Editora e Assessoria Publicitária.
Rua Capitão José Leite, 160-B.
Centro - Itaquaquecetuba - CEP 08580 - São Paulo - Brasil.

À minha esposa Julinha:
Não se entristeça com o tempo que passa.
Alegre-se com o que fica da sua passagem. . .

Projeto cultural
Renig-Marprint.

ÍNDICE

Não devia temer, porque burro só não gosta é de principiar viagens, depois acostuma.
Vinagre dado é mais doce que mel comprado.
Se ferradura desse sorte, burro não puxava carroça.
Gambá perto de galinheiro, não há ovo que amanheça inteiro.
É melhor comer ovo o ano inteiro do que a galinha num feriado.
No Brasil, índio não come ninguém por via oral...
O que Zé Raimundo bolou, Sêneca não contou, nem Flamarion imaginou...
Na casa de formiga, chuvisco é vendaval.
A volta do homem que confundia Pithecantropus Erectus, com Mentecapto Erótico.
O segredo da vida não é sossegar as ondas, é ter coragem de navegá-las.
Homem que desmunheca e mulher que pisa duro, não enganam nem no escuro.
Como canudinho de refresco, o bom passava por ele, mas ia para a boca dos outros...
Tanto o rato vai ao ninho que um dia deixa o rabo no caminho.
Uma gota de burrice num oceano de inteligência.
Emílio "atroz caudilho".
Sofria mais que franga nova em cercado de galo esperto. (Ou, Da sátira de ontem, ao veneno de hoje).
Pouco milho para muito bico.
Jacaré que não se vira, bolsa vira.
Pior do que baioneta calada é a baioneta falante.
Xerifes de "Bermudas & Gandolas".
Piada não tem dono. Como passarinho, é de quem pegar primeiro.
Com a barriga vazia macaco não faz graça.
Quem não deve não tem.
Águias não caçam moscas.
Antes ser corvo com "v" do que com "n"...
Sogro rico é como porco gordo, só tem valor depois de morto.
Vamos em frente que o barbante é rente e suspiro de vaca não arranca estaca...
Simptomas e Signaes.
Caia, pode cair. O que se proíbe é ficar no chão.
O publicitário é um rinoceronte com alma de borboleta.
Xis no lugar de Ceagá.
Tempo em que passar a pão e água era praga, não coisa de burguês.

Se **non** foi **vero,** foi **bene trovato.**
A mais do que a preguiça, a cigarra ao menos canta.
Quem mandou estudar?
Quem mais cabeçada dá na vida, não é a cabeça e sim o coração.
Coronel de chinelo.
O homem é o único animal que pode ser depenado mais de uma vez...
Era igual a papel higiênico: quando não estava no rolo estava na pior.
No tempo em que epístola era mulher de apóstolo. (Ou, que Álgebra era esposa de Euclides).
Peixe à Espelunca.
Conforme consta no anúncio, é fácil tirar o pó das coisas. O difícil é tirá-lo das pessoas.
Sociedade de pobre e trela de cachorro, só dão em briga.
Dromedário com mão de paca e alma de inseto.
Quem se rasteja como verme, não pode se queixar de que foi pisado. (Ou, Em cima de cobra criada borboleta não pousa).
Em festa de pavão nhambu não pia.
Atirou na ave e matou o cão.
Para quem está perdido todo mato é caminho.
Quando se deixa de ser rabo de leão para ser cabeça de preá.
Gênio, censura, busto e outras coisas.
Não se atormente em ser perfeito. Esforce-se em ser melhor.
Cobra que não se move não engole sapo.
Não contem para minha mãe que sou publicitário. Ela pensa que sou pianista de bordel...
Eu, a televisão e sua organização.
Eu, a televisão e sua improvisação.
Eu, a televisão e sua apresentação.
Mais limpo que osso de cachorro com fome.
(Ou, Um bom aviso da natureza: criou-nos com dois ouvidos e uma boca).
Tirando a sardinha com a mão do gato.
(Ou, Quando nada se cria e tudo se copia).
Da passamanaria, ao passar a mão na Maria.
Sábio que não diz o que sabe, é como nuvem que passa e não traz chuva.
Não discuta com burro. O burro acabará sendo você.
Quem nada em água doce não imagina o que é ter sede.

O casamento é a única guerra em que os inimigos dormem juntos.
Só tomava laranjada quando saía briga na feira.
Cada ovelha com sua parelha.
(Ou, Xerifes & Coronéis de saias). (Ou, Trocando guichê por clichê).
Coice de cavalo não machuca égua.
Experiente? Como o cavalo de Napoleão participou de mil batalhas, mas nada aprendeu...
Ao rei tudo se dá, menos a honra.
Non ducor, duco versus Pro Brasilia fiant eximia.
Chupeta & Picareta, Irmão e Filhos, Companhia Limitada, agência tão suja que os ratos quando saíam limpavam os pés no capacho.
Passarinho que acompanha morcego acaba dormindo de cabeça para baixo.
Caranguejo velho não sai da toca com maré baixa. (Ou,Saudade é a memória do coração).
Ontem, hoje e amanhã. (Ou, O trabalho mal feito vaia seu malfeitor).
O pato nada, voa, anda, e faz mal as três coisas. (Ou, De como troquei os Estados Unidos da América do Norte, por... um lugar melhor).

APRESENTAÇÃO

"A civilização entristece e o progresso é o anverso da moeda cujo verso é a alegria!"

Quem disse foi Luiz da Câmara Cascudo, e mais — "O bicho homem compra a sapiência à custa do seu riso. Tanto mais sábio mais sisudo, mais circunspecto, mais lento, mais grave, mais sorumbático. Os povos que ainda guardam a memória do riso, da gargalhada, viva, sadia, irresistível, demolidora, não são os primeiros que puseram as mãos nos volantes das máquinas que industrialisam a nossa melancolia! O **homo sapiens** *é um camarada trepado em pilhas de livros, com microscópio de um lado e telescópio do outro; um radar debaixo do calcanhar e a bomba atômica na altura do peito, tendo as mãos nas táboas do queixo, pensando na morte"...*

Por isso, para alegria do mestre Câmara Cascudo, lá nas alturas, apresentamos o livro de um inteligente-alegre. Sábio que já escreveu sobre ciências espaciais, progresso do planeta Terra, em outros trabalhos literários deu aulas de como sobreviver na selva e no mar, mostrando o que é a Amazônia e o Pantanal. Contou sobre índios, sertanejos e a destruição da natureza. Coisas do Brasil em geral. Historiógrafo, romancista, cronista, novelista, contista, poeta, biógrafo; foi de ufólogo a ecólogo. E que mais uma vez é capaz de mudar de tema e estilo, passando para campo completamente diferente, como a arte de fazer rir, em linguagem tipicamente publicitária.

"Xerifes & Coronéis" é uma sátira. Um livro leve, solto, agradável do começo ao fim. Seu autor, Renato Ignácio da Silva (Rigsil) é conhecido homem de letras, versátil, de natural talento para contar casos dentro de linguagem simples e destreza de narrativa. Como jornalista iniciou escrevendo para "Singra", em 1960. "Revista do Globo" em 1962, e depois de passagem pela imprensa, fixou-se na publicidade.

Desenhista por excelência, foi **layoutman**, *ilustrador e diretor de arte, além de redator e chefe de criação, pelas diversas agências de publicidade em que passou. Eclético, bom fotógrafo, pintor dos melhores, com várias exposições, nos intervalos das atividades plásticas não deixou nunca de cultivar a literatura.*

Algumas páginas foram extraídas da revista "Atividades", sempre muito procuradas pelo leitores, mas a maioria é inédita Ao publicá-las usou o pseudônimo literário e artístico de Rigsil. Para aqueles que apreciam a boa leitura de história curta, nestas 100 crônicas selecionadas, carregadas de vivência humana, estão algumas das melhores narrativas e divertidas. Na coleção de **short-story**, *o autor hábil no captar os dramas do dia-a-dia fixando flagrantes, tem o dom de transformá-los com bom humor em obras de arte repletas de poesia. Vai do* **layout** *à arte final; trabalhando a matéria-prima da experiência, de acontecimentos vividos ou imaginados, até dar-lhes o formato de jóias impregnadas de muita graça.*

Estas alegres memórias de um publicitário bom observador de janela, perito na arte de colher imagens e sempre em cima das pequenas-grandes cenas da vida cotidiana, conquistam o leitor de início. Não só pela perfeição da narrativa como pela criatividade e sobretudo pelo riso fácil que as cenas de desfechos curtos provocam.

O homem de propaganda, Carlito Maia, um dia disse que o bom humor vende e faz de tudo; valoriza a coisa meio insípida chamada vida: — "Estamos muito necessitados de rir da gente mesmo, que rir só dos outros não é vantagem! Eu prefiro rir atoa do que chorar com razão"...

Por isso é importante ressaltar que o publicitário Renato Ignácio da Silva (Rigsil), escritor de sensibilidade e aguçada inteligência, sempre fiel à realidade, pincela as obras com cores locais; usos e costumes, jogando com toda a sua maestria até atingir fundo a alma do povo com leitura fácil e saborosa. Acrescenta folha verde na paisagem dos anúncios.

Neste volume de "Xerifes & Coronéis", em que algumas crônicas já foram publicadas na imprensa em seções que o autor criou, como "Meu Mundo Maluco", "Bermudas & Gandolas" e outras, sempre com o pseudônimo de Rigsil conduz com muita habilidade sua narrativa, onde mesmo o drama, quando apresentado, é entremeado de excelente senso de humor.

Pela sua capacidade de absorção, as figuras que reproduz nos traços verdadeiros, se movimentam com desenvoltura. E conseguem conduzirnos até o final do livro, presos à linguagem que flui com pureza e simplicidade, aos diálogos inteligentes, manejados com perfeição tornando desta forma a leitura atraente e agradável.

Cativa pela simplicidade de expressão, o trabalho deste produtor de sonhos e revelações, para aqueles que não viveram o lado romântico dos fazedores de anúncios.

Por estas páginas criadas por um pesquisador de almas, vocês entrarão no trági-cômico mundo privilegiado de gênios, composto de redatores, diretores de arte, datilógrafos, ilustradores, **layoutmans**, *arte-finalistas, planejadores,* **paste-up-mans**, *fotógrafos, secretárias, produtores gráficos, cineastas, serventes, pesquisadores,* **office-boys**, *donos de agências, contatos,* **medias**, *tráfegos e outros excêntricos personagens, como figuras perdidas, desgarradas, operando principalmente em pequenas e médias empresas, da fauna que é a publicidade.*

Renig — Editora e Assessoria Publicitária.

Prefácio

FAUNA SIMPÁTICA

Por que a publicidade é uma fauna?

Primeiro porque o dono de agência eternamente alegando que vive em época de vacas magras, só vai ser bom quando galinha tiver dentes. Com aquele ar de peixe morto e medo que a firma fique às moscas para dar com os burros n'água, é lobo com pele de cordeiro. Para ele o cliente é sempre munheca de capivara, tem de pagar o pato, embora nunca libere verba publicitária suficiente.

Conheci agência, de pouco milho para muito bico, em que o proprietário lesma no raciocínio, formava perfeita composição de asno com dromedário e verme. Com o agravante de possuir mão de paca e alma de inseto, de tão insensível.

Existem, agências grandes com pés de pavão e pequenas que na ausência do cão, caçam com o gato. Há publicitário que escolhe agência pequena para ser cabeça de sardinha no lugar de traseiro de baleia. Outros preferem ser rabo de leão, a ser cabeça de preá. A escolha é livre.

Em todas elas habita o caixa. Considerado como preguiça da matemática, vira onça quanto no mato sem cachorro, alguém tenta sacar um vale por menor que seja.

O que alegra, são as menininhas estagiárias recém-saídas das universidades; indecisas gatinhas. Enquanto que as tarimbadas secretárias, tremendas panteras no mais alto estilo.

O departamento de criação é toca de raposa; **habitat** *de temperamentais e indóceis criaturas. Na área de atendimento mora o contato vaidoso como pavão; engravatado, mais enfeitado do que burro de cigano. O tráfego (que mete o bico em tudo), um chato de galocha, sempre a cobrar algum serviço de alguém, de dentro ou de fora da agência. Tem fôlego de sete gatos, acompanhado de persistência para pedir, capaz de cansar cavalo* *árabe. É sem sombra de dúvida, dose para* **mamut**. *Só no departamento dele, sapo de fora chia.*

Explorados continuamente sob o papo de que boi novo não sabe arar a terra; só aprende quando anda com boi velho, surgem por toda parte garotos vivos como saguis e burros de carga, camelando feito barata tonta: os **office-boys**, *levando vida de quem comeu pé de cachorro. Tem muitos deles, e que quando não estão fazendo vaquinha para comprar alguma coisa para comer, juro que andam mais do que égua de padeiro.*

Funcionários carneiros, pacas e panacas, sangue de barata com o rabo entre as pernas e vacas de presépio, podem tirar o cavalo da chuva, porque felizmente tem poucos. Como em todas as profissões há amigos ursos, além de outros espécies mais delicados, saltitantes como assustadas gazelas em noite de temporal. As vezes é lugar de patrão que não pode ver papo furado nem papo para o ar; não dá folga, gruda mais do que carrapato em rabo de boi magro...

É ninho de cobra criada. Tem mais que no Butantã e conseqüentemente veneno não falta. Porém, não só é melhor ambiente para trabalhar como a melhor profissão; onde tudo se faz para a vaca não ir para o brejo. Não há rotina. Um dia é anunciado pó que mata formiga, no outro sabonete para o banho do gato. E assim vai, grão para eliminar rato, ração fortalecedora de aves, remédio contra a peste de suínos, composição para engordar bezerros, ou escreve-se sobre o elefante que trouxe o circo novo para alegria da criançada.

Bichos tem muito. Se fala bicho daqui, bicho de lá, mas aí que a porca torce o rabo, só não é encontrado ali, habitantes do pantanal da mediocridade. Impera na selva publicitária a astúcia, a inteligência. E junto dessas feras todas tinha que ter o diretor de arte, cabra da peste, chegado numa água que passarinho não bebe, um dia cansado de ser morcegado por sanguessuga da propaganda, deu uma rata, cantou finalmente de galo gritando: — "Liberdade, liberdade!" — Virou bode em farmácia e quebrou o pau como macaco gordo. Para espanto do chefe de criação cor de burro quando foge, deu felino salto e abriu riquíssimo viveiro de aves importadas, do dono da agência, fazendo chover pássaros de todas as matises. Até hoje o pessoal do bairro não sabe de onde e como surgiram tantos faisões, nos telhados. O mesmo acontecendo com periquitos australianos, caná-

rios belgas e hamburgueses, manons e calafates, mandaris, calopsitas e agapórnis...

Voltando a vaca fria, como tinha que ter também o velho Xavier, fino e educado, portador da classe de elegante puro sangue (jamais mordeu o bolso de alguém ou deu coice) paulista de 400 anos, legítimo; granfino de nascimento, com mordomo e tudo mais. Único contato publicitário a possuir motorista particular. Mas, que por esses caprichos do destino seu prato predileto não era **trufa**, *nem* **adoc**, **caviar** *ou* **escargot**, *regados a Moet Chandon ou champanha Brut como exigia o meio em que vivia e sim... pastel com garapa!*

Como a **noblesse oblige** *o coitado com a pulga atrás da orelha para não dar zebra, mandava buscar às escondidas as iguarias porque se alguém do seu círculo de amizades o visse saboreando "china de queijo ou de Bonzo" na pastelaria da esquina, caia do cavalo; adeus* **status** *do Xavier, adeus clientes, adeus rentáveis contas publicitárias...*

Nessa fauna simpática não podia deixar de constar o saudoso diretor de arte, Fritz Lessing, para quem fazer um bom **layout** *era galinha morta. Pai coruja, amigo que tinha o porte elegante de um galgo e fidelidade de pastor alemão. Sozinho no estúdio, 9 horas da noite. Todas as luzes acesas na agência silenciosa eis que surge o faxineiro conhecido como "Mazzaropi", manso como tico-tico, para dar costumeira sapeada.*

"Mazzaropi" pobre gato pingado sempre matando cachorro a grito, ao deparar com o Lessing trabalhando até aquela hora ficou penalizado. Estancou na sua frente, na clássica posição de ex-trabalhador de enxada, debruçando um cotovelo sobre o cabo da vassoura, enquanto o outro braço ajudava a mão tentar disfarçar o bafo de onça daquela que matou o guarda. Educadamente pediu licença para meter o bico; deu uma de filósofo e lascou:

— Papagaio! "Seu" Fritz, também pretendo abandonar a propaganda...

— Por que "Mazza"? — Perguntou o "Alemão" distraído.

— Porque tem muita sala pra limpar...

O Autor.

Nunca é demais contar a conhecida passagem daquele autor que foi consultar o renomado escritor, com a finalidade dele dar sugestivo nome para seu livro.

— Tem tambores ou cornetas, por acaso, seu manuscrito?

— Não... — respondeu titubeante e surpreso o entrevistador.

— Então coloque o título: "Sem Tambores e Sem Cornetas" — encerrou o mestre...

O nome para este meu trabalho bem que poderia ser: "Cem Crônicas, Sem Compromisso". Ou algo mais pomposo ainda: "Quatro Décadas de Janela, de um Publicitário Observador", talvez mais modesto: "Pequenos Dramas do Cotidiano Publicitário". Até que resolvi. O livro ia chamar-se "Serifes e Corondéis", mas como encarreguei o colega Hortoletras Trocalino de providenciar a impressão, saiu "Xerifes & Coronéis"...

É MELHOR VIVER UM DIA DE LEÃO DO QUE CEM ANOS DE CARNEIRO

Como a propaganda é uma fauna eu tinha mesmo que acabar trabalhando com um coelho. Este que escreve fazia parte da equipe de criação numa agência de publicidade. Um dos componentes, nariz vermelho, mais magro que as seis em ponto; peludo e portador de apêndices anti-estéticos no lugar de orelhas, que mais pareciam dois retangulares pastéis de feira, na vertical. Muito pálido e nunca de roupa clara, a figura usava sapatos de bico estreito e solas tão finas que ao pisar numa moeda distinguia se era cara ou coroa. Diziam as más línguas que o formato do calçado tinha a finalidade de esconder os quatro dedos.

Em homenagem ao coelho Hortolino Trocaletras, da história em quadrinhos, nós o chamavamos de Hortoletras Trocalino, porque além de branco super leitoso, peludo, nariz vermelho e orelhudo, traduzia mal, confundida as palavras, invertia tudo. No fundo nós achavamos ser mais para criar tipo o seu comportamento, do que qualquer deficiência porque realmente seu Q.I. era muito bom. A boa alma representava na verdade um tremendo gosador.

Publicitário não fica doido, só piora. Trocalino devia morar num lugar muito estranho. O quintal da casa dele era o único no mundo em que chovia granito ao invés de granizo.

Não confundia só bife a milanesa com bife ali na mesa, ao almoçar, achando todo capitão de fragata ser cafetão de gravata. Se durante a refeição tomasse mais vinho seria bem capaz de chamar a anfitriã dona Carolina de Sá Leitão, de caçarolinha de assar leitão. Tanto que para ele, o perfume Miss France e a empresa aérea Air France representavam a mesma coisa.

A peça ainda era internacional. Na agência arquivava notícias publicadas na revista "Brasilian Busines" ("Negócios Brasileiros") em "Businas Brasileiras" e confundia Puccini com Spumoni. Um perfeito poliglota da confusão...

Certa vez fomos (a equipe estava completa) a um cliente. Uma multinacional de arrepiar os cabelos, cuja cúpula, formada de judeus norte-americanos. Chegamos antes da hora marcada para a reunião, fomos tomar cafezinho no bar e apenas um não tomou: ele. Tirou a cenoura do bolso e pôs-se a roer. Com pinta incrível, de **jeans** Matitte, **blase** Pierre Cardin e rádio-gravador National a tiracolo.

— Hoje vou viver um dia de leão! Chega de carneiragem...

Percebi logo que o Pernalonga (chi isso pega) isto é, o Trocalino, naquele dia estava com a corda toda. Disposto a gozar a humanidade. Já havia dado provas disso espantando-me na saída da agência quando disse estar bom de inglês tanto que havia comprado um pedaço do Shakespeare (?!!). Perguntei então que parte do genial escritor. Seria o pé, o tornozelo, o fígado ou o privilegiado cérebro? Qual não foi o meu espanto, quando ele meteu a mão no bolsinho da calça e calmamente tirou um pedaço do bilhete... **Sweepstake.**

Entramos na enorme sala. A diretoria toda reunida. Pensei: o "Troca", para quem pequeno texto é testículo, e homossexual, sabão em pó para as partes íntimas, vai confundir já catraca de canhão com conhaque de alcatrão, além de entregar pior do que padeiro novo na profissão. Não deu outra. Um silêncio de catedral se formou em torno de todos. Fiquei calado, esperando, porque quem fala demais dá bom dia para cavalo e o calado passa por sábio. Gelei no entanto, quando o Trocalino que há muito havia perdido o desconfiómetro, tomou a dianteira de todos e quebrando o gelo gritou...

Os norte-americanos caíram numa só gargalhada!

O Hortoletras Trocalino no lugar de gritar **Shalon** (Paz), uma saudação no meio dos judeus, um viva, lançou à todo pulmão:

— **Shazan!!!**

O grito do Capitão Marvel.

Cumprindo a vontade do amigo Hortoletras Trocalino, único publicitário capaz de confundir Habeas Corpus *com* Corpus Cristi, *resolvi manter o título do livro.*

Xerifes então serão os conscientes profissionais da publicidade, zelosos, sempre vigilantes para uma apresentação correta do produto e Coronéis, senhores de engenhos com seus chicotes, os donos de agências, sem a menor vocação para o tipo de negócio que administram

Por certo existem donos de agências de publicidade que são Xerifes no trabalho, como tem também profissionais, empregados relápsos, com espírito de Coronéis de engenhos...

A PAZ ENTRE O GATO E O RATO GERA A RUÍNA DO DONO DO ARMAZÉM

No Rio de Janeiro, antes da existência de jornais, o anúncio era lido pelo padre à hora da missa. Quando não, pregado à porta da igreja ou transmitido oralmente nas ruas pelos cegos das folhinhas. De acordo com a lei de D. João V, de 7 de janeiro de 1749, só os cegos podiam vender calendários e só eles anunciavam nas ruas.

Quem quisesse ver o redator Jésus Nepomuceno nervoso bastava só dizer ser ele daquela data e testemunha ocular da história. Ficava uma fera com a brincadeira o nordestino muito religioso, supersticioso, sensível e temperamental ao extremo. Xerifes dos melhores, com apenas um defeito e duro, trabalhar perto dele pelo número excessivo de cigarros que consumia. De mãos trêmulas, tinha as pontas dos dedos e as unhas amareladas pelos três maços de Columbia Ultra Lights que queimava por dia. Chaminé humana vivia sempre envolto em fumaça como dragão; o coração era de Jesus, mas o pulmão da Souza Cruz...

O inteligente pernambucano de óculos de fundo de garrafa já tinha sido mandado embora de diversas agências de publicidade, pelos seus nervos sempre à flor da pele e gênio de cão.

Mesmo porque na briga do mar com as pedras quem dançava sempre? O marisco. A última não fazia muito tempo. Ao compor dupla com o diretor de arte, o redator estava despreocupado, quando o dono da agência, batendo na perna pequeno reio e que para ser completo coronel de engenho só faltavam as botas e chapéu largo, chegou de sopetão:

— Outra vez papo no estúdio? Isto parece uma zona!...

Na segunda tolerou. Explodiu na terceira vez quando o dono chegando sorrateiramente agitando o chicotinho na calça, parecendo não conhecer outra frase:

— Papo furado e vazio novamente? Você não tem campanha para bolar? Este departamento está parecendo zona!...

Como dizem os italianos com sua sabedoria secular, a vingança é um prato que se come frio. O redator esperou até aquele dia em que a sala estava cheia, para finalizar:

— Ó xente. É como Denorex, parece mas não é... ainda — vociferou o redator nordestino com umas quatro Pitu na cabeça — vai virar zona quando a tua mãe vier para cá! ...

O dono da agência, roxo, abandonou apressadamente a sala. Quanto ao Jésus, seus documentos lhe foram entregues na padaria da esquina.

— Quem ri por último é retardado. Vixi Maria. Não vou mais naquela merda. Estou arretado e muito avexado com o sucedido. O dono é demais para minha cabeça... Quando estou por cima da razão não poupo o vinho do padre, nem a mulher do compadre!...

Um dia na mesma padaria onde sempre se encontravam, curioso o amigo diretor de arte perguntou-lhe no meio da conversa:

— Como você sendo temperamental desse jeito, sem parada com nada e lugar nenhum, é capaz de viver 20 anos com a mesma esposa? Muda tanto de emprego e não troca de mulher?

— É fácil explicar, como foi fácil fazer para que assim continuasse — respondeu o redator com voz de sovaco devido ao consumo de 60 cigarros diários — quando me casei, fomos morar num sítio que eu havia herdado, juntamente com cabras e bodes, bem longe do Recife, onde os rios Beberibe e Capiberibe formam o oceano Atlântico!... Queria ser escritor e morar lá para sempre. Montava num cavalo e levava minha mulher na garupa. Aí o cavalo pai dégua tropeçou. Só falei uma coisa:

— Primeira vez...

Não demorou muito o cavalo tornou a tropeçar e eu disse:

— Segunda vez...

Mais adiante o bichinho tropeçou novamente, voltei a falar:

— Terceira vez...

Coloquei minha mulher no chão, tirei o revólver da cinta e matei o cavalo ali mesmo.

Minha esposa ficou chocada com a cena. Depois começou a ficar brava por eu ter matado o pobre animal, terminando por fazer gritaria dos diabos. Esperei que ela acalmasse um pouco e só disse:

— Primeira vez...

HÁ QUEM PREFIRA SER SAPÃO DE BREJINHO QUE SAPINHO DE BREJÃO

Esta é a história do Mézinho Jóquei de Cabrito e seu desalmado cunhado Zézinho Capituva.

— Mulher tem que ser como automóvel: motor bom e lataria ruim que é prá não despertar cobiça de marginal. Carro mal ajambrado você pode até deixar com a chave no contato que puxador não arrasta...

A esposa baixota e excessivamente gorda que conhecia bem a figura, riu.

A fala, do Mézinho Jóquei de Cabrito. Aliás a única sua, porque era mestre em citar frases alheias sem dar nome aos autores.

Conheci Mézinho, no Rio de todos os janeiros. Um metro e meio de mistura de Jorge Veiga com Martinho da Vila acrescido de toda malandragem que tinha direito, do Moreira da Silva.

Chegado num "mé", tomava todas, só não bebia ferradura por causa da curva. Dizia ser de Magé onde o único que não "mamava" era o sino porque tinha a boca para baixo. Sempre de terno branco, cabelo ondulado e emplastado com a mesma química do Gumex que levava o nome de New Wave. Metido a conquistador ia todos os sábados à gafieira tirando onda de solteiro, até as tantas da madrugada.

Na agência, uma enorme casa antiga com cheiro de Rhodiasol com Bom-Ar, sua função era a de pestapeiro como gostava de citar, ou seja, montador de anúncio, corruptela de **past-up**, ou

paste-up, segundo os puristas (montagem de arte final). Morava nos fundos com a mulher Noninhas, muito religiosa, que fazia a limpeza da agência e um cunhado o Zézinho Capituva, figura folclórica, fazendo outro tipo de limpeza. E, durante algumas horas do dia cuidava de jogo do bicho, segundo suas próprias palavras: um corretor de zôo-teca. Acumulava as funções de manobrista de carros dos clientes e a noite fingia ser guarda do prédio.

— Prefiro ser sapão de brejinho do que sapinho de brejão! — Afirmava convicto o Zézinho Capituva com a intenção de subir mais na vida do que a irmã e o cunhado que auxiliavam na publicidade.

— Pobre gosta de luxo, quem gosta de miséria é intelectual...

Foi o que ouvimos quando entramos na casa do Mézinho Jóquei de Cabrito, num sábado à tarde, para uma feijoada amiga em homenagem a milhar que a esposa havia acertado. A frase, do Joãozinho Trinta mas como sempre o Mézinho escondia o autor. A cachaça e a cerveja rodavam desde cedo enquanto a vitrola atacava um bolerão para quem tinha a mãe no Mangue. Vitrola mesmo, daquelas com o cachorrinho ouvindo a voz do dono e tudo, mas dentro, o mais moderno e puro som Gradiente. Em cima do móvel antigo como dinossauro marron pousava um rádio estilo catedral alemã com tempo mínimo de 60 anos.

Madeira de lei e dentro acondicionava um rádio CCE, duas faixas, estéreo acompanhado de toca-fitas, último tipo. Em dias de festa como aquele, o dono da casa disfarçava com revista em cima até o elefante de traseiro para a rua e o pinguim em cima do refrigerador Clímax. Mézinho Jóquei de Cabrito mostrava-se como autêntico rei do disfarce.

— É prá embananar aqui em casa a visita de amigos do alheio, percebe — advertia o cuidadoso anfitrião enquanto completava avançando numa frase do Moreira da Silva — porque na rua, se me deixar bater papo, o ladrão não me assalta. Se me deixar falar mais um pouco, eu tomo até grana emprestada...

Inevitavelmente a conversa tinha que passar para escola de samba, macumba e futebol, aí entrou a frase do Nenê Prancha que Mézinho com freqüência se apropriava naquelas ocasiões:

— Se macumba funcionasse o campeonato baiano terminava empatado!

Se funcionou não sei, mas dias depois a Noninhas de tanto

freqüentar um terreiro nas imediações, acabou após ingerir alguns tragos de marafo, fugindo com o cambono; ajudante de pai de santo que pelo jeito não se importava muito com o estado ruim de carroceria...

Nunca mais vi o Mézinho nem ouvi suas frases feitas. Encontrei um dia o Zézinho Capituva, pobre com alma de Coronel. Estava ainda desolado com a fuga da irmã.

Como dizia o pai do Alex: vale mais o que você aprende do que o que lhe ensinam. E ele tinha razão. Se não como explicar que Mozart sabia muito mais do que seu professor?

O Zezinho Capituva olhou para mim e se fez de desentendido.

— Como vai, nós fomos apresentados na casa do seu cunhado Mézinho.

— Não me lembro... — respondeu com ar malandro de pardal que não canta para não ficar em gaiola.

— Já está fazendo uns dois meses.

— Como me reconheceu?

— Pelo guarda-chuva — respondi.

— Nessa época eu não tinha guarda-chuva...

— Realmente, mas eu tinha...

O COMUNICÓLOGO DO SILÊNCIO

O veneno da agência de propaganda não difere da redação de jornal. Ele está na cantina do milíco, no lavatório operário. E também não tem idade. Bastou o cidadão alto, curvado e tímido entregar a ficha assinada com o nome Abelardo H. das Neves, para o garoto Tisío comentar com o outro **office-boy**, o Saporito:

— É o abominável homem das neves!...

Estava juramentado e sacramentado, seria o "Das Neves" até o fim da vida. Publicitário que é publicitário tem que se comunicar. E o "Das Neves" era um comunicador incomunicável. Fechado, hiper-tenso, taciturno, melancólico e extremamente econômico a ponto de viver estudando um jeito de tomar Melhoral amarrado numa linha para o mesmo comprimido ser usado duas vezes.

Não fumava Minister, não bebia Martini, não andava com mulheres nem do La Licorne, imagine se ele ia gastar dinheiro comprando árvore de Natal, no "Palácio dos Enfeites". Levantava, escovava os dentes com limão para não dar colher de chá à Kolynos, raspava o rosto com o barbeador Atra, do irmão, ao sair não sustentava a Atlantic nem queria nada com a Esso, ia a pé para o trabalho. E ainda de contrapeso, fazia concorrência para o Banespa ao emprestar dinheiro para a avó com altos juros.

Trabalhava na agência durante o dia em regime **full-time**, ingeria rapidamente algo que de tão pequeno mais parecia canapé de alpiste com picadinho de Bom-Bril; partia à noite para enfrentar um batente duro na "A Gazeta Esportiva" até de madrugada. Andava com o Vulcabrás do pai enquanto este dormia, para poupar a sola Amazonas do seu. Dificilmente comprava roupa nova da Vila Romana, na Ducal e como freqüentador de cinema não cooperava muito com a Warner Bros, tinha ido uma só vez no Paissandú.

Nunca sonhou em fazer viagem de recreio pela Vasp quanto mais cruzeiro com o Navarino, ou pelo menos ser hóspede do Hilton nem que fosse por um dia. Gastava o mínimo possível para se manter em pé (como era duro abrir aquela velha carteira Lasko remendada com fita isolante), não gastava nem palavras. Falava o estritamente necessário. Comunicava-se por honra da firma.

Foi num domingo, enquanto o "Das Neves" remendava as meias com linha Corrente, óculos da Fotóptica, grandes, quase na ponta do nariz (evidentemente emprestados), que bateu à sua porta uma vendedora da Avon, perguntando se a esposa estava em casa.

— Não está — foi a resposta lacônica.

— O senhor se incomoda se eu ficar esperando? — indagou a visitante.

— Pode esperar. Sente-se aí.

Após uma hora de espera, a vendedora perguntou:

— Onde está sua senhora?

— Foi para o cemitério.

— O senhor acha que ela vai demorar muito?

— Francamente, não sei. — retrucou o "Das Neves" lentamente. — Ela já está lá há treze anos. . .

NEM CASA DE DAVID, NEM CONSULADO DE ISRAEL

O Clodoviro trabalhou na Rádio e TV Gazeta, passando pelo "Diário Popular", depois foi para a "Folha da Tarde" e "Notícias Populares", onde durante muito tempo serviu às empresas como contato de publicidade. Enquanto trabalhava nas "Folhas" estudou teologia e hoje é um respeitável e calmo pastor protestante.

Mas não foi assim toda vida. Conheci o Clodô quando ele nem pensava em salvar almas; lutava mesmo pela salvação do corpo, como contato de veículo visitando agências de publicidade. Depois trabalhei com ele numa firma tendo já o mesmo, passado para nosso contato, solicitador de contas, e a terceira vez foi quando montou sua própria agência e eu fazia **free-lancer** para ele.

A empresa, montada com o sócio Carlos Roberto Silveira, chamava-se Vídeo-Som; lá os dois Xerifes lutadores faziam publicidade e gravavam novelas radiofônicas que passavam a ser distribuídas para emissoras do interior de São Paulo e a diversos outros Estados. Ficava num conjunto na rua 24 de Maio, em prédio de grande galeria embaixo.

Havia um inconveniente que chateava os dois sócios. O nome da firma quando pronunciado pela telefonista às vezes gerava um cacófato que deturpava e de certa forma complicava o bom andamento:

— Aqui é da "Vídeo-Som" — e entendido do outro lado da linha como — Aqui é "Davi de Ossom".

Julgando que o proprietário era judeu, pelo som (sem trocadilho), muitas vezes perguntavam se o "seu" Davi estava. Quando não, a correspondência que chegava na agência endereçada ao sr. David Husson, deixando o Clodoviro e o Carlão aborrecidos. Mas o que chateava mesmo o Clodô passava a ser o fato de existir nas imediações servindo no bar, uma figura muito popular, um crioulo afeminado cujo nome de guerra era Clodovil. Desmunhecava e carregava bandeja o dia inteiro, mas carregava mesmo pois servia café no balcão. Tão descarado o escurinho bicha, que mandou imprimir cartões de visitas para serem entregues a seus correligionários com o apelido em destaque: Clodovil, vindo em seguida o nome do estabelecimento que trabalhava e endereço e no rodapé um **slogan:** "Clo para os íntimos, Vil para os inimigos e Do para quem quizer".

Toda vez que se fazia confusão entre o delicado crioulo apelidado de Clodovil e o publicitário Clodoviro este virava uma fera e soltava um palavrão já na forma de chavão. Mas para qualquer um. Os que não conheciam ficavam espantados, inertes ante a rápida reação. Aqueles que já sabiam, chamavam assim mesmo só para ouvir a violenta bronca.

Um dia o Carlão todo contente estava em vias de pegar conta nova. Como tinha esquecido os cartões da firma, ditou para o cliente em potencial, que anotou à sua maneira.

— Ligue para este número, quando a telefonista atendê-lo vai dizer que é da Vídeo-Som. Esse é o nome da nossa empresa. Se por acaso eu não estiver o senhor por favor procure pelo meu sócio Clodoviro.

Dias depois o cliente novo telefona e calhou do Clodô atender.

— É o senhor Davi? — o Clodoviro já não gostou, largou o Danoninho que vale por um bifinho, e foi duro:

— Pô, não tem nenhum Davi aqui. Isto não é o consulado de Israel.

— E o senhor Clodovil?

Foi demais, entrou logo no ar o conhecido chavão:

— Clodoviu, é a puta que o pariu!...

OPERANDO NO ESCURO

Eu conhecia o Teatro Municipal desde o tempo em que um cantor estrangeiro principiante, apavorando-se com a assistência e mais desorientado que cachorro caído de caminhão de mudança, desceu do palco atravessou pelo meio do público atônito e desapareceu!

Foi um escândalo sem precedente no teatro. Lá fora, o personagem ainda assustado atravessou a praça e andou por algumas ruas à procura de táxi. Só quando chegou ao hotel é que o artista percebeu estar vestido de calça justa, verde garrafa, camisa bufante vermelha de listas brancas, colete marrom, enorme chapéu de feltro azul com grandes penas coloridas, botas pretas de sete léguas e na cinta trazia uma espada de madeira... E não era carnaval!

Outra vez, um cantor desafinou tanto que saiu do palco debaixo de vaias. Devia ter gravado um só disco, de um lado cantando, do outro pedindo desculpas...

Acontece que trabalhei em duas agências de publicidade com o João Braz, que além de contato publicitário é também cantor do Municipal. Tenor dos melhores do Brasil. Na época eu precisava fazer uns textos sobre o tenor da voz de ouro: Enrico Caruso. Do mais querido dos cantores que o mundo já conheceu e há muito falecido, eu sabia por exemplo que tinha sido um excelente caricaturista e que seu repertório consistia principalmente de árias italianas e francesas — consideradas então, como hoje, peças para "auditórios seletos" — mas seu poder e alcance tão extraordinários, e transmitia suas emoções de tal modo que dominava completamente a platéia, provocando lágrimas à muita gente. Ele próprio, tão sensível que freqüentemente, após um recital, se sentava, soluçando, no camarim.

A peça publicitária que eu pretendia desenvolver exigia curiosidades em torno do cantor, tais como: havia quem se levantasse para aclamá-lo quando entrava num restaurante, milhares de artigos comerciais, desde charutos até sabonetes levavam seu nome. Existia uma cadeia de restaurantes chamada Caruso, assim como uma marca de espaguete e até cavalo de corrida.

Atendendo a inúmeros convites do João Braz, este que escreve estava novamente nas confortáveis poltronas do Municipal. Apresentação de uma ópera em que uma das figuras principais era míope. Como ainda não existia lente de contato, e nem possível o cantor apresentar-se a caráter e de óculos visto tratar-se de ambiente de séculos passados, resolveram mandar o coitado a olho nú.

Num determinado trecho, a principal figura feminina cortou um naco de pão e tentava dar ao herói, que fazia um esforço danado para disfarçar, pois não enxergava quase nada a não ser bem próximo. Estava como o outro cantor citado no início, mais perdido do que cego em tiroteio. Várias vezes a moça repetiu o gesto, e o tenor não levantava a mão para pegar porque não via nada. Nisso levantou-se um gaiato freqüentador assíduo do Municipal e gritou com sotaque italiano do Bixiga:

— Cáspita. Acho que ele quer com margarina Creibão!...

NUNCA SE PERDE DE GRAÇA, O TEMPO. PAGA-SE CARO

Todos os tipos de brincadeiras sadias com os garotos que entravam para ser **office-boys** na agência eram feitas, mas o produtor gráfico exagerava. Com ele, de cara o novato recebia a incumbência de buscar no departamento de arte, o compasso de três pontas juntamente com o esquadro redondo e o vidrinho de tinta xadrês. Isso era inevitável.

As missões impossíveis, sempre as mesmas. O martelo de borracha, tinha que ser providenciado junto ao gerente da loja de venda de automóveis. Depois era na farmácia que o menino procurava em vão comprar 250 gramas de raís de sal amargo, para culminar com a tentativa inútil de adquirir um pacote de anzól de vidro, na loja de artigos de pesca.

Vergonha mesmo passava o **boy** novo quando ia levar material para o anúncio de domingo e pedia no jornal, na frente de todo mundo entre risos, a calandra emprestada por três dias. A peça que prensava em papelão especial a página para a matriz de chumbo, pesava várias toneladas!...

Como se não bastasse a gozação na agência o menor ainda tinha que suportar o enchimento de saco dos fornecedores.

O fotógrafo, um deles. Quando o garoto iniciante na profissão apareceu para apanhar o serviço, o material foi envolto às escondidas num canudo de papelão, não pesado, mas desajeitado ao extremo, que o obrigou a fazer a maior ginástica para chegar de volta. A peça parecia pescoço de girafa de uns dois metros e a ordem do fotógrafo, de que ela não podia ser carregada tombada, tinha que ser quase em pé.

Suando desesperadamente no trabalho de improvisado equilibrista pelo centro da cidade o menino levou horas para chegar ao destino e ainda teve de passar pela humilhação. Dentro do inútil e imenso canudão havia somente um pacotinho de Ki-suco e uma pequena cópia fotográfica tamanho 12x18!

De outra feita o fotógrafo que se instalava de mala e cuia no pé da vítima, entregara ao mesmo **boy** um embrulho não só desajeitado como também pesado. Recomendou o cuidado de sempre. Dentro nova brincadeira de mau gosto: dois paralelepípedos amarrados protegendo duas simples cópias 18x24, uma pedra para cada fotografia! Em substituição ao pequeno Ki-suco, apenas uma bala Kids...

O fotógrafo que trabalhava para multinacional, tupiniquim, grande, média, **house**, fazia isso para gozar também o produtor quando o pedido de serviço era pequeno.

Naquele dia a brincadeira foi demais para o garoto que levantava às 5 horas da manhã (morava no Itaim Paulista), tomava o café requentado e embarcava num trem de gado humano da maldita Central do Brasil, descia do nojento vagão e ainda andava a pé até o centro da cidade, atravessando todo o Brás.

Ao esperar o serviço que estava demorando, cansado acabou dormindo sentado na cadeira, o que levou o irresponsável fotógrafo a fazer mais uma das suas maldades.

Queimou uma rolha e pintou o rosto do menino. Em seguida acordou-o com a recomendação de que o produtor dera-lhe ordens expressas de não tomar condução nenhuma, tinha que ir a pé para não perter tempo. O percurso era longo, e o garoto apressado pintado como um maluco, atravessou andando todo o centro da cidade. Chegou na agência e ainda levou a maior bronca do produtor que naquele dia não estava para brincadeiras:

— O que é isso, pô? Olha a tua cara, parece um palhaço!...

Um dia. Há sempre um dia, o **boy** foi à forra!

Mandaram-no ao estúdio do tal fotógrafo que ele nem podia ouvir falar o nome. Ficava num lugar, como diz o Fernando Sabino, cheio de rapazes com jeito de moças e moças com jeito de rapazes. O garoto não tinha intenção nenhuma mas por acaso viu uma ordem de serviço que um seu colega levara um pouco antes e que ainda permanecia na caixa à espera do fotógrafo. Foi quando uma idéia demoníaca e sinistra de vingança passou-lhe pela cabeça. O pedido era para 16 cópias 18x24. Estava ali finalmente a chance da desforra e de modo tão simples. O menino não vacilou, pegou a caneta Bic e acrescentou dois zeros para ver no que dava. E deu...

O pedido passou a ser para 1 600 cópias!

Foi o suficiente para depois do serviço concluído gerar a maior confusão entre o estúdio fotográfico e a agência de publicidade. Ou melhor, entre os maldosos fotógrafo e o produtor que ficaram sem falar durante muito tempo, depois de um tentar jogar inutilmente a culpa sobre o outro.

A agência pagou somente as 16 cópias solicitadas (provou através da cópia do pedido que ainda estava no bloco), e o fotógrafo que reclamava sempre de serviço pequeno, teve que pagar para seu estúdio 1584 cópias tamanho 18x24; arcou com o prejuízo do material, papel importado, revelador, fixador, sem contar luz, água e mão de obra...

Foi um exemplo de profissionais com almas de Coronéis.

SÃO SUSPEITAS AS LÁGRIMAS DOS RATOS NOS ENTERROS DOS GATOS

Brigam as comadres, sabem-se as verdades. Era uma agência diferente até no nome, chamava-se Org-Tot, talvez abreviatura de Organização Total mas o pessoal que freqüentava o pedaço dizia ser abreviatura de Orgasmo Total, pelo **modus operandis.**

Sugeriram até que o nome fosse mudado de uma vez para Leno-Art, onde de dia faziam publicidade e a noite amor. Parecia mais um prostíbulo, tamanha a fumaceira, vapores alcoólicos e a mulherada que entrava e saía, ou melhor subia e descia do único sofá Bérgamo existente no pequeno conjunto.

Iam do lenocínio à arte e da arte ao lenocínio. Mulheres que passeavam à noite pelas imediações, na hora de fazer xixi ou correr da polícia procuravam a pequena agência. Como do Largo do Paissandú à Praça Marechal Deodoro perfaziam quinze quilômetros de percurso do **trotoir** e o local ficava próximo, nunca faltava companhia. O abrigo, ainda completado por minúsculo fogão Semer, na sacada do pequeno apartamento, onde tinha sempre uma sopa quente e goles de vinho tinto Piagentini.

Durante três meses o novo rapaz que tomava conta das salinhas no período do dia, gostou do título que lhe deram: Aspone. Soava bem, parecia importante, tanto que anunciava a todo mundo seu novo cargo, mas quando descobriu que significava Assistente de Porra Nenhuma, ficou possesso. Rugia como um leão! E passou a denunciar os seus patrões bem como os métodos de trabalho por eles desenvolvidos e pouco convencionais:

— Na propaganda está acontecendo a mesma coisa que acontece com a prostituição. O amadorismo está acabando com a profissão...

Tudo foi revelado. Os dois publicitários donos da Org-Tot, por incrível que possa parecer, faziam ponto em... cemitérios e igrejas!

Um deles, magro, de terno cinza bancário e discreta gravata, chegava sempre naquele que parecia o mais importante dos parentes dentro do velório. Dizia ser redator especializado em funerais e pedia dados do falecido para matéria a ser inserida no jornal. O finado bem que merecia uma última homenagem pelo grande homem que tinha sido. Todos concordavam entre lágrimas, soluços e acenos de cabeça. No sufoco o parente acabava rabiscando às pressas o nome, dando endereço e acabava comprometendo-se. Assinava a autorização de uma inserção de anúncio classificado na seção fúnebre de domingo, até mais cara que nos dias comuns.

Invariavelmente, estava ali um cliente de único anúncio, catado assim na marra, mas como morriam centenas de pessoas, os Coronéis dos Classificados achavam que compensava o risco. Um, quatro por nove aqui, um seis por nove ali, se não livrava o mês, pelo menos a semana estava garantida. E em casa que faltava carne, espinha de peixe era lombo.

Novamente as gozações dos colegas publicitários quando souberam da maneira **sui generis** como a dupla trabalhava.

— Por que não mudam o nome da agência para Prop-Pap, de Propaganda Papa-defunto?. . .

Já o gordo desenhista, o outro sócio, que fazia dupla com o redator magro, tinha diferente estilo de luta, se bem que dentro do mesmo campo do maucaratismo.

Um argentino de cabelo emplastado e escorrido. Homem corpulento, apelidado de Gardelon, em homenagem ao personagem criado pelo Jô Soares, na televisão. Igualzinho até no toco de cigarro Sudan queimando o canto da boca e o mesmo terno preto de pequenas listas brancas.

Como ficava "trabalhando" até de madrugada atendendo a "distinta clientela" da noite, só ia na agência depois do almoço. Ao acordar abria os jornais direto nas seções fúnebres, e até plagiava o Millor quando dizia que ali muitas vezes se encontravam boas notícias.

Via o nome do falecido e anotava tudo direitinho. Ia na missa de sétimo dia com seu invariável terno preto de finas listas brancas e gravata cinza. Logo entrava em contato com os mais abonados parentes daquele que tinha partido desta para a melhor. Conversa vai conversa vem perguntava se não gostariam de ter um retrato do finado; artística pintura a óleo. Bastava um retratinho 3x4 de qualquer documento e o artista faria ainda um fundo com belíssima paisagem, colocava cenas da vida do ilustre morto e o vestiria até de príncipe ou guerreiro se preciso fosse.

— Quanto custa — era a frase mais comum entrecortada de prantos e suspiros.

— **No, es quase nadie. Una micharia, usted paga solamiente la tinta, la moldura, una caixa de vino tinto. Poquitos cruzados... Mio trabajo propriamente dito, jo no lo cobro, sabe como es, um pequeno favor para um viejo e grand amigo que no está mas entre nossotros...**

Um dia alguém viu o Gardelon que devia estar com umas duas garrafas de **vino** tinto na cabeça, chorando copiosamente na porta do cemitério da Consolação, fora de seu campo de ação, a igreja. — Taí no que deu — pensou — foi castigo. De tanto explorar a morte aconteceu o que procurava, o falecimento de alguém muito querido.

O enterro, de um conhecido milionário. O avantajado número de carros estacionados, que variavam de Galaxy, Alfa Romeu, Del Rey, Santana, Escort e Mercedes, estacionados nas proximidades do cemitério atestavam o fato.

Querendo ser solidário, a pessoa perguntou penalizada ao argentino:

— Você era parente do finado?

— **Jo? No, señor. Ni sequiera amigo...**

— E então por que chora?

— Justamente por **no** ser parente...

MOSQUITO QUE RI DE SAPO NÃO DÁ VÔO RASANTE

Sou do tempo de um Barão que dizia: diploma não encurta a orelha de ninguém! O mesmo Barão afirmava que um padecimento pesa mais do que uma pá de cimento...

Quando eu possuía a figura de mocinho e magrinho, tinha cabelos, e pretos, conheci o Aparício Toreli já velhinho, de cabelos e barbas brancas, dizendo ter mudos tão inteligentes que nem queriam aprender a falar.

O Aparício era o humorista Barão de Itararé, o brando. Diretor do Almanhaque ou Almanaque D"A Manhã", do Rio de Janeiro. Um gozador sem papas na língua como se dizia no início dos anos 50.

O Barão fazia também textos de humor para anúncios. No tempo em que MacCann e a Thompson chamavam-se MacCann

Ericson Corporation of Brazil e J. Walter Thompson of Brazil. Existiam ainda a Erwin S.A., Panam — Casa de Amigos, Inter-Americana, Standar, Record, Artusi e outras menores.

Nessa época, onde eu trabalhava, no início de minha carreira de publicitário, o Barão de Itararé freqüentava com assiduidade. O diretor da agência, além do humorista, tinha também em seu círculo de amizade, um recém formado delegado de polícia que pouco o visitava.

Um dia os três por acaso encontraram-se ali, justamente quando o Barão havia deixado de fazer serviço para uma agência, colaborando com outra; não deu certo, tiraram a escada na hora H e ele ficou pendurado na brocha...

Eu num canto trabalhando ouvi o diálogo.

O delegado mocinho, pelas tantas começou a demonstrar seu conhecimento sobre a máquina que ele usava na delegacia, o aparelho de tortura denominado na gíria policial de pau de arara. Entusiasmado dava detalhes:

— É uma velha geringonça, màs muito produtiva. O malandro só em ouvir falar nos fios elétricos dela, confessa até que matou Tiradentes e Jesus Cristo, juntos...

O democrata Barão de Itararé olhou atravessado para o amigo o diretor da agência, que conhecia bem sua vida, não gostou. Pediu a garrafa. O idoso, de veneráveis barbas brancas, tinha sido preso durante a ditadura Vargas, sofrera tanto que em conseqüência dos espancamentos arrastava uma das pernas. Nesse tempo ainda com as recentes marcas da agressão, quando foi seqüestrado, espancado e abandonado nú na estrada da Gávea, afixou na porta de seu jornal uma taboleta mais para os inimigos do que para os amigos: "Entre sem bater"!...

Percebendo logo o mal estar formado o diretor da agência de publicidade, meio sem jeito tentava disfarçar, mudando de assunto, enquanto o delegado novo, inexperiente, prosseguia com requintes nos detalhes:

— A gente amarra o suplicante, se possível meio machucado, com fome e sede, de preferência de cabeça para baixo no pau de arara e...

O Barão, Xerife de primeira linha, com o saco cheio e enojado de ouvir de novo tudo aquilo que conhecia de perto e quase antes do delegado nascer, mandou mais uma dose de vodka enquanto virava o rosto. E o moço insistindo, agora já com certo sorriso sádico:

— Ligam-se os fios elétricos do pau de arara, que já foram previamente amarrados no...

A verdade só é livre, quando a liberdade é verdadeira. O velho humorista que na ausência da russa Wyborowa ia violentamente de vodka Nicolai, da Seagram, não agüentou mais e foi fundo:

— Você que pega sempre e tão bem como diz, em pau de arara, já pegou em pau de veado?

O jovem delegado assustou-se com a pergunta estranha e procurou tempo para estudar a resposta. Seria aquele ancião algum zoólogo caduco para ligar o assunto com bichos?... Balbuciou indeciso:

— Não, não senhor, nunca peguei...

O bom caminhante faz o caminho no andar. A resposta do Barão de Itararé foi brusca e para encerrar o assunto de vez:

— Então como é que você faz para urinar?...

QUEM COM CÃES SE DEITA, COM PULGAS SE LEVANTA

Fã de Ralph Nader, conhecia tudo sobre a vida do grande advogado norte-americano, filho de imigrantes libaneses, corajoso idealista, defensor do consumidor.

Sabia que Nader era formado pelas Universidades de Harvard e de Princenton. Entrou no exército, escreveu artigos para revistas, viajou pelo mundo. De volta aos Estados Unidos, dedicou-se de maneira apaixonante ao problema da segurança dos carros, reunindo documentos e relatórios.

E mais, que Nader foi designado assessor em Assuntos de Segurança nas Estradas de Rodagem, do Ministério do Trabalho. Um relatório que fez, apresentado, teve um impacto tão grande que o governo federal norte-americano, e não mais os fabricantes, passou a decidir como os carros seriam fabricados para maior segurança.

Nader acreditava que os acidentes de carro não acontecem, principalmente por culpa dos motoristas, mas por falhas na construção do veículo. Os fabricantes de carros sabiam que os veículos eram defeituosos, mas vendiam assim mesmo. Aí veio o livro de

Ralph Nader — **"Unsafe at Any Speed"**. ("Inseguro a qualquer velocidade").

Os maiores produtores de automóveis, principalmente a General Motors ajudaram a divulgar o livro, quando tentaram se vingar do autor. Colocaram detetives particulares para investigar sua vida profissional e pessoal em busca de provas para desmoralizá-lo.

Nader foi se queixar no Senado. Resultado: o Senado pediu explicações das grandes companhias, que tiveram de pagar 425 000 dólares a Nader, que com isso fortaleceu sua imagem.

Não se conseguiu nada de mal sobre ele. As investigações mostraram que era solteiro, não fazia vida social e vivia sozinho em pequeno apartamento, sem qualquer luxo ou conforto. Não tinha automóvel nem televisão e trabalhava de 18 a 20 horas por dia.

Fundou uma entidade denominada Ralph Nader Public Citizen, com sucursais em todo os Estados Unidos, mantidas por contribuições. Entidade que até hoje investiga praticamente todos os itens de consumo e patrocina um centro de pesquisas. Com salários modestos, centenas de jovens participam das pesquisas.

O Citrângulo, um brasileiro que havia participado nos Estados Unidos, de um desses centros de pesquisas do Nader e tinha aprendido muito, tanto que exclamava a toda hora:

— Não são os negócios que param. São as pessoas...

Chegou ao Brasil roendo beira de pinico, convicto de que os indivíduos têm deveres para com a sociedade e devem cumpri-los com honestidade e coragem.

No país, que como bem diz o Carlito Maia, rico que paga imposto tem mais é que demitir o contador, procurou uma agência de publicidade para trabalhar. Queriam ver seu currículo, em que agência tinha trabalhado. O moço se fez de desentendido, pois ainda ia começar na profissão.

— Seus dados biográficos... É casado?...

O jovem estava naquela fase em que as três melhores coisas da vida são um uísque antes e um cigarro depois. E casamento, uma refeição ruim com a sobremesa no começo. Como chiclete, só é bom no início, depois, massa insossa...

— Pobre não tem dados biográficos, tem é prontuário! — Respondeu o Citrângulo, sem muito entusiasmo.

Como não tinha Medalha de Prata do Prêmio Colunistas, nem Medalha de Ouro do FIAP-Festival Ibero-Americano de Publicidade ou Clio Awards; sua única Medalha de Publicitário era uma adiantada úlcera no duodeno para a pouca idade, o esforçado rapaz encontrou enorme dificuldade para ingressar numa agência de publicidade brasileira.

Se tivesse alguma cancha maior teria ficado na matriz e tentado a sorte. Lá pelo menos existiam a BBD & O, a Lord Geller Federico Einstein, a Livingston & Company, a Chat/Day, a NW Ayer, uma Marchalk Co ou ainda uma Wieden & Kennedy. Sem contar a The Tuesday Team, agência de sua preferência nos "**Stats**". Talvez sem muita exigência...

Rapadura é doce mas não é mole — pensou. Como o tempo foi passando, teve que vender o Fusca. E seu primeiro emprego aqui, foi mesmo na redação de um jornal, onde dias depois correu para o sizudo e tenebroso chefe de cara mais enrugada que maracujá de gaveta e cujo bigode ralo parecia jogo de vôlei: seis de cada lado.

— Chefe! Chefe! Tenho uma denúncia bomba **contra** a Pepsi-Cola!

Sobre as empresas de refrigerantes norte-americanas Citrângulo sabia tudo. Que a Coca-Cola tinha sido inventada por acaso pelo norte-americano John Styth Pembertom, quando o farmacêutico tentava fazer um remédio contra dor de cabeça e que a Pepsi-Cola perseguia inutilmente a Coca-Cola há quase 100 anos como Tom persegue o Jerry.

— É mesmo? — Sorriu cinicamente o chefe solvendo uma dose de Dubonnet — pois eu tenho um contrato publicitário bomba **com** a Pepsi-Cola!...

TATU VELHO NUNCA ESQUECE O BURACO ANTIGO. (OU, IDADE METÁLICA: PRATA NA CABEÇA, OURO NO DENTE, COBRE NO BOLSO E CHUMBO NO... PÉ.)

Contam que o embaixador alemão na França perguntou a Picasso apontando para o quadro "Guernica": "Foi o senhor que fez isso?" Resposta rápida do pintor catalão: "Não, foram os senhores..."

A história mostra como às vezes são ridículas as causas que determinam as guerras. Uma das muitas que houve entre a Turquia e a República de Veneza seria evitada se, naquela época, não fosse costume entre os venezianos usar a barba raspada.

O Grão Vizir pediu ao embaixador de Veneza que prometesse respeitar certo tratado, segundo a fórmula do ritual muçulmano, isto é, jurando pela própria barba e pela do Profeta. O embaixador respondeu que em Veneza ninguém usava barba. "Sois então, um povo de macacos?" — Voltou a falar o Grão Vizir. Diante de tal insulto o embaixador rasgou o tratado e a conseqüência foi uma terrível guerra em que pereceram 30 000 venezianos e 120 000 turcos.

A guerra que houve entre a Suécia e a Polônia, travada em 1654, rebentou pelo motivo do rei da Suécia ter notado que, numa mensagem da côrte polonesa, seu nome e os seus títulos eram, seguidos de dois etc., ao passo que o rei da Polônia o era por três. Resultado: uma declaração de guerra.

Conseqüência ainda mais terrível teve o impensado gesto daquele menino que atirou pequena pedra no duque de Guise; esse fato foi realmente a causa do massacre de Vassy e da guerra que durante trinta anos ensanguentou a França...

Lembrei-me desses fatos porque havia uma verdadeira guerra entre duas agências; lutavam entre si, por causas mais ou menos parecidas. Esquecendo-se tanto uma quanto outra, de que as contas publicitárias são efêmeras. Nenhum cliente é eternamente fiel, nada na propaganda é duradouro. Nem mesmo as mais suadas conquistas.

Para quem estava de fora, aparentemente o motivo da batalha, recaía na preferência por tal cliente e volume de sua verba publicitária, o que por si só já seria absurdo, mas a verdade, era bem outra. Os dois Coronéis, donos das agências, o "Vitassay" e o "Atalaia Jurubeba", disputavam uma funcionária, e o fato curioso, não por ela possuir melhor qualidade no desempenho publicitário, o segredo dela estava no divã. Tinha mais horas de poltrona Lafer do que urubu de vôo. Dava mais que xuxu em cerca.

E ainda se vangloriava da maledicência:

— É isso aí. Em árvore que não tem boa fruta, ninguém atira pedra...

Não tratava-se de beleza física de impressionar ninguém à primeira vista, mas diziam as boas línguas que era mulher com capacidade para superar na cama, celebridades mundiais no quesito sexo, como a tal que liquidou o Átila, rei dos Hunos, conquistador da Europa, que morreu de tanto copular com a mesma e insaciável senhora...

Falavam também, que a referida dama (a publicitária não a mulher do Átila) possuía em seu apartamento uma cadeira especialmente desenhada para certas práticas amorosas, de desenho igual àquela que em 1899 o presidente francês, Felix Fauré, divertia-se com a amante e seu coração pifou para sempre.

Os dois donos de agências de publicidade e mortais inimigos, tinham a mesma tara: queriam morrer deitados com a mulher de seus sonhos, não sobre **layouts,** textos e planos de **media.** Mas como diz o Júlio Ribeiro: é inútil tentar mudar o tamanho do pé para caber num sapato menor. As filhas da madrasta da Cinderela já tentaram e não deu certo. Finalmente um deles quase conseguiu. O mais velho, chamado por todos de "Inventor da Propaganda". (Se anunciar fosse futebol ele teria seguramente mais de cem anos só de minutos de silêncio). Voltando de uma viagem de três meses pela Europa, chegou saudoso do antigo ninho. Na noite do desembarque, e seu desempenho foi sobre o carpete Tabacow mesmo.

No esforço dispendido sentiu-se mal, extenuado e infartado.

Rapidamente foi despachado para casa. Não conseguiu por pouco ter o sonhado destino igual ao do papa Leão VIII. Com a diferença de que, com o religioso ninguém até hoje soube a identidade da dama que o acompanhava...

IDÉIAS LEGUMINOSAS

Tinha duas filhas a Helna e a Tresa, que depois vim a saber na realidade chamavam-se Helena e Teresa.

O Alfacinhas era um contato português de sorriso branco, gozador ao extremo, daqueles que mal se contava piada de lusitano ele esportivamente aplaudia. Por mais simples que fosse, como a do patrício que gritou de dor e quando lhe perguntaram o porque, respondeu que o seu vizinho havia mandado ele dar uma pintada no portão...

Quando não, contava ele mesmo com a vantagem do sotaque que não precisava ser imitado, como no caso da propaganda dos cigarros Marlboro, que na televisão de Portugal havia aumentado a venda de cavalos. Digo que ele era um contato, não que tenha falecido, apenas resolveu mudar de profissão e hoje, não foram passados muitos anos, graças a seu esforço e inteligência, é abastado fazendeiro na África do Sul. Mancada mesmo ele só deu quando convidado a caçar canário da terra, levou enxada...

Esse simpático trasmontano da área de atendimento (do tempo em que contato desempenhava sozinho, não como hoje em que o contato-mutirão vai com turma a tira-colo); agia como contato publicitário mesmo, não desses de comprar entrada para o futebol e arranjar mulheres para o cliente. Tinha um cliente também português, dono de pequeno laboratório, que ouvira falar num tipo de propaganda na televisão e no cinema, onde havia um sutil apelo que só o inconsciente via, e queria saber de que se tratava, como funcionava, para encaixar a publicidade de um dos seus produtos.

E o produto muito difícil para ser anunciado num veículo como a televisão, nem que deixasse o horário nobre para caír na "patrulha da madrugada". Mas o cliente insistia que devia entrar das 8 às 10 horas da noite. Era um tal de "Anel Maravilha", de borracha dura, que quando colocado na base do pênis mantinha-o erecto...

O cliente (a pedido da esposa) queria encaixar o "Anel Maravilha" na história do português quando da melhor hora da lua-de-mel, a mulher lhe confessara não ser mais virgem e em resposta ouvia: "Oh Meria, tu me vens com signo numa hora destas..."

Como sempre, havia um inconveniente. A interferência da esposa do cliente na hora de se criar uma peça publicitária. Quando anunciavam fortificante de sua fabricação as fotos dos modelos profissionais sugeridas pelo **layout** eram logo substituídas na arte final pelos retratinhos dos filhos do casal, o que de pronto se notava que o remédio não fazia muito efeito. Como modelos de anúncios de xarope a filhinha ficara tão manjada que na escola chamavam-na de "Tosse-Tosse" e o garoto de "Tuberculino de Almeida Júnior". Em casa a esposa enquanto preparava a sopa Knor de legumes tinha uns repentes de criatividade, passava ao marido para este repassar e o cliente trazia o rascunho cheirando a mistura de tempêro Arisco com açúcar União, no bolso do colete para a mesa de reunião da agência.

— Olha, a Januária (esse era o nome da fera; uma portuguesa com cara de víbora e tão desbocada, que o Alfacinhas tinha pavor de enfrentá-la), minha mulher, acha que o texto assim ficaria melhor... — o que evidentemente só enchia o saco dos profissionais presentes na sala de criação.

Uma luta para a agência não aprovar as tais "idéias luminosas" da Januária que devia mais era cuidar de Melitta, Arno e Walita, e convencer o cliente, que por sua vez não podia contrariar a arrojada mulher, senão...

Para o "Anel Maravilha" que o cliente insistia de entrar no horário nobre da Globo, a Januária já havia criado um **slogan** que o marido ficava meio na dúvida, não sabendo se consistia em elogio ao seu produto ou insulto, ofensa para sua pessoa: "Sem "Anel Maravilha", a coisa acabou a pilha!"...

A sorte era ser o Alfacinhas um publicitário muito hábil. Pôs-se a explicar ao patrício com detalhes, a nova propaganda na televisão. Não era tão nova assim. Tratava-se da publicidade subliminar, que consistia em influenciar o subconsciente sem a percepção consciente.

Vários estudos e testes tinham sido feitos e verificou-se que o ser humano através desse tipo de publicidade, sob sua influência, passava a agir involuntariamente.

Durante um filme foram inseridos fotogramas (quadros cinematográficos) de apenas uma fração de segundo (num segundo há 24 fotogramas). O olho humano não percebia esses fotogramas, mas o subconsciente os registrava. Quando se substituíam um ou dois fotogramas da película por uma mensagem qualquer, era possível transmitir esta mensagem para o espectador sem que ele a percebesse.

O espectador lia uma palavra ou via um símbolo mas não sabia conscientemente, que tinha visto. A mensagem estimulava o pensamento. Se por exemplo fosse colocada a frase beba Fanta, o público sem saber por que, sentia vontade de beber o refrigerante veladamente anunciado.

Assim o Alfacinhas passou um tempão explicando ao cliente português. E este por sua vez, à noite, tentava transmitir à esposa no que consistia a tal propaganda subliminar destinada a causar maior impacto, e que não podia ser captado pelo público conscientemente.

— Consiste, Januária, na colocação de mensagem — frisava bem, tentando não perder nada do que havia anotado — que não chega a ser percebida diretamente pela vista humana. Misturam motivações imperceptíveis pela visão para ativar as manifestações dos instintos humanos.

Contava também à esposa que apesar de um filme ter normalmente 24 quadros por segundo, o olho humano era capaz de perceber 173 nesse mesmo espaço de tempo. Se nesses 24 quadros houver inserção de uns dois ou três, sem continuidade, aparentemente eles não serão registrados pelas células nervosas, mas o registro é feito em nível de subconsciência ou inconsciência. Assim o receptador não percebe que foi convencido por uma técnica que seu consciente não captou, mas sua conduta modifica-se porque o inconsciente recebeu a mensagem. E o comportamento humano depende de maneira importante do inconsciente, e não apenas do consciente.

— Só que tem uma coisa, Januária, essa tal publicidade subliminar é proibida em todo mundo.

— Aié, oh ráios — admirou-se a esposa que já estava com sono de tanta explicação — então vamos fazer o anúncio para a televisão a meu modo mesmo.

— Um momento, mas o "Anel Maravilha" não pode ser anunciado na televisão, nem no sistema convencional...

— Não estou falando dele — sorriu a debochada Januária — refiro-me a outro nosso produto. Queres ver: dois homens bem vestidos se encontram na pracita, o Artur e o Albano; podem ser interpretados pelo meu sobrinho, e o meu irmão, que não são artistas mas possuem boa pinta. Desenvolve-se então ali o seguinte diálogo frente às câmeras:

— Oh Artur, empresta-me quinhentas pratas?

— E lá, não vai nada? — responde prontamente o Artur, dando a deixa para o Albano completar:

— Vai sim, Supositório Furreira...

CORDEIRO QUE SE DESTACA DO REBANHO, PEGA LOGO LOBO PELA FRENTE (OU, QUEIXADA QUE NÃO ANDA EM BANDO VIRA COMIDA DE ONÇA)

O Alfacinhas só era elogiado quando chegava atrasado e o patrão dizia:

— Bonito, heim!...

Naquele encontro entre donos de agências de publicidade estava presente a fina flor dos Coronéis, que almoçavam no Cá Doro.

Faziam parte dela o bem vestido "Carretel", apelido dado porque o homem enrolava todo mundo e não perdia a linha. O tranqüilo "Delfin Neto", tinha peso, escorregadio e difícil de ser encontrado, principalmente na hora de dar aumento ou pagar. Além do falante "Disco Voador", pequeno, chato e ninguém acreditava nele; do "Frigideira", por não sair "do fogo"; da dupla de pesos pesados, "Rolha de Poço" e o mais alto, o "Tampão de Vulcão", por motivos óbvios; o "Quinoveóve", pelo seu péssimo inglês; o "Papagaio de Pirata", nas fotografias de comícios aparecia sempre sobre os ombros dos principais políticos.

O "Formiga de Gravata" chegou atrasado arrastando a tiracolo uma dama esculpida em toucinho.

Tinha mais, o "Almofada de Faquir", gordo e cheio de espinhas; o "Pão Árabe", chato e sem miolo; o "Dragão Dengoso", escamoso, cabeça reduzida, na verdade não existia. O "Casal Vinte", cada um com no mínimo dez anos sacaneando empregados; o "Trêbado", sempre com um grau a mais que bêbado; o "Saco", participava de todas as concorrências mas nunca entrava. Completavam o quadro, o "Pentelho Luminoso"; o "Foca Amestrada"; o "Porra Louca"; o "Pavão Emplumado"; o "Rato que Ruge"; o "Banho Maria"; o "Sarna Galega" e outras espécimes empresariais do cenário publicitário, sempre falando em diminuir despesas e apregoando falsa liberdade, que na verdade, para defender anúncios de cigarros, bebidas alcoólicas, remédios e agrotóxicos. Vários deles residiam no condomínio fechado Alphaville.

Todos sabiam que eles não seguiam a máxima de Leo Burnett quando citou a sócios e funcionários: "Arranquem meu nome da porta, no dia em que vocês gastarem, mais tempo fazendo dinheiro do que fazendo propaganda".

Destacando-se sobretudo no grupo de empresários, famoso, inseparável e estranho trio. O magro "Beato Salú" e a secretária-noiva-perpétua que já o acompanha há seguramente uns 19 anos, a "Saegarabira" (tinha a parte de cima do Garabira: peito batido, cabelos longos caídos nos ombros e rachados ao meio no alto da testa, e a parte de baixo, do Sá: uma calça amarela de xadrez largo, que não largava). Acompanhava-os (como sempre) a "Scopetta", mulher pequena, pernas cobertas por meias de algodão, retas e curtas como espingarda de dois canos serrados...

Discutiam principalmente contenção de despesas, e apenas numa coisa acertavam:

— Qualquer assalariado hoje custa o dobro do que recebe. Metade vai para ele e outra metade vai para o governo sustentar mordomias — afirmava um dos empresários. — Daí a onda de desemprego.

O assunto esvaziou quando surgiu o "Gangorra" — tão chato, mas tão chato que quando ele entrava e sentava, todos levantavam e iam embora. A turma admitia o canalha e o maligno, mas o chato dos chatos ninguém perdoava...

Abraan Lincoln disse certa vez que Deus devia gostar muito de pobre, porque fez muitos deles. Estava certíssimo, pois próximo do simpósio dos donos de agências, por coincidência, encontravam-se reunidos também os profissionais da publicidade, os plantadores de idéias, e que almoçavam no Cai Duro. Empregados que ganhavam pouco e se pedissem aumentos eram mandados embora, reunidos em número pelo menos dez vezes maior do que o dos patrões. Presidiam a reunião os "Irmãos Karamazov", e participavam o "Vaca de Presépio", tinha esmirilado o gogó de tanto concordar com os patrões; o uisquerdista "Doutor Abelha" que de manhã fazia cera, no meio do dia estava no "mé" e à tarde batia as asas; o "Tonel de Carvalho", mais enxarcado do que nunca, tomava todas sem distinguir a branquinha de alambique de um Chateau Nantene 68. A gordota eternamente mascando chocolate, "Constança Mascalacta" acompanhada dos **play-boys** das pobres, "Toninho Abdula" e "Joquinho Strupa". Sem contar o quarteto do perigo amarelo: "Sugiro Isso", "Toroka Dekorochão", "Barasiro Luburacso" e "Takogato Nomuro". Fora outros com a cabeça a prêmio nas agências, na marca do pênalti e até no bico do corvo, pela avançada idade. Alguns moravam na A Favela...

Para eles a "redução de custos" das empresas significava dispensa. Ou como chamavam a "contenção de despesas": facão, corte, desvio, passaralho, rapa, tapetão, limpeza...

Agência que se preza pede ao contato que antes de sair para visitar o cliente, que leia pelo menos um jornal pela manhã, antes da luta. A fim de não passar vergonha ao conversar com os RI — Relações Industriais, gerentes, diretores de propaganda das empresas e não saber dos principais fatos ocorridos na noite anterior ou durante a madrugada. Um desastre ferroviário ou aéreo de grandes proporções, um incêndio numa loja famosa ou mesmo o simples resultado da partida de futebol.

O Xerife Alfacinhas, o vivo contato português, ia mais longe. Fã incondicional do Joelmir Beting de ler e ouvir (e à noite, ver na televisão) ao levantar-se carregava o rádio Polivox, de pilha, para o banheiro onde cedo já se inteirava de tudo, inclusive se ia chover durante o dia, para colocar roupa apropriada. Quando chegava na agência para a leitura matutina já estava com tal volume de munição informativa capaz de gastar até com o patrão, antes de enfrentar o cliente.

Naquele dia, no primeiro encontro com o cliente em potencial, não teve chance de mostrar tudo o que sabia pela manhã. Atrasou-se no horário marcado justamente por participar da reunião com os colegas.

Ao chegar na empresa que fabricava artigos de plástico, foi logo informado pela secretária de que um contato de outra agência, (marcado para depois dele), havia entrado em seu lugar, devido ao atraso. O Alfacinhas, infelizmente, somente seria recebido duas horas depois. Perdera assim a oportunidade de "metralhar" o cliente em primeiro lugar.

Um contato comum, por sua vez, teria ido embora desanimado, queimando Pirelli, queixando-se da má sorte. Mas não o Alfacinhas dono de brilhantes saídas, principalmente em situação de desvantagem como aquela. Não perdeu a calma, pelo contrário mostrou-se até alegre e comunicativo principalmente quando percebeu que a secretária era sua conterrânea (por sinal muito linda) e passou a falar sobre a "santa terrinha". Em pouco tempo já havia passado à piada de lusitano. Tomou um fôlego para solver o cafezinho e prosseguiu:

— ...no dia seguinte, nosso patrício foi pagar o motel. Acercou-se do gerente e elogiou tudo. — Gostei muito do conforto. Do aperitivo de entrada ao som excelente; música de muito bom gosto. A cama, então é divina com o colchão de água. Os espelhos no teto e nas paredes laterais, sensacionais. Gostei dos vídeo-cassetes, maravilhosos. Tudo muito bom e olha que nem é muito caro; considerando tudo de bom que proporciona. Adorei mesmo...

Vira-se o gerente, agradece a amabilidade do português, os elogios, e encerra: — Da próxima vez garanto que o senhor vai gostar muito mais. É só trazer companhia!...

Enquanto o diretor da firma atendia o concorrente, Alfacinhas despediu-se da secretária, desceu do escritório e correu visitar a fábrica. Olhou um departamento, outro, sempre perguntando e principalmente ouvindo. Notou logo que estavam para lançar novo produto na praça. As informações que a princípio eram veladas, diante do interesse demonstrado pelo publicitário em colaborar para o êxito do lançamento, passaram a ser distribuídas a granel. Perguntas daqui e dali completando, estava já o contato Alfacinhas por dentro de tudo e com a vantagem de conhecer os mínimos detalhes. Duas horas portanto foram suficientes.

Ao ser recebido pelo diretor da empresa, deu um **show.** Sabia não só sobre o lançamento do produto como detalhes técnicos; conhecia material e mão-de-obra, o que facilitou em muito a missão de transmissão e captação. Para encerrar, ao notar que o diretor também era patrício, Alfacinhas contou rapidamente o diálogo no encontro entre os dois portugueses: — Se advinhares quantas padarias eu tenho, dou-te uma e fico com a oitra!...

Ganhou a conta! Alfacinhas foi o vencedor do dia. Primeiro pelo atraso na entrevista, o que foi providencial. Segundo, pela presença de espírito em visitar a fábrica, as respectivas seções se inteirando do assunto, e terceiro, pelo poder de absorver bem e rapidamente todas as informações necessárias para um bom diálogo. (Além da simpatia). Pelo interesse demonstrado ganhou a amizade do cliente (e da secretária) e consequentemente, a conta, que passaria a render milhões para a agência de publicidade em que trabalhava...

Chegou em sua mesa, afastou a calculadora Sharp e puxou a pequena mais eficiente Olivetti Letera 32 que o acompanhava há anos, para iniciar logo o relatório, preparou o **briefing.** Não aguentou, largou tudo e saiu correndo subindo as escadas, sem esperar pelo elevador.

Ao chegar esbaforido e eufórico na sala do patrão com ótima novidade, uma surpresa, e grande, lhe estava também reservada. Um sonoro bilhete azul!

Havia sido mandado embora. Perdera o emprego, justamente por participar da reunião com os outros profissionais e ter se atrasado com o cliente...

Foi quando o Alfacinhas, bom contato e bom contador de piadas de português, embarcou para a África do Sul.

O Cara Preta, que trabalhava com a gente não perdoou a ida do nosso amigo e envenenou o mais que pôde, inventando a história. Dizendo que logo chegando na África, o Alfacinhas cansado da viagem resolveu tirar umas férias tomando parte num safari. Mal chegando no mato o infeliz foi atacado por um gorila mal encarado. O português voltou no mesmo ponto da mata, no dia seguinte e novamente foi atacado pelo animal, assim acontecendo no terceiro dia consecutivo. Chegou e foi logo agarrado pelo bicho... Não demorou três meses o Alfacinhas estava louco para voltar ao local onde fôra atacado. O fato intrigou o inglês, dono da expedição e chefe do safari, que perguntou: — Oh, **mister** Alfacinhas, porque o senhorr querrer ir outra vez ao mesmo lugar onde foi tão duramente atacado, por três vezes seguidas por um gorila? Non estar preocupado?... — Estou sim — respondeu o Alfacinhas — é justamente por isso. Há três meses que o gorila não escreve nem telefona...

A VIDA DÁ TANTAS VOLTAS, QUE O PAVÃO ACABA EM ESPANADOR

Há quem pense ser a publicidade, uma arte moderna. Mas não é bem assim. Descobriram-se nas ruínas de Pompéia painéis anunciando combate de gladiadores ostentando, como complemento, endereços de diversas casas de banho, e de medicamentos, além de convites a todos para se distraírem, depois das lutas, em certos locais cujas atrações, descritas em termos persuasivos, deviam ser semelhantes aos **shows** de **strip-teaser,** que acreditávamos ser coisa nova.

E aí está uma palavra que ficou no lugar de "espetáculo de nudismo", graças à força maciça da publicidade. Chegou e não saiu mais.

Muita gente pensa até hoje que Formica é a designação de tipo de material quando na verdade é marca de produto. Marca exclusiva de um tipo de laminado de madeira produzido pela American Cyanamid Co. E o que dizer do Xerox? Não se confundiu com o próprio?

Da mesma maneira que algumas pessoas dizem Durex ao invés de fita colante ou adesiva. Chamam palha de aço de Bom-Bril, Gillete no lugar de lâmina de barbear e Chiclets ao se referirem a goma de mascar. Isto quando não chamam de Cândida, a água sanitária dos supermercados. Fermento em pó é Pó Royal e amido de milho, Maizena...

Vitrola é marca registrada da R.C.A. Victor e desde o instante em que surgiu no mercado com essa denominação de marca passou a definir o próprio aparelho.

Exemplos semelhantes que passaram a ser termos genéricos, inclusive para outras marcas, existem muitos no Brasil: Celofane, Celulóide, Duratex, Cinzano, Gumex e até a antiga geladeira, hoje refrigerador, era num passado não muito remoto chamada de Frigidaire. Óculos escuros, Ray-ban. Assim como ainda tem gente no interior do nosso país chamando máquina fotográfica, de Kodak.

O brasileiro já chamou automóvel de Ford; chocolate de Diamante Negro (em homenagem ao centro-avante Leonidas da Silva); relógio, de Omega e caneta, de Parker... E desinfetante até hoje é Creolina...

Essa tendência, às vezes por ser o primeiro produto lançado ou pela força da publicidade em cima, generalizou-se. Tanto que nos Estados Unidos, onde tudo é muito bem controlado já está se recusando proteção a esse tipo de marca que pelo excessivo uso e total aceitação, adquiriram características de domínio público. Como já havia acontecido com a expressão Cola e mesmo com a Aspirina, que deixaram de ser marcas exclusivas de único fabricante e passaram a ser designação genérica de produto, agora já sem proteção.

Foi devido a essa tendência universal que naquela alegre noite no Parque São Jorge deu-se o inesperado. A orquestra parou enquanto o baterista rufava o tambor. O presidente do Corinthians levantou-se e dirigiu-se primeiramente, à mesa ao lado, onde encontravam-se sentados representantes da Companhia Antártica Paulista. Em seguida ajeitou a **Jean Sablon** (camisa por fora da calça) e puxou a calça rancheira (**Jeans** do tempo dele), subiu ao palco, esquecendo-se de que quatro coisas não voltam mais: a oportunidade perdida, a água que move o moinho, a seta disparada e a palavra proferida. O tambor silenciou, o mesmo acontecendo no salão todo. As pessoas da mesa ao lado já esboçavam coletivo sorriso de agradecimento, quando o presidente do clube pegando o microfone deu ênfase e soltou a bomba:

— Agradeço ao pessoar da Antártida, as Brahmas que mandaram pra nóis! ...

MANCHETES POPULARES

O "Notícias Populares" já tinha dado as manchetes "Cachorro faz mal prá moça!", quando uma jovem inadvertidamente comeu um sanduiche de cachorro quente e a salsinha estava estragada. E "Violada no Auditório!", por ocasião de um festival de música popular brasileira, onde um dos participantes, mais precisamente o Sérgio Ricardo, num acesso de fúria por não ter sido entendido em sua mensagem musical, arremessou no meio de ensurdecedora vaia, seu Del Vecchio na cabeça das primeiras pessoas que estavam sentadas no auditório.

Lembrando os fatos, alguns ilustradores de publicidade, que faziam parte de um clube que congregava os melhores artistas da área, resolveram fornecer nova manchete para o famoso jornal paulistano. Isto porque estavam cansados de terem seus trabalhos reprovados pela Bienal de Arte Moderna. Combinaram naquele churrasco aprontar uma para ficar na história.

Foi no sítio que um dos desenhistas possuia nos arredores da capital, onde fazia parte como residente sua majestade "Frederico Bernardão Primeiro e Único", um simpático burrico, de linhagem, mestre no carregamento de toda obra do lugar, além de muito querido da eguada por ser bem dotado.

Reunidos os vários ilustradores, antes da carne com fartura e após a ingestão de mais ou menos 14 baldes (dos pequenos) de Tatuzinho na forma de inspiradoras e civilizadas caipirinhas geladas, resolveram colocar umas telas no chão e amarrar uma brocha no privilegiado membro do "Frederico Bernardão Primeiro e Único", no momento do animal comer sua predileta ração. Enquanto o burrico mastigava, balançava o descomunal badalo que possuía e ia pintando as telas com vigorosas e precisas pinceladas. Tintas à vontade para o mestre da arte moderna.

Antes de voltarem para a capital, escolheram duas telas (as piores) e assinaram, o resto do "acervo" foi destruído ali mesmo. Numa delas colocaram a assinatura "A-xadrem" que era "Merdax-A" ao contrário e na outra seguindo o mesmo critério assinaram "Nuratsob", que daria "Bostarum". Segunda-feira cedo, ainda com cheiro de vernissagem as "obras" foram enviadas para a Bienal, onde uma comissão européia estava encarregada de julgar os trabalhos.

Pela primeira vez na vida, brocha tinha feito dar à luz a alguma coisa.

As duas telas foram classificadas entre as melhores, embora não tivessem alcançado os primeiros lugares! De acordo com o currículo tratavam-se de obras dos artistas plásticos, de origem grega A-xadrem, e do norte-africano Nuratsob. . .

Os julgadores consagraram as "obras" e declararam seus autores como gênios. Entretanto quando lhes foram exibidos **slids** e filme do "verdadeiro artista" "Frederico Bernardão Primeiro e Único", enquanto "pintava" qual possuidor de cinco pernas, houve um crítico dos mais afetados que desmaiou. Tiveram que levá-lo para baixo de uma ducha Corona. Teve chiliques mil, um atrás do outro e acabou ficando de cama no hotel, mais por ver o comprimento da "mão do pintor".

Os quadros que tanto podiam ser vistos de cabeça para baixo, para cima, como de lado (ficava à vontade do freguês), foram destruídos com a promessa de não se tocar mais no assunto. Os publicitários conseguiram o que queriam, apenas provar as faltas de critério e sinceridade que por vez dominam os julgadores de certas pinturas modernas. Aliás, pinturas não, decorações, conforme frisavam os autores da proeza, agora vingados.

Amigos influentes pediram encarecidamente que os jornais não tomassem conhecimento da brincadeira, pois iria repercutir negativamente no estrangeiro, já que nosso país não tinha fama de ser muito sério depois da célebre frase de Charles de Gaulle: **Le Brésil n'est pas um pays sérieux**. . .

O "Notícias Populares" naquele dia dava: "Galã fracassado, preso no galinheiro na transa com a carijó!" quando o rapaz foi apanhado em flagrante com a empregada doméstica de nome Carijó, atrás da casa, no melhor da festa.

Enquanto a comissão julgadora ainda suava frio pelo fora que dela, receosa de um escândalo internacional e o jurado que havia desmaiado se recompusesse do susto, os ilustradores riam só em pensar se o "Notícias Populares" soubese da façanha do "Fred". Sua majetade "Frederico Bernardão Primeiro e Único" que passara a ser **grife** de sucesso, pegaria fácil meia página como um dos melhores da Bienal, com retratinho e tudo mais que tinha direito. Manchete: "Bienal confundiu obras do mestre Picasso, com pica de aço do mestre de obras!"

DEFENDIA A VIDA DO VEADO E NÃO DEIXAVA A ONÇA MORRER DE FOME

O Roberto Simões conta a história de um fabricante de calçado que resolveu fazer pesquisa para avaliar o potencial de mercado de certa região africana.

Como o industrial tinha dúvidas sobre o instrumento, resolveu contratar ao invés de um, dois pesquisadores de mercado.

E montou um estratagema para que um não soubesse da existência do outro.

Definiu os objetivos, formulou o que desejava saber, delineou a área a ser trabalhada e enviou-os à África.

Meses depois recebeu os dois relatórios.

Um dos pesquisadores concluiu taxativamente: "Mercado péssimo, ninguém tem o hábito de usar sapatos".

O segundo pesquisador todavia já tinha outra ótica e concluiu: "Mercado ótimo, ninguém usa sapatos".

O que revelam de um lado o espírito pessimista e, de outro, alguém acreditando que o mercado poderá ser aberto...

O Marini era um pesquisador desse time dos otimistas. Xerife muito inteligente. Dotado de forte espírito de justiça, mas sempre com jogo de cintura suficiente para não magoar ninguém. Nunca deixando a onça morrer de fome e querendo poupar a vida do veado.

Dinâmico, não parava. Seguia os preceitos de Santo Agostinho à risca, de que o homem deve estar preparado para a morte, mas deve agir como se não fosse morrer nunca.

Quando trabalhava comigo numa agência, só que em departamentos diferentes (mais ou menos na época em que todo telefone era preto e toda geladeira, branca), simultaneamente estudava em duas faculdades. E ainda arranjava tempo para vender uns tais seguros médico-hospitalares para as indústrias. O cara era elétrico demais; parecia nunca dormir de tanto trabalhar e estudar.

Companheirão à noite, apenas uma vez por ano, no dia mundial da propaganda, 4 de dezembro, que era comemorado em São Paulo com festa de muita pompa e brilho, no antigo Hotel Esplanada. Baile famoso pela distribuição de brindes a noite inteira, oferta dos clientes das agências de publicidade.

Numa das escolas em que estudava, formou-se em advocacia tornando-se dos preferidos pelos publicitários em apuros. Em sua primeira causa foi advogado de defesa num processo em que o réu tinha trabalhado boa parte de sua vida em agências de publicidade, sempre fazendo pequenas entregas e limpeza geral. Numa das "limpezas", acabou tentando levar para casa alguns quilos de clichês dentro de velhos jornais; foi apanhado em flagrante, mandado embora por justa causa e ainda processado por furto. Um pobre coitado; pelo menos o que se pensava dele até o dia do julgamento.

Nervoso pela estréia, o advogado concluiu longo discurso a favor de seu cliente, dizendo:

— E além do mais, senhor juiz e senhores jurados, trata-se de um criminoso primário. É a primeira vez que rouba alguma coisa...

Foi quando o réu calmamente protestou:

—Também não é tanto assim doutor. De graça, até ônibus errado... Já arrastei no pulso esquerdo um Rolex de ouro 18 quilates e no mesmo dia, no direito, puxei um Orient. Debaixo do chapéu não faz muito tempo enfurnei um Philishave e rolando já foram dois Goodyear, quase novos. Esta é a primeira vez, que conseguiram me pegar!...

Encontro anos depois o advogado Marini. Já juiz (visceralmente contrário à pena de morte, exceto para os donos de agências), contou então o seguinte diálogo entre ele e uma pessoa que foi pedir desquite. Por sinal, também publicitário, que conheceu o juiz, quando este era colega, isto é, pesquisador e contato na área de atendimento da agência. A pessoa, um produtor gráfico que bebia muito, não parava mais em emprego nenhum e andava já chamando Jesus, de Genésio.

Disse o juiz:

— Vou conceder o desquite à sua mulher e mais cinco mil cruzados mensais.

Ao que o publicitário desquitante respondeu calmamente após a terceira dose de caninha Jamel:

— Ótimo, senhor juiz. Se eu puder, de vez em quando darei alguma coisinha também...

D.P.Zé

A segunda vez em que fui apresentado ao Zaragoza da DPZ Propaganda, foi pelo produtor Edmar lá na General Propaganda, do Candão, na Conselheiro Crispiniano. Que depois virou General Advertising, onde o Zara era **layoutman.**

A terceira apresentação foi no estúdio Metro 3 quando o Zaragoza já famoso formava o triunvirato de Xerifes com o Albert Chust e o Francisco Petit. Três artistas catalões, cada um melhor que o outro.

Mas a primeira apresentação foi no Foto Labor, onde um mocinho espanhól recém chegado era simples empregadinho do alemão Werner. Seu apelido, Zé Espanhól e fazia reproduções. Seu nome verdadeiro José Zaragoza.

O Foto Labor na avenida São João, uma espécie de quebra-galho da propaganda; lá se fazia de tudo. Enquanto o Francisco Albuquerque era o fotógrafo de classe, da época, com belíssimas modelos, loiras e morenas, fotos especiais e tempo para execução, o Werner um alemão enfezado, rápido e quase nunca recusava nada. Desde um simples cromo a uma grande ampliação. Uma foto de caneta, creme dental, de um torno ou trator e com retoque americano por cima, feito com aerógrafo, cujo tambor de ar ocupava quase o mesmo espaço da mesa.

Eu digo que ele quase nunca recusava serviço, porque presenciei uma recusa. Foi no dia em que entrou afobado no estúdio do alemão um dono de agência e com total cara de bobo, pediu para ele "tirar um retratinho 3x4". O Werner franziu a testa — o termo diminutivo feito para reduzir o valor do trabalho e conseqüentemente custar pouco ou ser de graça — olhou penetrante como uma furadeira Singer e bradou:

— Senhor, não sou lambe-lambe...

O homem se identificou:

— Sou dono da agência tal...

— Continuo não sendo fotógrafo de "tirrar retratinho", senhorr — voltou áspero o Werner com seu sotaque carregado, já virando as costas.

O cliente Coronel muito burro não se mancava.

Aí entrou o contato da agência que procurou contornar, pedindo ao fotógrafo de publicidade que só aquela vez resolvesse o problema do patrão, pois ele tinha urgência, ia viajar e tal e coisa. Diante do exposto com jeito, o alemão acabou concordando em fotografar o panaca.

Sentou o dono da agência numa cadeira, formou a olho um improvisado fundo de Eucatex pintado com Suvinil, e não fez rodeios:

— Faça um carra de chente intelichente que tem achência.

Batida a foto alertou:

— Prronto. Agorra o senhorr pode voltarr ao norrmal...

MEU INÍCIO NO MUNDO ENCANTADO DA PUBLICIDADE

Tempo bom em que não existiam Aids nem Aedes. E nossos vícios santos: apenas cigarros simples e algumas poucas bebidas alcoólicas...

Vi pela primeira vez o que era publicidade, no Stúdio Peixe, do Francisco Nicola Pesce. Alí fiquei sabendo que serifes são os traços que as letras tem em cima e embaixo, e corondéis, fileiras de pontinhos. Gostei tanto que aderi na hora.

Tempo do bom Creme de Arroz Colombo, A Equitativa, Cristais Prado, Café Paraventi, Sams, Doces Sul América, Prudência Capitalização, Sabonete Gessy, Loterias Fazanello, Lustra Móveis Shell, e da Boate Oásis, que não fazia jús ao nome: era pequena parecendo um cinzeiro ao som de música...

Época das melhores. Só ouviamos falar, que crise é a época em que a gente aperta o cinto. Quando a gente não tem cinto para apertar a época chama-se "depressão"; e se já não tem calça, chama-se "pânico"!

Em agência comecei por sorte, na mais criativa do país, na época. A brasileiríssima Standar Propaganda, do Cícero Leuenroth, hoje transformada na multinacional Standar, Ogilvy & Mather. Onde já tinham sido seus modestos funcionários tanto o apresentador de televisão, Jota Silvestre, como o ex-ministro das comunicações, Said Farath.

Havia uma foto de um time de futebol da agência em que os dois bem mocinhos, apareciam vestidos de jogadores na clássica posição inglesa: ajoelhados e de braços cruzados. Se foram craques de bola não sei, mas foram Xerifes na arte de anunciar.

Comecei e terminei ali em pouco mais de 24 horas apenas. No dia seguinte estava sendo preparado o final de um "levante" por parte de alguns empregados e parti junto com os "revoltosos". Levantei acampamento com o Agnelo Pecoraro e o Domingos Braga que na véspera tinham me levado para a Standar, por indicação do Zachi um joalheiro amigo da família. Os dois fizeram o convite e com a mudança acabei pegando um aumento de salário no primeiro dia de trabalho, na Dória Associados Propaganda cujo dono era o João Agripino da Costa Dória.

A Standar possuia o melhor time de desenhistas da praça: Fritz Lessing e Domingos Braga como **layoutmans,** na época ainda não existia o cargo de diretor de arte, nem desenhista trabalhava em dupla com redator: era cada um no seu departamento. O redator fazia o texto e passava para o desenhista ilustrar a idéia. Com a particularidade, todo mundo de gravata. Na agência, só **office-boy** não usava o colorido pano pendurado no pescoço. Tanto que a Casa Franco, fornecedora de material, através do Paulo Franco, dava como brinde de Natal aos desenhistas, vistosas gravatas dentro de belíssimas embalagens.

Os outros desenhistas da Standar eram o João Cardacci, bom artefinalista à traço, Oswaldo Morganteti, outro excelente artefinalista; um perfeccionista da cor, executava os trabalhos da Goiabada Peixe e Biscoitos Duchen. Darcy Penteado, figurista (ainda não despontava como artista consagrado), usava um cachimbo de porcelana quando desenhava figura de mulher, tanto para Calçados Clark como para Max Factor, que fazia como ninguém; possuia um belíssimo traço e uma delicadeza de detalhes impressionantes. E o Ivo Araujo, ótimo letrista; não existia letra set, fotoletra etc., como hoje. O artista Urano, de vez em quando vinha da Standar do Rio de Janeiro para ajudar nas campanhas, além do notável argentino Premiani, que desenhava as paisagens sul-mericanas para o estúdio de Walt Disney. Premiani foi o maior desenhista de cavalos que conheci.

Ali aprendi: que o homem que trabalha com as mãos é um operário; o que trabalha com as mãos e com o cérebro é um artesão; mas aquele que trabalha com as mãos, o cérebro e o coração é um artista...

Na nova agência, nos primeiros dias o departamento de arte ficou composto somente do chefe Domingos Braga que fazia os **layouts** e eu enfrentava os **past-ups** e ajudava nas artes finais. O Adolfo Alves, o produtor gráfico. Depois veio o Hélio Arruda Guimarães como outro artefinalista para reforçar a equipe. Com o tempo a agência mandou buscar no Rio de Janeiro, o Armando Moura.

Usavamos ainda como reforço, no início, todo o poderoso **staff** da Standar, quando serviço apertava. Nessa altura o Alexandre Periscinoto (hoje Alex, proprietário da Almap) desenhista da Sears Roebuck e Mappin, passou para a Standar como **layoutman** e conseqüentemente passou a fazer **free-lancer** também para suavizar, quando nosso movimento de trabalho passava a ser grande. Todos cooperavam, desde o Morganteti, o Cardaci, o Ivo, o Darcy até e principalmente o Lessing. Contavamos ainda com a colaboração do Rubens Vaz, mestre na caricatura, Peri de Campos, o italiano Danilo Di Preti (bem antes de ser premiado pela Bienal), o francês Jean Vilin e outros excelentes profissionais da área.

Não existem caminhos. A gente os faz caminhando...

Nessa agência tive o prazer de conviver, além das citadas pessoas nesta página, todas Xerifes, com mais os Xerifes desenhistas, Francisco Apfelbaun (o Xiko), Domingos Logullo, Nelson Cato, redatores Hans Dammann e João Natali Neto. Os contatos Francisco Filizola, Cláudio Aidar, Rogério Severino, Ilza Dória Severino, Carlos Valverde. Os contadores Paula Neto e Antonio Lauleta, a Vera Finardi, o produtor Edmar Neiva Arraes, o **media** Irani Gomide, a secretária Aidê Gomes, o fotógrafo que na época era contato, Oliver Perroy e outros. Foi o início de grandes amizades no mundo publicitário. Mais tarde trabalhei na Autran com o contato Levino Silva, na J.G. fazendo dupla com o Gabriel Prioli e assim por diante...

Sem o convívio por mais de trinta anos com as pessoas citadas neste livro, algumas com nomes falsos obviamente, e outras, eu jamais teria conseguido atingir uma vida profissional tão compensadora, divertida e feliz...

Como foi o riso daquela noite. Lembro-me como se fosse hoje. Encontrávamos no fim do expediente na Padaria Formosa. Ao pessoal publicitário juntava-se no balcão, quase todas as noites para o aperitivo, um médico já de adiantada idade, que possuia consultório próximo ao ponto de encontro. Vinha também chegar-se ao grupo, um desenhista **free-lancer** cuja particularidade era possuir pequena maleta preta igual à usada pelo citado doutor.

O desenhista quando bebia demais ficava um pouco chato, a ponto de constantemente ficar contando ao médico sobre "uma dor que subia e descia pelo corpo", queria saber qual a doença pelo sintoma, essas coisas, e perguntando a toda hora o que tomar etc.

Como diz o Madia de Souza, talento não está na ferramenta; está na pessoa. O velho doutor delicadamente e com toda razão desviava o assunto, porque não estava ali aquela hora da noite para dar consultas e principalmente gratuitas. Afinal seria o mesmo que quebrar umas pedrinhas, de graça, depois de ficar o dia inteiro numa pedreira, embora ganhando.

O Leon Eliachar dizia também e com muita razão, que o ruim da bebida não são os males que ela causa, mas os bêbados que ela nos traz...

Naquela noite o velho e educado médico devia estar de cabeça quente, quando o inoportuno desenhista, bem bêbado, queixou-se mais de uma vez "daquela coisa que subia e descia".

— Sabe, o que você tem é "peido indeciso". Uma doença que só dá em chato. Como você tem cara de cú, o peido não sabe se sobe ou desce...

O desenhista para não brigar com o médico que tinha idade suficiente para ser seu pai, pegou às pressas a maleta e foi embora. O outro, aborrecido saiu logo em seguida...

Pior foi na manhã seguinte.

No consultório médico, o doutor, após ingerir um Sonrisal, levou o maior susto, sem saber como tinham ido parar na sua maleta, tira-linhas, pincéis, réguas, esquadros, lápis e borrachas. Enquanto o desenhista em sua casa, tirava estetoscópio, bulas, amostras grátis de remédios dos mais diversos tipos, de dentro de sua maleta preta...

Os dois nervosos, tinham trocado no balcão da padaria. Na noite seguinte, calmos, encontraram-se para as devidas devoluções de maletas e desculpas. Aproveitaram o encontro para, como dois bons cavalheiros, começar a tomar mais umas e outras doses de Smirnoff e Chatêau Duvalier como se nada de anormal tivesse acontecido...

TRASEIROS MADE IN USA

A agência começou vitoriosa pelo que havia de melhor entre redatores, diretores de arte, **layoutmans,** arte-finalistas, contatos, tráfego, **media,** contabilistas e até **boys**, com exceção de um viciado em Biotônico Fontoura que acabou pisando na bola.

Pela criação de primeira e conseqüentemente pelo volume de bons clientes conseguidos passou logo a ser uma das principais do país, despertando a atenção de pessoas que queriam conhecê-la de perto inclusive pelas modernas instalações.

As visitas, constantes mas a atração maior da agência não era conhecida do pessoal da cúpula, um defeito de engenharia do edifício onde ela estava instalada. E também não era bem o defeito que mostravam aos amigos que visitavam o departamento de arte e sim pelo espetáculo que dali podia ser assistido de camarote a qualquer hora e gratuitamente.

A agência ficava no 31.º andar de um edifício, na rua Formosa, no Vale do Anhangabaú. No fundo ficava o banheiro masculino e o departamento onde estava concentrada a criação. Um vão e em seguida o outro prédio cuja frente dava para a praça Ramos de Azevedo, e no fundo ficava o banheiro reservado às funcionárias de poderosa multinacional. Esse banheiro passou a ser o palco e na nossa sala e no banheiro masculino ficavam acomodados os espectadores, isolados apenas pelo vão e as janelas. Estando o departamento de arte ainda mais acima, como privilegiado camarote.

Esses dois pontos estratégicos foram durante um bom tempo, locais do maior desfile de nádegas norte-americanas da cidade e a maior atração da agência, onde a torcida toda masculina a cada **show** diário vibrava, delirava, porém dentro de uma lei mafiosa: em silêncio.

Naquele pequeno paraíso de concreto, as fêmeas eram conhecidas pelos traseiros. Havia um claro e suave a quem chamávamos de Lana Turner. Um moreno e formoso de linhas perfeitas à la Linda Darnell e até um opulento, o Shelley Winters.

O pessoal da agência, às seis da tarde corria para a praça Ramos de Azevedo procurando conhecer as funcionárias da firma norte-americana pelas costas já que o rosto permanecia incógnito, sempre a parte que menos se via. Procuravam em vão porque vestidas ninguém sabia quem era a Anne Francis, a Virginia Mayo ou a Debra Paget, do improvisado palco.

Ah, que saudade da barriguinha com pelos abundantes embaixo chamada Elizabeth Taylor, dos nossos vinte e poucos anos!... Nessa idade trepávamos até em fio descascado! Admirávamos buraco de fechadura que dirá aquelas malucas coxas conhecidas como Ester Williams! O simples tornozelo da Cid Charisse no inverno transformava-se em emoção inesquecível!...

Seios como o que sonhávamos, da Jane Russel ou Marilyn Monroe, na verdade raramente apareciam. A não ser quando a estrela máxima do **show** surgia em cena no silencioso cenário, onde quase a respiração era parada, a Rhonda Fleming! Uma ruivinha charmosa, de linhas perfeitas, que se desnudava toda, mal entrava no banheiro. Com calma, muita classe e capricho a pequena ruiva começava o espetáculo. Uma artista. Parecia ter consciência de estar sendo observada pelos homens desejosos. Tirava a calcinha com graça e a dependurava na maçaneta da porta, ficando sempre no fundo do pequeno palco uma minúscula mancha colorida embaçada pela distância. Quando não, colocava a peça íntima a seu lado dando até para observar se a etiqueta indicava Mappin, Mesbla, ou **made in USA.**

Em seguida sentava-se no vaso sanitário e enclinava o corpo para trás, encostando os vermelhos cabelos na vidraça ligeiramente ondulada e não totalmente opaca. A deliciosa ruivinha, única mulher a quem todos naquela hora olhavam logo para a ágil e pequena mão esquerda. Começava um delicado ritual de vai e vem até atingir frenético movimento para terminar em velocidade furiosa. Em seguida, um longo repouso reparador de energias...

Um dia, tem sempre um dia, durante a cena diária, um **ofice boy** mais afoito estragou tudo. Falseou o pé na janela do banheiro onde assistia o espetáculo e quebrou o vidro todo, de cima embaixo. Não despencou com grade e tudo do trigésimo primeiro andar por milagre. O barulho e em seguida os cacos espatifando-se no chão caidos daquela altura chamaram a atenção de todos nos dois edifícios. Olhamos logo preocupados, do departamento em que estávamos para a janela do nosso banheiro.

Naquele dia o imprudente **boy** tinha sido astro e todos vendo-o salvo, bateram palmas para o desajeitado artista que de rosto branco passara rapidamente ao vermelho. Foi salvo pela mão esquerda já que a direita estava ainda ocupada segurando o membro amolecido e encolhido pelo susto. Uma violenta tremedeira, os olhos esbugalhados pelo terror e a vergonha, a calça caída sobre os sapatos completavam o cenário...

No dia seguinte, no prédio vizinho, um pintor usando tinta Sherwin Wiliams opaca acabou com o nosso teatro particular, por onde passaram grandes estrelas da época, quando não totalmente nuas pelo menos da cintura para baixo, e inteiramente de graça. Nunca mais vimos ao vivo Rita Hayworth, Ava Gardner, Betty Grable, Arlene Dahl e outras.

Foi um escândalo, mas em compensação uma das poucas vezes em que ganhamos dos norte-americanos. Nessa batalha da vida, perdemos apenas um elemento, o **office boy** desastrado que nunca mais apareceu na agência nem para apanhar o que restava do vidro de Biotônico Fontoura que tomava de meia em meia hora, nem mesmo para receber o salário do mês.

Talvez pelo fato não pegamos contas da Burroughs, Shering, Siemens, Bayer ou Atkinsons mas a multinacional Union Carbide ficou muito mais desfalcada; no setor feminino teve 17 pedidos de demissões...

TRABALHO NÃO É VERGONHA, SÓ É MALDIÇÃO...

Meu primeiro trabalho de desenho, remunerado na publicidade, foi colocar um vegetal sobre mais de seiscentos autógrafos, copiá-los um por um e em seguida remetê-los para a clicheria. Tudo para preencher 5 páginas do Rádio Almanaque Paulistano de 1951, editado pelo Thirso Pires.

O almanaque do rádio saiu em 1951 mas os desenhos foram feitos por mim em 1950. Conheci o Pires no Studio Peixe, anos depois ele montou a Reclan Publicidade e mais tarde foi o "P" da D.H.P. Propaganda.

Esse almanaque mostrava principalmente entrevistas com astros e estrelas, os cantores e radioatores. Entravam biografias, fotografias, autógrafos e curiosidades sobre o pessoal do rádio, na época maior e mais barato entretenimento das multidões. Alguns até pequenos extras de pequeninos papéis, que com o passar dos anos revelaram-se em grandes estrelas do que viria depois ser a televisão.

A fita Basf não tinha sido inventada. No lugar de Olivetti e Brascan era o tempo dos reclames da Lutz Ferrando, da rua Direita. Do salão de beleza de Modas Clipper, Rádios Assumpção, fechando com o tradicional anúncio da Adoracion Garcia e seu **slogan:** "Serzideiras existem muitas, mas Adoracion Garcia uma só!"

Os artistas, apresentados no almanaque, em forma de entrevistas, com algumas curiosidades, que terminavam com a pergunta: Qual a profissão mais modesta que exerceu até hoje?

Lembro-me de algumas delas:

O Adoniram Barbosa, na época humorista e não cantor, tinha sido muitos anos antes, garçon na casa de campo de Pandiá Calógeras, em Santo André, no tempo em que Pandiá Calógeras era Ministro da Guerra.

Ari Barroso fez sua primeira composição em Minas Gerais aos catorze anos de idade. Um cateretê e se chamava "De longe". Ari foi pianista em cafés e restaurantes do Rio de Janeiro. Outro compositor conhecido, o Ataulfo Alves, antes de ingressar no rádio como cantor tinha a profissão de praticante de farmácia. Carlos Galhardo, o rei da valsa, foi durante algum tempo, alfaiate em São Paulo. E o Assis Valente além de compositor era dentista, protético, pintor e escultor.

Luiz Gonzaga, o rei do baião, foi lavrador. Blecaute, simples mecânico de automóvel. Bibi Ferreira havia tentado o rádio mas não como radioatriz e sim como cantora de músicas norte-americanas. Carmem Miranda antes de iniciar no rádio, trabalhava numa casa de gravatas, no Rio de Janeiro. Dorival Caimi começou como locutor e tocador de discos na Rádio Clube da Bahia, e o Lima Duarte foi carregador de sacos enquanto a Lolita Rodrigues começou como cantora, com o **slogan** de "La salerosa".

Francisco Alves foi lavador de automóveis. Mais tarde passou a comprar carros usados para depois revendê-los. Hebe Camargo começou cantando num quarteto "Dó-Ré-Mi-Fá". Depois o conjunto ficou desfalcado e passou a chamar "As três Américas". Uma cantora saiu e o trio virou dupla que se chamou "Rosalinda e Florisbela". Só depois é que ela passou a cantar sozinha. O humorista Pagano Sobrinho começou no rádio fazendo papéis dramáticos. Nelson Gonçalves foi lutador de box, tornando-se campeão amador em sua categoria, foi também garçon de bar.

Orlando Silva foi cobrador de ônibus. Silvino Neto, excelente humorista, pai do Paulo Silvino, começou como cantor de tangos na Rádio São Paulo, com o nome de Pablo Gonçalves. Sílvio Caldas, mesmo depois de ter conquistado fama como cantor, um dia sismou e deixou o rádio para se tornar garimpeiro.

Vicente Leporace foi aprendiz de sapateiro e entrou no rádio como varredor de estúdio. Zé Fidélis que imitava bem o português era filho de italianos. Chamava-se Gino Cortopazzi. Venceu quatro concursos de paródia na Rádio Record, em 1932. Para analisar como ele tinha valor, concorrendo com nomes diferentes, com mais de 3 000 rivais conseguiu no final, as seguintes colocações 1.º, 2.º, 3.º e 4.º, cada qual com um nome diferente.

O Zé certa vez encontrou uma portuguesa que não via há muito tempo.. Passaram a conversar e a mulher crente ser ele realmente português:

— Então, você se casou Urraca?

— É verdade.

— Tem filhos?

— Só quatro, graças a Deus!

— Por que graças a Deus?

— Porque li numa revista que de cada cinco crianças que nascem no mundo, uma é chinesa. Felizmente eu parei no quarto filho!...

É PELO CANTO DO GALO QUE A RAPOSA ACHA O POLEIRO

Tratava-se de agência média para grande. Se ela toda não formava celeiro de talentos também não mergulhava no pantanal da mediocridade. Ensinava muito. Ali e com os clientes ouviam-se coisas que contadas fora ninguém acreditava e até Deus duvidava. Três frases oportunas ficaram registradas para sempre.

A primeira foi no cliente maior, indústria de pneus que por sua vez tinha como um dos problemas, o fato de ter que embrulhar seu principal produto. Embrulhar não seria bem o termo, o pneu passava a ser enrolado em tiras de papel antes de seguir para as lojas. Durante muito tempo prosseguiu o processo que causava grande transtorno à fábrica devido ao custo do material usado na embalagem, fora o custo operacional. Não era prático, o papel descolava com freqüência, espalhando tiras soltas e o pior, o tempo perdido para tudo isso.

Já haviam consultado todos os técnicos, engenheiros, chefes de seções, mas ninguém conseguia melhorar o método; nunca achava solução para agilisar o trabalho e para que ficasse a contento.

Uma noite o presidente da companhia de pneus estava reunido fora de hora, com o pessoal de criação da agência de publicidade, em sua sala, justamente pensando no problema da embalagem do pneu, quando inadvertidamente entrou o faxineiro, um preto velhinho, para a limpeza habitual naquele horário. Homem tão pacifista que se recusava a morar em edifício de cimento... armado.

A idéia ocorreu ao dono da fábrica, mais para fazer gracinha aos visitantes. Já que consultara tanta gente importante em vão, não custava mais uma tentativa:

— "Seu" Ambrósio temos um problema de difícil solução; como é que o senhor acha que deve ser embrulhado um pneu?

Pelo canto do galo a raposa achou o poleiro. A resposta do mais humilde funcionário foi pronta, sem ensaio, clara, fulminante e solucionadora:

— Embruiá prá quê...

Já com o menor cliente da agência, aconteceu a segunda frase célebre. Ele era tão pequeno quanto seu modesto time de futebol onde imperava o lema: "Onde não há, até o rei perde", e que usava um velho e surrado caminhão para o transporte dos "craques". O time tão minúsculo que não tinha torcida, tinha testemunhas.

Em dia de jogo, na subida aquela tristeza, todo mundo empurrando o velho trambolho de quatro rodas, símbolo da mão suja e bolso limpo; na descida o mesmo drama com todo o pessoal procurando brecar. Até que naquele sábado quente o Miudinho, ponta-esquerda, cansado, suado, todo cheio de barro, tomando Cebion, virando-se para o gordo goleiro reclamou:

— Pô, Chico Bóia apanhar de goleada vá lá, mas precisava trazer o caminhão?...

A terceira frase, foi ouvida no refeitório da agência que tentava a todo custo conter os gastos esquecendo-se de quem vai cedo para a cama, a fim de economizar velas, acaba tendo gêmeos — despesa maior.

Trabalhavam apertados, viviam idem e até comiam um por cima do outro. — A ordem reduzir e em especial a folha de pagamento. — Arrematava o frio e desumano Coronel dono da agência, que só não encolhia o seu padrão de vida. — Se não sair a mercadoria, sai o empregado...

A "Matelassê Madrigal", secretária da diretoria, uma máquina, um monumento de mulher, para mil e quatrocentos talheres e ninguém botar defeito, começou a comer às pressas e de pé, um sanduiche de pão Pulman com margarina Primor à guisa de almoço. Como todas as mesas estivessem ocupadas (eram poucas), a moça mais conhecida nos meios publicitários, do que parteira do interior, resolveu acomodar-se num cantinho de mesa ocupada por feia e chata velhota do tempo em que pau na máquina significava acelerar o carro (como diz o Fausto Silva), que cuidava do departamento de **media.** Comeram em silêncio, sem trocar palavra até que a jovem mulher, bonita que só laranja de amostra e democrática como toalha de mão de cantina, terminada a refeição acendeu um cigarro Charm.

Duas ou três tragadas, sempre em silêncio até que a jovem resolveu levantar-se, ajeitando o vestido como cerca de arame farpado: o bastante para proteger a propriedade sem prejudicar a paisagem...

— Prefiro trair meu marido a fumar em público! — Observou a velhota quebrando o silêncio e cheia de dignidade.

— Eu também. — Concordou a boa secretária — mas só tenho uma hora para o almoço...

NÃO É PORQUE LAVAM O PORCO QUE ELE DEIXA DE SER PORCO

— Os pobres enxergam nos ricos uma vileza que arrepia. Consideram-se puros e honestos porque não tem dinheiro. Se tivessem, cometeriam as mesmas vilezas que atribuem aos ricos...

Falava o Aspen, um teórico caga-regras, que filosofava, apertando num cinzeiro imaginável o Shelton 100 quase inteiro. Tão desleixado que o cinzeiro dele era o mundo.

Dizia para todos que tinha tomado banho de propaganda em Paris e Londres. Contava com intimidade da Taurus, da TBWA, da N.C.K./F.C.B., da Visees e da Alice, Paris. O mesmo acontecendo com relação às agências de propaganda da Inglaterra, em especial da Collet Dicksenson Pearce, da Delaney & Delaney, da Lowe Howard-Spink C-E, da MacCormick Publicis, da Abbot Mead Vikers/SMS. Citava estágios na Boase Massini Pollitt e na KMP Partnership Ltd, quando todos sabiam ser mentira. Nem ao menos sabia onde ficavam a Golds Greemless Trott, e a In House ou ao menos passara na calçada da Cogent Elliot Ltd...

O "filhinho de papai" da agência, rico de terceira geração, esbanjava o pouco que ainda lhe restava e que representava muito para os colegas de trabalho. Achava que ter dinheiro ou não significava problema de geração. A segunda consolidava o que a primeira construía, enquanto a dele, deixava bem poucas sobras para a quarta geração.

— Pais ricos, tem filhos nobres e netos pobres... — Completava.

Saia da cama pelos dois lados: era divorciado.

Estudante **ad eternum ad perpetum,** tentou Direito não muito direito durante um ano no Largo de São Francisco. Pensando ser inglesa a expressão latina **sine die** pronunciou várias vezes "saine dái" mas ficou ali até o dia em que seu erro foi maior: numa petição chamou o juiz de "meretríssimo".

Resolveu estudar fora. Na França fez um curso de antropofagia — de gente comer gente. Não fez outra coisa em Paris...

Já de volta ao Brasil, foi um aviador que não deu certo. Tirou o brevê com a idéia de ser piloto comercial da Vasp ou da Varig e ficou na vontade. De vez em quando pilotava um velho teco-teco cheio de mulheres para não perder a prática. Desligado, andava sempre "no ar" e de azul-marinho, com minúscula asa dourada pregada na lapela do paletó para impressionar o eleitorado feminino da mais Augusta das ruas. Um mulherengo incorrigível, só que levando desvantagem em quase todas as aventuras amorosas em que se metia.

— Quem não muda de caminho é o trem!...

Dizia o barato filósofo e rico, ao outro que errara de profissão. O Reir, publicitário também por força das circunstâncias, não por vocação ou amor à arte. Pretendeu ser médico um dia, chegando mesmo até quase o segundo ano. Constantemente vestia-se de branco da cabeça aos pés, de sapatos e meias brancas, com a mesma finalidade do colega Aspen, com a diferença que sua área de atuação: impressionar as menininhas da Barão de Itapetininga.

Psicanálise seria uma boa, ginecologista não. Para Reir, louco era o que fazia castelo no ar e psicanalista cobrava o aluguel. Já o ginecologista era como porteiro de boate, trabalhava onde o pessoal mais se divertia. Indeciso com qual especialização da medicina ficaria, acabou abandonando tudo e ingressando na propaganda.

A dupla azul e branco que só não bebia enquanto tinha sol, composta de boas pintas e malandros, não podia ver saia bem dependurada em varal. Deles escapavam guarda-chuva, padre e soldado escocês. Os dois quando juntos viviam gozando todo mundo e a todo instante.

Certa vez, pediram uns dias de licença na agência em que trabalhavam, de propriedade do "Pequinês". O dono assim era apelidado porque não tomava conta da casa, costumava morder o calcanhar de todos e gostava de comer em prato de gente grande...

Reuniram-se os dois fora de suas áreas operacionais de paquera. Resolveram ir até a fazenda de um amigo do Aspen que ficava no interior de Minas. Deixaram seus carrões, encheram duas malas com as melhores roupas brancas e azuis e partiram por via férrea, para variar um pouco. Foi a pior viagem. Aí ficou provado que o afobado come cru e queima a boca...

No segundo dia, cheios de tanto mato em volta, a vida dos dois conquistadores já estava desesperadamente monótona, tanto que resolveram dar o fora. A fazenda, próxima à localidade pequena e pobre em tudo, até de mulheres, para eles mais importante do que o ar que respiravam.

E não encontraram nem uma simples empregada doméstica, a quem chamavam de "auxiliar do lar".

— O que põe pobre para a frente é empurrão, é isso aí. Pobre só tem mesmo que levantar a cabeça para ver se vai chover — resmungava Aspen, olhando a miséria em torno, a paisagem vazia de tudo, enquanto o Gurgel da fazenda sacudia sem parar rodando para a estação de onde eles seguiriam para Belo Horizonte.

Pela primeira vez estavam sem seus uniformes tradicionais. Apenas bermudas, camisetas e sandálias substituíam as caras roupas azuis e brancas porque a poeira era muita. Pareciam dois andantes. No trem pretendiam fazer a barba e trocar suas roupas.

Desceram em cima da hora e já encontraram um velho carregador solícito.

— Vamos depressa para o trem de Belo Horizonte — disse Aspen com sua habitual bronca por pobre, como querendo se livrar logo do coitado que mais parecia um mendigo tal a roupa surrada.

— É vamos sim que o trem está para sair — respondeu o homem com dificuldade até para falar que dirá para arrastar as pesadas malas cheias de roupas finas.

O trem apitou dando o sinal para a partida enquanto afobados os dois passageiros resolveram aprontar mais uma das suas proezas de mau gosto: não pagar o carregador. Subindo agilmente para o trem que se punha em movimento, deram um aceno ao caipira, mas gelaram na metade da gozação quando para surpresa de ambos, notaram o homem parado, com as... duas malas Premiça nas mãos. Uma delas com várias etiquetas onde destacavam-se: Braniff e Suissair.

— Seu idiota — gritaram em coro desesperado Reir e Aspen — não vê que o trem já está em velocidade e você não embarcou nossa bagagem?...

Com a barulho e a distância que a composição ia tomando da estação os dois falsos malandros ainda ouviram:

— Idiotas são ocêis — respondendo calmamente o pobre carregador encolhendo os ombros — esse trem nem é o que vai pra Belo Horizonte...

Tal qual dois andarilhos, os Coronéis Aspen e Reir ficaram sem lenço e sem documentos.

REMÉDIO MESMO, SÓ NÃO TEM É PARA A SEDE DO PEIXE

Ficava "magestosamente encravada" dentro da "Selva de Pedra", bem próxima ao "Planalto dos Macacos".

A pequena agência não tinha cliente, tinha freguês. Quase que geriatria e um de seus apelidos "Ienepeésse". Ficava no centro da cidade, em três salinhas alugadas no velho edifício "Selva de Pedra", reduto da fina flor da marginalidade.

No mesmo prédio funcionava a gafieira "Planalto dos Macacos" e ao lado do sacode-pança brilhava o barzinho "Granja de Urubu", de freqüência da pesada onde o mais bobo consertava Mondaine na escuridão e dava nó em pingo dágua. Habituês só encarados pelo dono, por tirar a meia Sok sem descalçar o tênis Penalty...

Não sei se foi o ambiente que contaminou a firma mas o fato é que os elementos da propaganda que trabalhavam naquele foco de Coronéis e malandragem, durante o dia não procuravam faturar Clio, o **Oscar** da publicidade nem caçar leõezinhos no Sawa, lutavam pura e simplesmente pela sobrevivência e de qualquer maneira.

Ali valia tudo. A agência na verdade parecia mais um balcão

de anúncios classificados, com velhinhos na frente, enrolados em cachecóis. E quando surgia um promocional ela pedia reforço. De vez em quando seu diretor chamava a gente para bolar uma campanha ou mesmo idealizar simples anúncio, já que não tinha equipe de criação.

Uma tarde passei na empresa, pleno inverno, com o dono, um perfeito e bem acabado Coronel, que explorava os idosos, percorria o corredor onde as salas eram cercadas por tapumes de madeira, dividindo cada departamento. Ao passar no departamento de **media,** o próprio som de hospital com cheiro característico de remédio. O dono não entrou. Compadecido ainda elogiou a tenacidade do funcionário, murmurando:

— Esse sim é dos bons. Vem trabalhar com essa tosse toda...

Minutos depois entrei repentinamente na sala e peguei o malandro do **media** com os pés sobre a mesa de trabalho e fones nos ouvidos escutando tranquilamente, em hora de expediente, o jogo da Copa do Mundo. A seu lado, um tubo aberto contendo Gelol; espalhado num papel, quantidade suficiente para alastrar o cheiro, enquanto o gravador Phillips sobre o tapete Bandeirantes se encarregava de tossir compassadamente. Tossia, tossia, sem parar...

A mini-agência tinha além de "Ienepeésse", mais dois apelidos: "Navio Negreiro" de dia, devido ao número de **boys** escurinhos, só que também velhinhos, que ficavam tomando Matte Leão, sentados um perto do outro, num banco como bando de andorinhas enfileiradas sobre o fio. E também "Trem das Onze", à noite, onde o pessoal de outras agências maiores se reunia para fazer o serviço de criação da menor, sempre regado a pinga, pizza e cerveja.

Foi nessa agência que conheci o Reir (único jovem a trabalhar ali) aquele que andava sempre de branco para enganar menininhas menos avisadas. Nessa casa de propaganda ele fizera escola. Entrou como estagiário, para aprender a fazer contato em publicidade e saiu mestre na malandragem.

Uma piranha por dinheiro. Quando duro usava método infalível.

O malandro empregado, Coronel, achava que devia nascer um idiota por minuto. E nasciam mil e um, porque de vez em quando ele punha anúncio na seção de classificados do "Diário Popular":

"Esta é a última oportunidade de você mandar seus Cr$ 200,00 para a caixa postal número tal". Somente isso e nada mais. Centenas de pessoas crédulas e inocentes ao extremo, não tendo a menor idéia do que se tratava, mandavam dinheiro. O dono do anúncio, no caso o Reir, simplesmente colocava a grana no bolso. Ágil como um peixe, encostava o Passat Sport, tirava a Yamaha da garagem e partia em boa companhia para mais um fim de semana feliz no Sítio São Pedro, no Guarujá. Dando até, às vezes, para clubmediterranear, na Bahia...

QUANDO SE ENCONTRA JABOTI EM ÁRVORE, É PORQUE ALGUÉM BOTOU ELE LÁ

Fiquei na dúvida se colocava nesta crônica o título de Dívidas & Promessas, ou Uma grama de exemplos é mais valiosa do que uma tonelada de conselhos.

Meu avô sempre dizia que duas coisas eu nunca deveria fazer: dever a rico e prometer para pobre.

— Porque os dois são cobradores implacáveis — recomendava o velho sábio.

Amostra disso eu tinha sobejamente naquela agência. A mulher que fazia o café, e a quem um dia caí na asneira de prometer um livro de minha autoria, quando me encontrava na rua aprontava um desastre:

— Como é, e o meu livro? — na frente de todo mundo!

O que era meu, já não era, era dela.

Quer dizer, para o menos esclarecido, parecia que ela estava cobrando um livro que eu havia pedido emprestado e não devolvia mais. E não um livro meu, que eu havia prometido presenteá-la.

O tráfego então, aquele indivíduo por si só maldito, porque, conforme já citei, normalmente vive cobrando coisa de alguém de dentro e de fora da agência, cansava.

Tratei logo de arranjar um livro para ele também.

Publicitário de talento, só por brincadeira é capaz de criar rótulos, transformando empanado de abobrinha e licor de ovo com Tubaína, num manjar dos deuses, mas quando descamba e usa a inteligência para o lado do mal, sai da frente, porque é perigo muito sério para todos, amigos e inimigos.

O Aspen não fizera escola na agência "Navio Negreiro", como o Reir mas possuidor de forte espírito de Coronel e tão malandro quanto o colega. O rei do cheque peixe, aquele que cai na compensação e... nada! E do cheque Sibéria: sempre gelado. Além do cheque bailarino: quem o apresentava no caixa, dançava. Ou limpador de párabrisa, movimento que fazia o rosto do bancário...

— Na verdade eu sou o rei é do cheque **cow-boy.** Quando tenho Cr$ 100,00 na conta bancária, solto dois com a mesma importância. Leva quem saca primeiro! — vangloriava-se o cínico que por ter pai rico gozava ainda de prestígio junto dos banqueiros da praça. Em parte, porque seu nome tinha sido riscado do Itaú, seu cartão Credicard, cassado e suspenso o Unicheque especial do Unibanco. Assim mesmo ele ainda transava com outras casas, dando trabalho insano e vivia mesmo dizendo que banqueiro não é para se ter dó:

— É o cavalheiro que empresta o guarda-chuva quando brilha o sol e nos pede de volta, quando começa a chover...

Um belo dia (mau para mim) o Aspen cismou de vender alguns exemplares de meus livros e arranjou até ajudante para a empreitada:

— Este é o "Tio" Ambrósio, meu assistente na venda dos livros. Vai me ajudar e de hoje em diante este inteligente homem, impoluta peça nunca devidamente aproveitada e valorizada, entra para a propaganda sob meus cuidados. Vai fazer história podes crer!...

Como o Aspen era abastado e trabalhava por esporte (e embrulhava por vocação) lembrei-me mais uma vez do conselho do meu avô e achei por bem não dever nada para rico, também.

A figura do pobre ajudante eu conhecia. O velhinho, faxineiro preto, da empresa de pneus. Autor de boas frases.

— O "Tio" Ambrósio é bem antigo como se vê — voltou a falar o Aspen agora um pouco afastado do homem — deve ter aplicado a vacina Sabin em D. Pedro e não é rápido; pelo contrário é até meio devagar, se cuidar de duas tartarugas vai deixar escapar uma — emendou gozando, o malandro com sua fala característica — mas vai me ajudar bastante.

O ancião não tão surdo. Ouviu e murmurou:

— Sou velho mas ainda dou meus tapas na aranha...

No dia seguinte, tudo direitinho, deixei vários pacotes de livros para os dois.

Tempos depois encontro o velho Ambrósio. Ele não correu porque o afoito morre na esquina e o prudente ainda está por aí. Virando-se para mim, tentou justificar o atraso do pagamento pelas vendas, enrolando a língua, num pileque federal daqueles de esquecer o nome da mãe:

— É... Quando se encontra jaboti em árvore, é porque alguém botou ele lá... E nessa eu entrei de gaiato, me colocaram nessa venda... O meu sócio, o "seu" Aspen, na verdade, é homem de venha tudo a mim e nada ao vosso reino. Me deu pela venda dos livros, um cheque muito pequeno. Como o senhor prefere receber a importância da sua parte, em cara ou coroa?...

DINHEIRO NÃO TRAZ FELICIDADE, MAS ACALMA OS NERVOS

Estávamos preparando a campanha para o Grande Baile do Galo Vermelho, festa realizada com sucesso sem precedente em Salvador, sob o patrocínio do governo da Bahia.

Na agência encarregada de divulgar o evento, o movimento estava grande e a equipe uma verdadeira "Feira das Nações". No departamento de criação o texto já havia sido burilado com capricho pelo baiano Agripino Dória, enquanto no estúdio o fotógrafo finlandês Esko Murto ampliava as fotos da terra do Senhor do Bonfim.

O Domingos, o Hélio e eu, únicos paulistas, fazíamos toda a parte publicitária do miolo do álbum. O artista nascido na Argentina e radicado na Bahia, Caribé, ilustrava a parte interna, onde entravam bonitos calendários com datas festivas e motivos baianos. O cearense Aldemir Martins executava a capa.

Caribé, bom conhecedor do folclore baiano trabalhava sem parar durante dias. Rascunhava e logo metia tintas fazendo surgir no papel, como que por encanto do seu mágico pincel ***Windsor* & Newton,** cenas belíssimas de candomblé e capoeira. Mercados, igrejas, fortes, praças históricas com seus canhões onde as figuras de gordas negras, soldados, pescadores, misturavam-se com estátuas de santos e frutos coloridos.

Aldemir Martins dava os últimos retoques no vistoso e imponente galo vermelho, dentro de seu característico estilo.

O italiano Augusto Caprara, o homem do dinheiro ia falar, mas foi seu assistente, o alemão Klinger com um pacotinho de Cibalena na mão, quem chegou com a notícia desanimadora:

— Grana, só na segunda-feira...

Na agência outra ordem havia sido dada aos menos avisados, através de cartazetes afixados em vários pontos: "Nenhum desenho do Caribé deve sair do Departamento de Arte, nem mesmo um rascunho. Trata-se de famoso artista cuja pincelada, por mais simples que seja, possui muito valor". Despertaram o colibrí...

Um garoto com sotaque espanhól que trabalhava como **office-boy,** na falta do vale que somente sairia na segunda-feira, no sábado, nervoso "adiantou o expediente", pegou alguns desenhos do Caribé para vender e passar o domingo.

Logo na segunda-feira cedo o furto foi descoberto pelo desenhista que já havia desconfiado do menino de fala castelhana. Como um era argentino e o outro espanhol **hablaram** as claras.

— Que diabo de idéia maluca e infeliz foi essa **pibe**? Por que ao invés de levar os desenhos **usted** não pediu o que necessitava? — Tentou o artista com sotaque baiano **volvendo** às suas origens.

— Senhor, eu sabia que **su trabajo valia mucho más** do que me poderias dar... — foi franco o garoto.

— **Usted já vendió los dibujos?**

— **Si**, a um amigo...

— **Entonces**, tá este dinheiro adiantado e traga de volta os meus esboços, compro todos e não conto prá ninguém.

O garoto acalmou-se.

No dia seguinte o pintor manteve sua palavra; um por um, adquiriu todos os desenhos que lhe haviam sido roubados e ainda por cima se deixou enganar com um falso! Desenho mal feito em papel de embrulhar pão, com guache nacional e pincelão Tigre, em que o **pibe** no fim de semana tinha tentado copiar o estilo do mestre...

NÃO DEVIA TEMER, PORQUE BURRO SÓ NÃO GOSTA É DE PRINCIPIAR VIAGENS, DEPOIS ACOSTUMA

Ainda estou lembrado! A carreira do Belisiário foi a mais curta de toda a história da propaganda. Durou apenas meio dia!

Um cearense bem falante perdido em São Paulo. Nacionalista ao extremo, anti-americano convicto com ferrenha ojeriza até pelas palavras usadas na América do Norte, a ponto de só em ouví-las, ter urticária, levantar bolhas avermelhadas em todo o corpo.

Fugia do CCAA, evitava o Fisk, não passava nem perto do Yázigi. Com tamanha bronca contra os Estados Unidos não podia dar outra.

Entrou na agência com a pasta cheia de desenhos de bonecos. Bonitos, originais, interessantes; o jovem desenhista tinha criatividade e de cara demonstrou conhecer tudo sobre as aves usadas nos desenhos animados. Foi logo contando como tinha sido criado o Pato Donald...

Walt Disney e o Pato reuniram-se por acaso. Ele estava sempre ouvindo rádio quando, certa noite escutou um homem (Clarence Nash) imitando diversos chamados de pássaros. Trabalhando em cima daquilo, ele mais o imitador, conseguiram boa imitação de um pato. Voz que ficou mais de um ano guardada no Estúdio Disney até que foi usada pela primeira vez num desenho animado chamado "A Franguinha Sabida". A galinha queria que alguém a ajudasse a plantar milho e Walt Disney inventou um pato que tinha pouca vontade de cooperar mas que, no fim, apesar das queixas acabava cooperando.

O Pato não tinha nome no seu primeiro filme, nem sua popularidade tinha se desenvolvido ainda em toda a sua exuberância. Ele apareceu num segundo filme no qual Mickey Mouse organizava um espetáculo de artistas amadores. Entre outros atos apresentou o Pato e anunciou que ele recitaria uns versinhos. A graça estava em fazer a platéia de Mickey, composta de criaturas esquisitas, vaiar o Pato e obrigá-lo a sair do palco sempre que se colocava de pé a fim de recitar. Isso deixava o pato em tal estado de raiva que grasnava como sirene de alarme de ataque aéreo.

Deste modo, o Pato transformou-se em companheiro de terrível mau gênio do Mickey Mouse. Walt Disney deu-lhe o nome de Donald e introduziu-o na série do camundongo. Como astro cinematográfico, ele passou a ser identificado na mente do público como o Velho Avarento do gabinete do presidente Franklin Roosevelt, Harold Ickes. Ilgumas vezes, difícil dizer-se para uma platéia que era Ickes quem estava imitando o Pato Donald, ou o contrário...

Quanto a Walter Lantz, criador de Wood Woodpecker, o agitado Pica-pau, seu personagem nasceu durante a lua-de-mel de

Lantz, em 1941, quando um pica-pau impertinente atacou durante dias o teto da casa de madeira onde ele estava com a sua mulher, Grace. A gargalhada irritante de Woodpecker, foi criada por Grace, numa vingança contra o inoportuno pica-pau...

Enquanto o pássaro do Belisiário, não passava ainda de sonho. A idéia do jovem cearense era interessante. Ele tinha criado um boneco baseado em ave brasileira e queria fazer dele, desenho animado, por isso procurava agência de publicidade para trabalhar. Seu traço, delicado e seguro, prometia ser bom desenhista com mais alguns anos de prática. Só faltava um pouco de paciência para o artista novo ser acolhido e saber que no bom ninho da publicidade nunca faz frio...

Sem que se conhecesse obviamente a sua alergia norte-americana, foi-lhe servido café. Em seguida mandaram-no exibir o **portfolio** no **studio**; foi o início do fim.

Ao olhar **rough** e **layout** de Belisiário, o **art director** encami nhou o jovem para a seção de **past-up** onde lhe colocaram na mão uma **speedball** para acompanhar o **story board** dentro de bom **letter spacing.** Mostraram ao Belisiário o que significava um **display** e uma **teaser campaign** que estavam sendo montadas rapidamente além de um **outdoor advertising** que seria logo enviado a uma **outdoor advertising plant.**

Ali entre **ilustration board**, **letering**, **stripping**, **slide**, **proof**, **make up**, **logotype**, ele passou toda a manhã.

Após almoçar na própria agência e começar a ler um **house organ** que lhe deram (seria despachado pela PanAn) e onde só ouvia falar em **marketing**, **merchandising**, **media survey**, começaram a voltar os primeiros sintomas da alergia norte-americana. O Belisário já estava rosa-choque.

Um **account executive** vindo às pressas do **traffic department** trazendo o **briefing** exibiu ao jovem iniciante, enquanto um **free lance** entrou para participar do **brainstorming** e mostrou também já terminada, a **cover** de um **broadside.** Foi o suficiente para estragar tudo o que o sonhador cearense mais desejava na vida.

Passou como uma bala pelo corredor. A última porta que viu, trazia em cima a palavra **media.** Pensou que ali davam café com leite.

Quando a linda funcionária com cara de Jessica Lange ia perguntar se ele aceitava trabalhar em regime **full time**, era tarde demais. O Belisiário todo empelotado e vermelho da vida já havia desaparecido...

VINAGRE DADO É MAIS DOCE QUE MEL COMPRADO

As três bebedeiras do publicitário Astor redundaram em tragédias. A primeira foi na base do uísque estrangeiro, quase custando a vida do avô.

O Astor é hoje um diretor de arte, Xerife dos melhores, que não gosta muito de lembrar certas passagens de sua vida, principalmente quando ainda criança e morava com os avós italianos de Bari, tias e tios, todos muito católicos e freqüentadores assíduos das velhas rezas do Brás.

Habitavam um antigo casarão nas proximidades da igreja onde os bareses costumavam se reunir. Ele subia a avenida Rangel Pestana, cruzava o Gazômetro, atravessava o parque D. Pedro para quem ia em direção à praça da Sé e entrava na agência de publicidade, onde começou a trabalhar bem jovem, quase uma criança.

Foi quando a velha cigana ao ler sua mão segredou-lhe que naquela profissão ele um dia, teria o retrato publicado na primeira página do jornal.

— Será — disse misteriosamente a mulher — "na quinta casa, quarta década, terceira vez, segunda mistura, quando a primeira pessoa ficar solitária"...

Astor escreveu a enigmática mensagem da cartomante e andou com ela guardada por muito tempo. Com o passar dos anos foi perdida mas ficou gravada na sua mente, embora ele não tivesse entendido nada.

Na agência que reunia os bons desenhistas da época, o pessoal era muito chegado numa festa regada a uísque quase sempre importado e o mais importante deles o White Horse. Por qualquer dá cá toma lá patrocinavam uma no melhor estilo romano onde cada um no final pegava sua poltrona para cozer a esteca. Numa dessas orgias que começou fora de horário, por ser aniversário do chefe, logo depois do almoço, o Astor ficou encarregado de atuar como garçon. Com ordens expressas de não beber nada que contivesse álcool. Só que esqueceram de um detalhe, comprar sodas e guaranás da Antarctica para ele.

Cansado de colocar no copo dos outros o improvisado garçon que somente ia de Toddy e groselha Milani, nunca havia tomado bebida alcoólica na vida, achou por bem colocar também no seu uma dose do "Cavalinho Branco". Mais por curiosidade por se tratar de bebida estrangeira. Um gole aqui outro ali, lá foi o Astor tarde a fora e festa a dentro, alegre como passarinho na primavera da vida...

— De graça, meu, tomo até injeção na veia!...

Horas depois já tão grande a bebedeira coletiva, que o mestre Mirga sentado numa poltrona tentava falar para que parassem de servir bebidas mas ninguém era entendido. O polonês gesticulava lentamente, ninguém lhe dava atenção, o mesmo acontecendo com o chefe Fritz que sentado, olhos arregalados e língua travada apenas balbuciava algo incompreensível. A mesma ordem, porém em vão, enquanto o Astor como insaciável Baco servia sem parar ao pessoal e principalmente para ele próprio, doses triplas armazenadas em jarras, como se fossem refrescos.

O garotão esquecendo-se da hierarquia passava indiferente ao Mirga que apenas gesticulava lentamente. Rente ao Fritz, o mesmo desespero tentando avisar o jovem para cessar com a distribuição. Até que finalmente o inábil garçon parou de vez. Estava desmaiado, quase em estado de coma etílico quando o Rubens o levou juntamente com outros gozadores, para um quartinho e o colocaram sobre uma mesa onde acenderam duas velas na cabeceira e duas nos pés. Acabaram esquecendo a brincadeira e o rapaz naquela situação...

O Astor acorda ainda meio tonto no quartinho virando e dá de cara com a cena chocante. Gelou. Estirado sobre a fria mesa ele já na penumbra com pequenos lampejos das quatro velas no fim e totalmente abandonado. Nem um parente, nem um amigo no seu velório...

Morreu de que? De bebedeira? Tão jovem e na primeira vez? Tenta mexer-se. Levanta-se e apalpa o braço. Está vivo! Apavorado sai em disparada, tropeçando ainda em alguém que dormia no escuro corredor. Larga a agência aberta e parte como uma bala descendo a ladeira do Carmo rumo à casa em que morava.

Nunca havia bebido na vida e logo no primeiro dia, um papelão daqueles. Entra suando na casa onde repentinamente estanca, com medo de acordar os parentes. Deve ser de madrugada. Pé ante pé, com muito cuidado para não chamar a atenção, fecha a porta com jeito e coloca a pesada tranca que o **nono** havia feito com madeira de lei e capricho. Chega no quarto onde dormia com os tios e cai na cama sem ver ninguém, desmaiado pela segunda vez e agora de emoção pelo susto de ter assistido seu próprio velório.

Acorda no dia seguinte, pelos bombeiros que precisaram destelhar a velha casa para entrar e debaixo da maior bronca familiar. Não por ter tomado o primeiro porre de sua vida, mas pelo fato de inexplicavelmente pelos parentes, ter trancado a porta da casa às 8 horas da noite, antes da reza terminar!

Em conseqüência da quebra de rotina (o patriarca do clã não dormia se não participasse da reza), o avô teve enfarto e quase morreu!

O Astor com sua desastrada bebedeira deixou todo mundo na rua, tias, tios, avó e avô, até o dia seguinte, apesar de quase derrubarem a porta e da louca gritaria, inclusive dos vizinhos, em vários dialetos italianos. . .

SE FERRADURA DESSE SORTE, BURRO NÃO PUXAVA CARROÇA

O segundo porre do Astor, regado a cachaça com limão, lhe custou a noiva.

O sol estava quase saindo quando desceram a serra para passar o domingo na Praia Grande. O Astor, a noiva, o pai e a mãe dela. Em lá chegando, como diria meu amigo Múcio, muito cedo, desceram as malas de dentro do Fiat, do futuro sogro. Deram uma geral no apartamento da família, num prédio Gomes de Almeida Fernandes, quando notaram num canto, que os pneus da bicicleta Monark da noivinha estavam vazios.

O Astor abriu a mala Kelson's, trocou-se (vestindo o calção do irmão menor, que tinha levado às pressas), não tirou do pescoço o presente da noiva, uma corretinha de ouro onde pendia uma pequena e cafona ferradura de ouro para dar sorte. Nem tirou do pulso o Seiko à prova d'água fajutado por chineses do Paraguai, e muito solícito comprometeu-se em enchê-los. O que de fato o fez e muito bem até. Encheu com maestria não só os pneus da bicicleta, mas o saco de todos naquele fatídico e memorável fim de semana histórico.

O futuro sogro pôs logo o carro à disposição. Deu tempo do Astor abrir sem cerimônia a Consul e apanhar um Chambourcy para abastecer o tanque; colocar no pulso a pulseira da máquina Olimpus Trip 35 e radinho de pilha Sony, na cintura. Iriam até o boqueirão onde tinha uma bicicletaria e assim o fizeram.

Ao tentar voltar, notaram que o fato de transportarem a bicicleta no carro havia arranhado o estofamento quase cortando-o por isso o Astor mais de uma vez muito gentilmente prontificou-se em voltar pedalando a magrela. Afinal não era tão longe assim e ele bem que estava precisando de exercício ao ar livre para desenferrujar as pernas.

Maldita hora em que teve a idéia...

O pai da moça voltou sozinho guiando pela estrada asfaltada enquanto o Astor deu um tempo até o velho se afastar de vez e sismou de pedalar vagarosamente pela praia afim de dar uma olhadela no material rodante e rebolativo.

Pedalava calmamente, olhando as menininhas, achando que a tanga (que precedia o fio dental) era a maior das invenções. Pedalou, pedalou, até perceber que agora o que não estava achando, o lugar do prédio de onde saira!

Gelou. Começou a perder a calma. Apavorou-se todo quando percebeu que parecia ter passado do local!

Pela distância e o tempo, tinha ultrapassado o ponto. Mas não era possível, havia marcado bem a ida. Parou para pensar e examinar onde estava naquela praia toda cheia de prédios!

Uns maiores, outros menores, mas iguais; não havia nenhum vermelho, verde, azul ou cor de laranja. Todos cinzas, monotonamente cinzas, como o céu e o mar!...

Somente de calção, notou que estava com pouco dinheiro, o que até aí não representava novidade nenhuma. Deixara a carteira no apartamento e colocara propositadamente alguns trocados dentro do calção justamente para que o sogro pagasse o concerto do pneu furado. Seria praga do velho?

Para tomar um táxi e abandonar a bicicleta da noiva não ia pegar bem; seria o maior vexame, podia até perder o casamento por ser relapso e passar atestado de imbecil. E também pegar táxi para ir onde? Ficar rodando de carro? Rodava de bicicleta mesmo! Nem ao mesmo sabia onde estava!...

Continuou a pedalar e já a rezar, olhar em volta e pensar ao mesmo tempo, até lembrar-se que o futuro sogro durante a viagem falara muito num lugar próximo ao apartamento, onde era feito a melhor caipirinha da praia. Isso mesmo, na barraca do Benê! Rodou, rodou, perguntando a todo mundo e nada; não conseguiu localizá-la. Parou para novas perguntas e mandou pela primeira vez uma caipirinha reconfortante, tão apavorado estava, que geladinha naquela hora aflitiva, a cachaça com limão caiu como um refresco divino...

Mais uma hora rodando para lá e para cá, outra caipirinha e ninguém conhecia a tal barraca do Benê. Novas investigações com prolongados papos de improvisados amigos de beira de balcão, mais pinga com limão e menos solução, e tome também outras pedaladas.

Mais de meio dia e nada do Astor achar o edifício. As costas ardiam pelo mormaço, parecendo estar em carne viva, logo ele que começara a jornada mais branco que galinha de granja. Ao parar num posto Atlantic quase foi atropelado por uma CB-400. O peito, a barriga, as pernas, assadas, e o agarrado calção do irmão menor começando a rasgar de tanto movimento com os pedais!

Nessa altura já estava procurando por Benê de Almeida Fernandes.

"Seu" Manezinho, de cabeça branca, empurrava agilmente apesar da idade, o carrinho de sorvete Gelato, enquanto o retinto Florisvaldo já estava na segunda cestada de queijadinhas:

—Olha ela menina... Fresquinha menina... Quem não pediu, pida... A mamãe compra e o papai paga!...

Calor forte, embora sem muito sol. Nova parada para estudar o terreno, a posição em que se encontrava e nova ingestão de combustível para o piloto restaurar as energias perdidas em inúteis pedaladas.

Agora estava na barraca do Pedrinho, em frente ao Lagosta. Rodou, rodou, até que cansado de procurar de um extremo ao outro, resolveu parar, extenuado. Encostou a Monark e juntou num canto a Olimpus Trip 35, o Sony, só não deixando na areia o Seiko que apesar de fajuto parecia ser à prova d'água. Correu direto à água para refrescar um pouco.

A corrida para o mar. O mergulho e em seguida o choque térmico, fizeram o resto...

No apartamento, a noiva caia em prantos sobre a mesa posta onde não faltavam o frango da Sadia, a macarronada, o porpetão e a salada. Na cabeceira repousava um Druris intacto, sobre a Formica, já que a toalha de plástico encurtara ao abrir a mesa para o visitante, desaparecido.

A futura sogra, mulher enjeitada em fábrica de bruxas, de cara amarrada, sofria em silêncio, enquanto o futuro sogro começava a ter dúvidas: teria o Astor fugido com a bicicleta?...

— Teu noivo encontrou algum amigo pelo caminho — dizia a mulher tentando acalmar a filha — ficou conversando e tomando caipirinha com porquinho frito, daqui a pouco estará aqui. Os homens esquecem da vida quando se vêem em liberdade. O Astor deve ser igual a teu pai; aliás os homens são todos iguais... Preferem mordida de cobra do que sorriso de sogra!...

Mas por dentro a mãe estava mais brava que serpente de túmulo de Faraó. Continha-se. Usou de toda experiência: — Sogra que quiser se dar bem com o genro — pensou a megera muito a contragosto — tem que ficar de boca fechada e a bolsa aberta!...

Pegou o dinheiro, colocou a filha num táxi e foram pelos lados do Forte de Itaipú, antes ordenou ao marido que ligasse o Fiat novamente e partisse em direção da Cidade Ocean.

Voltaram às 6 da tarde para o apartamento; hora e ponto de encontro conforme o combinado e nada do Astor ter chegado. Foi quando resolveram, todos juntos, tomar uma medida que estavam protelando para não magoar a filha: passar no Posto 2, no Boqueirão e perguntar se alguém com o nome de Astor tinha sido atropelado. Nada, nem afogado. No Posto 4, para lá do Campo de Aviação, foi que finalmente encontraram o homem, estendido na ala do pronto socorro!

Mais vermelho do que camarão frito; portando queimaduras em terceiro grau, com sintomas de insolação e ainda bêbado como gambá. Nu, sem a dentadura que a onda havia levado e estendido sobre um lençól, apenas.

Os pais da moça entraram na sala e logo atrás a filha. Pai e mãe viram primeiro como o Astor era em pelo. A moça em seguida, olhou, gostou e sorriu, quando o noivo levantou as mãos e colocou-as sobre a boca murcha, deixando desnudo o sexo...

O presente da noiva, a corretinha de ouro com a pequena ferradura para dar sorte, havia sumido. Astor tinha perdido a mastigadora, de tanto puxada de ar, lutando no mar para não perder a vida; e não tinha nada que restasse do calção.

Perdeu o Seiko falsificado, a Olimpus Trip 35, o radinho Sony, a Monark da noiva e acabou perdendo também a noiva, naquele azarado dia...

GAMBÁ PERTO DE GALINHEIRO, NÃO HÁ OVO QUE AMANHEÇA INTEIRO

As três únicas vezes em que o pobre Astor colocou bebida alcoólica na boca resultaram em catástrofes.

A primeira na infância onde quase perdeu o avô, a segunda na mocidade desmanchando seu sonho de casamento e a terceira quando já estava, segundo as más línguas, atravessando o "cabo da Boa Esperança", como veremos a seguir. Seu mal, as garrafas ficarem próximas demais. Aí perdia o controle e bebia todas.

No curso primário da vida, o homem aprende, estudando. No curso médio, vivendo. No curso superior, sofrendo...

Depois de trabalhar em diversas agências de publicidade o Astor resolveu trabalhar por conta própria, como autônomo. Não foi bem que resolveu, resolveram por ele.

— Estou com Bernard Shaw que afirmava ser a vida, uma pedra de amolar e nos desgasta ou afia, conforme o metal de que somos feitos! E eu sou forte. Muito forte para suportar tudo. Quando se é jovem — dizia o Astor — a vida nos apresenta diversos caminhos amplos, mas a maneira que o tempo passa os caminhos vão se tornando estreitos e escassos. As propostas de trabalho vão rareando. A profissão de publicitário é ingrata nesse ponto, porque vive de imagens; falsas imagens, a ponto de um dono de agência (devia ser Coronelzão dos piores) ter recusado meus préstimos por achar que eu não tinha mais "**layout** físico" para trabalhar na sua empresa!...

Quando deparamos com dois consultórios médicos, dentistas, ou de oculistas — voltou a falar o experiente profissional — pertencentes a pai e filho, procuramos ser atendidos pelo pai, mais idoso; é a tendência natural porque o mais vivido adquiriu a experiência que ainda falta ao jovem. Na propaganda tal não acontece. Pelo contrário, as agências de publicidade procuram os mais novos, atrás de novas idéias (como se isso fosse privilégio da juventude), alegando que aqueles de mais idade e capacidade, nos quais me incluo, estão superados, quando na verdade encontram-se na melhor das formas física e mental para o desempenho do trabalho de criação publicitária.

Infelizmente no Brasil — prosseguia o Astor — um homem aos 35 anos é considerado velho, sem possibilidade de novo emprego, nova chance, enquanto que nos Estados Unidos, terra da moderna propaganda, pessoas de 75 servem até e principalmente, para ser presidente da República.

Aos 41 anos — concluia o diretor de arte — Dante escreveu a "Divina Comédia", Cristovão Colombo descobriu a América e Napoleão estava no apogeu da sua glória. Darwin tinha 50 anos quando encontrou a teoria de que o homem descende do macaco; com a mesma idade, Roentgen descobriu os raios X. Quase com 60 anos, Defoe escreveu o célebre "Robinson Crusoé", Cervantes, o "D. Quixote de la Mancha" e Swfit "As viagens de Gulliver". Reagan aos 73 anos venceu as eleições para presidente dos Estados Unidos, Churchill ganhou a Segunda Guerra Mundial com 75 anos e Adenauer reconstruiu a Alemanha com 85 anos de idade.

No Brasil esses homens seriam uns nulos, não teriam chances e conseqüentemente não teriam feito nada...

Mude agora e não amanhã. Mude você e não os outros...

Com desabafo ou não, o fato é que o Astor acabou mesmo virando **free-lancer** não por vocação mas por necessidade, por força das circunstâncias, já que ninguém queria mais empregá-lo.

Quanto mais compreensivos formos, mais humanos seremos. Filosofava: não tem nada, quando um sinal fecha para mim, deve abrir para meu irmão...

Alugando pequenos conjuntos com telefone, para sobreviver na profissão e sempre mudando para espaços menores e mais baratos.

À medida em que se vive, se vai cabendo em espaços menores...

Aquela representava a quinta moradia do solteirão. Uma salinha no centro da cidade, onde residia e ao mesmo tempo executava os trabalhos publicitários. Cada serviço que aparecia, por menor que fosse, era como se ganhasse um diamante da Antuérpia, tamanha a sua alegria.

Na pequenez de sua sala meditava. Não há rio, que não tenha nascido, no silêncio de uma grota. Não há fecundidade sem paz interior...

Até que uma sexta-feira negra surgiu em sua vida. Apareceram no seu escritório-residência, dois dirigentes de uma revista policial. Queriam que ele fizesse um desenho para a capa. Acertaram o preço e o Astor começou a tarefa no sábado logo cedo, dia do seu aniversário: 40 anos!

Para ser grande, ninguém precisa de mais trabalho do que já tem. Basta fazer melhor o que faz...

Os policiais tinham deixado uma algema para o desenhista com instruções de que ela deveria predominar na ilustração. O Astor examinou bem a peça e instintivamente colocou-a no pulso para sentir o peso, ver a proporção junto ao braço etc., quando distraidamente apertou o fecho e escutou um leve clique. Tentou retirá-la instantaneamente do braço e notou que quanto mais mexia mais a algema apertava. Procurou no pacote de material se tinha alguma chave e nada...

A vida é uma ponte, que se atravessa. Porque parar e morar nela? Vamos em frente...

Tentou sair da incômoda situação sem nada conseguir. Cobriu o braço com o pulover e desceu para o bar embaixo do prédio em busca de uma solução. Em conversa com o dono, português muito prestativo, resolveram telefonar para um amigo que era inspetor de polícia e freguês do bar. O policial atendeu prontamente ao apelo do negociante. Chegou e examinando a peça dependurada no braço do Astor, disse desconhecer o tipo de algema, sugerindo ao mesmo que fosse com ele para o DEI — Departamento Estadual de Investigações, que ficava ali próximo, onde naturalmente havia mais recursos. Antes porém, o policial pediu ao dono do bar uma dose de Genebra e o Astor achou por bem acompanhar o bem intencionado homem também no aperitivo. Afinal não era todo dia que se completava 40 anos de existência. O que certamente daria mais um pouco de coragem para enfrentar a situação vexatória em que se metera.

No DEI foram diretos a uma sala onde vários policiais tentaram inutilmente auxiliar o Astor, a pedido do colega, sem deixarem de fazer as clássicas piadinhas, perguntando se o desenhista tinha nascido em Portugal, etc. Entre as diversas gozações sofridas, mais um azar, a algema modelo norte-americana já fora de uso e conseqüentemente não tinham o tipo de chave apropriada para abri-la!

No centro de toda a polícia do Estado, atravessaram um enorme corredor em busca de um técnico. Nessa altura o Astor que nunca se envolvera com policiais em toda a sua vida, a não ser em pequeno, quando os bombeiros foram destelhar sua casa, e mais tarde quando foi levado quase afogado por policiais salva-vidas para o posto da Praia Grande, nem conhecia delegacia de tão perto e já cheio com a constrangedora situação, não se preocupou muito em esconder a algema no braço. Esconder porque, se ali entre Rossi e Taurus, parecia ferramenta tão comum? Foi quando cruzou com o casal de origem oriental que ouviu a mulher ainda comentar ao marido com sua milenar filosofia:

— Coitado, nessa idade e tão marginal. Se não aprendeu a viver até agora com esses primeiros fios de cabelos brancos, não aprende nunca mais, nô!...

Seu presente de aniversário! E o tal técnico não aparecia para libertá-lo daquela desgraça.

Na sala, muita alegria; era também aniversário de um dos colegas do policial. Desceram todos para uma rodada de Genebra em comemoração e lá foi o Astor no meio, embora sem jeito.

O inspetor de polícia que havia levado o Astor para a DEI, numa boa, despediu-se porque tinha que sair. Outros conhecidos de última hora também foram saindo de fino, alegando trabalho conforme solicitações dos delegados. Lá ficou o pobre diretor de arte sozinho à espera do técnico enquanto entrava e saia gente sempre olhando com desprezo para o algemado.

Bandidos compareciam a todo instante acompanhados de novos policiais. Tentando esquivar-se da maldita posição incômoda demais para um homem de bem, Astor resolveu mais uma vez descer até o bar. Não podia ficar ali parado, recebendo a todo instante olhares de reprovação. Pediu Genebra. Como não tinha, acabou tomando a primeira coisa que viu na prateleira: Fogo Paulista, que não conhecia. Achou gostoso, tomou mais uma dose. Subiu, sempre enrolando o braço no pulover, mas o técnico ainda não estava. Desanimado, já com o saco na lua, Astor desceu novamente ao bar e pediu de uma vez dose dupla de Fogo Paulista.

Ingeriu aquela dose e outras mais até que deu azar maior, o infeliz. Foi ao tentar pagar a conta. Pagar o pão já comido, pagar o bilhete corrido... como fica mais caro...

A mistura das duas bebidas não caiu bem, ainda mais em grande quantidade. Ao puxar a carteira, já meio alto, atrapalhou-se com o braço esquerdo algemado e o pulover que o enrolava caiu. O braço descoberto chamou a atenção de um tenente da polícia militar que estava tomando café. Um homem solitário, bebendo embaixo do centro da polícia, algemado e por mal dos pecados tentando esconder o fato, só podia ser fugitivo. Resultado: ordem de prisão. Juntou gente no bar para o fato inusitado: tentativa de fuga do DEI! E o coitado do Astor tentando inutilmente explicar que não era marginal. A imprensa estava presente, um fotógrafo aproveitou para registrar o flagrante enquanto um cabo e três soldados atendendo ordens superiores levaram o desenhista aos safanões, para cima. A décima vez que subia, só que agora em situação diferente.

Cheio de brios e encorajado pelo álcool da terceira bebedeira de sua vida Astor esbravejava, mas assim mesmo foi jogado na sala de um delegado que vendo seu estado, já de roupa rasgada e algemado, não vacilou, nem ao menos quis ouvi-lo. Quem é violento com os outros é fraco consigo... Chamou-o de ladrão sem vergonha, na cara. Astor foi jogado num canto junto a assaltantes do Banco Nacional.

Deu o maior rolo. Astor enfurecido acabou agredindo todo mundo. Bateu no tenente, no delegado, no cabo e até em marginais, só escapando o escrivão. Pano lavado sai ganhando com as torcidas e batidas. Em certas horas da vida, quanta gente vira pano... Acabando com o diretor de arte, no seu aniversário curtindo a maior cadeia com direito no dia seguinte à foto no "Jornal da Tarde".

Nas páginas vividas deve haver o que há nas páginas escritas: revisão. Isolado, na solidão da cela, rezou. Oração não é monólogo. Até com Deus não se deve falar sozinho...

A mensagem da cartomante veio à sua mente. Cumpria-se fielmente e finalmente a profecia da cigana do Brás, de seu tempo de criança:

— "Nessa profissão, seu retrato sairá na primeira página do jornal. Será na quinta casa, quarta década, terceira vez, segunda mistura, quando a primeira pessoa ficar solitária"...

É MELHOR COMER OVO O ANO INTEIRO DO QUE A GALINHA NUM FERIADO

Em 1939 quando foi feito o filme "E o vento levou..." aconteceu um fato que alterou em parte a propaganda. Numa cena o astro principal Clark Gable, tirou a camisa e mostrou o peito nu. Foi o suficiente para milhares de rapazes nos Estados Unidos acabarem com um hábito antigo: jogaram fora suas camisetas!...

Em todas as cidades em que o filme foi exibido se tornou um desastre para as indústrias que fabricavam e as casas que vendiam aquelas peças de vestuário, procuradas por todos os homens da época.

A cena, por outro lado, despertou técnicos especialistas em promoções e vendas. Se o que foi visto provocou um efeito negativo porque não fazer ao contrário? Por que não aproveitar aquela força e sugerir determinado produto? Estava descoberto o **Merchandising** através do anti-**Merchandising.**

Hoje as novelas da Globo são as campeãs desse estilo de anunciar indiretamente. Toda novela dessa emissora tem uma farmácia, um armazém ou uma loja e suas paredes contém cartazes, em lugares estrategicamente colocados, por onde o **camera-man** passeia mostrando de relance os produtos escolhidos. Os galãs durante todo o tempo da novela só tomam determinadas marcas de bebidas, usam bicicletas Caloy e são vistos até tomando discretamente suas vitaminazinhas, nos escritórios. As atrizes principais, por sua vez, quando não estão assistindo desfiles de modas X, estão em casa esmaltando as unhas com o vidrinho de esmalte Monange previamente colocado frente as câmaras, para que se identifique de pronto sua marca.

Fotografias tiradas até a década de 40 em que se apareciam multidões, principalmente nas grandes capitais do Brasil, não mostravam um só cidadão sem chapéu. Pois bem, as indústrias que se dedicavam a esse tipo de peça, negligenciaram e o que aconteceu? As fábricas de chapéus acabaram fechando por falta de compradores para seu principal produto. Aliás, produto que acho perfeitamente dispensável, só tem utilidade para o homem do campo ou para o homem do litoral. Para mim, que nunca usei, é tão inútil quanto a gravata ou a camiseta por baixo da camisa.

Mas, nos Estados Unidos, para que não aconteça com o uso do chapéu como aconteceu no Brasil, com a Ramenzoni, o sindicato dos chapeleiros e as indústrias que cuidam do artigo, dedicam verbas especiais para todas as empresas que fazem filmes a fim de que seja dada continuidade ao hábito. Vocês podem observar tanto no cinema como nos filmes especiais para a televisão que o uso do chapéu ainda não foi abandonado, graças a essa providência tomada. Com isso o norte-americano não deixou morrer sua galinha dos ovos de ouro.

Hoje no Brasil o poder da propaganda está concentrada no uso do tênis, daí seu impulso no mercado, quase substituindo por completo o sapato. E não vai parar mais de anunciar para manter o costume, porque os fabricantes hoje conhecem o veículo que é a juventude.

É a força da propaganda que faz a moda. O homem sempre foi e será o que a propaganda determinar. O que me assusta um pouco é que alguns deles, de salto alto já andam, mais corretinha no pulso e fio grosso de ouro com medalhinha de signo no pescoço, sem contar a bolsa a tiracolo. Outros até brinco já usam numa das orelhas, quando a longa cabeleira deixa aparecer. Mais umas boas campanhas publicitárias em co-produção entre Tecelagem Vânia e Casas Pernambucanas e as modelistas Coco Chanel e Mary Quant e pronto, já estou vendo muitos marmanjos de sainhas godê de Tergal da Rhodia ou do legítimo índigo **blue** Santista, por aí deslumbrados com o "modelito da roupítcha", chamando a gente de quadrado e antigo, tentando nos convencer de que calça comprida simplesmente, já era...

NO BRASIL, ÍNDIO NÃO COME NINGUÉM POR VIA ORAL...

Sou dos poucos profissionais da propaganda a abandonar a profissão de vez em quando e entrar na mata. Mas gosto de mato mesmo, não capoeirinha que beira cidade grande. É o melhor remédio para evitar a clássica "Medalha de Publicitário": úlcera no duodeno, proveniente da estafa e tensão do serviço de criação. Ou pelo menos melhorá-la.

Sempre visitei mata grande, primeiro por ter o privilégio e a honra de ser amigo de longa data, dos Xerifes, Orlando e Cláudio Villas Boas, que durante muito tempo cuidaram com amor, carinho e capricho do Parque Nacional do Xingú, reserva indígena das mais importantes do país. E base operacional de meus livros sobre selva. Segundo por tratar-se de região paradisíaca curadora de todos os males da civilização, inclusive pelos contaminados em contatos imediatos com donos de agências de publicidade. Arredios e Coronéis ao extremo, bem como alguns de seus amigos e clientes, chatos endinheirados e bebedores de uísque falsificados nas festinhas de Tang com pão e Pomarola.

Ali no Xingu vive-se junto de alegre sociedade plenamente livre, descontraída; sociedade que se dá ao luxo de viver sem chefe. Sociedade onde o pai não exerce pressão nem sobre o filho — quando se pergunta ao pai porque ele não ensina seu filho ele responde: Não ensino porque não sei se ele quer... Ele é que tem de dizer se quer ou não. Quando chegar à idade certa se ele perguntar eu ensino, se não perguntar, não ensino...

Gente alegre que não obriga ninguém a nada. Quando se vai fazer aproximação de uma aldeia estranha, o que identifica a proximidade é exatamente o riso descontraído das mulheres, as gargalhadas das crianças e os gritos dos homens constantemente alegres. Falando, contando histórias. Esses são os nativos que conhecemos.

O índio tem muita desenvoltura na sua maneira de fazer piada. Gosta de fazer graça e é gozador de primeiríssima qualidade. O único índio mal humorado que conheci foi o Mário Juruna, justamente por sofrer os efeitos da civilização, os maus exemplos da política.

Mostra bem a vivacidade do índio brasileiro, quando certa vez o Orlando Villas Boas falava no rádio do posto, tendo ao lado um garoto indígena que tomando Nescau atentamente ouvia ele gritar:

— Alô... Xingu chamando São Paulo... Xingu chamando São Paulo...

São Paulo não ouvia Xingu nem tão pouco Xingu ouvia São Paulo. O pequeno índio a tudo escutando e observando a operação que evidentemente não contava com tecnologia Hitachi. Para justificar a falha e a gritaria o Orlando falava:

— Interferência, está com muita interferência — e o menino ouvindo.

Nisso chega um avião e desce um cidadão louro, magro, muito alto, com longas botas, mochila, capacete de explorador inglês e ar assustado de quem ia enfrentar antropófagos!

— Vai lá, pede para aquele moço vir falar comigo — disse Orlando.

O indiozinho sai correndo. Deu o recado, ouviu o sotaque estrangeiro, voltou e respondeu:

— Eu falei com ele mas não entendi, porque ele fala com muita interferência...

A presença de espírito do índio sempre está presente.

O cidadão chegou à casa no posto onde o Orlando ficava. Cumprimentaram-se, o visitante descarregou a mochila e tomou um banho. Na hora do almoço o homem voltou a falar com sotaque carregado:

— Carro senhorr Villas Bôas, eu gostaria muito de conhecerr um aldeia.

Orlando mandou levar o estrangeiro à aldeia mais próxima, onde ele foi muito bem recebido por três índios, correu todas as malocas, viu tudo, achou uma beleza. Só que percebeu, quando ia saindo, que não tinha levado nenhum presente para dar às crianças, e aos índios. Não perdeu a calma, pôs a mão no bolso e encontrou um sabonete Lux, cortou em três pedaços e deu a cada um dos três índios.

Os silvícolas agradeceram e o homem branco em seguida falou:

— Gostaria muito de levarr um flecha como recorrdação deste visita...

— Pois não — respondeu o índio calmamente e ato contínuo passou a mão numa flecha, quebrou um pedacinho e deu a ele...

Outra vez foi na Ilha do Bananal, entre os índios Carajás, onde havia uma filmagem dirigida por um rotundo cineasta, homem assim dos seus 140 quilos, o que para o índio é uma novidade incrível. Calor horrível, suando em bicas e dentro de mal ajeitado **short,** o branco fazia tudo para conseguir boas cenas, tiradas meio às pressas. Foi quando o cinegrafista que não abria a mão nem para atravessar um cego, chamou o Carajá e gemeu:

— Venha cá. Você tira o calção e passa correndo em frente à objetiva, eu te dou cem cruzeiros.

O carajá que usava calção há 50 anos respondeu sem pestanejar:

— Passa a grana já — e embolsou os cem mangos.

O suado e gordo cineasta como um lustroso paquiderme branco e vermelho preparava a cena final, quando ouviu o índio que tirava o calção, emendar:

— Depois eu pago cento e cinqüenta cruzeiros para te ver pelado, também. Garanto que você é até bem mais gozado do que eu...

O QUE ZÉ RAYMUNDO BOLOU, SÊNECA NÃO CONTOU, NEM FLAMARION IMAGINOU...

Sêneca contava que nos palácios romanos, dos Césares, ursos, cães e tigres passeavam livremente, saindo pelas estradas ornados de colares preciosos e enfeitados de ouro em pó. Antes que o imperador Augusto apresentasse um tigre domesticado, o triúnviro Antonio percorria Roma, ao lado da atriz Cíteras, em carro puxado por dois leões.

Domiciano tinha um leão tão manso que com pequeno aceno abandonava a presa já em poder das suas garras. Caracála não só conduzia em público o seu leão, Acinas, como dividia com ele a cama e a mesa. Heliogábalo no meio dos jantares mais suntuosos fazia entrar no triclínio — uma sala de refeições, entre os antigos romanos, com três leitos dispostos em volta de uma mesa — leões e leopardos que aterrorizavam os convidados. Às vezes depois de embriagados os comensais, fechava-os num quarto e enquanto dormiam, mandava suas feras fazer-lhes companhia para gozar do seu espanto no momento em que acordavam.

Também as cobras na Grécia, como em Roma, eram tão domesticadas que as mulheres punham-nas nos berços com as crianças. Tibério possuía uma que ia buscar a comida nas suas mãos.

A história nos conta que um tal Sertório, nas suas viagens através da Espanha preferiu fazer-se arrastar pelos veados no lugar de cavalos. Muitas feras e animais selvagens foram aproveitados em épocas remotas para serviços domésticos. E Flamarion fez previsões de que os macacos serão os criados do futuro...

A agência de propaganda na Amazônia, funcionava dentro de algo parecido, como num mini-zoológico. Animais e aves por toda partc, tudo dcntro de muito verde. O paraíso da fauna criativa na Terra!

Clima tropical tendo muito sol e chuva quase que diariamente, com sol forte novamente ao entardecer. O casarão antigo ficava num terreno grande e arborizado até demais causando uma umidade quente, produzindo suave cheiro de folhas velhas. Muitos frutos e flores envolviam num aroma doce a Catedral Verde, como nós a chamávamos. A agência, dentro de uma estufa como se estivessemos permanentemente acampados na barraca em plena selva equatorial.

O ambiente de trabalho, delicioso. Enquanto em São Paulo, Porto Alegre e Rio de Janeiro o pessoal sonhava e brigava por pequeno local onde possuísse árvores para facilitar o serviço de criação publicitária, aquela agência tinha até em excesso, o que prejudicava um pouco.

Profissionais que sofriam com a poluição ambiental — como diria o Genilson Gonzaga — mais do que sabão em mãos das lavadeiras de antigamente, ali não podiam estrilar.

A agência nortista tinha viveiros por toda parte, com cantos mil e estridentes, acompanhados das cores deslumbrantes das penas. As aves da Região Norte com suas belezas, espalhadas à vontade. Alguns bichos ficavam em enormes jaulas e sempre bem tratados. O que atrapalhava o bom andamento do serviço eram os pequenos animais, os insetos principalmente.

Solta não havia nenhuma fera indomável ou ameaçadora, a não ser alguns humanos que habitavam o pedaço. Um jaboti, inofensivo e calmo mas cascudo e feio cismava de se acomodar constantemente embaixo da minha mesa, talvez pensando que meus Samello fôssem duas jabotis fêmeas da cidade. Nas gavetas da mapoteca onde ficavam as artes finais, baratinhas minúsculas roíam o trabalho feito a guache, que devolviam através das fezes em forma de bolinhas coloridas. Principalmente o guache branco por conter mel em sua composição. Os desenhos principais tinham que ser acondicionados em sacos plásticos transparentes. Caramujos, tatuzinhos, esses de parede úmida, e tesourinhas completavam o cenário enfeitado por borboletas de dia e mariposas ao cair da noite.

O que assustava um pouco, às vezes, eram as **acanthoscurrias,** valentes devoradoras de insetos; umas aranhas caranguejeiras gigantes que calmamente passeavam pelas paredes.

Mas o que despertou mais minha atenção ali foi a criatividade do Zé Raymundo, caboclo que morava nos fundos da agência e que tomava conta de tudo.

Essa nem Sêneca podia contar, nem Flamarion imaginar. O Zé Raymundo possuía uma maquineta maluca inventada por ele, na forma de rústica caixa de metal cheia de fios e madeiras, na carcaça de velha máquina de lavar Brastemp. Dentro uma espécie de aquário onde agitavam-se constantemente vários peixes-elétricos.

As enguias-elétricas, uma coleção de muçúm de orelha, treme-treme, poraquê, de vários tamanhos, produziam a força elétrica necessária para o engenhoso Zé Raymundo fazer café e esquentar o almoço...

NA CASA DE FORMIGA, CHUVISCO É VENDAVAL

Alguns amigos sabendo que eu estava preparando material para este livro estranharam. Não acho que tenha nada de mais um autor ser versátil. Pelo contrário, nada é mais cansativo do que um escritor que não varia, dedicado ao mesmo assunto, por anos e anos.

Já fui chamado de ufólogo e caçador de vida extraterrestre, quando saiu meu livro "No espaço não estamos sós...", de técnico em sobrevivência na selva, depois que o "Amazônia, paraíso e inferno!" surgiu. O mesmo acontecendo com relação ao "Pantanal Silencioso", ao "Selva Assombrada", etc. Preparei contos, crônicas, novelas, biografias e romances sobre os mais diversos assuntos, onde fui ficcionista, futurólogo, ecólogo e sociólogo. E se o mago da publicidade, o Leo Burnett, homem que nos Estados Unidos tornou o cigarro Marlboro a marca mais vendida no mundo, era inconstante; se o papa da moderna publicidade, o inglês David Mackenzie Ogilvy, idem, porque um modesto publicitário brasileiro não deveria ser versátil a ponto de escrever uma sátira sobre a publicidade? Ainda mais em linguagem simples, sem preocupação de estilo?

Publicitário é isso aí. Não é Bom-Bril mas deve ter mil e uma utilidades. Tem que criar. Tem que variar. E se não der certo, não tem importância, parte para outra. As dificuldades e os perigos da vida dependem do tamanho moral da pessoa. Na casa da formiga, é que o chuvisco vira vendaval...

O volúvel Ogilvy antes de ser o excelente publicitário que é e um escritor de sucesso, foi cozinheiro no elegante Hotel Magestic, de Paris, vendedor de fogões de porta em porta na Inglaterra, plantador de tabaco numa fazenda da Pensilvânia e chegou a trabalhar como espião inglês na II Guerra Mundial...

Como se vê esse mestre da atividade publicitária é homem de sete instrumentos e de variações como deve ser todo publicitário, do modesto ao mais importante no mundo inteiro.

Mister "D.O." como o Ogilvy é chamado nos Estados Unidos, cuja agência tem 7 000 funcionários, 160 subsidiárias em quarenta países e clientes do porte da Ford, Johnson & Johnson, Shell, Pepsico e American Express, homem de múltiplas profissões, com sua inteligência e versatilidade, influencia diariamente milhões de vidas em todo mundo, cada vez que alguém compra um maço de cigarros, toma aspirina ou abre um refrigerante...

Nosso departamento de criação, composto de experientes redatores e diretores de arte tinha sido reforçado com mais um elemento. Vindo de fora do Brasil.

Um predestinado a ter funções extraordinárias. Como ele, nunca vi igual. E olha que na vida de redação, tintas e pincéis eu já tinha visto de tudo. Encontrei um publicitário que aos sábados e domingos intitulava-se "caçador profissional de sapos para o Instituto Butantã". Na verdade ele saía pelas várzeas dos subúrbios e apanhava todo tipo de batráquios. Como seus auxiliares eram frutos de asfalto, não distinguiam nem burro de cavalo e para que não vendessem gato por lebre, ele pintava um "S" nos sapos e um "R" nas rãs. Estas, vendidas às dúzias para as cantinas do Brás e os primeiros, pelo mesmo preço, serviam de alimento para as cobras de Pinheiros.

Conheci também um outro que dizia ser publicitário, só que "pintor de móveis" (?). E que não pintava móveis. O seguinte: ele pintava a palavra Loja Buri que todo o interior conhece. Só que não em paredes. Seu departamento era outro. Móvel e não imóvel. Aproveitava os caminhões parados, trens e lascava a palavra Buri. Não perdoava nem anca de burros!

Mas o diretor de arte, Marc Lacombe, que chegara dos Estados Unidos para trabalhar com a nossa equipe tornou-se o campeão de atividades fora do comum. Os desenhos e as cores entravam em sua vida de maneira curiosa, diferente.

Começara muito jovem, como "apagador de bigodes nos cartazes dos trens subterrâneos de Nova Yorque" — segundo seu sotaque luso-americano.

Nos metrôs norte-americanos sua função passou a ser de combater os pseudo-desenhistas, com auxílio de borrachas e emendas de cartazes. De acordo com seus cálculos, durante sua carreira, devia ter apagado e disfarçado uns cinqüenta mil bigodes. Um outro tanto de tapa-olhos, tipo pirata e milhares de palavrões em inglês, espanhol, italiano, até em grego e chinês, do mais sujo metrô do mundo.

Anos depois eis o Lacombe numa fábrica de explosivos. As operárias dessa fábrica tinham que usar calcinha de algodão por motivos de segurança e a fim de evitar irritação na pele, causada pela pólvora. E essas calcinhas tinham que ser mudadas com regularidade. Para certificar-se que as instruções estavam sendo obedecidas, os diretores da fábrica determinaram que as calcinhas oficiais fossem tingidas em três cores — rosa, azul e amarelo — que seriam usadas em dias determinados. Adivinha quem era o fiscal. Isso mesmo, ao Marc Lacombe cabia verificar se as moças estavam seguindo a ordem das cores...

A VOLTA DO HOMEM QUE CONFUNDIA PITHECANTROPUS ERECTUS, COM MENTECAPTO ERÓTICO

O produto era novo na praça. O plano consistia em lançamento da marca de **jeans** para competir com Calvin Klein, Valentino, Pool, Lee, Dijon, Levi's e outros concorrentes. O tecido a ser usado seria o Lycra da Du Pont.

Assim como tem costureiro, cortador de panos, réles e chegado num chilique, tem também artistas sérios, verdadeiros arquitetos de tecidos. O chefe de produção, um deles, devoto de São Marketing e de Nossa Senhora da Propaganda, honesto mas considerado louco. E como somente os loucos e as crianças dizem sempre a verdade, refutou de cara a idéia da dona da fábrica quando ela queria instituir um concurso fajuto, que não levaria a outra coisa senão encrencas.

Chamou o contato da agência que atendia a conta e expôs o plano da promoção feito pela empresária, no qual foi prontamente contestado também pelo publicitário.

Este explicou para a industrial, o caso acontecido nos Estados Unidos, quando uma firma vendedora de veículos anunciou luxuosíssimo automóvel por "mil bananas". Uma velhinha ingênua até certo ponto, conseguiu com muito esforço juntar vários cachos da fruta e levou à revendedora a fim de trazer seu carro. É claro que não entregaram a mercadoria no ato. Mas a anciã processou a empresa pela forma de propaganda, para ele enganadora e o juiz deu ganho de causa à mulher. Obrigou a revendedora a entregar o veículo de acordo com a propaganda feita no jornal: por "mil bananas"!

Outra firma norte-americana ofereceu como prêmio, uma viagem a Marte para a pessoa que se apresentasse com mil tubos vazios do creme de barbear que fabricava. Como o produto era relativamente novo no mercado e o prazo para a entrega, curto, os idealizadores do "concurso" acharam que ninguém iria aparecer com tanto tubo vazio. Mas... apareceu!

Um tal **mister** Arliss French, de Apleton conseguiu juntar em tempo os mil tubos e foi buscar seu prêmio com toda razão e para espanto dos patrocinadores que não sabiam como fazer. Mas que conheciam muito bem as duras leis norte-americanas nesse sentido...

Resultado, a agência de publicidade teve como saída, a idéia de descobrir se existia no mundo algum local chamado Marte. E também tinha. Uma pequenina localidade na Renânia, tão minúscula que abrigava menos de cem habitantes. Enviaram então o cidadão Arliss French até Dusseldorf de avião e de lá ele foi a Marte de automóvel. A agência de publicidade aproveitou para mais uma vez divulgar o produto. Para surpresa e alegria dos moradores o vencedor chegou distribuindo creme de barbear para todos...

No Brasil só conheço uma empresa que errando, agiu com dignidade: o supermercado Boulevard, do Grupo Disco, em Vila Isabel, no Rio de Janeiro, que registrou uma das maiores filas de sua história, na segunda-feira com presença de polícia e tudo mais. É que no anúncio publicado em jornais cariocas do domingo ofertava uma bicicletinha "Tico-Tico" por Cr$ 42,00. Na verdade tinha sido um erro do **past-up** (que monta o texto) pois o preço da oferta era de Cr$ 242,00. A empresa assumiu o erro e todo o estoque do produto foi colocado à venda pelo preço anunciado. Só não sabemos o que aconteceu com o destino do arte-finalista...

Enquanto que na agência do qual falávamos no início do artigo, desfazia-se a idéia maluca do tal concurso da dona da fábrica de **jeans**. Em seu lugar a agência de publicidade foi acionada para desenvolver estafante trabalho em torno de um bom nome para depois o respectivo estudo de logotipo. Tinha que ser sugestivo, curto e de fácil memorização para gravar logo. E delicado como se fosse um carinhoso apelido, conforme orientação expressa da cliente.

A confusão em torno do novo nome começou já na área de atendimento com o contato Hortoletras Trocalino, aquele do início do livro. A cliente, uma judia exigente e chata à bessa chamada Margarida Gerda e o "Troca" de cara fez um relatório chamando a industrial de Margarida Hosta. A sorte foi que o lapso não saiu da agência senão adeus conta.

Sorte que não estávamos mais na época do "X", onde todas as marcas para ser "prafrentex" deveriam levar essa letra no final. Como foi o caso do Xerox (que pretendia algo como Kodak), do Gumex, e outras do modismo. Tempo em que existia uma empresa fabricante de sorvete que já trazia estampada nos seus carrinhos a palavra Sorvex. Conta o folclore publicitário, que depois de estudada pela diretoria, técnicos e toda sorte de especialistas, passou a chamar-se Kibon, por obra e graça da sugestão iluminada de um simples acensorista que ouvia a conversa entre diretores, no acanhado elevador, abafado e ganhando pouco...

Muita pesquisa em cima para se chegar ao nome curto e interessante, para a nossa cliente. Foi daí que tomei conhecimento da mais curta correspondência de que se conhece. A que existiu entre o escritor Victor Hugo que viveu de 1802 a 1885, e seu editor Hurst e Blackett, em 1862. O autor estava gozando as delícias das férias e ansioso para saber como seu novo romance "Les Miserables" estava vendendo. Então escreveu "?". A resposta foi "!".

Agora imaginem se fosse correspondência entre o pintor espanhol Picasso e um cidadão chamado Adolph Blaine, o que não iria de tinta só para as assinaturas. Picasso tinha o mais longo nome que um artista poderia ter: Pablo Diego Jose Francisco de Paula Juan Nepomuceno Crispin Crispiniano de 1.ª Santissima Trindade Ruiz y Picasso!

E em Bergdorf, próximo de Hamburgo, Alemanha, nasceu no dia 29 de fevereiro de 1904 o cidadão Adolph Blaine. Mas em seus cartões de visita e papéis de cartas, usava o oitavo e o segundo nome de batismo e as primeiras 35 letras de seu sobrenome. Os nomes e sobrenomes mais compridos de uma só pessoa referem-se a Adolph Blaine Charles Davi Earl Frederik Gerard Hubert Irvin John Kenneth Lloyd Martin Nero Oliver Paul Quincy Randolph Sherman Thomas Uncas Victor Williams Xerxes Yancy Zeus Wolfeschlegesteinhausenbergerdorffvo e mais 560 letras seguidas sem qualquer tipo de separação!

Pior ainda, se um avisa o outro na carta que tinha mudado para Bangcock, a capital da Tailândia. Cujo nome oficial não é

Bangcock e sim Krungtep Mahanakhon e seu nome completo: Krungtep Mahanakhon Mahadilokpop Noparatratchathani Buriron Udomratchannivetmassathan Amornpiman Avatarnathit Sakkathattiavisnukamprasit!

E sorte mesmo, pelo menos para os cartórios, foi nenhum deles ter casado com a senhora que causou a maior sensação ao ser apresentada em 1872 na corte do tzar Alexandre II. A mãe do maior número de filhos até hoje tido por uma só mulher: 69. Em 27 períodos de gravidez, deu à luz 16 pares de gêmeos, 7 trigêmeos e 4 quadrigêmeos para desespero do marido, o russo Fyodor Vassilet...

O SEGREDO DA VIDA NÃO É SOSSEGAR AS ONDAS, É TER CORAGEM DE NAVEGÁ-LAS

A inconveniência do apelido. A agência tinha nome, é óbvio. Mas por incrível que possa parecer só era chamada e conhecida pelo apelido, o que deixava os estrangeiros impressionados com o fato. Para nós habitantes do país das alcunhas não passava de normal, acostumados que estávamos com elas por toda parte, sendo que até cliente queria marca já com apelido carinhoso.

Eu particularmente não estranhava porque para minha mãe, com mais de 80 anos, e meu irmão, 60, ainda era "Nenê".

O meu amigo "Waldemar do bar", da praça João Álvares chamava-se na realidade Francisco Amador, o Valdir Ferreira, da Indústria Siva, era "Valdir da Silva", o "Pedrinho da relojoaria" na verdade, Diytiro Uua, o "Luiz da farmácia" levou na pia batismal o nome de Tomio Nishimura e o outro farmacêutico o "Jorge", Shoji Azuma, o "Ivo", corretor de imóveis, Tadamaça Chinen. Todos eles quando combinavam almoçar na Cantina Capelinha, do Luiz, só falavam: "Vamos almoçar no "Alegria".

Mas o que fazer num país em que até o presidente da República tinha apelido?

O nome de batismo do presidente José Sarney? José Ribamar Ferreira de Araujo Costa. Mas seu nome oficial desde 1960 é aquele pelo qual é hoje conhecido. Desde a campanha para o governo do Maranhão, no mesmo ano, ele usa esse nome, que tem valor legal. O de José Ribamar Ferreira de Araujo Costa ficou guardado nos arquivos da paróquia de Pinheiro, sertão maranhense, sua terra natal.

O nome José Sarney foi adotado porque o presidente era conhecido como "Zé do Sarney" desde a infância. Seu pai se chamava Sarney de Araujo Costa. O avô do presidente batizou o filho com esse nome numa homenagem ao gerente da Companhia de Energia Elétrica do Maranhão, onde ele trabalhava. O gerente, um inglês conhecido como **Sir** Ney. Os maranhenses pronunciavam alguma coisa próxima de Sar Ney, o que deu origem ao nome...

O apelido é positivamente uma desgraça nacional que tanto pode iniciar de pequeno, em casa, na rua, na escola, no campo de futebol, no quartel, no escritório ou na fábrica e daí por diante o infeliz que trate de carregar a cruz com classe para o resto da vida, porque a onda jamais vai sossegar...

Conheci um polonês chamado Mirgalowski que os caboclos do interior onde ele pescava só o chamavam de "Mirga Lopes", porque assim eles entendiam ou pelo menos tinham "traduzido". Conheci também o Lima Martensen que de tanto trabalhar na Lintas o pessoal o chamava de "Lintas Martensen". O mesmo acontecendo com o Saulo Guimarães da "Seleções do Reader's Digest" que por ter tanto anos de janela na casa, passou a ser "Sauleções"...

O Brasil já teve de "Boca de Traíra" a "Tião Medonho" em matéria de marginais. No meio artístico o apelido foi dos cantores "Noite Ilustrada", "Caco Velho", à "Gretchen". Sem contar o maestro Gaó que ainda de calças curtas era pianista no cinema em Salto de Itu. Seu nome Odmar Amaral Gurgel, cujas iniciais, às avessas formam seu nome artístico. Pessoas citadas pela Rádio Panamericana, mais conhecida como Jovem Pan.

Na política o ex-dirigente sindical Luiz Inácio da Silva, o "Lula" incorporou ao nome de batismo o seu famoso apelido. E passou a se chamar aos 36 anos, Luiz Inácio Lula da Silva. Mas muito antes, um brasileiro mais famoso que o "Lula" tinha feito a mesma coisa. O marechal Candido Mariano da Silva Rondon, maior desbravador de terras virgens desde o fim das bandeiras e também o maior protetor que os índios tiveram. O herói que descendia de ibéricos, boróros, terenas e guanás não se chamava Rondon: recebeu o apelido e o incorporou ao nome.

A Abelim Maria da Cunha (a cantora apelidada de Angela Maria) tem oito irmãos: Abdmar, Abiezer, Ablair, Abiail, Abladina, Abdiel, Abmael e Abedil...

Como vemos tem gente no Brasil com nomes que merecem mesmo apelidos. Nomes de difícil pronúncia e memorização. Outros estranhos chegando à aberração como no caso do Odigson Esperendeus Meira! (Ave Maria!), Iva Restitua Tuta de Samora Amora, Egas Beldroengas e outros terríveis como Tom Mix Bala, Sueli Cifu, Epílogo de Campos, Derlópidas Melo, Bizarro Assado. Outros mais pomposos: Céu Infância Álvares, Bom Filho Persegonha, Pirvegas de Azevedo Maia, Chumanga Cobra da Guia, Éter Sulfúrico Amazônico Rios (Credo cruz!), Céu Azul do Sol Poente, Sudário Augusto Pereira, Epafródito de Mel Azevedo. Sem contar o superpatriótico, Soubrasil Madeira de Lei (ufa!) e o americanófilo demais para meu gosto, Chevrolet da Silva Ford!...

E pensar que todos devidamente registrados em cartórios, por este Brasil afora...

No esporte só "Pelé" levou vantagem por possuir um apelido fácil de ser pronunciado em qualquer idioma. Já pensaram das Malvinas à Mandchúria uma irradiação assim: "Edson Arantes do Nascimento pega a bola..." Com relação ao futebol deveria existir uma lei proibindo o jogador profissional de conservar seu apelido varzeano. Evitaríamos ter um dos maiores jogadores de todos os tempos, craque de seleção e campeão do mundo, que hoje é médico, desvalorizado por um réles apelido de "Tostão".

Mas já tivemos epitetos depreciativos piores: "Kafunga", "Kafuringa", passando por "Catatau" e "Xique-Xique" sem contar o "Biro-Biro". Apelidos anatômicos como "Pé de Valsa", "Mão de Onça", "Cabeção" e "Pintinho". Do reino vegetal: "Manga", "Feijão" e "Batata". Diminutivos como "Nininho", "Julinho" e aumentativos como "Julião".

O jogador profissional de futebol, como no estrangeiro deveria ser chamado pelo nome ou sobrenome. Se a CBF cuidasse do assunto não teríamos "Didi", "Pipi", "Vavá", "Juju", "Telê", "Cacá", "Mimi" e outros como "Zico", "Lico", "Mico" e "Tico" que só desvalorizam o ser humano.

Tivemos cognomes caipiras jogando bola em grandes estádios: "Tecão", "Nonóca", "Bitonho", "Dé", "Bió", "Calú", "Jóca" e "Bilúca". Alguns do setor animal: "Jacaré", "Besouro", "Sabiá", "Pantera", "Gato Félix", "Mosca", "Lambari", "Rato Branco", "Castor", "Garrincha" e "Bacurau".

Outros sem a menor lógica, lembrando tão somente objetos: "Tinteiro", "Motóca", "Ferro", "Borrachinha", "Alfinete", "Meinha", "Flecha", "Jangada", "Folha", "Remo", "Cipó", "Raquete", "Fio", "Cimento" e "Piscina".

Como aperitivo, boa mesa e direito a sobremesa, tivemos "Pinga", "Cebolinha", "Rã", "Bife", "Palmito", "Dendê", "Pirulito", "Coquinho", "Cacau", "Banana", "Pitanga" e "Tangerina". Regado a "Fanta" e "Coca".

Todos profissionais de futebol no Brasil.

Certa vez jogamos contra um time de futebol de salão, no campeonato publicitário, composto de elementos de várias empresas. A escalação passou a ser: "Hering", "H. Stern", "Lufthansa", "Curt" e "Scania". Como segundo quadro e reservas tinham ainda o "Banheiras Jacuzzi", o "Xerox", o "Meias Lupo", o "Shopping Center Iguatemi" e o "Velas Bosch".

Até aí tudo bem, mas quando aqueles três marmanjos profissionais de futebol, vestindo bermudas, mostrando as pernas cabeludas calejadas de tantas botinadas, apareceram de súbito no Caixa do clube para receber, a funcionária que era nova na casa, quase caiu da cadeira com o susto.

A menina tinha nas mãos os envelopes de pagamento com os nomes de "Valderez", "Néia" e "Katinha"...

HOMEM QUE DESMUNHECA E MULHER QUE PISA DURO, NÃO ENGANAM NEM NO ESCURO

Esta continua o relato de nomes próprios que são impróprios.

A frase do título foi dita quase num sussurro pelo planejador, no momento em que o jovem alto e forte, Viríl, atendeu o telefone aos gritinhos e saltitante correu transmitir o recado à sua chefe dona Mimosa, encarregada do tráfego, que por sua vez falou grosso e saiu pisando forte. Viríl não era tanto assim, nem dona Mimosa tão frágil quanto o nome queria...

O recado era sobre a cliente Gerda que foi chamada de Hosta, pelo Hortoletras Trocalino (o homem que confundia poliglota com troglodita e não sei de que jeito ele fazia compras no supermercado Carefree e levava absorvente higiênico Carrefour, para a esposa), confirmando a chatice de seu feitio resolveu mudar o jogo: queria agora um nome para seu **jeans**, mas que lembrasse gente. Ficaria mais íntimo, quente, humano e simpático, obrigando a agência a novas pesquisas, de cartórios a igrejas, de bibliotecas a listas telefônicas.

Foi daí que lembrei do grande cientista brasileiro Vital Brasil batizado com o nome de Vital Brasil Mineiro da Campanha e suas duas irmãs que levaram os nomes de Maria Gabriela Cabocla de Itajubá e Iracema Ema do Vale do Sapucaí...

E bem perto tínhamos um exemplo. Acompanhava a gente, fazendo seu trabalho de pesquisas, o jovem Fowlen, que não sabia a origem do nome.

A posição de Fowlen e posição Threndelemburg constituem dois modos em que os cardíacos são às vezes colocados para se sentirem melhor. Nomes complicados para os leigos, mas que os médicos resolveram batizar para dar alívio a seus pacientes.

Trabalhando num hospital, o pai do colega se engraçou com a palavra Fowlen e deu o nome para o filho. Quando gozamos o rapaz ele não perdeu a esportiva:

— Melhor assim! Já pensaram se eu chamasse Trem de Elemburgo Camargo Guimarães!...

Chegamos na igreja quando o padre Giovani Cosimati terminantemente se recusava a batizar a criança mesmo sob o argumento do pai que insistia:

— Mas eu estive aqui outro dia e disse que o nome era Esquálida Azula...

Ao que, limpando com flanela o Di Paolo e seu toque exclusivo, respondeu prontamente o pároco italiano:

— Não batizo. **Ma io no** batizo mesmo. Isto parece nome científico de borboleta australiana. Entendi no outro dia que era Esquadra Azurra! Em homenagem ao **mio** time, campeão do mundo...

Passados alguns dias volta o padre, desta vez tentando limpar a batina ligeiramente respingada de Purecica, do Petibon do almoço, perguntar o nome de outra criança, ao pai:

— Indep.

— Indep, **ma** como?

— Indep...

— **Dio bono,** ma onde você encontrou **questo** nome?

— No Almanaque Sadol...

— **Ma non** é **possibili**! Em que dia nasceu **queste bambino**; esta criança, **Dio**?

— No Sete de Setembro...

Estava explicado. O dia da Independência, abreviado. Deixamos a igreja em busca de novos campos de pesquisas...

Chegando as eleições, novamente vem à tona através dos cartórios eleitorais os nomes que são engraçados mas que tornam infelizes seus inocentes portadores, pois os receberam no Registro Civil quando ainda não podiam reagir. À época da razão, ou da reação, a pessoa pode por fim à estupidez paterna, mas o mal já lhe pesou durante anos. Foi o fardo que carregou, submetido aos deboches na escola ou no trabalho. Como o de um pai no Maranhão que impressionado com o primeiro holofote que viu em sua vida, deu à filha o nome de Holofotina. São nomes que traumatizam a criança, com reflexos negativos durante toda a sua vida.

Para se ter uma idéia desses nomes estranhos mais feios que Uréia Petrofértil, registrados em cartórios, vamos a alguns deles, autêntica relação de mau gosto graças à ignorância dos pais e a maldade e irresponsabilidade de certos tabeliães.

Cafiaspirina de Melo, Ocaso Khimantroforte, Delamorte Zalamorte, Último Vaqueiro, João Cara de José, Adão Kodak, Vitorino Carne e Osso, Luiz Navega Quintais, Antonio 13 de Julho de 1917, Manelina Terebentina Capitulina do Amor Divino, Maria Passa Cantando, Alcides Toca Fundo, Maria Panela, Oceano Pacífico, Joaquim José Grandão, Henrique Cavafundo, Pedro Bonde, Rosa Simione de Cavalo Brito, Antero Americano do Brasil Mineiro, Joaquim Sherloke Holmes da Cruz, Eclesiaste Cardeal da Costa, Maria do Coração de Nossa Senhora, Catarina Graciosa Rodela, Primeira Delícia, Daluz das Dores, Maternidade da Silva Rato, José Amâncio e Seus Trinta e Nove, Antonio 20 de Julho de 1895, Maria Espertina, Antonio José Salamargo, Águas Marinas Gomes de Sales, Ouvindo Pedro Franco, João Rei Bispo de Deus, Universo Martins e Jesus Rei das Nações Diniz...

Certo cartório registrou Catacisco, filho de Catarina e Francisco e ao mesmo tempo se recusou a registrar, por incrível que possa parecer, Roberto. Alegando tratar-se de homenagem ao Nipo-Nazi-Fascismo do eixo. Roberto, para o tabelião, eram iniciais de Roma, Berlin e Tóquio, no tempo da Segunda Guerra Mundial...

Hoje existe uma lei que os oficiais do Registro Civil não podem registrar nomes susceptíveis de expor ao ridículo ou criar constrangimento aos seus portadores. Isto quer dizer que acabou o abuso; invenção de nomes para dar aos filhos, com a formação de novos prenomes, junção de sílabas dos nomes paterno e materno, ou simples inversão, letra a letra, dos nomes dos pais.

Os nomes exquisitos em todo o Brasil já vem bem antes da existência do Capote Valente (eta nomezinho ruim!) numa galeria onde cada um é mais estranho que o outro.

No mesmo dia em que saiu a lei proibindo registrar crianças com nomes impróprios, tomava posse o novo secretário de Serviços Sociais do Distrito Federal. Seu nome: Marival Tapióca...

Para enriquecer o acervo de nomes diferentes registrados nos cartórios de todo o Brasil seguem:

Tropicão de Almeida, Magnésia Bisurada do Patrocínio, Inocêncio Coitadinho Sossegado de Oliveira, Antonio Manso Pacífico, Antonio Noites e Dias, Joana Mula, João Pensa Bem, Joaquim Pinto Molhado, Maria Privada de Jesus, Napoleão Estado de Pernambuco, Remédio Amargo, Marimbondo de Andrade, Rolando Pela Escada Abaixo de Andrade, Naida Navinda Navolta Pereira, José Maria Guardanapo, Rolando Caio da Rocha, Antonio Melhorança, Alarme José, Odin Indiano Americano do Brasil, Dulcelanauzaura Alves da Costa, Portaleconina de Assis, Gilete Queiroga de Castro, Ótima Átila, Araci do Precioso Sangue, Natal Criança de Castro, Isagel Ignorada Campos, Delícia Leal, Oceano Pacífico, Raimundo Papa Leão, Náuseas Pereira, Antonio Morrendo das Dores, Barrigudinha Seleida, Argentina América do Brasil, Manuel Arrependido Gomes, Maria Dalva Barbuda, Tarzan Fernandes, Abecê Nogueira, Maria Barba de Jesus, Relíquias Pereira e para terminar o bloco, Termina de Castro...

Outros nomes dos mais conhecidos são estes:

Um Dois Três de Oliveira Castro, José Casou de Calças Curtas, Dezessêncio Feverêncio de Oitenta e Cinco, João Cólica, Antonio Dodói, Pedro Bispo Cardeal, Oceano Atlântico Linhares, Céu Azul da Costa Feijó, Cesar de Almeida Cento e Três, Mariazinha Pegueite, Francisco Filho de Chinelo Ermírio, Nacional Futuro da Pátria Brasileira, Restos Mortais de Catarina e Silva, Himeneu das Dores Conjugais, Rodo Metálico, Esparadrapo de Souza, José Camelo da Costa, Antonio Carnaval, José Cabra, Abigail Búfala do Nascimento, Camilo de Cadê o Negócio, José Machuca, Delfino Rodeio do Curral, Orlando Porreta, Prodamor Conjugal de Marimê e Marichá.

Já pensaram se por uma dessas ironias do destino casam-se a Mariazinha Pegueite com o Camilo de Cadê o Negócio e nasce a Rosinha Pegueite Cadê o Negócio?...

COMO CANUDINHO DE REFRESCO, O BOM PASSAVA POR ELE, MAS IA PARA A BOCA DOS OUTROS...

Esta é a história da silenciosa batalha entre o "Lucrécio Borges" e o "Kibe Boletero".

Da década de 50 para cá, época em que tomei contato com as agências de publicidade, conforme já citei, elas eram instaladas no centro da cidade, depois passaram para os jardins: Paulista e Europa. E só ultimamente é que mudaram-se para as imediações da avenida Faria Lima.

Parte da boêmia publicitária, cansada de fazer texto e mono-mono, para bebemorar alguma coisa, escapar da hora do **rush** das 6 às 8 horas, ou para tratar de "cupincha", a maneira de falar em "frila" **(free-lancer)** nesse tempo, em São Paulo, ou mesmo para esticada maior até a madrugada, encontrava-se em diversos bares do centro.

Os publicitários reuniam-se tanto no famoso Ponto Chic, no Largo do Paissandu, como num desconhecido barzinho da rua João Brícola; na Confeitaria Formosa, no Vale do Anhangabaú, na direção do "Buraco do Adhemar", e também na avenida São João, no restaurante em frente ao prédio do Correio Central. No Jeca, Ipiranga com São João, no Juca Pato, na São João com Dom José de Barros, na Saladinha Paulista, Dom José de Barros com 24 de Maio, e na Ipiranga, para o chope, a salsicha e o croquete. Sem contar o Franciscano e o Pinguim.

Anos depois alguns juntavam-se na padaria que tinha o nome de Picadilly, na 7 de Abril, ou então na Costa do Sol, na mesma rua, uma confeitaria que ficava em frente aos "Diários Associados". Com o passar do tempo foram ao Pari-bar, na praça Dom José Gaspar.

Ali, e isso não faz muito tempo, pode-se dizer que é até recente, contava-se à boca pequena que dois publicitários dos mais conhecidos, que não perderam o hábito de bebericar no centro, encontravam-se diariamente para seus habituais aperitivos da noite. O "Lucrécio Borges", de origem italiana e o "Kibe Boletero", descendente de árabes. Este vivia sempre acompanhado de belas mulheres, mas dele diziam os amigos:

— É como canudinho de refresco. O que é bom passa por ele, mas vai para a boca dos outros!...

Sentavam-se em determinada hora, na mesinha de fora, quase na calçada da praça. Onde cavalheirescamente os dois Coronéis donos de agências, descansavam das lidas diárias e faziam troca-troca de "Play-boy", "Ele-Ela" e revistas sobre alterofilismo.

Sentiam-se instruídos, só porque comparavam as suas ignorâncias com as dos outros.

Conversavam sobre assuntos dos mais diversos, de preferência extra propaganda, para mostrar que não estavam nem um pouco interessados em tirar contas de ninguém. Mas por dentro se odiavam, um querendo devorar o fígado do outro, vivo.

O mais velho bebia uma composição de uísque, laranja e mel, que o garçon pacienciosamente preparava. Um ritual exigindo até que esquentasse o mel no preparo da droga. A operação tornava-se demorada. O mais novo, mais afoito, ia de chope mesmo. E bastava o primeiro levantar-se para ir ao banheiro para a silenciosa guerra iniciar.

O garçon, obrigado a ouvir a xingação entre os dentes:

— Esse turco bixa, parado é suspeito. Correndo é ladrão... quem rouba de colete e gravata é o maior gatuno... E pior, sorrupia prá dar prá macho...

No copo daquele que tomava a mistura de mel morno, álcool e laranja, era adicionada nada menos do que pequena dose de goma-arábica, pelo concorrente que queria tirar o outro publicitário da jogada. Toda noite maquiavelicamente ele tinha a paciência de levar no bolso um vidrinho contendo pequena porção da cola que tirava do vidro maior que ficava no departamento de **media** para colar anúncios. E o salafrário ainda se vangloriava; tinha a coragem de confessar aos funcionários para que levava o viscoso líquido amarelado.

Mas tinha a volta, que ele não sabia. Cada vez que o bebedor de chope saía para urinar, aquele que tomava sem saber, goma-arábica, abria uma latinha de psicotrópico contendo pequeninas mas eficientes pílulas para tirar o sono, que jogava no copo do adversário da luta às escondidas.

Novas confidências para o garçon. Xingações baixinhas entre os dentes que o balconista era obrigado a ouvir, de um freguês para o outro:

— Carcamano deses tipo, quando nasce, o pai joga na parede. Se gruda é cantor, se cai é ladrão... A minha, perto da agência dele, é casa de freiras...

A conversa inicialmente alegre sobre mulheres, modas e beleza femininas; piadinhas do gênero de que o melhor anticoncepcional podia até ser uma simples ficha telefônica. Bastava colocá-la bem presa entre os joelhos... Foi passando para política, futebol, mas ficando com o passar dos dias, papo de asilo entremeado de queixas. Lamúrias de doentes; um "colado" a falar sobre intestino preso enquanto o outro, "sonado", com ares de viciado em bolinha (sem saber), passava noites em claro, sem dormir um só instante.

Com os nervos à flor da pele, deixaram de se encontrar com assiduidade, mas somente quando um deles quase morreu entupido e o outro de insônia.

O garçon foi quem mais sentiu as ausências e filosofou baixinho, com medo de espantar outros publicitários:

— Se a propaganda mentirosa fosse proibida como exige a lei, não haveria mais propaganda neste país...

TANTO O RATO VAI AO NINHO QUE UM DIA DEIXA O RABO NO CAMINHO

Tive o prazer de trabalhar com vários gaúchos Xerifes, bons de propaganda. Desde o Barbosa Lessa ao Bolívar Madruga, que tinha sobre a mesa uma pequena taboleta onde se lia "Deus ajuda quem cede ao Madruga!" Lembro-me de várias passagens mas uma não posso deixar de citar, acontecida num dia frio em Porto Alegre, em churrascaria retirada do centro da cidade.

O papo não girava sobre Clios, Fiaps, Anuários, Leões, Lâmpadas, Profissionais do Ano, Colunistas, Caborés e outros prêmios, e sim sobre... gorgetas, que dizia o **media** cabeça de ovo, ser um dos males do nosso país:

— Vai do barbeiro, ao engraxate, tchê, senão, da próxima vez ele te mata o escarpim. Do lixeiro, carteiro, ao garçon... Graças à Deus do primeiro já estou livre... É, porque um dia tive cabelo. Aliás, tinha muitos fios, os bancos é que me tomaram...

— Palavras que consolam... Palavras que consolam — gozou um dos colegas.

— Só que eu não ganho gorgeta — lamentava o contato, metendo vinho Velho Capitão para baixo.

O produtor, que de vez em quando pegava um "carvãozinho" da gráfica, silenciou:

— Contam até casos de brasileiros que em certos países da Europa deram gorgetas e as pessoas que receberam devolveram, porque sentiram-se ofendidas — completou o **media** pelado.

— Mas, ela não é criação nossa — entrou o diretor de arte — existem freguezes tão excêntricos no mundo inteiro que dão de gorgeta até objetos dos quais o recebedor não sabe o que fazer.

— Isto é verdade — reforçou o redator — dizem que um estranho senhor trazia sempre consigo, para cada refeição, uma faca, um garfo e uma colher de prata e acabado o jantar dava-os de presente ao garçon que o atendia.

— E eu soube de um — disse o diretor de arte, parecendo historiador — tão original que dava o seu retrato metido numa moldura e outro mais esquisito ainda, que dava aos criados, selos estrangeiros de muito valor.

— A maior gorgeta — voltou o redator também bom contador de casos — foi uma extraordinária dada certa vez a um criado de quarto de um grande hotel de Londres, às vésperas de corrida do Derby. O hóspede deu-lhe algumas libras esterlinas dizendo: — "Jogue em Signorineta e você lembrar-se-á de mim". O criado seguiu o conselho e no dia seguinte ganhou uma fortuna. Ele estava convencido de que o desconhecido doador das libras não podia ser outro senão o feliz proprietário da magnífica égua vencedora...

— Eu me contentava com um gravador estéreo portátil Polivox...

No meio da conversa o diretor de arte citou sua cadela. Tão grande que ele precisou pagar vinte mil cruzeiros para que a lavassem e ainda deu um belo filhote de gorgeta.

O contato que estava absorto, "a durango kid", uma garrafa de Velho Capitão na cuca e mil contas para pagar, não muito atento na conversa, jogou a frase:

— **Por los quatro vientos, tchê**, da próxima vez manda lá prá casa. Por vinte paus eu não só lavo, como lubrifico e troco o óleo...

Contou então, o homem da área de atendimento, a história de uma agência em que ele trabalhou cujo dono era mão aberta nas gorgetas nos hotéis em que se hospedava e um miserável para com seus funcionários no dia-a-dia, esforçados publicitários.

Certa vez o contato chegou para o patrão citado, e pediu um aumento de salário.

O dono da agência de publicidade, respondeu que só faria isso se o empregado advinhasse qual de seus olhos era de vidro.

O patrão, um rato acostumado a fazer a todos a mesma pergunta, desde que mandara buscar nos Estados Unidos um olho tão perfeito quanto o outro bom.

Olhando nos olhos do empresário o gaúcho acertou na mosca.

— Você é a primeira pessoa que acerta. Como conseguiu isso? — indagou o mau patrão.

O contato foi franco:

— **Por los quatro vientos, tchê,** porque teu olho de vidro parece mais humano...

UMA GOTA DE BURRICE NUM OCEANO DE INTELIGÊNCIA

Meu primeiro trabalho escrito foi publicado em 1960 na revista "Singra", órgão pertencente aos "Diários Associados". Um suplemento intergráfico do eixo Rio de Janeiro-São Paulo com grande penetração em todo o Brasil, distribuído pelo jornal "Diário de São Paulo" e demais veículos da cadeia "Associados".

E só em 1962 passei a escrever matérias para a "Revista do Globo", de Porto Alegre, uma das mais importantes do país e que por muito tempo ocupou um espaço que só "O Cruzeiro" e "Manchete", do Rio de Janeiro, viriam a tomar.

A Editora Globo, das mais antigas, existia desde 1883 e a revista, segundo seus arquivos, tinha sido fundada em 1928. O parque gráfico completo, produzia seus livros da composição à encadernação e a arte-final das capas. Em seus quadros de funcionários e colaboradores constavam nomes como os de Érico Veríssimo, Mário Quintana e outros.

As edições da Globo resultavam de um trabalho tão esmerado que todas as obras, depois de traduzidas, passavam por uma revisão de tradução, feita por um outro profissional para corrigir possíveis falhas ou distorções. O prédio da Globo era uma espécie de clube de intelectuais e políticos gaúchos, que ali se reuniam todas as tardes para conversar. Sobretudo os escritores Mário Quintana, Érico Veríssimo, Cyro Martins, Dyonélio Machado, Moysés Vellinho, Reynaldo Moura, Athos Damasceno Ferreira, Augusto Meyer.

Na redação, no edifício que foi o mais importante pólo cultural do Rio Grande do Sul, contavam-se passagens interessantes sobre os incidentes literários criados pelo pessoal, num passado alegre, descontraído, despreocupado com faturamentos, e muito mais preocupado com o vinho branco Gold Wein, da noite.

Quando a editora comprou os direitos de tradução de **Mein Kampf** — a autobiografia de Adolf Hitler —, do partido Nacional Socialista Alemão, o contrato rezava que o tradutor da obra não podia ser judeu, parente ou amigo de judeus. Não foi. Mas a primeira edição de **Mein Kampf** saiu às ruas com ambas as orelhas anunciando o lançamento seguinte da editora: "Napoleão", de Emil Ludwig, um judeu. A embaixada alemã transmitiu a ameaça de processo judicial à editora, por desrespeito ao contrato e deboche ao **fuhrer**. Foi pedido também o imediato recolhimento da edição. A edição esgotou-se rapidamente e não deu tempo de recolher nada. A segunda edição, a editora teve que imprimir sem orelhas...

Mas o pessoal que aprontava não parou por aí. Houve um outro caso que ouvi falar, lá na redação, também de repercussão internacional. Aconteceu no início dos anos 40 quando Londres estava sendo implacavelmente arrasada pelos bombardeios alemães, o ministro da Produção Britânica, **lord** Beavenbrook, foi incumbido de buscar junto às nações amigas ou neutras, ajuda material para os sobreviventes. E começou por Portugal. Qual não foi sua surpresa ao ver, no dia seguinte ao de sua chegada, os jornais portugueses atacando-o violentamente. Os diáros de Lisboa chamavam em manchete para o fato de que aquele mesmo **lord** Beavenbrook, que então apelava aos bons sentimentos do povo luso, era um contumaz e ácido crítico do regime local. E reproduziam matérias assinadas pelo **lord** em jornais brasileiros, em que ele se referia a Antonio Salazar como um ditador, fascista e outros qualificativos injuriosos.

O que pouca gente sabe hoje, é que a Editora Globo mantinha uma espécie de agência de notícias que se encarregava de produzir matérias para vários jornais em troca de publicidade para seus livros. Esse departamento traduzia, por exemplo, artigos de revistas e jornais estrangeiros para distribuir no Brasil, pelo correio. **Lord** Beavenbrook era não apenas proprietário de uma grande cadeia de jornais britânicos como escrevia, ele próprio, para esses jornais. E a Globo várias vezes traduzia seus artigos e distribuia no Brasil.

Quando dois funcionários da embaixada britânica procuraram a direção da editora para pedir encarecidamente que parasse de publicar trabalhos de **lord** Beavenbrook, a surpresa foi enorme. Descobriu-se que os artigos atribuídos ao **lord** não passavam de obra do chefe do Departamento de Produção de Matérias. Cansado de tanto traduzir, vertia para o português apenas as primeiras linhas do que recebia e criava, ele próprio, o restante. Inimigo da ditadura de Vargas, que então dirigia o Brasil, ele unia o agradável ao que lhe passava a ser útil: poupava-se do esforço de traduzir e, ao mesmo tempo criticando o regime português, alfinetava, por vias indiretas, o governo brasileiro. O autor da façanha, o Antonio Barata.

Mas, contavam também, que foi no fim de 1942 que o Barata se deu mal, mesmo. Fazia parte ainda do corpo de tradutores da seção editorial que naquela época não eram remunerados por linhas, laudas ou obras, mas tinham salários mensais fixos, por oito horas diárias de trabalho. Barata apresentou como seus os originais de uma obra intitulada "O Livro dos Piratas". Um romance interessante, e a Editora Globo resolveu publicá-lo. No mesmo ano, chegaram os exemplares do mais recente lançamento editorial: "O Livro dos Piratas", de Antonio Barata. Estiveram em todas as vitrinas, quando não demorou muito para que alguém identificasse o texto como mera tradução de obra de um escritor norte-americano.

Daquela data em diante o romance passou a ser conhecido como "O Livro das Baratas", de Antonio Pirata...

EMÍLIO "ATROZ CAUDILHO"

Entre amigos, numa noite quente o poeta Emílio de Menezes justificava sua boêmia, deliciando-se com enorme copo de cerveja Bock-Castalia:

— Cada homem tem no mundo, para ingerir, uma determinada quantidade de álcool. Uns, como eu, bebem a sua pouco a pouco, através da vida inteira.

E virando-se para Olavo Bilac:

— Outros, como tu, bebem-na de um trago, na mocidade, não deixando nada para a velhice...

Alto, gordo, barrigudo, com restos grisalhos de cabeleira romântica, dupla papada a cobrir-lhe o colarinho e chapelão de abas largas. Assim era Emílio de Menezes, passando a mão nos bigodes gauleses, olhos semi-cerrados ao improvisar epitáfios. Não perdoava ele próprio. Seu auto-epitáfio preferido:

"Morreu em tal quebradeira,
que não pôde entrar no céu,
pois só levou: cabeleira,
banhas, bigode e chapéu."

Temido em vida pelas suas sátiras ferinas, não foi o Xerife Emílio de Menezes poupado pelos inimigos, mesmo depois de morto. À falta de coisa pior chamaram-no de alcoólatra. Nada mais falso. O maior poeta satírico da língua portuguesa, segundo Martins Fontes, gostava de beber de fato. Apreciava bons vinhos e licores mas nunca passava da conta a ponto de perder o juízo. Jamais o viram embriagado e aplicava uma pitoresca dvertência aos amigos que se encharcavam de bebida: — Beber é um prazer; saber beber, uma virtude; embriagar-se, uma infâmia!

Acontece que homens com sua projeção vivem debaixo de constante fiscalização alheia. Ao estar tomando o seu primeiro uísque, para quem o via, copo à frente, aquele poderia ser o quinto ou o décimo...

Freqüentava a roda boêmia do poeta, um guarda-livros dado a conquistas amorosas, que de vez em quando resultavam em epílogos trági-cômicos com bengaladas de ciúmes. O guarda-livros fazia-se notar pelas enormes orelhas e sua última conquista tinha lhe custado tremenda surra de pau. Quando depois de uma semana de repouso o galante conquistador reapareceu na roda de amigos, recebeu-o Emílio com este epitáfio:

"Morreu depois de uma sova;
e, como não tinha campa,
de uma orelha fez a cova
e da outra fez a tampa".

Preferia perder o amigo a perder a oportunidade de uma deliciosa perversidade. Emílio, ao saber que um companheiro de sua roda boêmia fôra apontado como sedutor de uma enteada, não poupou-o envenenando ainda mais o caso, improvisando:

"Este foi dos mais complets,
sem nunca sair dos trilhos;
pois foi pai dos próprios netos!
Foi avô dos próprios filhos."...

Emílio era fiscal do Ministério da Fazenda, e destacado para servir junto à casa "Rio Triunfal", de Adauto Ferreira & Cia, à rua do Ouvidor, bem como na "Red-Star", que exploravam a venda, por sorteio, de roupas feitas. Consistiam esses clubes na tomada por parte do freguês de uma inscrição, com direito a sorteio semanal, a maneira do Club dos Relógios, da firma Gondolo & Laboriau, que distribuía os relógios "Pateck Felipe".

De uma feita, à porta da "Colombo", um amigo sabendo do seu emprego, indagou, curioso:

— Emílio, de quais estabelecimentos és fiscal?

— De...versos... — trocadilhou...

E uma coisa que nem todos sabem, é que o rei dos trocadilhos foi publicitário. Emílio dava suas cacetadas nos reclames da época, principalmente no tempo das vacas magras, quando dizia que faltava "arame". Ele e sua turma lançavam mão do expediente que não falhava. Faziam reclames em versos, ora na forma de quintilhas, quadras ou triolés. Emílio de Menezes em seus "escritórios", as confeitarias "Pascoal" e "Colombo", assinava os textos com pseudônimo de Gabriel de Anúncio e vendia-os por qualquer coisa...

Para propaganda das qualidades medicinais de produto farmacêutico do Laboratório Silva Araújo, Emílio elaborou um soneto que terminava assim:

"Pode afirmar, por tôda a eternidade,
aos mil que sofrem e aos descrentes mil,
que isso que aí vai é a essência da verdade:
De horrível tosse que me pôs febril,
dei cabo, usando apenas a metade
de um milagroso frasco de "Bromil".

A turma do Emílio era terrível no "faturamento". Certa vez, o fotógrafo Leterre, pediu a Olavo Bilac uma quadra, com a condição de publicá-la trazendo a própria assinatura do poeta e não um pseudônimo. Bilac atendeu-o em parte, e escreveu:

"Que em sagrado não se enterre
quem não tiver, hoje em dia,
a sua fotografia
feita na Casa Leterre."

Outros companheiros não ficaram atrás no fabrico de versos para anúncios de casas comerciais, indústrias etc., para eles rendosa e fácil demais. Casemiro de Abreu, Coelho Neto, Pedro Rabelo, Guimarães Passos, Bastos Tigre, Hermes Fontes, entraram para o ról dos fazedores de reclames rimados.

Júlio Otoni publicava na "Gazeta" este anúncio da Vela Brasileira:

"Disse-me, ontem, o Souza Bastos
vendo a luz do gás banzeira:
— Quem quer luz e não quer gastos
use a Vela Brasileira."

Bastos Tigre vendeu um deles à Alfaiataria Simonetti nos seguintes termos:

"Quem capricha na "toilette"
diz sempre, mesmo em jejum:
Tesoura? A do Simonetti,
Ourives, 51."

Martins Fontes, em colaboração com Bilac, compôs um anúncio que terminava assim:

"Abram-se as bolsas, abram-se as gavetas;
liquida a Casa das Fazendas Pretas"!

E Bilac chegou a receber cem mil-réis dos fabricantes dos Fósforos Brilhante, por esta quadrinha que se tornou famosa na época:

"Aviso a quem é fumante:
tanto o Príncipe de Gales,
como o Dr. Campos Sales
usam Fósforos Brilhante"!...

SOFRIA MAIS QUE FRANGA NOVA EM CERCADO DE GALO ESPERTO. (OU, DA SÁTIRA DE ONTEM, AO VENENO DE HOJE)

No Brasil uma coisa que nunca faltou foi a pena satírica, graças a Deus.

Inúmeros foram aqueles que se dedicaram entre outras coisas mais sérias, também a literatura humorística, como Gregório de Matos, Laurindo Rabelo, Machado de Assis, Alberto de Oliveira, Olavo Bilac, Emílio de Menezes, Américo Pinto, Alexandre Marcondes Machado, Casimiro de Abreu, Cornélio Pires, Quintino Cunha, Soares Bulcão, Guimarães Passos, Paula Nei, Tobias Barreto e outros.

Alberto Ramos que nasceu em Pelotas, lamentava não viver nos desertos interplanetários onde o sol é que é feliz: "Alto sol, não te empana a inveja cega, nem te abocanha a estupidez humana"...

Venenoso, escreveu à margem da carta do escrivão Pero Vaz de Caminha, o descobridor literário do Brasil:

"A terra é boa, positivamente,
Pero... amigo, o ruim foi a semente"...

Aníbal Teófilo, ou como dizia chamar-se: Aníbal Teófilo de Ladislau e Silva de Giron de Torres y Espinosa, último varão da ilustre Casa de Torres y Espinoza de Espanha, nasceu no forte de Nova Coimbra, filho de um oficial brasileiro, em plena guerra do Paraguai.

Forte, saudável, transbordante de alegria Aníbal Teófilo, talvez por ter sido criado nos pampas, tinha atitudes de Quixote, de D'Artagnan, de Cirano, não tolerando um olhar curioso, vendo no sorriso de um estranho provocações e desafios.

Na época, José Veríssimo, excelente homem, mas crítico rigoroso e rabugento não desfrutava das simpatias dos novos. Vingavam-se estes, dos rigores do censor com irreverências.

Aníbal, exímio em traçar caricaturas verbais, perfilou Veríssimo nesta engraçada quintilha:

"Deus, quando fez esta esfinge,
procedeu com tal desleixo,
que lhe deu por miolo um seixo
e uma gaita por laringe...
N.B. — Faltou barro para o queixo".

Ah, e o Ceará! Abílio Martins foi sem dúvida uma das mais formosas inteligências do Ceará. Boêmio, espírito vivaz, quando o clero cearense, em 1923 desenvolveu forte campanha contra as festas dançantes, condenando principalmente o tango, sob o fundamento de ser "importação dos cabarés argentinos e como tal, abominável aos espíritos de formação cristã", Abílio saiu com esta na imprensa:

"Chega ao céu uma defunta,
loura, franzina, catita...
São Pedro, grave, profundo,
vendo a defunta bonita,
coça a barba, se concentra,
se concentra e lhe pergunta:
— Dansaste tango no mundo?
— Dancei, São Pedro...
— Pois entra..."

Outro cearense gozador dos bons, foi Álvaro Bomilcar da Cunha. Bacharel em direito e funcionário público. Jornalista e poeta, jamais perdeu a oportunidade de atacar seus inimigos. Um conhecido político e refinado conquistador foi acusado de sedutor da própria cunhada. Soube disso o Bomilcar e meteu-lhe a farpa:

"Ó que tipo de revista,
belo tipo de Catão!
Quer bancar o economista,
amando a mulher do irmão!"

O professor Augusto Linhares, médico dos mais ilustres do Rio de Janeiro, dava-se ao prazer de poetar nas horas vagas. Quando seu irmão Ministro José Linhares, assumiu a Presidência da República, foi injustamente acusado de haver colocado os parentes em magníficas posições públicas.

Aproveitando o motivo de um telegrama de felicitações dele recebido, Augusto Linhares saiu-se publicamente em "defesa" do mano presidente:

"No meu aniversário.
Deu emprego a toda a gente,
mesmo aos mais fartos de bens!
Mas a mim, deu-me somente
— parabéns..."

Belmiro Belarmino de Barros Braga, ou seja o admirável trovador mineiro Belmiro Braga nascido em Vargem Grande, publicou numa revista, referente a certa dama:

"Vi teus braços... que ventura!
Teu cólo... as pernas... que gosto!
Agora, tira a pintura,
que eu quero ver o teu rosto."

O famoso padre José Joaquim Corrêa de Almeida, era mineiro de Barbacena, homem bastante espirituoso e de grande talento. Certa ocasião Corrêa de Almeida querendo fazer-se lembrado a um intelectual, mandou-lhe um retrato. Acompanhando-o, o padre e poeta satírico mandou esta dedicatória:

"É esta a cara sediça
do tal Corrêa de Almeida:
é padre que não diz missa,
poeta — sem ter Eneida..."

A sátira foi usada pelos mais antigos, aos contemporâneos. Escritores sérios, como os publicitários Xerifes, Orígenes Lessa (deste, já falecido, ficou a histórica frase. Há o trocadilho: "La Fonte a fechadura que fecha e dura", usado há mais de cinqüenta anos. No início agradou tanto a um outro cliente que este convocou a agência para que fizesse algo igual — tem cliente que só ri de piada que já conhece. A agência recorreu ao talentoso redator publicitário Orígenes Lessa, que só escrevia a lápis, para fazer o **slogan** com a mesma recomendação. Como o produto era sabonete, Orígenes Lessa apresentou para gozar: "Sabonete Y, o sabonete que sabo e nete". Com a frase do irônico redator a agência quase perdeu a conta e o publicitário, o emprego). Emil Farath, J. G. de Araujo Jorge, Castelo Branco, Barbosa Lessa e outros sempre souberam fazer quando necessário, um texto leve, alegre, bem-humorado.

Sem contar aqueles outros engraçados que às vezes aparecem fazendo publicidade em capas de discos etc., como os cronistas diários. Jornalistas mordazes e suas colunas maravilhosas, a serviço da propaganda.

Como o Sérgio Porto, que conheci. Usava o pseudônimo de Stanislau Ponte Preta, e seu irmão o Flávio Porto, Fifuca para os amigos, que tinha também o pseudônimo de "Dona Yayá", quando assinava uma coluna de fofócas no jornal "Última Hora".

Boêmios felizes, companheiros do jornalista e compositor Antonio Maria, saudoso Antonio Maria autor da célebre frase que tornou-se **slogan** favorito dos jornalistas, depois de ter sido espancado por um bando de canalhas, que lhe quebraram todos os dedos da mão: — "Que bobos! Eles pensam que nós escrevemos com as mãos!"...

Os três colunistas Xerifes, entre goles de Dimple preparavam campanha publicitária para uma gravadora de discos, e o Flávio Porto para gozar o irmão, mostrou um exemplar de jornal, onde diante da notícia estampada acabaram todos caindo na gargalhada.

É que Stanislau Ponte Preta assinava uma coluna num jornal carioca, enquanto seu inimigo, o colunista social Ibrain Sued assinava em outro, concorrente. O Ibrain querendo esnobar havia escrito que fôra convidado para a coroação da rainha da Inglaterra, onde conversou com o príncipe durante mais de uma hora.

O colunista descendente de árabe sofria mais que franga nova em cercado de galo esperto, nas mãos do Sérgio Porto.

Foi o suficiente para o Stan, do alto de sua imponente coluna, auxiliado pela Remingthon semi-portátil, contestar:

— Impossível! Porque um não conhece inglês e os dois não conhecem português!...

POUCO MILHO PARA MUITO BICO

Foi a única agência do mundo a ir para o lixo!

Eu não escrevi luxo. Lixo mesmo; diziam ser praga de japonês.

No dia da mudança de um prédio para outro, empacotaram em sacos plásticos todo o material publicitário. Contendo endereços de clientes, planos de **media**, orçamentos, **layouts** e artes, contas a pagar e a receber, enfim toda a papelada da agência. Empilharam os sacos na porta do edifício e sobre os móveis que de tão antigos tinham a aparência de inúteis caixotes. Os lixeiros que passavam, ao olhar a tranqueira não tiveram dúvidas. Vupt, para cima do caminhão!...

O carro coletor sumiu. Quando os **boys** encarregados de tomar conta da "mudança" e que tinham ido tomar lanche, voltaram, quase morreram de susto. A agência tinha sumido...

— Não roubaram o dinheiro da agência! Levaram a própria! — gritava o **boy** Romildo no telefone da farmácia, inutilmente ao dono que se recusava a entender...

Foi no sábado de manhã o misterioso desaparecimento. Só à noite é que foram descobrir o que tinha acontecido. Alguém nas imediações viu um caminhão da prefeitura passar e recolher os trastes. Choveu no sábado à noite e no domingo o dia inteiro. Na segunda-feira localizaram finalmente o depósito (lixão) onde a prefeitura descarregou a carga publicitária. Com a passagem dos catadores de papéis velhos rasgando os sacos plásticos, animais vasculhando o lixo, ratos, gatos e cachorros, nada mais pôde ser aproveitado da finada agência de publicidade que quando funcionava, o dono agia mais ou menos assim:

Não era fácil sair dinheiro à vista do dono, o famoso "Bolso de Pedra", a ponto dos colegas dos filhos perguntarem sobre a lista de compra de camisa e bolas Penalty para o time da rua:

— Seu pai é surdo?

— Demais... a gente pede 100 e ele só ouve 20.

Na prestação também o jogo duro; parada federal, inútil insistir. Exemplo foi enquanto fazia a barba com Platinum Plus e um dos filhos gritou da porta:

— Pai, está aí outra vez o judeu da prestação.

— Diga a ele que entre, pegue uma cadeira, sente-se e espere por mim um momento.

— Já disse para ele pegar uma cadeira, mas ele prefere a televisão Philco!...

Saiu pela porta dos fundos, driblando de uma só vez o cobrador e o filho, o dono da agência, rei Midas ao contrário: tudo o que ele tocava virava dívida. Ficou olhando da esquina.

Aquele não parecia ser seu dia de sorte, aliás, nenhum. Colocou no bolso seus cartões de visita onde mostravam que ele era proprietário de agência que fazia publicidade. Pequena, mas daquelas que faziam de tudo: do classificado ao promocional, a preço de tabela. Voltou correndo à agência.

O Coronel chegou na dita cuja e viu tristeza estampada na cara de todo mundo, pertencente ao pequeno exército brancaleônico publicitário. Tentou alegrar um pouco o ambiente e brincou com a secretária bonitinha mas inteligente; levou o troco na hora.

— Você se casaria com um idiota se ele fosse rico?

— Isso é simples curiosidade — respondeu a moça — ou uma proposta de casamento?

Fingiu que não entendeu e convocando o que restava de seus funcionários lhes disse:

— A qualquer hora que eu chegar na agência, de agora em diante, quero ver todos alegremente a trabalhar. Vou colocar aqui uma caixa e gostaria que introduzissem nelas as suas sugestões. Mas desde já vou preveni-los de que qualquer coisa que se relacione com saída de dinheiro não vale, aliás, muito menos com vale, neste vale de lágrimas, desculpem o mau trocadilho...

Ninguém riu.

No dia seguinte o patrão encontrou um pedaço de papel na caixa que trazia: "Amarre um sininho no pescoço ou deixe de andar com sapatos de solas de borracha"...

Em sua mesa um recado do Valter Caffer, gerente da Caixa Econômica Federal, que queria falar com o dono da agência de publicidade, onde havia pouco milho para muito bico.

Ligou para lá e ouviu do economiário a queima-roupa:

— Eu queria lhe avisar, que o senhor está com saldo devedor de Cr$ 500 000 — disse o gerente, que diante de cheque sem fundo e mulher feia protestava logo.

— E qual era meu saldo nessa mesma data no mês passado?

— Era... Deixa eu ver... Cr$ 600 000.

— Credor?

— Sim senhor.

Concluiu com voz triunfante o cliente:

— E por acaso, naquele dia eu telefonei para você reclamando!...

Pensando em melhorar o nível e ampliar a agência de publicidade, o dono, Coronel que não abria a mão nem para bater à máquina e metido a redator, que quando escrevia, tão superficial, que até seus artigos de fundo eram rasos, redigiu o texto para o anúncio a ser inserido no "Primeiramão":

"Precisa-se de executivo (a) de **media,** que tenha passado pelas áreas de recepção e secretaria, com experiência comprovada mínima de 3 anos em agência média, e que cuide também do atendimento junto aos clientes. É necessário ter conhecimento de tráfego e produção, bem como saber redigir. É fundamental saber algo sobre **layout,** arte-final, ilustração e **paste-up.** É indispensável, ter noções de língua inglesa, ser organizado e ter método de trabalho. Se você tem talento para o cargo, apresente currículo e pretensões salariais"...

No dia seguinte logo cedo, já tinham telefonado para a agência perguntando se ela era norte-americana; alguma agência especial. — Claro que é agência brasileira, ou você acha que é a Jordan, Mac Grath, Case & Taylor ou Batten, Barton, Durstine & Osporne, de Washington?

Novo telefonema:

— I nu poti, num vai água?...

Até que pessoalmente se apresentaram. Dois irmãos **nissei,** o Sífu e o Mífu; publicitários formados nas quebradas da vida. Ficaram abismados quando na agência informaram que o emprego era para um só funcionário.

— Um chó... Pô, achim num dá. Vochês querem um agência de dois pernas. — Falaram quase juntos.

O Sífu, mais atirado, não aguentou, mesmo sabendo que humorista é pessoa séria, quem faz gracinha é amador:

— É difíchi... Num tem aí um vachourinha de cabo fininho, fininho?...

— Vassoura pra que...

— Pra eu enfiá no rabo e varrê, enquanto cuido também dos envelopes de pagamento, né...

JACARÉ QUE NÃO SE VIRA, BOLSA VIRA

Às vezes ouço a pergunta: propaganda e publicidade são a mesma coisa? Não, não são sinônimas como muitos pensam. Conheci donos de agência de propaganda que nunca fizeram propaganda e sim publicidade e nem sabiam a diferença.

Antes vamos à origem da palavra. Propaganda era uma congregação de cardeais da Igreja Católica Apostólica Romana que cuidava da difusão da fé cristã, nos países não-católicos, sendo ainda responsável pela organização do trabalho missionário.

A congregação foi fundada em 1597, pelo papa Clemente VIII, e organizado por Gregório XV, em 1622. Dessa data em diante, o colégio, destinado a educar missionários para posterior atuação em países não-católicos, recebeu o apoio de Urbano VIII, notável protetor da obra, e por isso foi chamado de Colégio Urbano. A outra função importante da "**Congregatio de Propagan-**

da Fide", a imprensa poliglota para a tradução e difusão de livros sagrados e litúrgicos.

A propaganda, então pode ser conceituada como: atividade que tende a influenciar o homem, com o objetivo religioso, político ou cívico. Propaganda portanto, é a propagação de idéias mas sem finalidade comercial. A publicidade, que é uma decorrência do conceito de propaganda, é, também persuasiva, mas com o objetivo bem caracterizado, isto é, comercial. A publicidade é definida como arte de despertar no público o desejo de compra, levando-o à ação.

A título de exemplo, e para que fiquem claras as definições de propaganda e publicidade, que muitas vezes são confundidas convém explicar bem. Se o leitor ouvir no rádio: "Votar é um dever cívico", estimulando o público, é propaganda. Se ouvir: "Votar no J. C. R. é um dever cívico", é publicidade. Porque foi acrescentada a "marca". Assim quando se divulga um produto aliado à marca faz-se publicidade. Verifica-se que a propaganda em si, nas suas origens, tem um sentido ideológico com base religiosa. Da mesma forma, a publicidade moderna é elevada quando tende a beneficiar o público, quando o produto é bom, quando contribui para melhorar o nível de vida...

Com a chegada das eleições é tempo de muita publicidade. Os produtos que nós publicitários fabricamos são as idéias. E nas batalhas elas são as armas e munições; vence a guerra quem tem mais e melhor. Lembro-me de um velho guerreiro, redator de propaganda e de publicidade também, o Pedro Geraldo Costa, que cansado de criar preciosas campanhas para seus clientes (uma delas foi a "Maria sai da lata!", que por muitos anos manteve para o azeite, no rádio) em épocas de eleições tirava a forra. Fazia coisas incríveis, também para si.

Anunciava de graça, aparecendo mais do que Henkel e Mercedes Benz...

Quando candidato a deputado, para que sua faixa de publicidade eleitoral se destacasse das inúmeras que constavam na praça da República, transformada num emaranhado tremendo de panos brancos, resolveu da seguinte maneira: colocou de forma que ninguém percebesse, sobre o pano branco em que seu nome aparecia em letras vermelhas, uma canaleta de bambu cortada ao meio no sentido do comprimento e cheia de alpiste. Todas as madrugadas, ainda no escuro, o candidato auxiliado por escada portátil, enchia a canaleta com o alimento predileto dos pássaros. Durante o dia a faixa em que constava seu nome ficava repleta de passarinhos numa louca algazarra. Bem no alto, como gigantesco puleiro sua faixa destacava-se das demais juntando gente embaixo e fazendo com que uma senhora que por ali passava com o filho exclamasse:

— Veja filhinho, é um aviso! Um sinal do céu! Este sim é o abençoado eleito de Deus!...

PIOR DO QUE BAIONETA CALADA É A BAIONETA FALANTE

Diderot disse: O mundo só terá paz no dia em que o último general for enforcado nas tripas do último padre.

Eu acrescentaria o político nessa frase...

Tem publicitário que além da profissão acha tempo para exercer também atividade de jornalista. Vive de bicos, assim como no Brasil se vive de fases, lembrando o tempo de crianças: época de pião, empinar papagaio, jogar bolinha de vidro, colecionar figurinha etc. Nossa equipe, na revista em que escrevíamos, estava gozando merecidas férias desde março porque tinha sido iniciada a tão esperada e logo desiludida fase da Copa do Mundo de futebol, em que ficamos de brindar a vitória com Château Chandon, e não aconteceu...

Nem com o apoio e o esforço das campanhas verde e amarela feitas pela Lubrax, da canarinha executada pela Staroup e outras do Vídeo-Cassete Sharp, dos televisores Telefunken, Philco, Mitsubishi e do El Gol, da Volkswagen, salvaram o Brasil de perder a Copa-82.

Deixamos para trás, chateados, Sevilha, Paradoro Carmona, Estádio Sanchez Piszjuan e até o simpático boneco Pacheco camisa 12, da Gillete, para assumirmos novamente a direção da revista porque o tempo era mais sério, de política, preparação para as eleições.

Paralelamente a isso, nossa equipe faria também a coordenação publicitária da campanha de um amigo à prefeitura no interior de São Paulo. E coordenar uma campanha política é muito mais importante do que parece à primeira vista. Nós publicitários não somos gurus nem fazemos a cabeça de ninguém, mas bons músicos, instrumentos de primeira linha e partitura de qualidade, sem bom maestro não fazem o sucesso da orquestra. O mesmo acontecendo com o lutador. Um bom boxeador no calor da luta pode ficar dando socos no ar àtoa gastando energia. É preciso que alguém de fora do ringue o oriente, direcionando seu potencial para atingir com êxito o objetivo.

Porém a propaganda não é milagrosa. Propaganda não vende como muitos pensam. Por mais fé que se ponha nela, não move montanha, não cura calos nem abre o apetite, como já disseram. É errado jogar em suas costas, tarefas que não sejam para ela resolver, porque não resolve problemas que não sejam de comunicação.

A propaganda com inteligência, apenas expõe o produto e consequentemente propicia a venda. Em política a função é a mesma, ela passa a ser vitrina das idéias do candidato. Pode se fazer lindos comerciais na TV anunciando a venda de um apartamento por exemplo na modesta Itaquera, mas se ele não tiver boa qualidade ou se tiver preço do grãnfino bairro do Morumbi, não há gênio criativo que consiga ajudar a vendê-lo. O mesmo acontecendo na política, a propaganda enganosa não elege ninguém...

Explicávamos tudo isso ao fazendeiro que nos procurava para cuidar de sua campanha para deputado e que estava abismado, segundo ele, com o **tráfico** de políticos no Rio de Janeiro...

Chegou com a cara fechada de quem trazia na lápide da tumba: "Caminhante, se eu vivesse tu terias medo"...

Politiqueiro é igual a picadeiro de circo, o palhaço sempre está dentro. Dele foi a frase:

— Procurarei fazer na vida pública, o que fiz na privada...

Dizíamos também ao futuro candidato que não seria possível atendê-lo visto estarmos já comprometidos em ajudar na campanha de outro candidato em São Paulo. Portanto nosso tempo estava tomado.

Acompanhado de linda jovem, bem mais nova do que ele, o fazendeiro nos convidara para o almoço e insistia para que trabalhássemos para ele.

Entramos todos no Pérgula, tradicional restaurante anexo à piscina do Copacabana Palace Hotel, do Rio de Janeiro, quando ouvimos a mocinha segredar nos ouvidos do acompanhante, fazendo charme:

— Aqui tem **Lady's room?**

O fazendeiro olhou em torno da decoração, toda em branco,

lembrando um jardim com plantas pendentes das luminárias e o invejável panorama duplo que mostrava, de um lado a piscina do hotel e de outro a praia de Copacabana, não vacilou, deu uma de entendido, cheio de ênfase rosnou:

— Pelo jeito, acho que nem Merino Rum tem, deve ter só Montilla e Baccardi!...

Em seguida o topeira endinheirado virando as costas para a jovem, indagou se pelo menos um de nós, poderia cuidar da campanha política, enfim fazer tudo para ele. Expliquei que na moderna propaganda não havia mais o culto à personalidade; ninguém era mais considerado **fac totun.** Agora tudo girava em torno de equipe. Eficiente trabalho de várias pessoas, cada uma na sua especialidade, mas dentro de um todo.

O fazendeiro tinha tomado uns Cuba Libre a mais do que devia e já estava precisando de Sal de Fruta Eno. Pensando tratar-se de má vontade nossa, afastou saladas, leves pratos quentes e arremessou com força o talão de cheques sobre a mesa. O bloco todo, com a violência escorregou na fina mesa e caiu sobre o piso Decorflex. Ali ficou com algumas folhas quase soltas.

Ainda engrossou mais:

— Quanto?

Mexeu com gente que não comia mel, comia abelha. Respondemos em coro e com dó da moça que o acompanhava:

— Nada. Não trabalhamos para tipo grosseiro e mal educado como você...

O Coronel da politicalha baixando-se para apanhar o talão afinou, mas ainda foi rude, escamoso até:

— Está bem. Gosto de gente franca, assim. É melhor vocês não trabalharem para mim de uma vez, do que prometerem muita coisa que depois talvez não iam cumprir.

— Prometer? Como assim...

— É — voltou a insistir o áspero latifundiário — não me elegendo, por exemplo...

Um dos membros da nossa equipe respondeu por nós, foi firme:

— Você não entendeu nada do que falamos aqui. "Promessões", são vocês politiqueiros, candidatos à depufedes. O Brasil não tem solução sabe por que? Porque, igual aos quepes que governam mal como ditadores, são os chapéus que os substituem!.. .Estamos em crise, até hoje só colhemos tempestades porque os homens que administram o Brasil cuidaram tão somente do plantio de vento. Nosso país só pode recuperar-se pelas riquezas de solo e não pela qualidade de políticos e de homens de governo que possue. O Brasil tem que crescer à noite, porque de dia, pessoa incompetente como você e que quer mandar, atrapalha...

O Dantas, outro componente da equipe publicitária reforçou que política no Brasil, em parte era isso. O triunfo das nulidades. Pessoas que nada sabem fazer de útil na vida, se metem nesse campo e se dão bem. No frigir dos ovos, o contribuinte ainda é obrigado a chamar os muares de excelências!...

O assunto finalmente foi encerrado pelo mesmo Dantas, cujo ibope caia muito por facilmente sair do prumo:

— É por isso que tenho certo orgulho. Na minha família tem bêbado e vagabundo, de monte, mas graças a Deus, ladrão, bicha e político, não!...

O fazendeiro, Coronel de engenho e bronco, que estava vestido de gandola e bermuda, não escapou do desabafo, era político e militar ao mesmo tempo.

Assim, através de um grosso Coronel politicalho, que dizia jamais entrar para um clube que o aceitasse como sócio (?), foi que surgiu a idéia de ser criada a seção de Xerifes, "Bermudas & Gandolas", que vocês verão a seguir.

Bolada na Pérgula do Copa, reduto de milicos. Ambiente alegre e festivo parecendo a crônica do Stan, naquele lugar onde tinha tanto militar que no cartaz na porta do teatro constava: "Hoje. Sensacional **strip-tease** com o major Pereira!"...

XERIFES DE "BERMUDAS & GANDOLAS"

Na seção publicitária, "Meu Mundo Maluco", que eu havia criado com o pseudônimo de Rigsil, para a revista "Atividades", iniciou-se a minha coluna intitulada "Bermudas & Gandolas". Em homenagem à personalidades Xerifes, civis e militares, que mesmo involuntariamente e por um instante, fizeram o mundo sorrir.

Nela mostrava um amigo perguntando o que o ator Procópio Ferreira achava da televisão. Ao que ele prontamente respondeu:

— Para mim abriu um campo inteiramente novo de desemprego!

Temperamental ao extremo, o cientista Cesar Lates descontente com o andamento de uma importante pesquisa feita pela equipe, desabafou com seus auxiliares:

— Vocês estão ajudando a encontrar a solução... ou fazem parte do problema?

Pelé, no início de sua carreira, quando morava numa pensão em Santos, queixou-se ao colega Vasconcelos:

— Sou tão mal pago, que sou o único sujeito que conheço que consegue descontar o cheque de pagamento, no ônibus.

O intérprete de "Maria Betânia", Nelson Gonçalves, ao encontrar-se com Marcos Lázaro, perguntou:

— Po-po-po-de con-ceder quinze mi-mi-minutos de seu tem-tempo?

— Pois não — disse o empresário — que deseja?

—Que-quero con-versar cin-cinco minutos com vo-vo-você...

Fafá de Belém perguntou a Jô Soares:

— Você que entende do assunto, eu tenho tanta gordura quanto a Wilza Carla?

— Bem, querida — respondeu Jô — acho que a diferença é que ela puxa e você a empurra...

O compositor Lamartine Babo certa vez chegou afobado no aeroporto. Suado, olhos arregalados. Na seção de passagens, uma bonita moça assustou-se com sua presença relâmpago, e batendo com o lápis no balcão para sua colega, transmitiu em código morse: "Olha só que magro, desdentado e feio"...

Imediatamente o autor de tantos sucessos carnavalescos que até hoje são cantados nos salões, tirou a caneta do bolso e bateu, também em morse, para as duas moças ouvirem: "Magro, desdentado, feio e... telegrafista".

O general Dutra, de alma nobre e que não primava pela beleza física, apreciava muito piadas e a que mais gostava a seu respeito, era a de sua visita a uma escola de primeiro grau:

O presidente mal entra na classe de aula e um garoto largando o lanche Mirabel, começa logo a fazer horrível careta para ele. Alargando a boca com os dedos, puxando os olhos e colocando a língua para fora. Chamado à atenção pela professora, toda sem jeito, o pequeno retrucou:

— Ele começou primeiro...

PIADA NÃO TEM DONO. COMO PASSARINHO, É DE QUEM PEGAR PRIMEIRO...

Você escuta a piada, coloca outra roupagem e a solta. Com plumagem nova ela sai voando alegre por aí... Assim prosseguia minha seção "Meu Mundo Maluco" na coluna intitulada "Bermudas & Gandolas".

Chico Anísio para um conhecido:

— Nunca mais critique os defeitos de sua mulher. Com certeza foram esses defeitos que fizeram com que ela não arranjasse um marido melhor!

Se você continuar bebendo assim — admoestava o médico de Chico Buarque — não chegará à velhice...

— É por esta razão que eu bebo. Quero ficar sempre jovem — respondeu o autor de "Carolina".

O Renato Aragão, bem antes dos "Trapalhões", no início de sua carreira de advogado, tentava meio sem jeito consolar o constituinte que acabava de ser condenado:

— Sinto muito meu amigo...

Ao que acabou sendo consolado pelo réu:

— Não perca a coragem, doutor Renato, o senhor um dia ainda vai conseguir a absolvição de alguém!

Vinícius de Moraes, quando ainda diplomata, lhe perguntaram como havia passado o fim-de-semana numa espetacular casa de campo, em Londres. O poeta deliciando-se com um Cointreau, calmamente respondeu:

— Se a sopa fosse tão quente como o vinho, o vinho tão velho como a galinha, a galinha tão mole como a criada e a criada tão solícita como a duquesa, eu teria passado explendidamente bem.

Jesse Valadão estava jantando quando a garçonete olhando para ele pergunta:

— Escute, eu não o conheço de algum lugar?

O ator sorriu e admitiu, modestamente:

— Talvez você me tenha visto no cinema.

— É possível — comentou ela, pensativa — onde é que o senhor costuma sentar-se?

O primeiro ministro de Israel visita o presidente dos Estados Unidos no Salão Oval da Casa Branca e observa que há três telefones na escrivaninha presidencial — um vermelho, um azul e um branco. Quando pergunta para que servem os telefones, o presidente explica:

— O vermelho é a linha quente, comunica com a Rússia, o azul me liga ao Pentágono e o branco é minha linha direta com Deus. E vou lhe contar uma coisa: a tarifa do telefone branco é tremenda — uns dez dólares por minuto — porque se trata de ligação de longa distância.

Alguns meses depois, o presidente retribui a visita do primeiro ministro em Jerusalém e então nota que também no gabinete dele existem três telefones — um vermelho, um azul e um branco. O presidente pergunta para que servem os telefones e ouve do primeiro ministro a explcação:

— O vermelho me liga com Mubarak, no Egito; o azul, com a Força Aérea de Israel e o branco é minha linha direta com Deus.

— Deve custar uma fortuna, não é? — pergunta o presidente dos Estados Unidos.

— Não — responde o primeiro-ministro israelense — custa apenas 25 centavos cada três minutos, porque para nós é chamada local!...

COM A BARRIGA VAZIA MACACO NÃO FAZ GRAÇA

A faixa esticada mostrava o nível dos eleitores:

"Nós que fundemo, nóis quc mandcmo e se é pra maiá nóls máia!"... Propaganda do tipo que gato cheirava e cobria de areia.

Chegada a época das eleições os políticos correram procurar as agências de publicidade não só para a divulgação de seus programas governamentais, como para uma boa postura diante do microfone e da câmara de TV a fim de impressionar o eleitorado e até mesmo para mudança de comportamento, com melhoria de imagem etc. Se bem que muitas vêzes, próximo de mais das eleições e com pouco ensaio os candidatos acabavam mesmo caindo na improvisação, o que era um desastre.

Aconteceu com o interventor do Paraná, Manuel Ribas, que foi ao interior inaugurar um bebedouro público para animais. Seu departamento de propaganda falhou, não comparecendo para auxiliá-lo. No local não havia fita para cortar, ninguém sabia fazer a solenidade. Manoel Ribas, fazendeiro descomplexado, na ausência de um fresco copo de água Poá, pegou a caneca, debruçou, encheu, bebeu e gritou:

— Está inaugurado o bebedouro dos animais...

Com boa orientação ou não, com melhoria de visual ou apresentação natural, a política brasileira ia rolando. Outro cenário foi Montes Claros, no norte de Minas, quando elegeu o prefeito pela antiga Arena, o homem mais rico da cidade: Pedro Santos. Pedro inaugurou uma praça e ficou com medo do pessoal estragar o jardim. Pôs a placa: "Proibido pisar na grama. Quem não souber ler, favor perguntar ao guarda".

O advogado de um pequeno município cearense, inconformado com tantos jegues soltos na rua, e considerando que seus donos deveriam mantê-los em pastagens ou adequadamente presos, preparou um projeto de lei que previa a castração do animal deixado livre na cidade e, na reincidência, uma pena em dinheiro ao proprietário. Para a devida providência, passou o documento a um vereador seu amigo.

O vereador gostou da idéia, pegou o projeto e foi correndo apresentá-lo na Câmara, onde com naturalidade expôs:

— ...o animal abandonado será castrado e, na reincidência, a pena se aplicará ao proprietário!

Outra ocorreu em Itaquaquecetuba, no Estado de São Paulo. O professor de numerologia, que é o estudo do significado oculto dos números e da sua influência tanto no caráter como no destino das pessoas, segundo os entendidos da matéria, estava dando aula no diretório do PDS local:

— O número 13 exerceu influência extraordinária sobre a vida de Ricardo Wagner ou Richard Wagner. Em português ou alemão, seu nome tem 13 letras.

O grande e discutido compositor nasceu em 1813, compôs 13 óperas, das quais uma das mais conhecidas é "Tristão e Isolda". As letras dos nomes Tristão e Isolda, somadas, dão 13.

Wagner morreu num dia 13 de maio.

Os números 16 e 23 exerceram grande influência na vida de Shakespeare e Cervantes. Ambos morreram no mesmo dia 23 de abril de 1616. As somas dos algarismos 23-4-1616, que é essa data abreviada dá 23. E 1616 é duas vezes 16...

Nisso vira-se um observador que estava louco para tomar uma 51 e sopra:

—Número 16? Sabe que o senhor me deu uma boa idéia? O nome do Jaime Cordeiro Rosa tem 17 letras e nós estamos em 17 pessoas, eu caio fora e ficam 16. E 16 é justamente o número do Jayme nas eleições...

Com presença de espírito, saiu de fino e muito bem, da reunião que estava ficando chata parecendo aula de matemática tanto os números citados. E ainda conseguiu com a "puxada" que o candidato a prefeito pagasse a despesa do bar, alegando:

— Com a barriga vazia macaco não faz graça...

Mas, se de um lado estava presente o talento para improvisação, no mesmo bar encontrava-se também um pretendente à vereança. Como diz o Luiz Grotera que o Millor falou, o camelo, o besouro e a girafa são animais que não deram certo, eu prossigo afirmando que o bicho político, também não. Com Riopedrense saindo pelo ladrão da cabeça, o candidato a vereador, prometia "apedrejar" (colocar paralelepípedo) as ruas e que se eleito iria "eletrocutar" toda a zona rural.

Candidato que no dia seguinte curtindo violenta ressaca, subindo no palanque prevenia a sua platéria de que "ia ler um rápido improviso"!

QUEM NÃO DEVE, NÃO TEM

O inglês Jimmy Shomaker, chamado também de **Lord Buchana's,** Xerife que trabalhava recentemente com a gente, não ia entender nunca nossa política. A começar do não compreender por que fora da agência de publicidade cobrávamos 50% adiantados ao fazermos **free-lancer** para políticos brasileiros. O dia em que levou um calote enorme de um candidato que perdeu as eleições e o que restava da moral, o ingênuo **gringo** ficou escolado e sabedor do porque da medida. O caloteiro era tão cara de Formica que achava ser devedor, a melhor maneira de ser constantemente procurado e comentado. "Quem não deve, não tem", dizia ele todo cheio de orgulho, ao inglês lesado.

Para Jimmy, religioso, juiz, militar e político eram sinônimos de honestidade e seriedade; não deviam brincar em serviço e nem fora dele.

Culto, inteligente, Jimmy, o **Lord Buchana's,** que bebia com os dois pés e cabeceava como ninguém, a ponto do **boy** achar ser ele apicultor ou criador de bodes, por ser chegado demais "num mé", estranhava um pouco o excesso de brincadeiras durante o serviço na agência, dizendo que nós brasileiros tínhamos o melhor senso de humor do planeta, mas excedíamos um pouco.

Educado, a ponto de quem viu, espalhar, que o Jimmy certa vez viajava no metrô quando alguém contou uma piada e um outro pôs-se a rir gostosamente. O inglês levantou, inclinou-se e respeitosamente entregou um cartão dizendo:

— Com licença, chamo-me Jimmy Shomacker... Posso rir também?...

Divertia-se (achávamos que por educação) com os infames trocadilhos inventados a todo instante, como pei-dei, o dia do pagamento dito em inglês, com as miseráveis charadas internacionais que volta e meia surgiam em hora de expediente.

— Jimmy, pega esta: estação do ano na tua língua, com uma. Flor, também em inglês, com três. Conceito: presente que o turco dá para o filho brincar, no Natal.

— ?!!!

—Springardínia!...

No dia seguinte, tudo novamente e na hora do trabalho.

— Jimmy, sabe qual a diferença entre a loja Sears e o rato?

— Não sei... **Am sorry**...

— A Sears Roebuck, e o rato roe livro!...

— Sabe o que o piso Guainco falou para a cadeira Objeto?

— Não...

— Fecha as pernas meu amor, que eu estou vendo tudo!...

— Qual é o osso mais limpo do corpo humano?

— Também não sei...

— Omoplata, porque contém OMO...

— O passarinho perguntou para a passarinha: — Você quer Danone?

— Essa eu sei — falou logo o Jimmy — ela respondeu baixinho: — Quero dá no ninho...

Num belo dia ensolarado eu pedi no bar, um gelado suco Maguari e três Campari para os amigos. Jimmy foi rápido:

— Três pra mim também...

Foi no almoço, quando apresentei um político bom para o **Lord Buchana's**, com a recomendação: este é sério, não brinca fora e muito menos em serviço. Era o meu amigo Eurípedes Sales, vereador de considerável eleitorado na capital de São Paulo e grande conhecedor do interior do Estado, onde possui muitos amigos. Eurípedes sempre foi Xerife na Câmara dos Vereadores. (Apenas dando mancada quando apoiou o prefeito Jânio Quadros). Grandalhão e bigodudo com ares sóbrios iniciou a conversa, para cinco minutos depois perder toda a seriedade, gargalhando espalhafatosamente ao mesmo tempo em que seu rosto avermelhava tomando a tonalidade do cabelo. Foi na hora em que citou o humor negro, que cômico seria se trágico não fosse. Tinha acabado de chegar a um município onde um político local havia sido ferido a tiros e ouviu do prefeito:

— Ele tinha guarda-costas, mas foi atingido pela frente...

ÁGUIAS NÃO CAÇAM MOSCAS

As histórias de Xerifes & Coronéis na política, e do povo que prefere atacar peixes graúdos.

O brasileiro, mestre diplomado na arte de sobreviver nas mais penosas condições, encontra sempre um jeitinho de se divertir com os males que o afligem. "A gente ganha pouco mas se diverte". A frase popular, que por um lado pode expressar uma postura conformista, por outro, mostra as agruras da vida. É o rir para não chorar.

Estávamos no ressurgimento das anedotas políticas. Não era difícil identificar os personagens mais cotados nas anedotas que o povo contava. Bastava olhar as manchetes dos jornais. Autoridades dos mais diversos níveis, do municipal ao federal chegando até o mais alto escalão da hierarquia política, tinha como alvo a ironia e o riso da população, apesar da ditadura militar. O tirano pode fugir de um retrato mas não pode evitar uma caricatura.

Nem os militares escaparam da boca do povo. Sempre foi assim, de D. Pedro a Getúlio Vargas. Este último chamado pela propaganda de "pai dos pobres" quando o dito popular respondia logo como sendo a "mãe dos ricos". Não era preciso, entretanto, se inquietar com o fato, ou ver nas anedotas uma ameaça à segurança nacional, quem fosse apanhado se divertindo com elas. As anedotas políticas, desde tempos imemoriais, constituiram uma demonstração do censo de humor e do espírito crítico de nosso povo.

Vale lembrar que as anedotas passaram a ser um dos passatempos preferidos do mais amado e ao mesmo tempo, mais odiado dos presidentes brasileiros: Getúlio Vargas. Ele se divertia muito, entre baforadas de Suerdick e "bombada" de chimarrão, ouvindo as piadas que contavam a seu respeito. Chegava ao ponto de ir assistir às peças de teatro rebolado em que ele figurava como personagem.

Outro que o anedotário popular logo imortalizou, foi o marechal Dutra. Uma anedota muito conhecida citava sua viagem aos Estados Unidos. Na hora em que o avião ia aterrissar, ilustrava a piada, ele olhava para baixo e avistava, no aeroporto, uma faixa: "**Welcome** Dutra". Apavorado, o presidente chamou seu ajudante-de-ordens:

— Avise o piloto. Eu preciso voltar ao Brasil. Não vamos aterrissar aqui de jeito nenhum.

— Mas por que excelência? — pergunta surpreso o ajudante.

— Estou com medo do **Wel**.

Décadas depois esta e outras anedotas foram adaptadas para outros presidentes.

No tempo em que as escadas eram mais baixas, as letras impressas maiores, e as distâncias, mais curtas, onde falar traçado queria dizer cachaça com vermute, contavam que Jânio Quadros quando prefeito da cidade de São Paulo (na primeira vez) recebia ilustre visitante e este elogiou o traçado da cidade. Jânio respondeu nostálgico:

— Já foi melhor, hoje em dia estão botando muito vermute...

Como contavam também que Adhemar de Barros (o pai) empolgado falava num comício no interior do Estado de São Paulo, por ocasião da sua candidatura a governador:

— ...e tem mais, neste bolso nunca entrou dinheiro público!...

Quando foi interrompido por um caboclo que calmamente fazendo seu cigarro de palha retrucou, para risada geral:

— Tá de carça nova, hein dotô Ademá...

ANTES SER CORVO COM "V" DO QUE COM "N"...

Vivi 15 anos sob a ditadura de Vargas e estava vivendo há 20 sob ditadura militar, aturando generais de plantão, num total de 35 anos sem democracia o que me restaram poucos 20 anos de liberdade total. Tirando uns 15 quando a gente era criança...

Antes porém, que o humor político passasse a ter como único veículo a circulação de boca em boca das ditaduras, ele atravessou se bem por pouco tempo, um período extremamente favorável, em que as anedotas passaram a ser amplamente divulgadas, quase sempre através da imprensa

Os políticos faziam anedotas entre si. Um jornal lacerdista, por exemplo, só divulgava piadas que atingiam os adversários de Lacerda. E as épocas de campanhas eleitorais, períodos mais férteis para seu surgimento. Nunca como naqueles anos, o humor teve papel tão importante no cenário político. Uma boa piada, no momento certo, poderia valer mais do que elaborados programas eleitorais, bolados pelas cabeças mais lúcidas das melhores agências de publicidade.

Carlos Lacerda, conhecido como "O Corvo", representava, mais do que ninguém, o discutível nível da política da época, com frases que se tornaram célebres. Ao se referir a um ferrenho adversário, consta que Lacerda, saboreando um Cherry Brandy, teria dito:

— Eu sou o corvo, está certo, mas com "v", não com "n"...

João Alberto foi de tudo no Brasil, e morreu pobre. Durante a guerra, Getúlio o nomeou para presidir a toda-poderosa Comissão de Coordenação Econômica, que aplicava a política intervencionista exigida pelas circunstâncias do conflito.

Foi um homem injustiçado pelos inimigos que reuniu, no exercício dessas funções, como é natural, contrariavam muitos interesses.

Aos amigos, confidenciava:

— No Brasil, o homem público é sempre tido como marido enganado, efeminado ou ladrão.

E se consolava:

— Graças a Deus me chamam ladrão...

Há também histórias relativas à demagogia típica do político à caça de votos. Figura tradicional representada em muitos "causos" pelos velhos deputados do PSD mineiro. Num deles, José

Maria Alkmin, que era mestre na arte, encontra o jovem eleitor e pergunta:

— Como vai seu pai, meu filho?

— Meu pai já morreu há muito tempo, doutor Alkmin.

— Morreu para você, filho ingrato. Porque continua vivo no meu coração...

Osvaldo Nobre dirigia o semanário "O Debate", em Belo Horizonte. Alkmin encontra-o na rua:

— Excelente o seu jornal, Osvaldo. Leio-o todos os dias.

— Mas é semanário...

— Semanário para você, que faz uma vez por semana. Para mim que o leio todos os dias, é diário!...

Ou então quando encontrou a veneranda senhora:

— Puxa, a senhora está cada vez mais jovem e mais bonita!

A mulher responde meio sem jeito:

— O que é isso... Eu já sou até avó...

Alkmin sem perder o sorriso:

— Só se for por merecimento, nunca por antigüidade!...

Outra dele foi mais ou menos assim:

Contam que um ônibus, lotado com estudantes de Direito, vinha por feia estrada de Minas, sob forte toró e ficou atolado no lamaçal. Os futuros advogados saem para ver o estrago, no momento em que um deles, após tomar fôlego, coloca:

— Uai, nosso ônibus atolou-se.

Um colega se adianta:

— Você nem sabe falar português...

— Como não sei...

— Não é o ônibus atolou-se. É o ônibus se atolou!

Estava começada a discussão, com metade dos estudantes de cada lado quanto a colocação do "se". Nisso surge a figura do dr. José Maria Alkmin, venerado por todos. Imediatamente os estudantes o cercam e expõem o problema. O político "rei da média", pensa um pouco e no fim murmura:

— Bem, se o que se prendeu na lama foram as rodas da frente, o ônibus se atolou. Se foram as de trás, ele atolou-se.

— Mas doutor — um estudante abre os braços — o negócio aconteceu com as quatro rodas.

— Então, meu filho — termina Alkmin que agradava a todo mundo — o ônibus "se-atolou-se"...

Com as mudanças políticas de 1964, estas anedotas não desapareceram, pelo contrário, continuaram florescendo na boca do povo, cumprindo sua função de instrumento crítico. Castelo Branco e principalmente Costa e Silva, se tornaram grandes personagens de anedotas, então acrescidas de um novo tempero, o fato de serem proibidas.

Hoje já ressurgem as anedotas para alegria de todos. Mais do que um sintoma, é uma forma de participação política. Irreverentes. Sem respeitar cargos nem patentes, mas ao contrário seguindo o princípio universal de que quanto mais elevada for a autoridade mais saborosa a piada. Após recesso de alguns anos, elas voltam acompanhadas de crise econômica, altíssimo custo de vida e medidas políticas que se abalam, também fazem rir a população.

Tomara que surjam as novas anedotas, novos mestres como o inesquecível Xerife e velho mineiro, José Maria Alkmin, para quem o eleitor chegou aflito:

— Doutor Alkmin, doutor Alkmin, meu filho nasceu, eu estava desprevenido, não tenho dinheiro para pagar o hospital!

Ao que calmamente respondeu o sábio político deliciando-se com um bombom Garoto:

— Meu caro, se você que sabia há nove meses, estava desprevenido, calcule eu que só soube agora...

SOGRO RICO É COMO PORCO GORDO, SÓ TEM VALOR DEPOIS DE MORTO

Quem deixou escapar a frase foi o candidato a mão da filha do homem mais grosso que dedão destroncado.

Se Deus gostasse dos talentosos, não colocaria tantos medíocres no mundo. Foi o que pensei quando apresentado à figura. O Coronel **novo riche**, mau caráter representava a grossura personalizada, além de supra sumo do cafageste, rei da baixaria e azarado ao extremo.

Na festa do chefe da contabilidade da agência ele já tinha dado azar suficiente, amostra do que significava ser e a inconveniência em demasia. A esposa do anfitrião cantava descontraída quando o "Todasfora" entrou em cena, de camiseta, atrás de enorme chaveiro feito de peludo pé de coelho, pendurado. Pedira uísque numa festa de queijo e vinho de se beber rezando. Copo na mão esquerda e mão direita enfiada até o fundo com os dedos revirando o gelo:

— Como canta mal a senhora que está no piano. Quem é ela?

— Minha mulher — respondeu o contador.

— Oh, desculpe — disse gelado e dando ênfase tentando consertar — creio que tudo se deve à música de péssima qualidade. Quem a compôs?

— Eu — concluiu secamente o dono da casa...

Os brancos Liebfraumilch, Katz Wein e Chateau Lacave rolavam a valer. Sendo depois servidos Forestier o vinho de corpo e alma e San Michel, também da Mansão Forestier...

Mais uma vez a presença inoportuna do "Todasfora" que nunca devia abrir a boca. Apontando para uma obra belíssima que estava sobre a mesa:

— Oba! É livrinho de sacanagem?

Tratava-se de "A Vida Sexual dos Selvagens", de Bronislaw Malinowisk, um clássico da Antropologia...

Louco para um destaque, verdadeiro "aparecido de souza" como dizia o mestre Stanislaw, em todo lugar queria sobrepujar os demais. Fã da máxima: Se você gosta de aparecer, roube, mate e esfole, porque as manchetes não se interessam pela virtude. O "Todasfora" ia nas festas para treinar. Pretendia seguir para a Europa, de bico, assistir a entrega de prêmios publicitários.

Até que surgiu o dia tão esperado.

Mal embarcou, o intruso da comitiva, copo de uísque na mão e dedos revirando o gelo, começou com gracinhas para o lado da aeromoça. Não demorou muito para ela queixar-se ao comandante. Resultado: quase desceu do avião pela janela...

A comitiva brasileira chegou à noite indo logo para o hotel. O "Todasfora" correu ao bar onde começou a encher a caveira. Bebeu, bebeu e sumiu depois de algum tempo. No corredor, desconhecendo o hábito, espantou-se. Deparou com a fileira de sapatos e resolveu fazer mais uma das suas desastradas "façanhas". É comum no hotel, à noite, deixar-se o par de sapatos na porta do quarto para ser engraxado, pela manhã ele está pronto, lustrando. "Todasfora" bêbado, trocou os sapatos gerando a maior confusão no dia seguinte.

Foi denunciado por alguém que o viu promover a desordem com os calçados. Recebeu incontinente ordem para mudar de hotel. Como vingança arquitetou outro plano de seu feitio, resolveu "arrastar" algum **souvenir** (mania de brasileiro no exterior). Mediu a pequena televisão, não dava era grande; o cobertor cabia na mala mas ficava muito volumoso. Foi quando resolveu tomar banho e pensar no que levar.

Desceu todo perfumado e alegre da vida; assobiando até.

Na portaria, o maior vexame. Por ordem do gerente foi obrigado a abrir as belas malas Sansonite e dentro estavam todas as lâmpadas dos abajures do quarto...

À noite, depois da entrega dos prêmios publicitários, foram recepcionados com bonita festa na casa de um profissional local. O casca grossa desta vez estava de **smoking,** meia vermelha e sapato esporte amarelo US Top. O mesmo **replay** do pé frio e desastrado, cada vez que abria a boca:

— Quem é aquela mulher espalhafatosa?

— Minha esposa — respondeu o colega de comitiva, outro bicão.

— Oh, desculpe — voltou desajeitadamente como sempre o "Todasfora".

Só que desta vez o mexedor de uísque com os dedos, foi salvo por alguém mais grosso ainda:

— Não tem importância, amigo. Meu erro foi bem maior que o seu...

Não demorou muito para tentar encerrar a noitada com chave de ouro. Pendendo, o "Todasfora" lançou sua última "preciosa gracinha":

— Já transei com todas as mulheres dessa festa, menos minha irmã e minha mãe...

Estava quase alcançando a porta da rua quando ouviu em bom português:

— Então somando nós dois já "faturamos" **todas** as mulheres que estão aqui...

VAMOS EM FRENTE QUE O BARBANTE É RENTE E SUSPIRO DE VACA NÃO ARRANCA ESTACA...

Quem publicou o primeiro anúncio no mundo foi o jornal "Mercurius Britanicus", em 1625. A principal finalidade dos primeiros anúncios era a de chamar a atenção do leitor para determinado produto ou serviço, simplesmente de forma seca.

O primeiro anúncio no Brasil surgiu em 1808, quando saiu também o primeiro jornal. "Gazeta do Rio de Janeiro" que no seu número um editado no dia 10 de setembro publicou: "Estão no prelo as interessantes obras seguintes: "Memória Histórica da Invasão dos Franceses em Portugal no ano de 1807". "Observações sobre o comércio franco no Brasil".

No número dois, editado em 17 de setembro de 1808 saiu o segundo anúncio publicado no país: "Quem quiser comprar uma morada de casas de sobrado com frente para Santa Rita fale com Ana Joaquina da Silva que mora nas mesmas casas ou com o Capitão Francisco Pereira de Mesquita que tem ordem para as vender".

Em 7 de novembro de 1808 o primeiro anúncio de venda de barcos: "Quem quiser comprar a sumaca Senhora do Desterro, de 40 toneladas, fale com Francisco José da Cunha, morador defronte da Candelária, n.º 11".

Já em 1809, mais precisamente no dia 26 de abril, surgiram os primeiros anúncios sobre vendas de escravos: "Quem tiver um negro ferreiro e o quiser vender, fale na loja da Gazeta que se lhe dirá quem o quer comprar"...

Em 3 de maio de 1809: "Vende-se uma preta de 30 anos que sabe cozinhar, lavar, engomar e coser. Quem quiser comprar fale com Venâncio José Lisboa, na rua da Quitanda, n.º 49".

Em 1825 surgiu o "Diário de Pernambuco", em 1827 o "Jornal do Comércio", no Rio de Janeiro e em São Paulo só no ano de 1875 é que nascia "O Estado de São Paulo".

Hoje esse tradicional jornal paulista, um dos melhores do mundo, possui seções especializadas para classificar os anúncios a fim de evitar miscelâneas de mostrar livros, casas, com barcos etc., como no passado. Criaram-se então as páginas de Autos e Acessórios, Máquinas e Motores, Empregados Procurados, Materiais para Construções, Apartamentos Vendem-se, Negócios e Oportunidades etc.

A mocinha bem vestidinha dentro de um conjunto de Brim Santista, que batia os anúncios na pequena agência de classificados, recebeu a incumbência de vender uma Pá Carregadeira. Desligou o Flip Fone GTE, por onde recebia as instruções dos clientes também em italianês, portunhól, portuglês, datilografou o título e o texto e mandou para o "Estadão".

Tudo sobre pressão e com pressa maluca do patrão que só reclamava:

— Vamos em frente que o barbante é rente e suspiro de vaca não arranca estaca!...

A pequena olhou para trás pensando em usar a frase do Duailibi: quando eu precisar de sua opinião, eu a darei a você.

Foi quando o Israel reclamou da mocinha:

— Pô, onde você quer que o jornal coloque este anúncio? Só se criarmos uma seção de Zoologia e Materiais, para entrar bicho e regador...

A garota na afobação havia batido à máquina o título: "Paca regadeira".

SIMPTOMAS E SIGNAES

Hoje usa-se a "linguagem publicitária" na elaboração dos textos de anúncios. Fácil, objetiva, da forma mais simples possível, que não obrigue o leitor (possível comprador) a consultar dicionário. E por outro lado, procura-se não exagerar nas qualidades dos produtos anunciados.

O que não acontecia no início do século, para anunciar por exemplo "Objectos para presentes", "Machinas para gelo", "Ferro electro para engomar", "Fructas e productos".

1900, tempo de farmácia com "P" e "H". Dos "Simptomas e Signaes". Dos anúncios exagerados e das grandes mentiras.

O filósofo francês Montaigne observava que o mentiroso leva a vantagem de poder dizer o que quiser, enquanto que aquele que diz verdade, só pode dizer uma coisa...

Atualmente a mentira na propaganda é controlada pelo órgão intitulado Conar — Conselho Nacional de Auto Regulamentação Publicitária, entidade privada cujo objetivo primordial é o de zelar pela integridade e credibilidade da propaganda comercial. Ela simplesmente elimina qualquer publicidade que saia fora das normas estabelecidas como verdadeiras. Antigamente ninguém saía fora de circulação por isso. No passado valia tudo. A época romântica da "Tua noiva tem sarda na pele fina? Anda depressa não tarda, leva-lhe um frasco de Succulina". Se fazia efeito ou não, para ninguém interessava.

Ou então: "Usai sabão Aristolino de Oliveira Junior (sempre bom reforçar com o nome do químico ou do fabricante), para banhos geraes e parciaes. Cura espinhas, manchas, cravos, eczemas, darthros (?) etc. Em todas as pharmacias".

Quando anunciavam-se cigarros de maconha (os cigarros índios de Grimault e Cia.) que faziam desaparecer "asthma, oppressão, insomnia e catarrho"...

Dos tempos em que a Casa Standar, na rua do Ouvidor entregava "Bicyclettes Star a 5 mil réis semanaes". Tingir os cabelos era com a Négrita, que mandava "recusar systematicamente todo e qualquer preparado que vos offereçam em substituição da Négrita, sejam quaes forem as vantagens com que vos queiram seduzir". E a Ramos Sobrinho continuava a "importar directamente camisas, ceroulas, collarinhos, punhos e todos os artigos de Roupa Branca para homens".

Enquanto nas residências o "Siphão Prana Sparklets" melhorava o sabor e a ação do vinho quando a "ele addicionado" conforme o texto "leve e higyênico tomado puro, transforma-se em deliciosos refrescos com o emprego de crystaes de fructas. A adoção, em toda casa de família, impõe-se por três causas: amor à saúde, hábitos de comodidade e espírito de economia. A venda em todo o Brasil, como em todo o mundo"...

Escrever complicado até que não era nada. Nos "productos pharmaceuticos" é que os redatores exageravam. Mentiam mais do que políticos, ou malandros em mão de polícia.

O Petroleo Oriental Bizet, por exemplo, alegava que ser calvo "é estar sujeito eternamente aos resfriados e constipações".

Havia um texto preparado para um tal Xarope Vitamonal que parecia um porrete, só não curava calo e falta de dinheiro conforme vocês poderão observar no poderio: "Riquíssimo producto pharmacêutico composto de glicerophosphato de cal, ferro (o remédio, verdadeira construção, só faltavam tijolo e cimento) sódio, potássio e magnésio. Extrato de kola, cacodylato de strychnina e pepsina"...

A bossa em 1900 significava dar a fórmula para impressionar. Quanto mais nomes científicos complicados, melhor o efeito junto ao público comprador da mágica poção.

E prosseguia o rosário de mentiras no anúncio capaz de transformar seu bebedor num super-homem ou mulher-maravilha porque parecia ser unissex, embora a expressão não existisse na época. "Puro ou misturado em água, chá ou vinho. É tônico do coração, do cérebro, dos músculos e dos nervos. Uma só colher de sopa do Xarope Vitamonal, é tão alimentícia como um bife e é mais alimentícia que o leite e os ovos! Cura a impotência em menos de um mez. A neurasthenia, o rachitismo e linphatismo.

Não tem dieta e pode tomar-se no trabalho. Dá às senhoras cores rosadas e lindas. Reconstitue os adultos. Desenvolve os seios às senhoras. Dá às mães abundância de leite. Tonifica o cérebro aos homens cansados com o trabalho intelectual". Ufa!...

Como vocês observaram o texto não dava trabalho somente para o redator desenvolver, tinha a desvantagem de cansar também o leitor.

Havia um outro produto milagroso com o nome de Thalassol, "extraído de producto do mar", fazia nascer... cabelo! De acordo com o anúncio que devia ser coisa de louco, seu depósito ficava na rua do Hospício, n.º 35.

Até a não muito antiga Emulsão de Scott exagerava. Seu redator era um otimista. "Tomada a tempo e com constância, cura a Tísica" — explicava o **slogan** do fortificante em que aparecia o homenzinho com o bacalhau nas costas. Enquanto Funkus, outro remédio mágico, curava em apenas minutos (?) "Grippes, influenzas, defluxos e resfriamentos". E o Ovo-Lecithine Billon curava mais a "anemia, chlorose, neurasthenia, rachitismo, tuberculose, phospaturia e diabetes", segundo testemunhos "das Celebridades Médicas", da época...

CAIA, PODE CAIR. O QUE SE PROÍBE É FICAR NO CHÃO

Os fatos provam. Na Europa existiram centenas de bons pintores, músicos e escritores que nunca se projetaram. Alguns nomes da pintura hoje são encontrados em raros catálogos, outros, nunca foram citados mas suas obras permanecem atravessando o tempo com títulos de autores desconhecidos. As pessoas criativas são inteligentes e a inteligência é importante, mas um QI alto não é necessariamente uma garantia de sucesso.

Assim é o Xerife Artaxerxes Tucunduva, na propaganda. Alegre mulato, excelente artista da criação e totalmente desconhecido no próprio meio. Cabeça quase branca, do tempo em que a palavra coitado significava palavrão, não se pronunciava na frente de moça. A resposta foi quando se referiram a ele, acrescentando ao dó dos fios de cabelos brancos.

— O adjetivo coitado em origem na palavra coito... Advertiu o velho redator. — E eu ainda não estou assim tão...

Quanto ao cabelo branco, também não representava defeito. Não havia razão para tanto respeito. Dele era a frase, referindo-se a outros obviamente:

— Respeito por cabelos brancos porque, por acaso os canalhas também não envelhecem?...

Se alguém perguntar: quem conhece o Artaxerxes Tucunduva na profissão? Garanto que não aparecerá muita gente; nem pelo seu nome verdadeiro, nem pelo obscuro pseudônimo de Artuk. E no entanto trabalha há mais de 50 anos no ramo. Hoje de avançada idade mora anonimamente nos arredores de uma tal Vila Nhacunhé e ainda produz boas peças publicitárias para aqueles poucos que o procuram.

Artuk, boêmio incorrigível, foi amigo do Dagô, outro mulato gênio, criador dos mais lindos **jingles** da praça. Ao Dagô entregava-se uma letra e ele desaparecia. Tempos depois, passando por vários botecos, ele voltava com a letra encaixada em belíssima música. Era só ter paciência de esperar. Coisa que o cliente dificilmente topava...

Artaxerxes Tucunduva um dia destes comentava numa roda de amigos, com seu inseparável Di Giórgio de sonoridade perfeita, a tira-colo, onde o Old Parr, o Teacher's e o Logan voavam mais soltos do que passarinho dentro de cueca Zorba:

— Desconfie sempre de quem afirmar que sabe tudo em propaganda, porque ela é um aprendizado eterno! Por isso ainda trabalho, e sempre aprendo alguma coisa...

E entre goles prosseguia:

— Quem morre de pijama é general. Publicitário que se preza é como jornalista, morre batalhando. Alguns se aposentam mas voltam logo, porque propaganda é cachaça. Vejam, o Renato Castelo Branco, é exemplo. É como Cabernet Nardoni, o privilegiado tinto, quanto mais velho, melhor fica!...

E, realmente é. Meu xará iniciou em 1935 e não mais parou. O Artuk foi contemporâneo do Castelo quando ainda não havia escola de propaganda nem de jornalismo no Brasil e quase que de nada.

Admirador de seu trabalho de Xerife, dos melhores da praça, somente fui conhecer o Renato Castelo Branco pessoalmente no ano de 1970, quando na mesma editora, saiu seu livro "O Piaui; a terra, o homem, o meio" e em seguida o meu "Amazônia, paraíso e inferno!"

Reencontro o Castelo, que é parte da história da propaganda em nossa terra, expondo longa rota em que as agências evoluíram de pouco mais que corretores de anúncios, aos complexos organismos de nossos dias.

Para seter uma idéia da dureza da vida do contato, ele muitas vezes ao visitar uma empresa, era recebido com o aviso na porta em forma de ameaçador cartaz em letras garrafais: "Não temos verbas para esmolas e reclames"... Ou "Esta empresa não dá esmolas nem faz propaganda". O que dava na mesma...

A corretagem foi a origem da agência de publicidade. O corretor naquele tempo vendia o espaço, e **media** tão somente a impressa, nada de eletrônica. Para facilitar a venda de espaços do jornal o corretor passou a se incumbir também de preparar o anúncio, iniciando assim, o negócio de agência. Vendia-se o espaço, preparava-se o anúncio, entregava-se o material ao veículo.

O contato ainda levava o apelido de **boy**-de-gravata, ou **boy**-de-luxo, carregando pastas de **layouts** entre o cliente e a agência.

A partir daí o negócio foi se sofisticando.

O Renato Castelo Branco, conta que no início de sua carreira de publicitário já se faziam pesquisas de mercado e seleção de **media**, mas em termos elementares. As agências que operavam, da Eclética à N. W. Ayer, tinham **staff** de 15 ou 20 pessoas, cada uma fazendo um pouco de tudo. O Castelo mesmo, era redator, mas planejava, fazia pesquisa, atacava de **media,** além obviamente, de fazer contato.

O rádio (tempo do rádio a lenha), iniciava sua marcha ascensional, como condutor de propaganda, ameaçando a posição dos veículos impressos, como hoje ocorre com a televisão. Cada novo veículo trazia sua linguagem própria forçando a agência a invadir novos setores da comunicação.

A princípio lidava-se com letras e imagens estáticas (a imprensa), depois com sons (o rádio) surgiram cores e imagens dinâmicas (o cinema) até chegar nos sons, imagens e movimentos ao vivo (a televisão).

Gradualmente o negócio de agência foi ganhando complexidade. Adotaram-se novas técnicas de planificação. Na criação, atingiram-se novos níveis de qualidade e criatividade. Desenvolveram-se técnicas de **marketing.**

Ao lado dos homens de atendimento, redatores e artistas, novos profissionais foram mobilizados, como fotógrafos, técnicos eletrônicos, produtores de cinema e VT, técnicos em pesquisas, economistas, psicólogos e outros.

Com o avanço da informática, os computadores chegaram às agências de publicidade, não apenas nos departamentos administrativos e financeiros, mas principalmente nos departamentos técnicos como **media**, pesquisa, tráfego etc., propiciando controles e fornecimento de informações cada dia mais corretas e em menor tempo. E, com os computadores vieram os analistas de sistemas, os programadores, os digitadores.

A pequena agência de corretagem de anúncios, do passado, transformou-se no núcleo propulsor da aldeia global...

Diante do depoimento do Renato Castelo Branco, o Artaxerxes Tucunduva que foi do seu tempo e agora de cabelos totalmente prateados, cuidando mais de dirigir escola de samba, arrematou com sua filosofia de balcão. Levantando um copo do branco, fino e discreto Riesling Richtburg:

— Viva o progresso! Mas as bases continuam ainda sendo e serão sempre, as idéias, matéria-prima sem a qual toda a tecnologia se torna estéril. Além do que, criação publicitária é como samba: não se aprende na escola e sim nas gafieiras da vida!...

O PUBLICITÁRIO É UM RINOCERONTE COM ALMA DE BORBOLETA

A definição do título é do Júlio Ribeiro.

No lugar de Osram, Sérgio Dourado, Sharpe, era o tempo do Mitigal, que acabava com as coceiras. Elixir de Inhame, Bromil, Phimatosan, Dynamogenol e Caxambu — a "soberana das águas de mesa"...

As músicas feitas para a propaganda nas estações de rádio acabavam entrando nos salões e nos blocos carnavalescos, onde muitas vezes o povo moleque e gozador sempre com espírito publicitário, entrava de parceiro. As letras, impressas em ventarolas, principalmente pelas fábricas de cervejas e cigarros e distribuídas aos foliões no carnaval.

Bastos Tigre escreveu e Ari Barroso musicou a primeira marchinha que Orlando Silva gravou para a Brahma, na década de 30. Enquanto a Cinzano encomendava para Noel Rosa e Heitor dos Prazeres, música fácil para o público pegar logo. Na década de 40 David Nasser e Haroldo Barbosa juntos fizeram bom **jingle** para a Coca-Cola.

Usavam os temas da época. Na década de 50 para combater a gripe asiática surgiu na praça: "Essa não me pega, / não me pega não. / Eu bebo Caracu, / misturada com limão". O que aumentou em muito o consumo do produto.

Tempos de gozações de fronteiras, em portunhól: "Asi como el pajarito ace piu-piu / Mejoral manda su dor a puta que lo pariu" e "Uno e uno acem dos, / para el sovaco, Talco Ross"...

Às vezes o **jingle** era tão bom que superava o produto ruim, como uma marca de cigarros que saiu do mercado e o **jingle** permaneceu. **Jingles** fortes perduram por anos e anos como o... "Só lojas Garbo tem, / o terno que lhe fica bem, / muito bem!..." "Venha correndo Mappin, / chegou a hora Mappin" ou "É hora, é hora de oferta, / É na Ultralar..."

Há muito que o hino dos cervejeiros passou a ser: "Quem gosta de cerveja, / bate o pé, reclama, / quero Brahma, quero Brahma, / Sentindo-lhe o sabor, / sem hesitar exclama: / Esta sim, está pra mim, é Brahmaaaa!"...

Até chegar no "O tempo passa, o tempo voa, e a Caderneta Bamerindus continua numa boa" e o apelo à criançada: "Boi da Cara Preta, / também dorme descansando com os lucros da Caderneta"...

Propaganda é para gente que tem saídas inteligentes.

O Oswaldo Mendes, conta que na década de 50, um de seus clientes, possuía um incrível estoque de mudas de coco anão para vender, e não tinha mercado.

O homem danou-se a plantar coco anão, e depois não sabia o que fazer com as mudas.

A agência de publicidade do Mendes idem. Tanto que nem sabia para que servia o tal coco anão. Mas não demonstrou a ignorância para o cliente. Quem "bate" em retirada, apanha. Foi aí que surgiu a idéia. A agência inventou um concurso de reportagens sobre o coco anão.

As reportagens acabaram revelando os usos do coco. Uma vez descoberta a utilidade fizeram uma campanha publicitária em torno, com muito **jingle** e venderam todas as mudas.

O trabalho foi tão perfeito e a musiquinha tão boa, que o cliente acabou vendendo também a fazenda onde cultivava o coco anão...

Eu escrevi no começo da crônica, que o povo entrava molequemente como parceiro na música de propaganda porque já em 1934, contam os mais antigos, no **jingle** que Lamartine Babo criou para o analgésico Untissal, constava: "Ride palhaço, / passa Untissal no braço, / se não fizer efeito, / passa Untissal no peito". Vindo em seguida uma sonora gargalhada: "Quá, quá, quá, quá"...

Guimarães Rosa dizia que mestre não é quem ensina, mas quem de repente aprende. Aí é que entrava o povão, acrescentando na letra gravada nos leques de papelão, quando a música era cantada nos salões carnavalescos:

— ...Mas se a dor for profunda, passa Untissal na bunda!...

XIS NO LUGAR DE CEAGÁ

Numa das chácaras do Brás, em 1868, o poeta Castro Alves em visita a São Paulo, caminhava sozinho pelo mato à procura de aves, com uma espingarda voltada para o chão. Quando tentava transpor uma valeta, a arma disparou acidentalmente e toda a carga de chumbo cravou-se no seu calcanhar. Veio a infecção, a gangrena de parte da perna e o agravamento da tuberculose.

Um ano depois do acidente, o poeta baiano que estava morrendo cantava: — "Tenho saudades, ai de ti, São Paulo"...

No ano de 1887 foram inauguradas a estação de trem e uma nova época, com a imigração européia, principalmente italiana, o Brás, tornou-se assim um bairro industrial e proletário. O baixo preço das terras e a via férrea estimularam o surgimento das indústrias. Foi nesse Brás essencialmente italiano, de fins do século passado e começo deste que o poeta Castro Alves foi substituído pelo cantor Caruso.

Da mesma maneira que hoje serve de passagem entre o centro e a zona leste, no tempo das chácaras, suas imediações eram rotas obrigatórias para os viajantes que chegavam do Rio de Janeiro ou do Vale do Paraíba, quando as enchentes do Tamanduateí dificultavam o acesso à cidade. A mais conhecida, a chácara da Figueira, famosa por sua antiga proprietária, a marquesa de Santos, e porque tinha uma gigantesca figueira considerada a maior e mais velha de São Paulo, só derrubada em 1905.

A história do desastre com o poeta eu conhecia desde pequeno, pois nasci no mesmo bairro, portanto mais ou menos próximo do local do acidente: Largo da Concórdia, no tempo em que cabra entregava leite a domicílio. O largo, na época de meu nascimento já representava o ponto mais movimentado do Brás, sempre cheio de carros último tipo, bondes despejando passageiros de chapéu na cabeça e havia até um estacionamento para carroças com pequeno bebedouro para os animais.

Os anúncios nos bondes, do tipo rimado: "Veja ilustre passageiro, o belo tipo faceiro, que o senhor tem a seu lado. E no entanto acredite, quase morreu de bronquite, salvou-o o Rhum Creosotado!"

A banda tocava no coreto do Largo da Concórdia, enquanto as janelas das casas térreas geminadas, se abriam, e as cantinas ficavam cheias. O luxuoso Teatro Colombo iniciava mais um espetáculo da companhia lírica européia que vinha se apresentar à colônia italiana, enquanto eu tomava Camomilina para a dentição. Depois foram as doses de Xarope São João e Emulsão de Scott.

Brás dos carcamanos, das reuniões lítero-musicais promovidas pelas sociedades Príncipe Umberto, Gil Vicente e Almeida Garret, onde o maestro Alberto Marino executou, pela primeira vez a valsa de sua autoria, "Rapaziada do Brás". Dos cinemas Ideal, Braz Politema, Oberdan e Babilônia, das cantinas, dos cafés e confeitarias. Dos botequins onde Oswaldo Gogliano — o célebre Vadico — fez as músicas de algumas das melhores composições com seu parceiro Noel Rosa, como "Feitio de Oração", "Prá que mentir" e "Conversa de Botequim".

Brás, sobretudo do Teatro Colombo, inaugurado quatro dias antes do Municipal, em fevereiro de 1908, onde apresentaram-se as maiores figuras da ópera mundial. Em fevereiro de 1966 o teatro já estava abandonado e ia ser demolido quando pegou fogo. O incêndio foi um marco na história do velho bairro do Brás...

O historiador voltou ao Largo da Concórdia, onde vivera nos bons tempos e não reconheceu a antiga e bela praça. Onde estavam suas palmeiras e seus jardins? Olhou para cima e não mais viu o painel de seu tempo de criança, da década de 30, com as letras do Laxo Purgativo...

Se as chácaras de 1868 elevavam poetas, se no início deste século o largo marcou uma vida cultural intensa, agora transformada, com a presença predominante de nordestinos, apenas uma área convulsionada e transfigurada, por tempos difíceis onde até as árvores tinham sido destruídas.

Entrou num bar e pediu guaraná da Antártica, única coisa preciosa ali, que tinha gosto de infância, onde nem o ar era o mesmo. Refrigerante que lembrava a revista "Tico-Tico" que seu pai comprava. As histórias de Chiquinho, Zé Macaco e Faustina; Pandareco, Parachoque e Viralata; Reco-Reco, Bolão e Azeitona...

O velho Largo da Concórdia, do Brás, sem os anúncios do Leite de Colônia e Biscoitos Aymoré, passara a ser conhecido agora pelo apelido de Bahia Paulista e Embaixada do Nordeste, com vendedores ambulantes de churrasquinhos por toda parte; onde marreteiros se misturavam provocando o caos. Sujavam e impediam o tráfego. Apregoavam a fruta umbu (desconhecida em São Paulo) e bilhetes de loteria ao mesmo tempo. Mascates estendiam roupas usadas, nas calçadas, enquanto ambulantes gritavam a valer sobre as qualidades dos chapéus de couro, sandálias, pandeiros e zabumbas, carne de sol, azeite de dendê e farinha d'água. Compleavam o quadro, vagabundos, prostitutas, contraventores da lei e abusados.

O engraxate baiano que também vendia folhetos de literatura de cordel para aumentar o faturamento, admirou-se, não sabia que seu conterrâneo famoso, o poeta Castro Alves, caçando ali em 1868, acidentou-se, abreviando a morte. O "polidor de calçados", como gostava de ser chamado o engraxate, ouvia com atenção tudo que o escritor falava sobre tempos melhores, enquanto lustrava seus sapatos.

Um carro parou e dele saiu um homem solícito que abriu rapidamente a porta para a mulher.

— Quando isso acontece, ou o carro é zero quilômetro ou a mulher é que é nova... — falou o engraxate querendo exibir a veia de humor.

E para mostrar que também sabia escrever, que conhecia bem o nosso idioma, ao dar o troco escreveu num pedaço de papel, assassinando o português:

— "A **xácara** que seu antepassado tinha aqui no Brás era grande?"

O freguês desolado com a transformação pelo tempo, de sua bela praça ajardinada da infância, não conteve a revolta e descarregou sobre o pobre homem. Deu a resposta no verso do papel e devolveu:

— "Não. Era do tamanho de uma **chícara**"...

TEMPO EM QUE PASSAR A PÃO E ÁGUA ERA PRAGA, NÃO COISA DE BURGUÊS

A Paulista só fornecia leite e manteiga. Não havia ainda iogurte e outros tipos de leite, gelificados, flans, gelatina, requeijões, petit-suisse, no Brás dos italianos e seus costumes, com que convivi parte de minha infância.

Mas mesmo assim, chamados de "tempos supimpas em que os poucos marginais existentes eram tachados de meliantes". Ladrão só tinha um em toda a cidade: Gino Anleto Meneghetti. Época no Brasil em que só trabalhava quem não sabia fazer coisa melhor.

Morei até os dez anos na João Teodoro, entre as ruas Miller e Barão de Ladário, a casa está lá até hoje, velhinha mas de pé. Tinha deixado o "Tico-Tico" para aderir ao "Suplemento Juvenil", dos modernos Flash Gordon e Buck Rogers, passando por Jim das Selvas, Fantasma Voador, Tarzan, Mandrake, Dick Tracy, Zé Mulambo, Bronco Piller, Príncipe Valente. Já tomava Ovomaltine e partia também para a "Gazetinha Infantil", nova revista ilustrada pelos melhores desenhistas de histórias em quadrinhos do Brasil, como Messias de Melo, autor de "Audaz o Demolidor", Renato Silva (não era parente do autor, infelizmente) que fazia "A Garra Cinzenta" e outros personagens da feliz época.

Reunia-mo-nos numa vila para o futebol diário, e o Gijo, um dos companheiros, menino vermelho azulado, ruivo da cabeça aos pés com pequena claridade nos olhos azuis, que só reclamava. Vim tomar conhecimento de seu verdadeiro nome e todo, quando entrou na minha classe, sempre reclamando, no Grupo Escolar Santo Antonio do Pari, estávamos no segundo ano. Uma mistura de nome de pintor da Renascência, cantor de ópera, com príncipe, que nunca mais esqueci: Luigi Humberto Parlagrecco Mangiacavallo Granfinochio Secondo.

Na casa dos Mangiacavallo aos sábados parecia um festival com todas as tias e irmãs fazendo macarrão. A mãe do Gijo estendia a massa caseira na mesa da sala enquanto gritava:

— **Andiamo via, al lavoro, que chiachera no fa farina!**...

A **nona** dava a supervisão geral nesse tempo da deliciosa mortadela caseira e do pão de peito; um redondo, cortado na altura dos suspensórios.

A criançada da rua só não ia comer o macarrão de domingo na casa do Gijo por certo receio, infundado é claro. Para que ninguém aparecesse o italianinho dizia que durante o almoço domingueiro "o **nono** se deixava fazê o **sprúfulo**" ou seja, misturava o óleo, o sal e o vinagre, dentro da boca, chacoalhava bem e borrifava na enorme bandeja onde ficava a salada geral. E em seguida todos se serviam...

O exagero do moleque Gijo funcionava, porque naquela casa aos domingos quase não iam crianças, só mesmo os pequenos dos parentes e dos patrícios mais chegados. Grande parte da alimentação consumida ali era feita e muito bem feita, em casa. Iam do pão, manteiga, até à linguiça, com tempêros especiais e segredos que passavam de geração à geração. Além de mestres nos salgados, perfeitos doceiros e festeiros por excelência. Conservavam o traço cultural de magoar-se quando dispostos a oferecer presentes, exigindo que lhes fossem devolvidos à altura. Juravam de morte, durante as festas natalinas, aqueles que não o fizessem. Vigorava entre as famílias italianas do bairro, notadamente entre os calabreses, o hábito de trocar doces com os vizinhos no Natal. O prato tinha que voltar cheio. Se voltasse sem nada e lavado já era ofensivo, mas desocupado e sujo, imperdoável; o ofertante teria recebido a pior ofensa de sua vida e jurava de morte o "agressor".

Aconteceu com o **nono** do Gijo. Ao enviar quitutes a um **paesano** seu o prato voltou vazio e sujo. Foi o suficiente para o velho ficar furioso e ao tentar com a idade avançada, enfrentar o desafeto, foi fulminado por um colapso. Estava morto o boníssimo avô do menino Gijo.

A família cumpria fielmente o ritual. Quando morriam, as pessoas eram veladas em casa. As paredes forradas de preto, lacravam as janelas e penduravam grossas cortinas nas portas enquanto o falecido permanecia iluminado apenas por quatro velas. O número de **pianjadeiras** — mulheres contratadas para chorar o morto — variavam de acordo com o poder aquisitivo.

Na cerimônia a viúva tinha que desempenhar seu papel: não acompanhar o féretro até o cemitério. Aqueles que compareciam tinham o compromisso de voltar e lhe dar os pêsames. Depois disso, sete dias de luto fechado. A família toda ficava proibida de tomar banho, barbear-se, ouvir rádio, fazer qualquer serviço doméstico ou sair de casa. Os vizinhos discretamente batiam nas janelas e por elas passavam os pratos com alimentos evitando se possível, olhar o rosto de quem os havia recebido. Passados os sete dias, mais um ano de luto fechado para a família toda apesar de desobrigada de manter-se afastada das demais atividades de rotina...

Com a morte do chefe dos Mangiacavallo, a família mudou-se para o bairro da Barra Funda onde o pai do Gijo montou novo salão de barbeiro. O time da vila da rua João Teodoro ficou desfalcado do pequeno carcamano de cabelo vermelho, que tanto chingava e reclamava naquele São Paulo de tempos diferentes...

O tempo passou. Um dia já rapaz, jogando futebol na várzea paulista, ouvi do nosso técnico a observação: cuidado, você vai ser marcado pelo famoso Luigi Calabrês, da Moóca, que dá pontapé até na sombra do adversário! Entramos em campo e procurei ver quem seria o meu marcador tão comentado e qual não foi meu espanto quando conheci nele o Gijo vermelho e azul, apenas mais avermelhado pelo sol da Vida e por umas e outras que já tomava. Rimos lembrando nosso time da vila no Brás e o Luigi Calabrês naquele dia reclamou muito, como sempre, mas para espanto de todos, no tocante a botinadas foi um cavalheiro em campo.

Depois do jogo fomos comemorar o encontro com umas Brahmas. Foi quando o Gijo contou a novidade: ao completar 21 anos de idade, mandou tirar o sobrenome Granfinochio, passando a chamar-se somente Luigi Humberto Parlagrecco Mangiacavallo Secondo. E explicou, pretendia jogar futebol na Itália e já pensava na reação dos **tifosi,** — a torcida de lá. Com o nome de "Fala Grego" ou "Come Cavalo", tudo bem, mas **finochio** em italiano queria dizer erva-doce e também na gíria: afeminado, e se cismassem de chamá-lo "Grande Bicha"? Num campo de futebol, positivamente não dava. Foi a primeira vez em que vi o Gijo reclamar e espernear com razão, os tempos eram diferentes dos de hoje, em que o terceiro sexo já está alcançando o segundo...

SE NON **FOI** VERO, **FOI** BENE TROVATO...

Trabalhando já em agência de publicidade há muito tempo, visitei o salão de barbeiro que um colega dizia ser muito bom. O Salão Humberto II, do Jardim Paulista. Nova surpresa o mestre e dono conhecido como Humberto Secondo, nada mais era do que o nosso conhecido de infância, o Gijo do Brás e posteriormente transformado em Luigi Calabrês, da Moóca, valente marcador de ponta da várzea paulista. Agora parecendo a bandeira da Coréia do Norte, grande, vermelhão, com pequena tira de azul nos olhos e branco por todo lado; tanto no avental como nos cabelos. A seu lado uma garrafa pela metade de Granja União sobre uma bandeja de prata.

No papo de encontro, novas e boas lembranças de um tempo que não voltava mais. Além do futebol infantil evidente, falamos sobre o pai dele, um barbeiro do Brás, que dava brinquedos para as crianças quando estas iam cortar o cabelo.

Em seguida, **il signori** mestre Luigi Humberto Parlagrecco Mangiacavallo (agora sem o Granfinochio) Secondo, passou a cortar o cabelo de meu colega. Com mais de 50 anos de Brasil o barbeiro carcamano ainda falava em italianês, enquanto seu assistente, um ajudante mineiro com cara de vendedor de tubos e conexões Tigre misturado com vendedor de campa, que cuidava dos meus raros fios, se expressava em caipirano. Falava pouco, como o papagaio da piada italiana que **non parlava piu ma** prestava **una atenzioni**...

O colega publicitário pediu ao Humberto Secondo que caprichasse no corte porque ele ia passear na Itália. Mais precisamente receber um prêmio publicitário em Milão. Foi quando o barbeiro que em tudo metia o pau, e que afinal não tinha ido à Europa jogar futebol conforme seu sonho de mocidade, reclamou:

— Vai si deixá fazê u que lá. A Itália **io conosco,** só tem as coisa véia... **porco cani.**

— Vou conhecer museus, histórias que aquele lugar antigo tem muito para contar. Sem falar nas mulheres lindas, nos vinhos raros e nos deliciosos pratos finos.

— **Porca** miseria... Má num fá o **fecça.** Aproveita o dinheiro com **la donna qui** mesmo, vá... **Qui** num tem só **vino** pinta porta e caga piche, ô, tem também cachaça da boa, tem **brodo** e **pasta chuta** de primeira, ô!...

Meu colega publicitário acabou não ouvindo os conselhos do barbeiro, foi à Itália e voltou satisfeitíssimo. Novamente fomos ao Salão Humberto II já que ele queria tirar um sarro com o calabrês que além de ser do contra, só reclamava. A seu lado, sobre a vistosa bandeja de prata, uma recém aberta garrafa de Granja União...

— Má inton vucê foi e gustô mesmo daquelas velharia, lá...

— Formidável a sua terra Humberto, visitando-a em poucos dias, aprendi muito mais do que estudando por vários anos.

— É uns gosta mesmo dos óio, outros da ramela, **qui** si vai fazê... prá quem aprecia, aquilo é prato cheio, né...

— Umberto, vou contar o que mais me impressionou nessa viagem, você nem vai acreditar. Em Roma, cheguei na Praça de São Pedro e avistei de longe o olhar do papa, na janela do palácio, parecia que se dirigia a mim, como dois pequenos faróis. Notei apesar da distância que nos separava, um pequeno sinal com a mão em minha direção. Parecia que o santo padre queria dizer: — "**Aspeta, giovanoti**"...

— É, **vá bene, má** que houve com **quelo** fanático religioso...

— Depois de certa espera, o pastor desceu até a multidão, e a partir daquele momento senti um calafrio, notei que era mesmo comigo, ele olhava para mim insistentemente.

— Tem que gostá muito e delirar, ficá insufocado nas murtidão no meio **di tanti finochio** e batedores de carteira, a espera de um padre...

— O santo padre, Humberto, continuava olhando para meu lado, mas agora eu tinha a certeza ser mesmo para mim, enquanto a multidão aclamava-o e abria ala.

— Má quê, num inxagera, vai. Ô, o papa ia vê vucê no meio de todo mundo... Má vá, nem que vucê fosse u Pelé!...

— Ele foi aproximando, aproximando, senti um calor com seu olhar de santo, agora mais insistente, sempre dirigindo a mim...

— Craro que **no** podia se sentir **bene**. Numa praça véia, i sem conforto como aquela, só um **capatosta** como **lei,** ficava no meio **di** tanta gente, curtindo o maior sór da paróquia, né...

— Humberto, você pode não acreditar mas o papa cada vez olhando com mais insistência para mim e eu intrigado, até que ele se aproximou o máximo; quando notei, já estava a meio metro do ponto onde eu me encontrava plantado e gelado! Sua santidade levantou o braço esquerdo amigo e bondosamente pousou-o levemente sobre meu ombro. Minha vista escureceu, quase desmaiei de emoção, chorei até...

O barbeiro Humberto não aguentou mais a curiosidade.

— Má, **hóstia,** que queria afinal, u papa com vucê? **Parla,** conta logo qui **io** já istou nirvoso, **per la Madona**...

— Sua santidade, fez o sinal da cruz, aproximou-se o máximo, parecia que ia beijar minha face quando murmurou no meu ouvido:

— Meu filho, quem cortou seu cabelo tão mal assim?...

A MAIS DO QUE A PREGUIÇA, A CIGARRA AO MENOS CANTA

A campanha da cantina do alegre bairro da Bela Vista prometia ser um sucesso. O **briefing** estava pronto e o restante das informações seria fornecido pelo departamento de pesquisas.

Já sabíamos que o bairro era habitado principalmente por imigrantes vindos da Calábria, no Sul da Itália e seus descendentes. A Bela Vista traduzia o temperamento dos calabreses sempre indóceis, voltados para a boêmia com muita bebida, comida e música.

Ao contrário dos outros imigrantes que se fixaram no Brás, Barra Funda, Moóca e Bom Retiro, os moradores do Bixiga, antigo nome da Bela Vista, não enriqueceram. De espírito boêmio, eternamente subempregados, não gostavam de ter patrões e saíam de madrugada com carroças carregadas de queijo, batata, carne e frutas para vender de porta em porta. Foi quando deu origem à palavra carcamano. Os italianos de São Paulo passaram a ser chamados assim, pelo hábito de calcarem as mãos na balança.

A alimentação do dia ficava por conta do pão italiano sem miolo recheado com **murignana** em conserva que é a nossa beringela, o **pepone**, nosso pimentão e outras iguarias típicas que no fim do dia eram reunidas ao que os demais vendedores traziam, nas mesas que juntavam para jantar na cantina do Nacarato. Um velho armazém, onde com muita alegria os alimentos ficavam colocados lado a lado para que todos se servissem à vontade.

Na cantina do Paschoal Nacarato, no princípio do século, a primeira do Bixiga, recebiam baralhos do proprietário e ficavam jogando até quase meia-noite. Quem perdia no jogo pagava o vinho que não parava de ser servido, assim como azeitonas e queijos à vontade.

Não faltavam aqueles que levavam instrumentos musicais como bandolins, pandeiros e as músicas de seu país, lembradas com muita saudade por quem sabia mostrar seu talento musical.

Naquele tempo, no bairro do povo descompromissado e voltado para festas e reuniões, as casas não possuíam chaves nas portas. Os últimos italianos que entravam, colocavam um tijolo ou uma cadeira atrás da porta e a casa estava fechada. Quando se via um estranho na rua todo mundo olhava porque achava que ele não tinha nada que fazer ali.

Anos depois veio o tempo de outra cantina curiosa, a do "Ciccio" Capuano, que não tinha cardápio. Fazia ele mesmo seus pratos preferidos e servia aos fregueses em quantidades também por ele determinadas. Não adiantava dizer que bastava, ser suficiente, pois o "Ciccio" ia colocando até onde queria e o freguês devia "limpar" o prato. Se deixasse o mínimo de comida que fosse, se não passasse o pão no molho até vê-lo desaparecer estava terminantemente proibido de entrar na cantina, porque o dono julgava-se ofendido.

— **Voglio gente qui manja!** — dizia aos berros...

O italiano dono da cantina a quem estávamos preparando a campanha publicitária, era um velhinho que cantava, do tempo desses primeiros restaurantes, só que o bairro agora levava o pomposo nome de Bela Vista. Mas a simplicidade do proprietário a mesma do antigo Bixiga. Quando telefonava para a agência não perguntava pelo nome da firma encarregada da publicidade, simplesmente indagava:

— É do anúncio?...

Nosso contato de tanto visitá-lo já se tornara amigo íntimo e tinha ficado mais corado e engordado vários quilos devido a quantidade de massa consumida acompanhada de Cabernet Conde de Foucauld. Exibiu o custo de todo o trabalho da equipe e o italiano achou muito caro. O homem da área de atendimento por preguiça de reestruturar a fatura, usou de um expediente que não deve ter convencido muito o cliente. Pensou: "é no balanço da carroça que as abóboras se ajeitam; vou dar um tempinho". Diminuiu simplesmente o valor de um lado e aumentou num outro item, pensando que o italiano não fosse perceber a manobra, e voltou a apresentá-la.

Neste Brasil varonil, como dizia o João Guimarães Rosa, imortal autor de "Sagarana": a cacunda do bobo é o poleiro do esperto. O velhinho que havia deixado a camioneta Ford-F-100 repleta de carnes e hortaliças e começado a embarcar no Voyage para passear e que já não entendia como o "Shopping News", o "City News" e o "Jornal da Semana" eram o único jornal com três nomes, olhou desoladamente para o orçamento; guardando o Crefisul foi franco:

— **Ô cidenti cani!** Assim num dá! Vucê baixa as carça, má alivanta as cuéca!...

QUEM MANDOU ESTUDAR?

Houve um tempo em que os anúncios do Bradesco surgiam tão ruis, mas tão ruins que ninguém nos meios publicitários agüentava mais. Olhar aquilo representava vergonha para a classe. Descobrimos depois que a culpa da propaganda amadoristicamente guiada (desculpem o trocadilho), era culpa do velho banqueiro Amador Aguiar.

Como ninguém neste mundo é perfeito, o gênio das finanças pecava na feitura da propaganda.

Por medidas econômicas do chefe do maior complexo bancário da América Latina, tinham cortado as agências de publicidade de seu orçamento. A nova orientação indicava comprar máquinas, impressoras, bem como confeccionar clichês, fotolitos e tudo mais, na Cidade de Deus, sede do Bradesco. Dando adeus à Marprint, Laborgraf, Repro, Lastri, Bosateli e **tutti quanti.**

A criação, **layouts** e artes finais de folhetos e cartazes passaram a ser também por conta dos bancários que paravam de contar dinheiro e juros, para meter mãos à obra atacando de publicitários nas horas vagas.

O Ruy que andava meio perdido e mal pago, ouviu falar que o Bradesco estava dando frila (**free-lancer**) através de sua **house-agency** e convidou-me para tentar descolar um serviço extra já que o carnaval se aproximava. Foi franco quanto a entrada na sede do império de 16 000 funcionários.

— Só que tem uma coisa. Tentei visitar a Cidade de Deus e não passei do guarda, por causa do cabelo comprido. Barbudo e cabeludo lá não entram nem para pagar promessa a São Benedito! Mas, como você está ficando calvo...

Realmente, graças a testa panorâmica e cabeleira de verão que se pronunciavam, passei facilmente pelos portões. São as compensações da vida: nunca vi policial pedir documento para calvo. E segundo meu amigo Ruy, nunca se viu careca pedir esmolas...

Mas como ia contando, tranqüilamente entrei na Cidade de Deus para visita de reconhecimento e penetrei no mundo do folclórico Amador Aguiar, fundador da mais sólida organização bancária do país. Onde as rígidas regras não permitiam funcionários com vastos bigodes e as moças não podiam ousar sequer nas roupas.

Na entrada, o símbolo do trabalho, uma escultura de bronze representando um burro de carga, tamanho natural, carregando dois feixes de lenha. O apego, a fixação ao trabalho, do velho banqueiro, tanta, que o pessoal subalterno dizia ser a estátua, o seu retrato. O velhinho sabia disso (como de tudo que se passava em torno da sede do banco), e ria com a história.

Nas ruas da Cidade de Deus, a higiene era total. Parecia um outro planeta. Não se viam papéis atirados no chão, chicletes ou simples pontas de cigarros. Cuspida então, nem pensar.

A verdade e a lenda se entrelaçavam na vida do todo-poderoso senhor do Bradesco a quem os funcionários chamavam carinhosamente de "Tio Patinhas". Homem que não ia à cinema, teatro ou restaurantes e jamais assistiu a um jogo de futebol. Dormia pouco e trabalhava muito: o dia inteiro e parte da noite, tendo perto de 80 anos, sem nunca tirar férias.

O banco, sua grande paixão:

— Trabalhar não mata ninguém nem faz mal à saúde — afirmava em seu apartamento na sede do banco, onde para a família ele representava sempre ser visita de curta duração.

Aguiar nasceu em Ribeirão Preto, na roça, pobre, e mal completou o curso primário. Saiu da casa dos pais aos 16 anos. Trabalhou na enxada, foi tipógrafo, bancário e banqueiro. Entrou no Banco Noroeste, de Walace Símonsen, em Birigui, quando tinha 22 anos, como contínuo, sem saber o que significava ser um cheque. Aprendeu contabilidade, passou a contador, a gerente e aos 39 anos já era subdiretor do Noroeste. Um grupo de amigos comprou a falida Casa Bancária Almeida, de Marília para transformá-la no Banco Brasileiro de Descontos e convidou Aguiar para tomar conta, o ano, 1934. Por ser tão pequeno o estabelecimento, o próprio Aguiar gozava chamando-o de Banco Brasileiro de Dez Contos. Se há. — E não havia...

A organização bancária rapidamente saltou de Marília para São Paulo e trabalhando das seis da manhã só terminando à noite, no início de 1950 o sucesso foi fulminante: primeiro banco brasileiro em volume de negócios!

Desconfiado de homens de muitos diplomas, Aguiar apreciava mais o pessoal que ele mesmo formava.

— Somos um banco de vira-latas. — costumava dizer — Aqui só tem gente que começou por baixo, gente pequena que eu pego sem vícios...

Certa vez Amador Aguiar e o embaixador Walther Moreira Salles tentaram acertar a fusão do Bradesco com o Unibanco, mas após algumas negociações, a idéia acabou fracassando. No primeiro encontro, o embaixador e os diretodes de seu banco chegaram ao local da reunião em carros de luxo com motoristas particulares, enquanto que Aguiar chegou sozinho, ao volante de seu Fusca. Moreira Salles fez com que os membros de sua equipe lessem seus currículos recheados de mestrados e doutorados no exterior.

Em resposta ouviu de Aguiar:

— Meus diretores todos tem curso primário. O único que fez ginário não está aqui. Ele se licenciou para ser governador de São Paulo.

Era o Laudo Natel...

O Ruy tinha cortado o cabelo no Jaça, raspado o cavanhaque e o bigode. Arrumou às pressas um terno Renner e voltamos à Cidade de Deus. Dessa vez o guarda sorriu; não o reconheceu. Atravessamos asseadas alamedas e jardins para finalmente ficarmos frente à frente com o lendário Amador Aguiar que trabalhava tanto a ponto de dizer ser bancário e não banqueiro. Olhei para sua mão a fim de certificar-me se faltava realmente um dedo, decepado por impressora com a qual trabalhava na mocidade numa gráfica. Ele notou e rapidamente:

— Não foi de tanto contar dinheiro que minha falange gastou, como falam por aí!...

Mal chegamos e Ruy pôs-se a desfilar o imenso e cansativo currículo. Tinha estudado em tal escola, aperfeiçoou os estudos não sei onde, e por isso tinha ganho o prêmio não sei das quantas... O simpático velhinho vestido de paletó e gravata, mas sem meias conforme seu hábito, atenciosamente ouviu e deu um conselho:

— Meu filho, você vai ter de trabalhar duro para recuperar todo esse tempo perdido...

QUEM MAIS CABEÇADA DÁ, NA VIDA, NÃO É A CABEÇA E SIM O CORAÇÃO

Sua existência estava de acordo com o título acima. Não se lastimava. Seguia em frente. Sabia que possuia talento e isso é que importava. Seu coração era bom, seu espírito alegre.

— Não podemos deixar é o espírito envelhecer... E a propósito, sabe por que nas piscinas da Portuguesa de Desportos, em São Paulo, e Vasco da Gama, no Rio de Janeiro, a água é mais azul?

— Não.

— Porque nelas, os associados pulam na água com caneta Bic na orelha...

O redator tinha facilidade em escrever humorismo, influenciado talvez, na infância, ouvindo no rádio o Nhô Totico, o Zé Fidélis, a PRK30 do Lauro Borges e Castro Barbosa. Na televisão acompanhou de Costinha a Castrinho; além de Golias, Zé Vasconcelos, Ari Toledo, Agildo Ribeiro, Chico Anísio e Jô Soares.

Na imprensa gostou do Barão de Itararé, Arapuã, mas seu mestre foi o Stanislaw Ponte Preta. Fá do Millor Fernandes, do Leon Eliachar, até chegar no Luiz Fernando Veríssimo. De forma que aquela campanha para a Cantina Capelinha foi fácil demais. Usou como veículos, blocos de papéis para anotações, decalques, volantes etc. Toda a campanha foi na base de curtas piadas impressas, ligadas com o nome do cliente.

Uma amiga, entre queijo ralado Teixeira, óleo Lisa e maionese Gourmet, pergunta à outra:

— Então, é bom o livro de receita que você comprou?

— Melhor do que eu esperava. Desde que comecei a usá-lo meu marido me leva a jantar na Cantina Capelinha, todas as noites!

— Certa vez pesquei uma traíra de 40 quilos — disse o empresário ao amigo, com a mão na lata de azeite Carbonell, enquanto regava a pizza de aliche que comiam na Cantina Capelinha.

— Pois eu pesquei um lampião Yanes quase novo e estava aceso!

— Aceso? Essa não!...

— Olha, se você tirar uns 37 quilos da sua traíra, eu apago o lampião.

— Pronto, minha senhora, com esses óculos, a senhora passará a ver perfeitamente, apesar da idade — disse o oculista que almoçava sempre na Cantina Capelinha — Vai ler tudo!

— Poderei ler "Cláudia", "Casa e Jardim" com eles?

— Evidentemente. Garanto-lhe!

— Ah, meu Deus! Como este mundo está adiantado! Eu que nunca soube ler, poderei ler agora!...

Vendedor excelente era aquele que almoçava todos os dias na Cantina Capelinha acompanhado de Granja União.

Bateu à porta e disse à mulher que o atendeu:

— Bom dia, a senhora precisa de linhas, agulhas, botões, elásticos, fitas, colchetes, alfinetes, tesoura, dedal, ziper...?

— Não senhor! Obrigada, eu tenho tudo.

— Então, — disse ele — compre este livro de orações para agradecer isso ao Senhor!

O cidadão ia saindo à noite da Cantina Capelinha carregando vinagre Palhinha no lugar do chiante gaúcho Fiorentino que ele havia trocado, quando foi parado por outro que estava bem mais "alto":

— Pode me dizer onde é que estou?

— Rua Sebastião Ferreira dos Santos, quase na esquina da Amauri Ribeiro e próximo da 7 de Setembro.

— Deixe de datas e detalhes históricos. Quero saber é o nome da cidade...

Garota falando para a outra, na Cantina Capelinha, enquanto tomavam sorvente Kibon:

— Vai se casar, hein! Trata-se de caso de amor à primeira vista?

— Não, à segunda vista. A primeira vez em que o vi não sabia quanto ele ganhava...

Morrendo de sede, no deserto, o explorador encontrou um beduíno e suplica um gole de água:

— Se possível geladinho, igual à Lindoya que eu tomava na Cantina Capelinha, nos bons tempos de Brasil!...

O beduíno responde que água não tem, nem quente e só está ali para vender gravatas.

Horas mais tarde outro beduíno aparece vendendo gravatas. O explorador, mais morto que vivo, ainda cruza com mais três beduínos vendendo gravatas, até encontrar uma enorme tenda com a placa: "Vende-se água".

— Não posso agreditar — diz com fraqueza na voz o pobre explorador — você vende mesmo água?

— Vender, eu vendo — diz o dono — mas na minha tenda só entra com gravata...

CORONEL DE CHINELO

Rosalvo, assim o nome de um dos **office-boys** da agência.

Começou na infância mas não era mais um garoto. Atingiu a maioridade quase sem ele mesmo perceber porque desde os dezesseis anos aparentava ser adulto. Como não aprendeu profissão nenhuma ficou naquela mesma de buscar jornal pela manhã, levar material de anúncio, ir à gráficas e clicherias, a bancos, enfim levar e trazer de tudo.

Com vinte e um anos estava transformado num crioulo alto e sacudido, dentes alvos, bem falante. Bom dançarino e bom de bola. No futebol entre as agências não brincava em serviço, médio volante mas com alma de beque de espera porque da medalhinha para baixo era tornozelo. Desfilava em escola de samba, tocava atabaque em terreiro, fazia de tudo, só não arranjava tempo para ajudar o tio, velho cavalariço do Jockey Club, que reclamava.

Pegava na agência de três a quatro jornais diários, mas lia apenas as seções de polícia. Ouvia logo cedo os programas policiais radiofônicos e durante o dia ainda apanhava uns **flashs** do Philips de pilha que trazia grudado na orelha. De marginalidade, cadeia, crimes e assaltos sabia tudo.

Com a pouca idade que tinha rosalvo já era um refinado malandro disfarçado e por vocação. Numa segunda-feira convidou um outro **office-boy** da agência apenas para apreciar o **modus operandis** que ele havia desenvolvido. **Know-how** à moda da casa.

— Rouba muito mais um colarinho branco, ou "Marajá", do que um batalhão de pivetes...

Seu consolo.

Entraram na mercearia do bairro. O convidado nervoso e ele calmo, lá dentro separaram-se.

— Eu quero uma mortadela daquelas — apontou Rosalvo vestido com uma camisa de espantar turista norte-americano.

— Pois não, já vou embrulhar — respondeu o espanhol ajeitando pacotes de batata frita Chips, derrubados pela mulher como uma locomotiva nova: pintada, volumosa, empurrando forte e soltando fumaça por todos os lados.

Quando a mortadela estava sendo embrulhada o freguês virando-se disse:

— Um momento, quanto custa aquele presunto pequeno?

— O mesmo preço desta mortadela — informou o vendedor com seu sotaque acentuado.

— Então o senhor me troca a mortadela pelo presunto, pode ser?

— Pois não — respondeu pacienciosamente o balconista que tratando-se de dinheiro, atacava em leque e defendia no sistema funil.

Em seguida Rosalvo passou a mão no colega que tudo assistia, e foi saindo de mansinho, com toda a calma e sem pagar...

— Um momento — gritou o vendedor que naquela altura já havia perdido a calma — o senhor esqueceu de pagar o presunto!

— Mas, eu troquei com a mortadela agora mesmo, não foi?

— Bem... foi, mas... e a mortadela? O senhor paga então a mortadela — disse o espanhól começando a ficar atrapalhado.

Ao que retrucou de pronto o malandro freguês:

— Mas como vou pagar por uma coisa que não levei! Olha a mortadela lá na prateleira... não está lá?

— **Si...si... pero** — gaguejou não entendendo mais nada o pobre balconista, pressionado por outros fregueses apressados, enquanto o Rosalvo já ia porta a fora, alegando que o brasileiro só rouba em legítima defesa...

O outro **office-boy** que acompanhou Rosalvo desabafou assustado:

— Peço a Deus que me proteja dos amigos, porque dos inimigos eu mesmo cuido...

O HOMEM É O ÚNICO ANIMAL QUE PODE SER DEPENADO MAIS DE UMA VEZ...

Quando perguntaram ao grande publicitário norte-americano Bill Bernbach como se montava uma agência ideal, ele respondeu:

— Gente com talento e sem caráter não serve, e gente com caráter e sem talento também não. Afinal, a vida é muito curta para termos ao nosso lado filhos da puta...

Naquela segunda-feira feia e fria Rosalvo aplicou outro conto manjado e que aprendera nos jornais. Entrou numa pastelaria e encomendou 200 pastéis. Disse ao chinês, dono da pastelaria, que seriam para uma instituição de caridade. Enquanto aguardava o término da encomenda dirigiu-se a uma loja de calçados em frente à pastelaria. Pediu um par do melhor sapato (30 mil cruzeiros, na época) e muito maneiroso, conversador fino, foi logo dizendo ao vendedor que o atendia que ele havia vendido uma partida de farinha ao chinês da pastelaria vizinha, pela importância que atingia a casa dos 200 mil cruzeiros. Já com o par de sapatos embrulhados acompanhado do vendedor, dirigiu-se à pastelaria dizendo ao chinês:

— Olá amigo, daqueles 200 o senhor entrega 30 para este vendedor da casa de calçado aí em frente. O resto eu virei buscar daqui há pouco, certo?

O chinês atarefado em esticar massa fez sinal que sim com a cabeça.

Passados alguns minutos atravessa a rua e leva embrulhado com muito capricho, 30 pastéis ao vendedor de calçado, seu conhecido!

Enquanto isso, bem longe, o vigarista partia para nova aventura; com ele belo par de sapatos novos de cromo alemão...

Segunda-feira novamente, quando o cidadão com ares de caipira, entrou no bar das imediações da antiga estação Rodoviária e pediu um cafezinho. Pagou e bebeu devagar. Meia hora depois pediu novo café. Olhava com impaciência para os lados da rua. Mas algum tempo passou, o freguês então chegou-se ao "seu" Manoel, dono do bar (que a essa altura dos acontecimentos já estava de olho no raio do homem), e pediu uma Caracú.

Passaram-se quase três horas e "seu" Manoel não agüentava mais de curiosidade sobre o freguês. Chegou-se ao homem como quem não quer nada e foi indagando tudo. O freguês então contou o que viera fazer ali. Acabara de chegar do interior e no bar do "seu" Manoel esperava um cidadão que conhecera no ônibus, cuja família não parecia estranha e lhe pedira 50 mil cruzeiros emprestados. Ficando de devolver o dinheiro naquele bar, àquela hora, tendo se atrasado por qualquer motivo.

"Seu" Manoel riu gostosamente, dizendo:

— Caiste no conto, homem! Então achas que ele virá? Aposto tudo que tenho em que o devedor não aparecerá nunca mais...

O português acabara de dar a primeira mordida na isca.

Bebendo os últimos goles da gélida cerveja, o freguês retrucou que não. "Seu" Manoel estava enganado. O homem viria sim. Nova insistência do português, que engulira a isca toda, levou o freguês a topar. Apostaram 20 mil cruzeiros, mais o Technos do negociante, contra um relógio mixuruca. Tudo foi acertado e colocado nas mãos de outro freguês que se acercara dos dois apostadores.

Trinta minutos depois, do outro lado da rua, onde se escondera, surgiu o "devedor", um jovem de cor. Vinha devolver ao "freguês" os 50 mil cruzeiros emprestados!

"Seu" Manoel parou de rir instantaneamente. A alva dentadura do português silenciou sob o manto do vasto bigode retorcido nas pontas. Viu então estupefato irem-se porta à fora, os dois estranhos levando felizes da vida suas vinte pratas e o valoroso relógio...

O "devedor", o **office-boy** Rosalvo, mestre na arte de aplicar no primeiro dia da semana, golpes em pequenos negociantes estrangeiros. De solitário golpista, passando a agir com quadrilha.

ERA IGUAL A PAPEL HIGIÊNICO: QUANDO NÃO ESTAVA NO ROLO, ESTAVA NA PIOR

O casal recebeu em casa um envelope contendo duas entradas para peça teatral. Foi colocado por baixo da porta juntamente com um bilhete em que constava: "Adivinha quem mandou?". Nada mais.

Marido e mulher pensaram, pensaram, mas não conseguiram identificar quem seria o autor do presente. No dia da estréia da peça lá foram, certos de encontrar o autor da gentil brincadeira. Assistiram, gostaram, mas não encontraram o presenteador.

Só descobriram quando voltaram e acharam o apartamento arrombado e saqueado. Na porta, pelo lado de dentro, outro bilhete com a mesma letra: "Agora vocês já sabem, não?"...

Tratava-se da última modalidade do crioulo.

Até que numa segunda-feira Rosalvo finalmente foi preso.

Não porque aplicou mais um de seus habituais golpes em casas comerciais conforme sua especialidade e invasão de residência, como já estava se especializando. Foi encanado apenas porque levava um punhado de erva enrolado num velho jornal.

Suspeito de ser traficante de maconha, o **office-boy** malandro agora já na pesada, foi metido no camburão e jogado no xadrez, sob protesto. O jovem esperneou, alegou ser honesto, transava com propaganda, carteira assinada tudo mais; de nada adiantou.

As autoridades não ligaram ao protesto do cidadão e mandaram a tal erva para ser examinada por um instituto, enquanto o suspeito ficava trancafiado na cadeia, incomunicável.

Não representava bem o termo, comunicava-se com mais três crioulos, o "Franguinho de Macumba", o "Boca de Litro" e o "Pescoço de Zinco" que acabou reencontrando no xadrez. Trio que possuia pijama na delegacia e a quem todo fim de ano o delegado dava folhinha...

Foram dias e mais dias de procura não só pelos parentes, o tio, principalmente, como por parte do pessoal da agência de publicidade que gostava muito do simpático crioulão. Duas semanas e o Rosalvo não dava sinal de vida.

Passados mais de trinta dias recebeu ordens de liberdade, com desculpas do delegado, pois o resultado do exame chegara um pouco tarde e a tal erva era: alfafa!...

Mas, nessa altura a ordem do delegado caía por terra porque durante o tempo em que ficou preso, mais de um mês, Rosalvo encontrou-se com antigos companheiros de falcatruas, foi reconhecido como golpista da leve e da pesada; trombadão, cavalo-doido, puxador, ventanista e outros istas, entregando todo o serviço aos inspetores de polícia. Marginal, não fichado, mas cansado de aplicar todo tipo de golpes, de residências a postos de gasolina. E até em cinema, onde entrava, sentava próximo da vítima no escuro e a assaltava em pleno espetáculo, saindo sorrateiramente como havia chegado. Com uma particularidade, só agia assim, como bandido, nas segundas-feiras.

Terminva ali a vida de garoto de agência de propaganda, do Rosalvo, para entrar oficialmente na criminalidade.

O **double** de **office-boy** e marginal não sabia explicar aquela força estranha que o levava a praticar tais coisas. Parecia predestinação. Nem o pessoal do terreiro de umbanda, que ele freqüentava, conseguia desvendar o mistério, o fenômeno de dupla personalidade do rapaz. A atração que sentia naquele dia da semana era irresistível, nem comparecia na agência; saia logo cedo sem destino, vagando, como em busca de inspiração para o crime, sem ao menos ter idéia do tipo de golpe que ia aplicar. Tudo vinha de repente, num relance, como que orientado por forças malignas.

Essa foi a vida do marginal "Segunda-feira", que bem orientada, poderia ser completamente diferente. Novo, vivo, inteligente, Rosalvo poderia ser um outro "Adams Óbvio" da publicidade! Mas que capricho do destino! Deu cana dura para cima do Rosalvo justamente na única segunda-feira em que pedalando na magrela Monark, achou tempo para honestamente ajudar o velho tio cavalariço...

NO TEMPO EM QUE EPÍSTOLA ERA MULHER DE APÓSTOLO. (OU, QUE ÁLGEBRA ERA MULHER DE EUCLIDES)

Esta deixaria arrepiado o Xerife, professor Eugênio Malanga, que foi diretor da Faculdade de Comunicação da Universidade de Brasília. Como diria o saudoso mestre Stanislaw Ponte Preta, Laláu para os íntimos, foi um veradeiro "FEBEAPÁ" — Festival de Besteira que Assola o País, e daria para completar vários sambas do Crioulo Doido, o exame escrito que 400 universitários norte-americanos prestaram, sobre cultura geral. E pensar que alguns desses rapazes serão os **big boss** da propaganda nos Estados Unidos. Cuidarão das contas da Westinghouse, Monsanto, General Electric, IBM etc.

Quando os professores corrigiram as provas, descobriram, em algumas delas disparates desta natureza:

"A revolução industrial iniciou-se quando os homens deixaram de se reproduzir à mão e começaram a reproduzir-se à máquina".

"A América celebra o dia do armistício para perpetuar a guerra mundial".

"A palavra quadrúpede não tem singular, porque não existem animais de uma única perna".

Um gênio do humorismo não conseguiria escrever tais absurdos.

Um deles escreveu que os alunos do curso secundário em geral são adolescentes e definiu a adolescência como "a fase entre a puberdade e o adultério".

"Um polígono — escreveu outro estudante mais afoito — é um homem com muitas esposas, todas vivas". Enquanto outro convicto afirmava que "Álgebra era a mulher de Euclides". Com ar religioso escreveu um jovem que "Epístola era a mulher de um apóstolo". Completando outro aluno cheio de ênfase musical: "trombose é um instrumento semelhante ao chifre usado pelos tocadores de jazz".

Com calma secular, um deles escreveu que as pirâmides são "uma cadeia de montes entre a França e a Espanha", enquanto um outro com ares de sábio completava que "as múmias eram habitantes do antigo Egito".

Quanto à História, ao penetrarem nesse campo escreveram "pérolas" destes tipos: "A História ensina-nos muitas coisas úteis sobre os nossos descendentes". Ou então: "Péricles foi o primeiro grande reformador grego, pois assassinou a esposa", enquanto outro escreveu que "Esôfago era um famoso templo que os gregos ergueram em homenagem a Júpiter. Não deve ser confundido com outro Esôfago, autor das fábulas de Êsopo".

Para esses alunos muitas figuras mitológicas da antiga Grécia ainda sobrevivem. Por exemplo: "Mercúrio significava o deus da temperatura. Tanto é certo, que ainda hoje o encontramos no termômetro". Ou ainda: "As sereias, mulheres muito perigosas. Encontramo-las, hoje, nas fábricas". Os homens conheciam a vontade dos deuses por meio do oráculo, que era "um vulcão que dava respostas anfíbias".

Segundo esses mesmos estudantes os romanos pareciam longevos, pois "um centurião era um romano que vivia cem anos". E querem saber quais os dois esportes mais famosos na Roma antiga? "Antonio e Cleópatra" — na opinião de um dos estudantes. Após a queda do Império Romano, vem a Idade Média, durante a qual foram construídos muitos mosteiros: lugares onde ficavam "mantidos os monstros". Sobreveio, finalmente, um terrível mal chamado peste negra que "dizimou muito a popularidade da Europa". Mas "a popularidade aumentou nos tempos modernos, conforme mostram os oficiais do recenseamento, homens que vão de casa em casa, aumentando a população". Ainda na Idade Média, foi escrita a Magna Carta, "cujo mérito principal consiste em ter estabelecido que um homem não pode ser enforcado duas vezes pelo mesmo crime".

Após a Magna Carta, desenvolveu-se a democracia, como a norte-americana. Isto é, cairam os reis e ascenderam ao poder os presidentes. Qual a diferença entre um rei e um presidente? Para um dos estudantes: "O rei é filho de seu pai, o presidente não". O presidente, nos Estados Unidos, chama-se chefe executivo. Os Estados também possuem chefes executivos. "O chefe executivo do Estado de Nova Iorque — escreveu outro estudante — é a cadeira elétrica". Na história moderna, "o personagem mais importante é Napoleão, que prestou um grande serviço à França matando Bonaparte".

"Henry Ford inventou o moto perpétuo" e "Darwin a teoria da evolução". "Copérnico inventou o sol como centro do universo". "O doutor Tsé-Tsé inventou a mosca que provoca a moléstia do sono". "Isaac Newton descobriu a lei observada durante o inverno, quando caem as maçãs". Um "calcanhar muito grande chama-se pedagogo". Foram outras "jóias" que dariam para completar uma Enciclopédia de Asneiras, em diversos volumes.

Uma das moças afirmou que: "Chernobyl é o nome completo da atriz Cher". Outra afirmou que "holocausto é uma festa hebráica da semana passada". E seu colega mais afoito arriscou que o aiatolá Khomeini "é um ginasta soviético".

Para um desses estudantes de nível universitário, hereditariedade significa que "se seu avô não teve filhos, seu pai também não teve e você tampouco os terá". Quanto a Geografia Astronômica, um outro, enumerando três corpos celestes, escreveu: "Padre, Filho e Espírito Santo". Ao estudante que devia citar seis animais das regiões árticas, respondeu simplificando: "Três ursos e três focas". Para um outro, "o deserto é uma floresta sem árvores cujo único indício de vida é constituído por alguns cadáveres sepultados".

No que se refere aos climas, o do Polo Norte é tão frio "que ninguém mora naquelas regiões". O de Bombaim é tão horrível, "que os habitantes da cidade moram em outros lugares". E para o último dos estudantes a bandeira da França era realmente meia exquisita — "tem três cores, metade vermelha, metade branca e metade azul"...

PEIXE À ESPELUNCA

Representavam um grupo de Xerifes onde Coronéis não entravam. Quase não havia distinção entre patrões e empregados.

Em nosso departamento de arte trabalhava também o Vicente Di Grado, bom desenhista e um dos melhores escultores do país. Gordo, boêmio, sempre blasfemando; xingava Cristo o dia inteiro e quando precisava de dinheiro corria para casa esculpir um Santo Antonio que o tirava da dureza, pois era imediatamente vendido. E a grana para a noite estava garantida.

Fazia **free-lancer** para a agência, executando as artes finais o argentino José De Diago que depois passou a diretor de arte da MacCann. Nos auxiliava na redação o Rocha Pitta, aposentado dos "Diários Associados". **Media** o Walter Burjato, nosso produtor gráfico, o Dione, outro bom boêmio. Secretariava, a russa Katia Kalin.

Uma noite após alguns aperitivos e estudar campanha para uma firma que montava e entregava (às vezes) cestas com artigos de Natal, resolvemos esticar até um restaurante da avenida São João.

O Nilo Ramos, mais conhecido nas rodas publicitárias como "Dentinho Invisível", o dono da agência. Bebia bem, não podia se queixar. Ao entrar no antro bateu sem querer com a barriga numa velhota carregada de compras. Muito educadamente pediu desculpas para a anciã que foi logo gritando:

— Cuidado com os ovos!

— Ah, são ovos que a senhora tem no pacote?

— Não, pregos...

O sócio da agência era o Dalcênio, outro bom de copo. Ficou com o Dione, o redator Rocha Pitta, o Burjato e o cliente, numa das mesas enquanto eu o Nilo, o Di Grado, a Katia e o De Diago puxávamos cadeiras para a mesa vizinha.

O quebra gelo 3 Fazendas foi servido para quem queria e logo depois Skoll no ponto, para todo mundo. Foi quando ouvi o Dione na mesa vizinha pedir peixe.

Em nossa mesa o Di Grado ao chamar o garçon da casa suja, fez imediatamente o pedido para adiantar o expediente que naquele restaurante andava meio devagar. Queria um filé com fritas. A Katia e o De Diago foram de churrasco. O Nilo, como os dentes de cima não ajudavam muito porque estavam na gaveta do dentista, ou no armário do protético, não sei bem, pediu massa; mais especificamente, um vastíssimo **spaguetti al sugo.** Eu acompanhei num **caneloni a Rossini.**

Conversa vai, conversa vem, preparativos mil para iniciar a série de anúncios e o garçon trouxe a carne solicitada pelo Di Grado. Demorou pouco tempo para o temperamental escultor ficar nervoso e atirar ruidosamente a faca e o garfo sobre a mesa, enquanto fuzilava o garçon com o olhar.

— Psiu, chegue aqui...

O garçon acostumado com broncas homéricas voltou calmo.

— Que manda chefe...

— Que diabo é isso que você me trouxe?

— Isso é o filé com fritas que o senhor pediu.

— Com esse cheiro? Isso é carne de semanas! Ponha aí o nariz.

O garçon curvando-se sobre o ombro do Di Grado explicou:

— O cheiro que o senhor está sentindo não é da carne, pode reparar.

E relanceando cuidadosamente o olhar em torno capitulou e confidenciou:

— É o peixe que os fregueses aí ao lado estão comendo!...

CONFORME CONSTA NO ANÚNCIO, É FÁCIL TIRAR O PÓ DAS COISAS. O DIFÍCIL É TIRÁ-LO DAS PESSOAS

Permitam-me colocar azeitona em minha própria empada, mas na publicidade, além de redator, **layoutman,** ilustrador, diretor de arte e chefiar criação (que para alguns puristas deve ser creação, porque segundo eles, criação é criar galinhas) fiz também especialização em programação visual, criação de marcas e logotipos. Tendo feito para mais de cem trabalhos no gênero, que aparecem pelo país afora, como C.B.H. — Companhia Brasileira de Habitação, Sérgio Stephano Chohfi-Engenharia e Comércio, Imobiliária Zarzur & Kogan, Grhon-Equipamentos Industriais, Noroeste do Brasil, Capsa-Consultoria, Assessoria e Planejamento, Casa B. Santanna de Eletricidade, Travelcred-Auxiliar de Viagens, Itapanhau-Empreendimento e Administração de Imóveis, J. R. Toledo e Silva-Administração, Descubra-Desenvolvimento Cultural Brasileiro, Lumo, SPR, Drogalar, Centro das Cortinas e Tapetes, Presentes Mickey, Center-Administradora de Locações, Rede Telefônica Nacional e outras.

Logotipo ou logomarca, como mais modernamente vem-se chamando, é a representação gráfica de uma marca; seu visual. No Brasil existe ainda uma corrente afirmando que não se deve mexer em logotipos tradicionais, o que é um erro. As empresas sabem que o meio mais simples e eficiente de serem lembradas pelo público é criar um símbolo de fácil identificação, a ponto de tornar dispensável o próprio nome do produto. Mas não ignoram também, que tanto nos negócios como na imagem é preciso evitar o risco de ficar fora de moda.

O público gosta de coisas familiares, mas se aborrece com coisas que não mudam.

E geralmente o dono não gosta de mudar. Isto quando não cisma ele mesmo de modificar, e até criar sua marca, deixando de lado o especialista. Só soube de um empresário que bolasse sua própria marca e tivesse êxito no empreendimento. Foi o gênio do **Marketing,** George Eastman, em 1888. Bolou o nome e a forma de ser apresentada.

Uma aura de mistério, lenda e romance sempre envolveu a origem da marca Kodak e no entanto a coisa foi simples, como as melhores coisas do mundo. Eastman ao criá-la queria para sua empresa um nome singelo; uma palavra fácil de ser pronunciada em inglês e qualquer outra língua. Curta e grossa. Forte, impossível de ser mal escrita de forma que levasse à quebra de sua identidade. E para que pudesse atender as leis de registro de marcas, que não significasse nada. A letra K era a preferida de Eastman; para ele tinha força, então era bom reforçar colocando duas na palavra. Por isso ele resolveu que o K tinha que começar e terminar. Passou a tentar inúmeras combinações até chegar a palavra identificadora da Eastman Kodak Company.

Daí para a frente, a forma da apresentação da palavra é que foi mudando...

Como eu ia contando, o empresário dificilmente aceita mudanças em sua marca que está envelhecendo, mas a norte-americana Shell com sua famosa concha amarela adotada como símbolo em 1900 mudou inúmeras vezes. Alterações sutís como as feitas em 1904, 1930, 1948, onde passou a constar a palavra Shell, em 1958 e 1961. Em 1971, sobre um fundo quadrado vermelho a nova conchinha teve somente sete estrias e a palavra Shell deixou de aparecer, porque geralmente já existe no nome do posto de serviço.

O estilizado sininho canadense da Bell Sistem (Telefônica) foi mudado muitas vezes no mundo inteiro. A Fiat, italiana, alterou seu logotipo sete vezes. A metamorfose, como sempre uma exigência do consumo. A francesa Renault que começou em 1906, mudou seu logotipo em 1923, 1925, 1959 e 1973. A Companhia de Cigarros Souza Cruz, registrou sua marca em 1903, data de sua fundação; era formada por um círculo com estrela dentro e uma seta atravessando as letras SC. De lá para cá, houve meia dúzia de transformações até chegar na atual. Uma estrela dando a aparência de folha de fumo estilizada, criada pelo genial Aloísio Magalhães, em 1971.

A marca tem que evoluir, tirar o pó, ser redesenhada fiel à idéia original, acompanhando os padrões gráficos de cada época, portanto não pode ficar perdida no tempo. Até a recente empresa japonesa, a Sony, já em 1981 instituiu concurso mundial para alteração de seu logotipo que ainda parecia moderno. Teve que escolher o melhor entre três finalistas, um norte-americano, um australiano e um alemão, que apresentaram excelentes **designs**...

Foi justamente para isso que o velho Acácio, da K.L.M. chamou-me um dia. Não para mudar o símbolo da tradicional Royal Dutch Airlines onde ele trabalhava e sim para alterar o logotipo da empresa de um amigo seu. Em conversa ficou sabendo que eu também pintava, ou melhor, tomou conhecimento que o Rigsil que assinava na pintura era o mesmo que escreve este livro.

Convidou-me então para fazer uma exposição na K.L.M. localizada na avenida São Luiz, em São Paulo. Local que na verdade representava mais vitrina de arte onde as obras eram expostas; vendas propriamente ditas quase não aconteciam já que se tratava de loja de adquirir passagens aéreas para a Europa e não especificamente de uma galeria. A empresa, muito simpática em querer ajudar, colocando suas dependências à disposição dos artistas plásticos, apenas um inconveniente existia, os apreciadores eram apressados demais, como todos que circulavam pelo centro da cidade.

Parar, alguns até paravam. Mas olhavam com rapidez. Outros poucos entravam na loja e perguntavam pelo preço das obras, mas a maioria na Paulicéia Desvairada tinha urgência de ir não se sabe para onde nem para que.

A única diferença daquele ponto de arte com o tempo antigo do pintor Parreiras, o fato do chapéu não ser mais usado há muito. Foi o que me lembrou a cena...

O pintor brasileiro Antonio Parreiras era grande no tamanho como no talento. Dizem que de temperamento forte, alma inquieta, chegava às vezes a perder-se no mato, sozinho, por dias e dias, quase a morrer de fome e frio. Armava sua tenda em alguma clareira, e com enormes telas, dava início ao trabalho, sem dar acordo de si. Parecia um louco, enfrentando as intempéries como um grande Deus. Maior que as cachoeiras, maior que a própria floresta.

Quando expunha seus quadros, aquela figura gigantesca de vasta cabeleira a cair-lhe nos ombros, ficava andando impaciente de um lado para outro na sala da exposição. Se alguém lhe fizesse pergunta tôla, dava logo resposta atravessada.

Mas, duas coisas ele não tolerava mesmo. Que vissem seus quadros sem se descobrir, certa vez chegou a expulsar um homem da exposição:

— Tira o chapéu seu malcriado. Eu não pintei as obras para o senhor vê-las de chapéu na cabeça!

A outra bronca, que alguém desse rápido giro pela exposição e saísse logo. Com o mestre Parreiras isso não podia acontecer nunca.

Uma noite, em São Paulo, entrou um indivíduo na mostra do pintor, em dois minutos viu tudo e tentou sair por outra porta. O mestre que já o acompanhava com fulminante olhar, correu para o homem espantado e o interrogou com vozeirão que mais parecia uma trovoada:

— Por que o senhor não veio ver a exposição, montado numa bicicleta?...

SOCIEDADE DE POBRE E TRELA DE CACHORRO, SÓ DÃO EM BRIGA!

Tinha motocicleta importada numa época em que poucos usavam esse tipo de transporte para trabalhar e andava de sapatos inteiramente brancos, Scatamachia, quando quase ninguém usava essa cor. O bom amigo Sérgio, produtor em diversas agências, além de músico profissional e como Xerife em tudo que fazia, muito exigente e minucioso. Tocava vários instrumentos de sopro, por música, e quando em ação não admitia sons de banjo nem de sanfona por perto considerando-os "nheco-nheco".

Metódico, não tomava bebida alcoólica de espécie alguma; peito estufado, cuidava do físico com diversas modalidades de ginástica, preocupando-se muito com o apêndice anti-estético que o vulgo chama de barriga, já que o tempo não parava.

Exigente, chegou a montar sociedade numa agência, desistindo logo quando descobriu:

— Sociedade com pobre é como trela de cachorros, só dá em briga...

Perfeccionista, meticuloso, moralista sempre bronqueando, a ponto de não ler revista infantil por considerar pouco recomendável para as crianças, a vida particular do Pato Donald. Que segundo ele, andava sem calças e seria amante da Margarida, bem como alertava para o detalhe da paternidade dos sobrinhos do famoso pato, que jamais tinha sido devidamente esclarecida...

Exagerava até quando ia à praia; não sentava na areia por julgá-la contaminada e nos passeios, as estátuas que via em museus ou locais públicos, deviam é estar com os sexos cobertos com folhas de parreira...

Tenso, nervoso, talvez por deficiência na visão que o incomodava bastante, irritava-se à toa. Teve que ir ao hospital para o devido **chec-up.** Trabalhou comigo na parte da manhã. Entramos no restaurante, já que os exames do Serjão, o detalhista, somente seriam feitos depois do almoço. Foi quando o garçon ao me servir, tentou adiantar o expediente perguntando-lhe, despreocupadamente com a língua portuguesa, mais interessado que estava na língua com purê, do dia:

— Que toma o senhor?

— Como você vê não estou tomando coisa alguma. Queira ter a fineza de repetir a pergunta com o verbo no tempo futuro...

Despedimo-nos e ele deixando a Honda, tomou um ônibus para ir ao hospital. Sentou-se e como sempre, tenso. Foi quando atrás dele um encorpado rapaz, ao abrir o jornal bateu distraidamente na sua cabeça meio rala de cabelos. O temperamental Serjão olhou para trás num sinal de reprovação mas o garotão não se mancou. O esquentado publicitário, não dava muita chance. Na seguinte virada de folha, nova e última batida na cabeça do nervoso produtor. Foi o bastante. Ele virou-se bruscamente, catou o jornal das mãos do jovem assustado, amassou todinho e arremessou-o pela janela a fora. Ante mais surpresa do que bronca do distraído leitor, ainda ameaçou:

— Por que não pediu desculpas? Não confunda educação moderna com falta de educação. Da próxima vez sai você pela janela...

Chegou ao hospital. Preencheu os papéis e dirigiu-se ao quarto, quando alguém bateu na porta.

— Pode entrar...

Era uma mulher de seus trinta anos.

— Eu sou a médica — disse ela — tire a roupa toda por favor.

— A roupa toda? — Assustou-se o meticuloso produtor.

— Sim...

O publicitário despiu-se muito contrafeito até que a mulher antes dos olhos lhe examinou estômago, fígado, pulmões etc. Quando acabou, a doutora perguntou-lhe se tinha alguma pergunta a fazer.

— Uma só — respondeu o Serjão sempre em busca de detalhes — por que a senhora bateu na porta?...

DROMEDÁRIO COM MÃO DE PACA E ALMA DE INSETO

Um perfeito híbrido na escala biológica como o título acima, o árabe-caipira vindo de pequena cidade do interior de São Paulo.

Tão mau caráter que foi reprovado em exame de consciência.

Tinha a figura de um lustroso paquiderme de várias arrobas, corcunda acentuada e capaz entre outras coisas da proeza de tirar a mãe da mesa no Natal e vendê-la. Só não a entregando por ser caloteiro e sem palavra, o safado.

O rico turco munheca de samambaia e sem escrúpulos, chamava-se Brechó. Corruptela de Belchior, nome do mascate que estabeleceu no Rio de Janeiro no final do século XIX, a primeira casa de compra e venda de roupas usadas.

Desfez-se, o cafageste, da retífica de motores que mais parecia um depósito de ferro velho e cismou de montar uma agência de publicidade no Bixiga, sem a menor vocação. (Não fazia redação, nem ilustrava. Não criava, não contatava, nem administrava e sequer ao menos pestapeava). Assim como poderia empacotar pimenta do reino, na Casa Verde; vender salsicha, na Penha; fabricar sabão na Lapa; lidar com roupa velha, no Carandirú, ou no Bom Retiro, e mesmo negociar a alma com o demônio, na Freguesia do Ó... Enfim, não possuía o menor tesão publicitário.

Schopenhauer quando disse que a riqueza é como a água salgada: quanto mais se bebe, mais sede se tem, devia estar baseando-se no Brechó.

O Rei dos Coronéis: capaz de pisar no pescoço da própria irmã, por dinheiro. E quem mais dor de cabeça dava aos Xerifes advogados, publicitários, dr. Gamboa, dr. Sidney e dra. Maria Aparecida. Só que o turco mau patrão perdia todas para os competentes advogados do sindicato.

Brechó veio para a capital onde arrumou logo um sócio dono de vistoso prédio no bairro mais próximo do centro. Convidou um bom diretor de arte que entendia de criação, contratou outros profissionais que considerava de menor porte, como dizia: para quem pardal era faisão, e tocou o barco.

Por medida de segurança (contra o que ninguém sabe até hoje) mandou instalar às escondidas em cada departamento, um aparelho de escuta que na verdade ficava mais para melhor vigiar os funcionários. Coçava o saco o dia inteiro e na ausência de ter algo melhor para fazer divertia-se ouvindo e quase sempre o que não gostava, porque o pessoal havia descoberto toda a parafernália eletrônica do turco maldito, não permitido por lei, e xingava mesmo, colocando os dois dedos no nariz para a voz sair anasalada, diferente.

— Tirano de aldeia... Rato do deserto...

O tempo passando e o Brechó a cada dia revelando o mau caratismo que possuía. Acabou em pouco tempo, através de inúmeros cambalachos que fazia, tomando para si a propriedade que no início pertencia ao sócio. Este por precaução resolveu abandonar a sociedade para não se contaminar e não perder também o nome.

O ex-mascate interiorano que nada entendia de propaganda e ainda por cima fazia errada e negativa idéia — propaganda para ele devia ser feita a quem tinha artigos que não prestavam e que estivessem encalhados — continuava escutando o que não queria:

— Idi Amim de subúrbio... Camelo fedido...

Como a lata vazia é sempre a mais barulhenta, ele gritava a todo pulmão:

— "Seu" diretor de arte, foi o senhor quem me chamou ontem de idiota?...

— Sinto muito, mas não fui eu.

— Ah, bom...

Na parte de baixo do edifício ficava o diretor de arte entre pilhas de "Veja", "Isto É", "Visão", e que havia sido jogado ali nas piores condições, meses depois de enganado. Ficava com seu assistente e arte finalista e em outra ala da mesma parte, o departamento dos **office-boys.** O banheiro servia para todos de baixo.

Certa vez um dos meninos em dia menos inspirado, coisas de crianças, limpou a bunda com a toalha de rosto. Foi um escândalo! Alguém ao enxugar as mãos, com toda razão bronqueou. Ao dar o alarme acionou automaticamente o dono da agência eternamente na escuta porque competência para fazer outra coisa, não tinha. Como sempre acontecia, a medida punitiva era pior do que o ato praticado. O turco violento chamou os **boys** e obrigou um por um a fazer suas necessidades fisiológicas ali na sua frente enquanto ele maquiavelicamente segurava a porta do banheiro.

Soltava um garoto envergonhado por vez, só depois de conferir a cor da merda...

Mais um cargo para acrescentar no seu currículo; além de publicitário de araque, agora um perfeito "otomano coletor de fezes", o que viria aumentar seu **status.**

— Não estou com vontade... — suplicava um dos menores todo sem jeito ao ter que "sujar a louça" na frente de assistência, enquanto o mastodonte suado ocupando toda a porta com o corpanzil não arredava passo, até que o último menino, usasse o banheiro, mesmo contra a vontade não importando também o tempo gasto para o término da operação, chamada depois na agência, de "Caga na cor exata".

A contestação foi geral contra a medida do "Brechó, o turco catador de bosta". Todos gritaram com a maneira inusitada. Quem mais reclamou foi o diretor de arte sobre o método desumano e a falta de respeito, nunca vistos nos anais publicitários. Foi o que bastou para no dia seguinte o Coronel dono da agência, que vivia por qualquer motivo tirando sua carteirinha de patrão, em represália, providenciar um cartão de ponto para o desenhista "rebelde", chefe de criação.

No relógio do ponto, instalado no local mais vistoso o cartão foi colocado com destaque contendo instruções específicas: Para Diretor de Arte. Este, ato contínuo foi embora chiando:

— Desta porcaria não levo nem a terra no sapato... Acabou... Amizade comigo é como perna de cavalo, quebrou não tem mais jeito. É honra de donzela e confiança de ministro, só se perde uma vez!...

Antes porém colocou no vidro do relógio de ponto o seu protesto. Tirou do bolso a Bic e fez uns versinhos com tinta vermelha:

Cada vez mais dó eu tenho
(no inferno será lenho),
do déspota e do mesquinho!
Que ao invés de colaborador,
quer escravo, boneco a motor
e faz do vil metal seu ninho!

Ao diabo vai dizer — Fico,
pois sou dono, patrão e rico,
e **isto** quero comprar!
Esquecendo sem remorsos,
que só levamos os óssos,
mais nada para ajudar...

Porém no inferno perene,
dirá o verme solene,
em sua carcaça imunda:
— Pelo menos é o único tonto,
a ter relógio de ponto,
introduzido na... "cacunda"!

Quando foi chamado de louco pelo próprio patrão arrependido, por abandonar o emprego assim de repente, o diretor de arte foi conclusivo:

— Os loucos às vezes se curam; os imbecis, nunca...

QUEM SE RASTEJA COMO VERME, NÃO PODE SE QUEIXAR DE QUE FOI PISADO. (OU, EM CIMA DE COBRA CRIADA BORBOLETA NÃO POUSA)

Houve uma guerra em que um soldado passava a manhã inteira, todos os dias, a medir o pátio do quartel com um palito de fósforo. Agachado, ia de um lado ao outro avançando o palito e contando: um, dois, três, quatro... e assim por diante. Quando atingia o outro extremo, dava um soco no muro e gritava: "Não deu certo!" E recomeçava a insistente medição em todos os sentidos, contando, recontando, sempre repetindo: "Não deu certo!"

O estranho comportamento do soldado chamou a atenção do alto comando, que mandou o jovem para a junta médica. O diagnóstico foi claro: esquizofrenia. O paciente foi então dispensado do serviço militar e mandado para casa. De volta à família, logo que chegou, o soldado mandou um telegrama aos colegas de farda que ficaram na guerra: "Deu certo"!...

O Gogô devia ser parente do tal soldado. Trabalhou na agência do Brechó, o turco velhaco, e era um dos seus protegidos favoritos, tanto que chamavam os dois de o "sicofanta e seu apaniguado". Quando chegava atrasado, recebendo bronca o Gogô revidava depressa embromando:

— Ontem cheguei realmente tarde, mas em compensação saí mais cedo... — Ia fundo o ajudante que preferia segurar louco do que empurrar idiota.

— Ah, bom... — respondia o imbecil patrão que pensava controlar o horário do pessoal — você até que está chegando atrasado mais cedo...

Jamais deseje o mal para quem vive disso. O mal vem sozinho.

Foi Alá quem mandou o malandro trabalhar não com o turco burro e mau caráter, mas sim contra ele, para a devida lição.

Uma violenta disputa entre patrão e empregado, ambos Coronéis, para ver quem levava a melhor no dia-a-dia, na base do engana-engana.

Gogô, formado em puxassacologia, representava outro verme como o patrão, só que mais magro. Trabalhava depressa para enriquecer desde o dia em que ouviu um diretor de penitenciária dizer a um visitante que duas coisas ele não veria ali: mulher bonita e homem rico!...

Morava no Parque São Jorge, perto do campo do Corinthians. Nos domingos ia embaixo da ponte apanhar um saco de folhas de aguapé, mato aquático que espalhava tanto acabando por tomar conta do rio Tietê. Na segunda-feira cedo, recrutava a molecada do bairro para ir vender macinhos do aguapê no viaduto do Chá, como se fossem plantas raras capazes de gerar belas flores. A Salete, uma mulata bonita e farta a quem ele chamava de Empadona, comandava as vendas da rapaziada durante a semana, entre outras coisas, enquanto o Gogô "trabalhava" para o Brechó.

O trambiqueiro confiava tanto no taco do patrão que chegava a confidenciar para a Salete, a quem havia convencido a trocar o vestido de noiva sem usar, por um carrinho de bebê:

— Empadona minha nega — apalpando as coxas da mulata, pensando: quem gosta de beleza interior é decorador — se eu ver o mau caráter do Brechó se atirar do 20.º andar de um prédio, me atiro também porque tem bom negócio por perto...

Empadona não concordou e levou bronca do cínico:

— Mulher não tem que discordar; é isso aí, tem mais é que ficar por baixo de nós, sempre. Esquentar a barriga no fogão e refrescá-la no tanque...

O rico árabe safado antes de ter agência de publicidade, retífica de motores e outros babados, tinha tido também açougue no interior de São Paulo. Certa vez contou com prazer para os funcionários, que vendeu carne de segunda como sendo de primeira e quando a freguesa reclamou da dureza da mercadoria, ele perguntou rapidamente com a intenção de confundir a mulher:

— Mas a senhora bateu a carne?

— Muito — respondeu a freguesa.

— Muito?... Então é isso — completou o cínico — endureceu porque passou do ponto...

Mas nada como um dia depois do outro. O Gogô que não esquentava a cabeça para caspa não virar Mandiopan, vingou a freguesa do mau açougueiro e mau publicitário, cara que nunca fez nada que se aproveitasse na vida. Inútii presença humana que podia muito bem se enquadrar na frase de Machado de Assis: não aumentou o mundo quando nasceu nem ia diminuir quando morresse...

Gogô passou escondido cola Tenaz nos dedos e na palma das mãos. Esperou secar e chegou junto da mesa do patrão, onde pôs-se a queixar que precisava de dinheiro para tratar de uma doença que estava atacando sua pele. A maneira que falava ia "distraidamente" descolando minúsculos pedacinhos da transparente película dos dedos e deixando cair sobre a mesa. Ele falava e o turco com medo de apanhar a "doença" assoprava a mesa. Um a falar e o outro a assoprar. Não demorou muito para o malandro assistente conseguir o objetivo, quando notou que o Brechó enojado estava a ponto de fazer qualquer negócio desde que ele se mandasse dali.

O Gogô exibiu então um lindo catálogo contendo jóias e diamantes Natan. Em seguida vendeu ao patrão (que suava de tão nervoso e louco para se livrar da presença do arrancador de pele) um falso par de brincos como se fosse de ouro, que o turco ia dar de presente para sua noiva perpétua. O malandro empregado ainda conseguiu uma semana de licença para "tratamento da pele". Brechó, hipocondríaco como era, nem pegou na mão do funcionário na hora da despedida, sempre assoprando para longe as casquinhas de cima da mesa.

Dias depois de "totalmente recuperado" o cínico Gogô voltou. O turco primeiro olhou na sua mão e em seguida aproximou-se para dizer-lhe que um dos brincos comprados havia caído no chão e partiu-se, saindo de dentro algo preto como se fosse breu. O severo patrão completou a bronca porque julgara que o par de brincos, apesar de barato, fosse de ouro maciço. Para suavizar a vigarice o Gogô não perdeu a calma naquela disputa entre embrulhões e trambiqueiros.

— Publicitário, que é publicitário vivo, tem que tirar da cabeça, aquilo que não tem no bolso... — Pensou o "publicituto".

Com presença de espírito e medo não só de perder o freguês, como o emprego, principalmente, foi taxativo:

— Sua noiva usa vaselina nos cabelos ou algo oleoso?...

— Deve usar, sim...

— Então é isso, meu. Deu reação! Aconteceu com o brinco um raro fenômeno químico e orgânico. Quando certos metais ao contato com óleo no corpo humano, juntamente com raios solares, perdem completamente seu valor. Isso acontece com o ouro. Às vezes também com a platina e a todos os outros metais...

E por incrível que possa parecer, o maldito turco que era graduado e pós-graduado em malandragem, mestre e professor nas artimanhas desonestas, vivia dando chá de cânfora para quem já estava na U.T.I. da vida, engoliu a pílula dourada pelo assistente.

Como o inventor da guilhotina, acabou provando do seu próprio remédio!

Levou ainda de contrapeso a gozação sem dó, de quem não tinha pena do crápula patrão. O Gogô tinha ido ao departamento de arte. No estúdio pediu a um dos ajudantes que fizesse um rápido cartazete contendo os dizeres: "Compre um jornal velho e ganhe um cigarro". Juntamente com um **office-boy** da agência, arranjado às pressas e que carregaria a muamba, pretendia na quarta-feira à noite no Pacaembú, por preço baratinho aquecer o bumbum dos torcedores nos frios degraus de concreto do Estádio Municipal, enquanto davam sua tragadinha...

Acelerando a possante Suzuki, Gogô um duro que vivia chamando mendigo de excelência e que fazia do saco do chefe o corrimão da escada da vida, quando sozinho descontava tudo. Foi franco e contundente, ao dizer baixinho do homem que ele achava ter todos os seus defeitos e nenhuma das suas virtudes:

— Qual é malandro! Tô a fim de me mandar. Pedra que rola não cria musgo! Não perdou-o mesmo. Em cima de cobra criada borboleta não pousa! Entre esse mau patrão coletor de caca e a latinha cheia de fezes, a diferença é a latinha!...

EM FESTA DE PAVÃO NHAMBU NÃO PIA

O Xerife Gifa vivia assobiando músicas clássicas pelos corredores da agência do Brechó. Agência de muito pasto com pouco rastro. Íntimo de Tchaikovsky e Prokofiev era um contato que não confundia nunca Rimsky Korsakov com André Kostelanetz. Nem misturava Ravel com Chopin. Sabia tudo sobre o assunto como entendia também de fazer guerra ao mau humor. Sem contar seus dotes de mágico amador nas rodas publicitárias.

De curioso linguajar tornara-se o maior pregador de peças entre os colegas de trabalho. Andava muito com o Clodoviro e sempre recomendando aos incautos:

— Não chame nunca esse cara de Clodoviu, se não ele te manda à pequepê...

Usava termos diferentes como modernoso, que não constava em nenhum dicionário; imperdível, praquêle, fora outros onomatopaicos inventados por ele que mais pareciam códigos. Ao se referir à alguém que não gostava, dizia:

— O xequeté é cheio de nhenhenhê: fora o papapá só sai tititi e quasquasquás...

Seu bolso, verdadeira cartola de mágico. Dali saíam as mais diversas brincadeiras e gozações. Tinha um dispositivo especial que quando colocado nos cigarros tornava-os explosivos. De simples caixa de fósforo cedida por ele podia se esperar o maior susto pela explosão.

O bombom presenteado pelo Gifa, quando não tinha rolha dentro, de gostosíssimo no início podia contar que ia transformar-se em algo mais apimentado do que vatapá à baiana. Uma simples bala de goma, sem que ninguém percebesse, recheada de anilina tingia a boca toda de azul. E a goma de mascar sabor hortelã virava massa mais amarga do que giló. Quando não, a deliciosa goma, no final ficava um autêntico chiclete com pimenta.

Para ele nunca se pedia emprestado um pente, uma caneta ou simples lenço, depois que substituiu na marmita de um colega, um ovo frito, por outro de plástico com perfeição de clara à gema.

Nas festinhas da agência infalivelmente o Gifa aprontava das suas, como substituir a pedra de gelo do **drink** por imitação perfeita com mosca dentro. Das caixinhas de mistério, possuia todas. Desde a colorida que continha uma bolsinha que gargalhava, outra belíssima que a pessoa ao puxar um bombom ficava presa na ratoeira, até a mais discreta delas, onde parecia conter apetitosos doces, de onde surgia inesperadamente a cobra voadora, quase que derrubando de costas os mais distraído.

Sem contar o fato de ser dono de vistosa moeda que ninguém resistia a tentação de pegar. Ao tocá-la, provocava forte estouro. E também de um álbum de fotos eróticas; ai de quem o abrisse inadvertidamente, levava tremendo choque.

E era nessas festinhas entre os colegas que o contato se realizava, exibindo todas as mágicas que conhecia. A Urna das Moedas, onde lindas moedas de luxo atravessavam suas mãos, sumiam e acabavam aparecendo no bolso do diretor de arte ou na orelha do redator que nessa altura estavam transformados em escadas do mágico amador. Outro truque de grande efeito, o Jornal Misterioso. O "Shopping News" podia ser folheado página por página que nada continha de anormal. Depois de dobrado, o Gifa despejava grande quantidade de água. Em seguida virava o jornal de cabeça para baixo, sacudia, abria e toda a água havia desaparecido sem sequer molhar o papel. A água só reaparecia quando o improvisado mágico queria. A platéia delirava.

Usava os Corvilhetes Fantasmas. Três copos de metal e três bolinhas que fazia atravessar com a maior facilidade os copos, passando de um lado para outro ou sumindo de repente. A Urna dos Dados, um truque de bolso, em que o Gifa sempre antecipava os números que iam saindo após sacudir os dados. Parecia ter bola de cristal, adivinhava todos os resultados sem errar nenhum...

A agência comemorava mais um aniversário e no Palácio dos Enfeites tinham comprado tudo que precisavam para a festa, das toalhas de mesa aos pratinhos e os copos de papel. O **double** de mágico e contato publicitário estava eufórico para mostrar tudo o que sabia da arte. Com as cartas especiais já tinha feito o truque fantástico do Baralho Espírita e do Baralho Excelsior. Fez Pilares Chineses, Tubo de Cristal e Mistério da Água Suspensa, para todos os colegas e convidados. Além do Cigarro no Lenço e a Lâmpada Mágica que sem ligação alguma acendia ao tocar em qualquer parte do corpo da pessoa, num lindo efeito visual.

O dono da agência e da festa, o turco Brechó, Coronel dos piores da praça, cumprimentou o Gifa pelo êxito de seu trabalho como mágico. Prometeu-lhe até novo cargo. Além da área de atendimento em que ele atacava, passou também a "coordenador gráfico" que ninguém sabia bem o que significava, e agora seria agraciado com novo posto na agência. O chefão não deixou de levar o troco ao cumprimentar o Gifa pela promoção. (Promoção que na verdade significava apenas acúmulos de cargo e título, porque a grana no fim do mês, era a mesma). Ouviu-se violento estouro com a junção das mãos do contato com a do dono da agência, proveniente de minúsculo aparelho recarregável e de uso permanente chamado Anel Bang-Bang.

Napoleão dizia que os homens só precisam dormir 2 horas, as mulheres 4 e os imbecis 8. Brechó devia ser o super-imbecil, dormia 10 horas em casa, o cultor do ócio, e na agência coçava o saco até pegar no sono novamente.

Refeito do susto do estrondo que não o faria dormir por algumas horas, Brechó tratou de afastar-se. Reapareceu mais tarde quando recolhia-se discretamente com uma das convidadas para sua sala particular. Não demorou muito para a moça toda despenteada, exibindo belo De Millus, com os dedos no nariz, abrir a porta bruscamente em busca de ar fresco na frente de todos. Correndo atrás, o dono da agência, de cueca samba-canção, balançando as banhas da enorme barriga branca de quem tem fome de chinês comendo tudo que tem 4 pernas, com exceção da mesa. Envergonhado tentava explicar que não havia sido ele; talvez fosse mais uma das brincadeiras do seu incorrigível funcionário.

E foi mesmo. O mágico-publicitário usou barbante que fede, por baixo da porta, exalando estonteante mau cheiro na hora em que o galante chefe Brechó atacava a visitante no sofá.

Enraivecido o patrão escancarou a janela. Recolheu os vidros de Taff Man-E espalhados, guardando-os novamente na geladeira que ainda estava repleto deles. Abriu a gaveta de onde tirou um vidro de Seiva de Alfazema e despejou todinho na sala.

O contato ainda tentou uma reconciliação, argumentando, alegando ser melhor brigar juntos do que chorar separados, coisas desse gênero, mas não deu samba. O turco não gostou da armação e foi duro:

— Em casa de malandro, vagabundo não faz morada!

O Gifa perdeu não só a promoção como o emprego. Lastimava-se da má sorte:

— Logo agora que além de contato eu já era coordenador gráfico e ia ser também vice-treco de um sub-trôço. . .

ATIROU NA AVE E MATOU O CÃO

Luix XIV atravessando à noite uma galeria de Versailes viu numa escada um operário que, inteiramente só, procurava arrancar da parede um grande e precioso espelho. Ele fez observar ao operário que não poderia, sem auxílio, conseguir o que queria, e juntando jeito à palavra, ajudou-o amparando o espelho até que o operário tivesse descido e pudesse mais agilmente colocar sobre os ombros o valoroso fardo.

Na manhã seguinte o pessoal da corte anunciou ao rei que um belíssimo espelho da galeria tinha sido roubado e que a polícia estava em campo para descobrir o autor do roubo.

O rei percebeu então que havia auxiliado o ladrão e ordenou que as investigações fossem suspensas com as palavras:

— Houve realmente um roubo, mas eu não quero que se descubra o autor, porque eu próprio fui seu cúmplice...

Aquele **media** de agenciazinha tão antiga que não fazia anúncio fazia reclame, que não tinha bossa Tlec & Slep da Leila & Maluf, que não podia oferecer **full service** em todas as áreas da comunicação, porque nem ao menos sabia o que significava; além de não se preocupar com resultados de pesquisas de **media** eletrônica e impressa e que também nunca consultara cinemateca ou tapeteca sobre os rolos de Cannes, estava arrazado. Além do que, com fome dos diabos e mais murcho do que barriga de jegue em tempo de seca.

Viajando com a cliente granfina e burra, já estava com o saco na lua quando ela transbordou, ao ver passar uma carroça com esterco e torceu o nariz:

— Mas que coisa horrível...

— É para por nos morangos — advertiu o **media**, muito solícito, ainda que fazendo esforço.

— Cruz credo! — Voltou a madame. — Lá em São Paulo a gente põe é Chantibon...

Paciência é aquilo que admiramos no motorista que está atrás de nós e detestamos no que está na frente.

Acelerou mais o carro na estrada de sua cidadezinha perdida no mapa de Goiás, cuja população não aumentava porque sempre que nascia um filho... fugia um pai. Com tantos buracos que tiravam obturações de dentes, paravam relógios de pulso e derrubavam até lentes de óculos. Alcançou e ultrapassou o caminhão que trazia a filosofia de estrada estampada atrás: "Se correr o guarda multa. Se parar o banco toma".

Chegou finalmente na sua pequena agência do interior, de ritmo mais monótono que itinerário de elevador, e portanto que não se comparava a uma Ammirat & Puris, Ally & Gargano, Bozell & Jacobs ou W. B. Doner Co, nem uma Footl Cone & Belding, e muito menos tinha pretensões de ganhar Clio Awards,

Leão de Ouro da Sawa, Grand Prix do Festival Ibero-Americano de Publicidade, Prêmio Colunistas, nem medalhas do Anuário de Propaganda, onde o esperava o representante de uma empresa comercial. Cliente e amigo. Solicitou que se colocasse o seguinte anúncio no melhor jornal:

"Profissional hábil encontrará serviços em nossa loja".

Atirou na codorna e acabou matando o cachorro...

Sentiu-se mais ou menos como Luiz XVI depois que o anúncio surtiu efeito.

No dia seguinte, o gerente encontrou o cofre arrombado e e ao lado do KS Multivoz da Ericson, bem em cima da Remington semi-portátil, um bilhete de forma sucinta:

"Profissional hábil já encontrou serviços em sua loja. Já o fez e também já recebeu os vencimentos".

PARA QUEM ESTÁ PERDIDO TODO MATO É CAMINHO

Na época trabalhávamos na MWJ. Administravam a empresa o redator Mena Barreto, o produtor Dalcênio e o rei dos espetáculos noturnos e **shows** de televisão, Abelardo Figueiredo. Pimentel, o encarregado de cuidar da contabilidade, o Ruy Macedo auxiliava na produção. A estrela do cinema nacional, Nadir Fernandes e a garota-propaganda Marlene Mariano, as secretárias. Nesse tempo elas nem sonhavam com o estrelato. No departamento de arte, eu o João de Campos e o João Gargiulli.

Fusão recente de uma agência de publicidade com outra especializada em produzir programas para a TV.

Daí em diante nosso grupo passou a ser encorpado com o que havia de melhor, Manoel Carlos, hoje consagrado autor de novelas ("Baila Comigo", "Sol de Verão"), o diretor de teatro e colunista da "Folha de São Paulo", Flávio Rangel, a apresentadora de televisão Maria Tereza Gregori, o correto locutor Gilberto Amaral Campos e ainda topava-se lá dentro de vez em quando, com escritores como José Mauro de Vasconcelos autor de "Meu pé de laranja lima" e o gaúcho autor de "Os Guaxos", Barbosa Lessa.

Naquele tempo tudo parecia ser diferente. Hoje os juros não dormem...

Vedetes mil desfilando pelas salas, sendo a rainha delas a espetacular morena Líris Castelani. (Ah, as coxas da Líris. . .) O cantor Aguinaldo Rayol que estava começando soltava um tanto tímido os agudos pelos corredores enquanto outro iniciante, Renato Corte Real decorava nervosamente as primeiras piadas.

O astro masculino da canção, o Almir Ribeiro. Voz potente, boa pinta e que nos **shows** era sempre apresentado de camisa preta, gola rolê, sob a luz de um **spot light.** Morreu logo depois, jovem ainda, afogado numa praia do Uruguai. Um outro cantor que dava seus primeiros passos na carreira colocou o nome em sua homenagem: Pery Ribeiro. . .

Foi quando surgiu na agência de Xerifes, um barbudinho com ares de Coronel. Destoava da equipe por ser metido e pretensioso. Não estava, de acordo com os padrões da casa, nem com a bola toda que julgava possuir, no meio do Butantã de cobras em que se encontrava. Adepto fervoroso de uma horrível poesia sem pé nem cabeça, sem valor literário algum. Sua forma de fazer versos mais parecia mensagem cifrada de outro planeta do que um poema. Resolveram pregar uma peça no falso poeta que estava dando os últimos retoques no seu poema "Para o peru, Natal é dia de finados". . .

Branquinho e azedo como um iogurte, dono de rala barbicha, ruim de serviço e vagabundo ao extremo, além de chupador de sangue de colega, aplaudia qualquer verso desde que assinado por nome de sua **gang** modernista e enganadora. Foi então quando alguém lembrou de pedir à cozinheira dona Chiquinha Cravo e Canela, analfabeta de pai e mãe, que ditasse algumas palavras ao acaso, para que se escrevesse num papel. A simpática crioula gorda, afastou os produtos Kitano que manuseava, colocando-os junto da maionese e da mostarda Cica e da massa para pizza Sol. Pôs-se a falar sem nexo como uma matraca. . .

Dia seguinte. Fingindo abrir um jornal sobre arte em geral, na agência, alguém leu em voz alta para o jovem, o amontoado de tolices dizendo ser o mais recente poema "Só se sente falta d'água quando o pote está vazio", de um figurão modernista, conhecido do branquinho "poeta". Fez um instante de silêncio e perguntou:

— Será que você encontra nisso algo de poético?

— Mas claro que sim — respondeu logo o iogurte com ares de gênio — isso tudo é maravilhoso! Sua geração não compreenderia jamais esse tipo de poesia... Vocês precisam ler meu poema "A ovelha é uma cabra com casaco de pele e o melão uma abóbora metida a granfina" para entender mais.

Quando a pessoa fechou o jornal, e mostrou a folha de papel cheirando a orégano, pimenta do reino, louro e outras delícias da cozinha da velha dona Chiquinha Cravo e Canela, onde foram anotadas palavras ditas ao acaso, o modernoso muito vivo não se deu por derrotado e não perdeu a esportiva. Com sorriso superior mostrando que além de mau poeta era um grande cara de pau murmurou:

— Pois olha, a cozinheira até que leva jeito para a coisa...

QUANDO SE DEIXA DE SER RABO DE LEÃO PARA SER CABEÇA DE PREÁ

Van Gogh tinha um maldito tio rico que não ajudava o sobrinho em nada, achando que o artista para produzir algo que prestasse devia passar fome. Talvez o sovina tivesse um pouco de razão porque com as agências de publicidade acontecia mais ou menos a mesma coisa. As grandes, geralmente as multinacionais não tinham problemas de ordem financeira; um simples telex enviado para a matriz e os dólares chegavam às pencas. As pequenas e médias brasileiras em caso de necessidade não tinham para quem apelar. E eram nessas empresas necessitadas que aconteciam as coisas mais engraçadas e criativas.

Justamente, pela falta de vocação dos proprietários, quando não escreviam, não desenhavam, não atendiam corretamente e nem ao menos, administravam como se devia. A agência ia mal em matéria de clientes, porque na cúpula tudo era feito empiricamente. A falta de conhecimento acabava zerando todos os orçamentos. Nas agências grandes, bem administradas, tudo apresentava-se organizado, certinho, o que em compensação quase não dava para se anotar e escrever sobre passagens divertidas e curiosas, extra-propaganda. Vou dedurar duas das poucas acontecidas em multinacionais.

Sempre que pude preferi ser mais cabeça de sardinha do que traseiro de baleia. Isto é, trabalhar em média empresa do que nas grandes. Talvez por comodismo; pela facilidade. O trabalho de criação não é muito contestado e logo apresentado ao cliente. Nas grandes, a pixação, mesmo entre colegas, é bem maior. Briga dura para a campanha ser aprovada antes de chegar às mãos do cliente. O posto então, quanto mais alto, maior é o número de pretendentes ao cargo. A puxada de tapete é mais freqüente; já na média empresa, redatores e diretores de arte não são muito molestados; mantendo-se intocáveis como espécies de salvadores da pátria. Quase todos na agência confiam em seus trabalhos.

Em agência grande, o cargo de diretor de criação, então, é das mais espinhosas. Ele às vezes tem que tomar atitude de carrasco, cortando a cabeça de companheiro. Há, como em todo lugar, o mau-caráter que pisa e corta de graça.

Certa noite, num hotel famoso, duas equipes de criação de agências grandes, encontraram-se casualmente no salão de refeições. Profissionais que se recolhiam longe da agência para bolar campanha, e assim evitar qualquer tipo de espionagem na própria casa. Os apartamentos foram alugados para redatores, diretores de arte, produtores, arte-finalistas e até para **past-up**.

Acontece que por ironia do destino, aqueles que fugiam uns dos outros se encontraram. Com todos os segredos e mistérios acabaram indo para o mesmo hotel, onde só perceberam, no salão grande, na hora do jantar. Entre olhares e piadas não faltou quem tentasse subornar os garçons para colocar condimentos a mais visando provocar desarranjos intestinais nos colegas concorrentes.

Tarde da noite, o redator da equipe da agência A, resolveu descer para o bar a fim de tomar umas e outras. Lá encontrou-se por acaso com o diretor de arte da equipe da agência B. Como eram amigos de longa data, esticaram um pouco, mas sempre mantendo a discreção. Ninguém falou para ninguém sobre os projetos das agências de publicidade. Mas, vistos juntos foi o suficiente para os diretores de criação dispensarem seus respectivos colaboradores. Assim o despedido da agência A passou para a agência B e vice-versa, onde entregaram o ouro mutuamente. Dessa forma, de nada adiantou a sigilosa concentração no hotel. O esquema furado, ambas perderam a concorrência para uma terceira que fez a campanha na própria agência sem gastos de hotelaria. . .

De outra feita, foi no estrangeiro. Onde vários publicitários se encontravam para intercâmbio profissional. Presentes na caravana estavam vários cobrões. E dentre as figuras de destaque nos meios dos anúncios, constava o diretor de criação que se considera gênio. O que não significava novidade no meio, numa profissão onde até quem faz cafezinho se considera como tal. Um dia o diretor de criação, o Eu Gênio, começou a se queixar de dores nas costas para os presentes no hotel. Logo surgiu um redator que se ofereceu prontamente para ajudá-lo, justificando-se ser especialista em massagem japonesa feita com os... pés. Tão convincente foi a oferta que o Eu Gênio aceitou. O diretor de criação, deitando-se no chão duro permitiu que o redator começasse a passear por suas costas, até que em determinada hora o "massagista" parou e gozou:

— Está melhor? Não? Ótimo. Agora deu para mostrar a você, que sempre pisou nos outros, o que é ser pisado!...

Foi briga para mais de duas horas, com vários publicitários apartando...

Fora das agências pequenas e médias, o tapete muitas vezes é puxado no exterior. Mandavam para cá um diretor de arte com a especificação: "para nos ajudar", quando na verdade poderia ser traduzido como: "para ficar em nosso lugar"...

Já conhecíamos a manha, a manobra e até a rota usada, na conexão da "Operação Chega-Pralá". O cidadão portando o **Standar Advertising Register**, vinha da Venezuela ou Argentina via México onde ficara algum tempo. Outras vêzes, mesmo direto dos Estados Unidos ou Canadá e da Europa, para estudar a nossa **national advertising.** Alguns falavam espanhol mas quase sempre a gente que tinha de se virar e falar em inglês com eles.

Bastavam alguns dias de convivência com o profissional norte-americano para o lado humano falar mais alto e tudo ser confirmado conforme prevíamos. O **talent cost** ficava aberto, tinha vindo realmente para ficar em nosso lugar, com carro último tipo, mansão alugada pela agência e ganhando em dólares. Estávamos acostumados com as jogadas e levávamos as manobras na esportiva. O **mister** Robert a quem chamávamos simplesmente de Bob Aipanima em homenagem à Garota de Ipanema, era mais um deles com quem acabavamos, apesar de custar nosso emprego, convivendo bem nos poucos meses que nos restavam. No fundo ele não tinha culpa, talvez viesse para cá também forçado por outro que ficara em seu lugar na sua própria terra; afinal a propaganda representava mesmo uma selva...

Rio de Janeiro, véspera de Carnaval, a cidade, uma só alegria. O norte-americano que tinha vindo recentemente segundo o

release, "para nos ajudar", estava extasiado com o ambiente festivo, ainda mais que gostava de compor suas musiquinhas. Grandalhão, gordo e vermelho com cara de beber todas, mais do que esponja; falava um razoável português entremeado de inglês e fazia perguntas a todo instante.

— Vou procurar aqui fazer um **sound track** ideal. Como é controlado a **copyright?**

Antes de experimentar a caipirinha na base do Velho Barreiro e a feijoada ouviu de um dos nossos colegas:

— É da gente lamber os beiços...

— **Wat?** Que querer dizer isto?

— Quer dizer que é muito bom, delicioso.

— Oh, **yes**...

Comeu e bebeu como se fosse o último dia da sua vida. Foi para o hotel descansar. Na porta chamou um **boy sales**, para atualizar-se. À tarde voltou na agência que achou **hot-shop,** a fim de procurar o **copywriter** e apanhar uma **blow-up.** Antes de trabalhar mais um pouco perguntou pelo **Bristol board** e se o **air brush** estava em condições.

À noite, após um reparador banho, tratou de reencontrar depressa o pessoal. Novos aperitivos, nessa altura já tinha trocado totalmente o uísque pela pinga com limão. Nada mais restava da pesada roupa de lã do gringo, tinha trocado por uma leve camisa Ives Sant Laurent e **jeans** Guilherme Guimarães.

Foram conhecer uma gafieira na Penha, onde os casais dançavam "mais encostados que muletas em sala de milagres; acompanhados por orquestra tão ruim que quando o garçon derrubava a bandeja, os pares saiam dançando". Mostraram também autêntico baile do cabide, onde quem não gosta veste a roupa e vai embora. Cuja senha era: "Até Cubanos". Dito isso os visitantes recebiam na porta, um cabide e um par de joelheiras. Na parede trazia a máxima pintada com tinta fosforescente: "O bom da vida é mulher e bicho de pé!"

Um crioulo desbocado percebendo o **gringo** quiz fazer as honras da casa:

— Em nossas "festinhas", mulher é como piscina de criança: "sempre dá pé"!...

— Sairam. Foi quando o **gringo** exclamou:

— Quero conhecer o casa das primas...

Já estava ficando malandro demais, pelos primeiros dias no Brasil.

Levaram-no ao Leblon, no apartamento de cobertura da Odete. Novamente aperitivos mil, à vontade; o norte-americano suando, desabotoava a camisa, enxugando constantemente o rosto com o lenço de seda. Passava a mão na cabeça, sempre sorrindo e impressionado com a exótica beleza da mulata de pernas torneadas, que puseram na sua frente e que além dos atributos ainda tinha um generoso decote indo quase até a cintura e lindo par de olhos verdes para completar. Ela apanhou uma taça de San Raphael e os dois seguiram discretamente para o canto da sala.

Todo mundo conversando e o toca-disco não parava. Apresentava músicas da Elis Regina, Elza Soares, mas foi quando a divina Elizete Cardoso iniciou a canção do crioulo Chocolate — "Saudade, torrente de paixão, emoção diferente, que aniqüila a vida da gente..." — o **gringo** não se conteve e para mostrar a todos que já estava por dentro do lance de nosso linguajar lascou:

— **Delicious**! Esse música é do gente lamber... os orelhas!

GÊNIO, CENSURA, BUSTO E OUTRAS COISAS

Emerson disse certa vez: "Se alguém escrever um livro melhor, pregar um sermão melhor ou fabricar uma ratoeira melhor, mesmo que ele construa sua casa no bosque, o mundo abrirá uma trilha até sua porta".

E é verdade. Se você for capacitado, se o que fizer tiver valor cedo ou tarde vai aparecer, quer queiram quer não, porque o valor de quem tem ninguém tira. O que é bom vem à tona, se destaca nem que for no meio do inferno. Aconteceu com o Chispita, só que foi no Inferno Verde. Ele tinha nascido no Acre onde o pessoal destas paragens gozava que lá só havia nascido o Zé Vasconcelos e borrachudos. Do Acre Chispita foi para Rondônia onde um dono de agência (que não era Coronel), em férias, gostou do estilo do rapaz escrever e trouxe-o com malas e bagagens como **trainee**.

Chispita que nunca ouvira falar dos gênios da propaganda norte-americana Ogilvy, Bernbach e Burnett, chegou na época dos filmes de publicidade em grande quantidade e ruins. Em que o volume de comerciais veiculados pelas emissoras de TV, de acordo com o limite legal, frequentemente burlado, tinha que ser de 15 minutos de anúncios para cada hora de programa. Pior, os anúncios em si, os bons quase não eram exibidos mas os chatos, constantes e irritantes. Sempre os mesmos, repetidos por cinco, seis ou mais vezes durante os intervalos. Em alguns casos por vários meses ou até mesmo anos.

Grande a quantidade de comerciais de mau gosto. Alguns com rara felicidade apareciam e desapareciam meteoricamente. Mas outros anúncios, justamente os piores, pareciam eternos.

Num deles a chacrete Sandra Matera triturava a dentadas os produtos do anunciante, em primeiro plano, no vídeo, depois de ter desfilado com duas latas de sardinha Gomes da Costa, grotescamente disposta sobre os seios...

Na verdade, enquanto a melhora dos programas vinha sendo tentada com mais freqüência pelas TVs, os anúncios, em geral não significavam motivo das mesmas atenções. Eram eles, mais do que os programas, que acompanhavam os telespectadores quase que ininterruptamente. Os seriados e as novelas acabavam, mas os anúncios ruins, não.

O massacre, medido em números. Na Tupi do Rio de Janeiro, a emissora passava uma média de quatrocentos comerciais em suas 15 horas de programação diária das 11 às 2 da madrugada. Já a Globo também do Rio — a média era de seiscentos. Entravam os anúncios promocionais a eles somavam-se os da "campanha de utilidade pública" promovidas pela AERP — Assessoria Especial de Relações Públicas da Presidência da República. Nem um nem outro estavam na tabela dos 15 minutos.

A censura caindo de pau em cima, sempre burra e galopante condenando o que não devia. Como no caso do tecido Perlene, da Santista, em que um rapaz no filme, passava bem vestido pela avenida São Luiz seguido pelos olhares e a admiração de várias mulheres. Uma delas derrubava a xícara de chá que estava tomando, a outra borrava o rosto com o batom que estava aplicando nos lábios e assim por diante, todas admiradas pela elegância do perlênico rapaz. O filme foi proibido porque de acordo com o parecer dos censores a campanha "coisificava as mulheres".

O **outdoor** da mesma campanha — que mostrava um homem vestindo a miraculosa roupa, ainda de camisa, gravata etc., confortavelmente sentado entre as duas mulheres vestidas — também foi vetado e retirado das ruas sob o outro argumento. Segundo a imaginação idiota dos censores Coronéis, o rapaz da foto já teria tido o "coito sexual" (expressão usada no laudo) com as duas moças da foto. E ainda não satisfeito, iria ter com uma terceira...

A censura apresentava resultados hilariantes. Numa época podia aparecer um seio nu, o outro não. Mulher de camiseta molhada, transparente, podia mostrar os dois. Abaixo da cintura só bunda, assim mesmo, apenas de perfil. Os censores chegaram a inovar a anatomia: proibiam formalmente "foto de bunda frontal"...

A coisa mudou tanto de uns tempos para cá, a ponto da SGB criar campanha com títulos avançados para seu cliente Ponto Frio Bonzão. Vejamos alguns deles:

"Marcou o buraco e atochou a brocha", para Furadeira Singer.

"Deu pro pai porque a mãe pediu", para Aikoman.

"Nunca ficou tão molhadinha desde a separação", para Duchas Lorenzetti.

"Gatinha se amarrou no ferro do viúvo", para Ferro Elétrico GE.

"Enfiou o dedo e lambeu", para Batedeira Walitta Topa-Tudo.

"Sentou e gostou", para Estofado Alegrete.

"Passava mal até levar ferro", para Ferro Elétrico Walitta.

"Doméstica faz vitamina com a banana do patrão", para Liquidificador Arno.

"Descascou a cenoura e agitou o suco", para o mesmo liquidificador.

"Garotão saudável dormiu com o melhor amigo", para Beliche Condor.

"Deu para três e não perdeu o fogo", para Fogão Semmer...

Campanha varejista como se pode ver, com termos da pesada.

Veio a liberação total e a fauna não soube de início o que fazer com ela. Foi de usar calça de veludo a cú de fora. Como pantera presa durante vinte anos, o pessoal publicitário, solto, saiu a atacar a torto e a direito. De comercial na TV onde a fêmea aparecia em nu frontal e bundal, a banho coletivo de mulheres em pelo, na UD...

Como assisti na televisão, eu e milhares de telespectadores, o comercial dos lençóis Teba — jogos de amor, em que aparecia bela garota deitada coberta apenas com lençol. Um cidadão vinha por cima, falava alguma coisa, descobria a "esposa" e tocava suas nádegas na lateral. Nua e de traseiro empinado para cima na cama, a moça recebia com alegria as palmadinhas. O filme deveria ser em co-produção com algum laboratório, porque só faltou dar close na latinha de vaselina...

A W/GGK Publicidade quando começou, logo depois, entrou valente, lançando **spot** para mexer com a cabeça dos ouvintes de rádio de todo o país.

A peça reproduzia com bom humor três situações capciosas que levaram a imaginação do ouvinte ao extremo, quando foi veiculada durante a Semana do Rádio.

O texto criado pelo Washington Olivetto, assim:

"Ah, Valdir... Se eu soubesse nem tinha vindo. É muito pequeno esse pintinho".

"Esclarecimento: Trata-se de uma dona-de-casa preocupada em ampliar seu galinheiro conversando com o funcionário de uma avícola".

"Deputado, quanta grana o senhor vai levar nessa?"

"Esclarecimento: Trata-se do secretário particular de um deputado querendo saber que quantia ele vai necessitar para sua viagem".

"Minha senhora, olhei o seu filho com todo o cuidado. Lamento informar... mas é bicha!"

"Esclarecimento: Trata-se de um pediatra informando à jovem mamãe que seu bebê é portador de lombriga, também conhecida como áscaris lumbricóides"...

Hoje a moderna publicidade de **jeans,** Ellus, Flamer's, Cukier, Gledson, Ínega e outros, mostram traseiros cobertos ou descobertos. Já se fala na televisão em "barriguinha prá dentro e bundinha prá cima". Mas há alguns anos atrás, significava dureza. O tesão, palavra corriqueira de hoje, estava para um dos maiores palavrões...

Foi quando o jovem Chispita que já era considerado gênio da redação, Xerife de nascência, ao fazer um **slogan** para absorvente feminino, escreveu como se a censura da época fosse permitir sua publicação:

Modess — o que mais se aproxima do melhor!...

NÃO SE ATORMENTE EM SER PERFEITO. ESFORCE-SE EM SER MELHOR.

Thomas Edison falou a um amigo que "o gênio é 1% de inspiração e 99% de transpiração". Exagero? Ele próprio era uma ilustração do que afirmava. Além de inventar a lâmpada elétrica, registrou ao longo de sua vida, 1093 outras patentes...

A galeria dos gênios está repleta de grandes esforçados. Albert Einstein, gênio da Física escreveu 248 trabalhos científicos. Wolfgang Amadeus Mozart compôs mais de 600 músicas, e morreu só com 35 anos. Picasso produzia em média 200 obras de arte por ano e Johann Sebastian Bach ditou sua última composição no leito de morte, aos 65 anos, depois de ter escrito mais de 1000 músicas...

O único gênio a contrariar essa teoria, o Chispita. Com ele é na hora. Sempre parecendo resolver o problema sem nenhum esforço. Automático. Rápido, de improviso...

Desde criança o Chispita é chamado de gênio. Sua rapidez foi demonstrada quando o professor de aritmética disse a ele:

— Na tua idade, Washington era professor de matemática.

— Mas na sua — respondeu Chispita — ele já era presidente dos Estados Unidos...

Ainda no Acre bem antes de pisar numa agência de publicidade quando vivia em cima de um velho trator Valmet — o melhor investimento depois da terra — ele já vendia idéias. Vender não é bem o termo, ele trocava, quando não dava. Em troca de anzóis para suas pescarias colocou uma placa na loja do Kalil, onde se lia "Artigos para besca". Todos que notavam o erro entravam no estabelecimento para chamar a atenção do libanês e corrigir o português acabavam comprando alguma coisa. Meio problema estava resolvido, o de fazer o freguês entrar naquele ambiente de aspecto tão sujo e duvidoso que trazia um cartaz na entrada: "Entre assim mesmo".

No bar do Álvaro, bom luzitano, que precisava de um ajudante, Chispita colocou também um cartazete na porta: "Precisa-se de um rapaz para provar nossos pastéis". E por baixo em letras miúdas "E lavar alguns pratos".

O restaurante do espanhol Ramiro foi outro beneficiado pelo publicitário e Xerife de nascência. O restaurante ficava bem na estrada, entre o asfalto da cidade em que morava e da estrada de rodagem. Como Chispita gostava muito de animais e observando ser grande o movimento de pessoas que paravam aos domingos no restaurante do Ramiro, teve uma idéia que não só surtiu grande efeito como trouxe olhares de simpatia para o proprietário.

Sob a orientação do Chispita, o dono do restaurante mandou confeccionar belas sacolas plásticas, coloridas com os dizeres: "Quetidógui — Alimento para cães e gatos", que Ramiro passou a oferecer gratuitamente a seus fregueses, juntamente com as sobras das refeições. As sacolas possuíam em destaque o nome do restaurante e embaixo o logotipo com nome e endereço da firma patrocinadora. Dentro, um saco plástico onde era acondicionada a sobra da comida, que seria desossada em casa.

Os consumidores dessa maneira, saíam para passear sossegados e na volta levavam alimento para animais domésticos. Raro uma casa que não tinha pelo menos um cachorrinho pequinês, esperando ansiosamente a dona ou o dono que saía para passar o domingo fora. Chispita sabia também que quase sempre não adiantava encher a vasilha do cachorro com comida, pois ele somente se alimentava satisfeito quando seu dono voltasse.

As sacolas foram excelentes veículos publicitários.

Em troca de uma lata de Tody e um pacote de biscoito Piraquê o Chispita auxiliou até seu vizinho, esperto caboclo amazonense que segundo ele, havia descoberto um preparado para a cura da calvície. Seu produto porém não estava tendo êxito, pois ninguém o levava a sério. Com pena do homem, o publicitário inato mandou que ele colocasse em cada garrafa do milagroso tônico capilar, uma etiqueta onde se viam em letras vermelhas, importante aviso: "Não aplique este líquido em qualquer parte do corpo onde não queira que nasça cabelo".

Graças ao apelo, as vendas do produto foram um sucesso...

Chispita bolou um anúncio para ser usado na vitrina de um salão de beleza: "Corrigimos Permanentes Feitos em Casa".

Para um antiquário criou o **slogan** para ser pintado também na vitrina: "Se você não sabe o que deseja, aqui o encontrará".

Numa casa para alugar: "Excelentes Vizinhos à Venda. Casa Grátis. Informações aqui".

Terminando pelo aviso que ele mesmo escreveu com Pilot e colocou sobre um velho aparelho de televisão, no bar do Amparo:

"Quando você tiver a impressão de que a tela não parece mais um borrão confuso, é que você bebeu demais"...

COBRA QUE NÃO SE MOVE NÃO ENGOLE SAPO

Além da natural inclinação e do esforço, as pessoas que se destacam foram muitas vezes influenciadas pelo ambiente.

Pelé quando pequeno assistia as jogadas do pai, Dondinho, bom profissional de futebol mas que nunca se destacou. A mãe de Chopin dava aulas de piano para a aristocracia polonesa. O pai de Picasso, professor de arte e pintor profissional, como no fim da vida enxergasse mal, pedia ao filho que completasse detalhes de seus quadros. A mãe de Chaplin, atriz não muito conhecida, carregava-o para o teatro quase todas as noites.

Logo, Edson Arantes do Nascimento, Fréderic Chopin, Pablo Picasso, Charlie Chaplin, e outros, se projetaram também pela influência da família, do ambiente em que viviam...

Novamente o Chispita contrariava as teorias da chave do talento. Tanto no que diz respeito ao esforço no sucesso, quanto ao papel do ambiente.

O gênio Chispita nascera com talento especial para a publicidade. Ninguém da sua família era publicitário, nem sabiam o que significava. Portanto não havia a influência familiar na formação da futura estrela, num campo de atividade completamente desconhecida no ambiente em que havia nascido.

Cresceu com idéias maravilhosas que brotavam expontaneamente, foi de criança a mocinho. O genial Chispita já tentando fazer redação publicitária, em Rondônia, foi quem modestamente levantou a editora do Castro, um catarinense alegre que se meteu a imprimir coleções de livros e chegou quase à porta da falência.

De repente o editor viu-se atrapalhado com o depósito repleto de volumes de um romance mal sucedido, sem que tivesse saída, apesar de tentar até um concurso, sem resultado. O sorteio de um trem elétrico de brinquedo, aos compradores do tal livro.

Para o trenzinho da Estrela o Chispita brincou, tinha arranjado **slogan:** "É como o seio da mamãe. É do filhinho, mas o papai é quem brinca!"

Não sabendo que direção tomar para vender o livro encalhado o livreiro catarinense coçava a cabeça e matutava, até surgir mais uma das idéias salvadoras do Chispita.

Mandou a coleção inteira a várias pessoas que constavam da lista de correspondentes do livreiro, acompanhada de carta nos seguintes termos:

Prezados senhores. Com a presente temos o prazer de enviarlhes volumes de excelente romance. Vibrante, atual. Existem dois tipos de capas: a brochura, que estamos remetendo, ao preço X e a encadernação de couro, feita à mão, ao preço do dobro da primeira. Se V.S. preferir a linda encadernação de couro, pedimos o obséquio de nos devolver os volumes de brochura que estamos mandando, enviando-nos ao mesmo tempo a quantia correspondente aos volumes belamente encadernados.

Os "troucha-sabidos" recebiam a carta e os livros, mas ao invés da brochura, o que lhes chegava às mãos, era justamente a encadernação de couro, aliás, a única existente.

Evidentemente julgavam que o livreiro se enganara, resolviam lográ-lo, enviando-lhe o dinheiro correspondente ao da brochura, ficando com a encadernação melhor. Não tardou muito para que o depósito do catarinense Castro ficasse quase vazio...

Só não ficou totalmente limpo, porque existia um outro livro, o "Saudade do Futuro", também encalhado e que há anos ocupava grande espaço acarretando prejuízo para o editor. Mas, este problema mais uma vez não foi obstáculo para o genial Chispita. Como se tratava de romance de apenas um volume, foi bem mais fácil.

Mandou colocar nos jornais da região o anúncio: "Milionário, jovem, alto, simpático, olhos azuis, deseja conhecer, para casar, uma moça parecida e que tenha as mesmas qualidades morais da heroína do romance "Saudade do Futuro", à venda na Editora Castro".

O editor, de alegria encheu a cara de Passport, legítimo **scoth** da Seagram, porque em poucos dias esgotara-se o livro...

Chispita já tinha condições de mostrar ao mundo tudo aquilo que sabia. Resolveu tomar novos ares porque cobra que não se move, não engole sapo.

NÃO CONTEM PARA MINHA MÃE QUE SOU PUBLICITÁRIO. ELA PENSA QUE SOU PIANISTA DE BORDEL...

A revisão daquele jornal estava terrível. Anúncio de "apartamento no Tatuapé Nobre" já tinha saído como, "Tatuapé Pobre"! A agência perdeu o cliente. "More numa chácara na Represa Billings", foi publicado como "Morre numa chácara". Novo cliente que foi embora. A agência estremeceu na base, quando o anúncio ao invés de "Colchões de mola" tinha aparecido em destaque: "Colhões de mola". Foi o suficiente para o **media** que usava a máxima "Bebo, logo existo", receber críticas e gozações.

Sem culpa nenhuma, tinha sido mais uma cochilada do jornal, pequeno erro cometido pelo impressor e não falta de atenção da agência. O veículo prontificou-se tão somente a dar compensação, nada mais e a re-publicação do anúncio talvez não resolvesse o problema criado.

Sorte, foi que o compreensivo cliente que havia chegado de viagem, entendeu, tanto que ainda enviou para o pessoal que cuidava de sua conta publicitária, pequenos presentes de sua querida França: dois livros do publicitário francês Jacques Seguéla: "Hollywood lava mais branco" e "Não contem para minha mãe que sou publicitário. Ela pensa que sou pianista de bordel" e uma relação de outros erros muito mais importantes do que aquele simples cometido pelo jornal, no anúncio de colchões. Famosos até, mostrando que nem por isso prejudicaram os trabalhos dos respectivos autores. Serve — escreveu o **gentleman** cliente — para ilustrar o comportamento do ser humano que dificilmente elogia mas critica com muita facilidade...

O famoso Victor Hugo distraidamente, escreveu em sua obra "Bug Jargal" que "o chefe do Departamento cruzou os braços sobre o peito e respeitosamente apanhou o penacho". Enquanto o não menos famoso escritor francês Baudelaire, autor de "Flores do Mal", narrava em um de seus livros que "aquele era um navio bastante sólido para desafiar as tempestades não previstas pela bússola". Como se o aparelho usado para a orientação tivesse alguma coisa com chuvas e temporais.

Erro de gente importante é engano...

Bastaram pequenos enganos como estes, para os críticos, que destróem cem livros enquanto o autor escreve apenas um, caírem de pau em cima. O crítico em geral é eunuco que nada cria.

Autor nenhum deve ligar ao que dizem os críticos porque nunca se ergueu uma só estátua a qualquer deles. Aqueles que criticam, não perdoam um único erro, principalmente se o escritor for famoso, imaginem o que não ocorre com os menos conhecidos. Como se eles, os críticos, fossem perfeitos, conhecedores de tudo que se passa ou que se passou no mundo, e infalíveis na gramática. Pequenos deslises gramaticais então, são logo denunciados com ênfase. Se bastasse somente conhecer a língua, qualquer professor da matéria seria um escritor.

Uma pessoa pode ser gênio na gramática e idiota a escrever, se não tiver bossa, vivência, memória, imaginação e toda a criatividade que dá a vida, que movimenta, que prenda a atenção.

Nasce-se poeta, músico, orador, mas não se nasce escritor. O escritor faz-se. E ele é também como um pai, portanto por mais que o combatam, o autor não deixa de querer bem seus filhos ainda que por mais feios sejam. Um escritor nunca desama suas obras por mais defeitos que elas contenham...

O genial Emílio Zola, um homem enfermo, atacado pelos nervos, raramente podia escrever mais de quatro horas diárias, por isso, tudo o que escrevia era feito apressadamente, o que o fez cometer muitos erros, alguns bastante curiosos. Como em "Une page d'amour" quando escreveu que "Naná ouve o rouxinol em uma noite de setembro". O que não é possível ouvir o cantar desse pássaro nesse mês, à noite. E mais adiante: "Estela pesca camarões róseos". Esse crustáceo só adquire essa cor quando frito. Do memo consagrado autor encontramos em "La faute de l'Abbé Mouret": "o abade vê a dois quilômetros andorinhas e o sorriso da sua empregada". O que só seria possível, se ele tivesse usado binóculos. Em "La Fortune des Rougon" o mesmo Zola, incorre em outro descuido: "em 1810 ocupa-se de um bacharel, funcionário da Alfândega, vindo de Genebra para a França". Nessa época ainda não existia Alfândega entre a Suíça e a França.

Em "Madame Bovary" o espetacular Faubert descreve uma estranha e irreal cabeça: "ela estava embutida no tórax". O grande Anatole France, por exemplo, poeta e romancista francês, em seu livro "Procurador da Judéia", escreveu que "o advogado Elias e o juiz Pilatos, 10 anos depois da morte de Jesus Cristo, tinham se encontrado em um lugar, perto de Nápoles. Em conversa, Elias recorda-se do julgamento de Jesus. Pilatos esquecera, apesar dos esforços do advogado para avivar-lhe a memória. E ao fundo da baia de Nápoles, o Vesúvio fumegava. Acontece que, segundo Plínio, a primeira erupção do famoso vulcão só teve lugar 52 anos depois da morte de Jesus Cristo.

Escritor dos mais populares, Alexandre Dumas, o "pai dos Três Mosqueteiros", no capítulo 17 do original desse livro, cometeu um erro aparentemente impossível: "ela ficou uma hora sem respirar".

Menos famoso, José Maria de Heredia, poeta e acadêmico francês nascido em La Fortuna (Cuba) em 1842, embora tido como perfeito em tudo que escreveu, não deixou de enganar-se quando, em seu conhecido soneto "Horturum Deus", cita frutos "que o sol amadurece à sombra dos vergéis".

Em obra de arte como num simples trabalho escrito, é como uma mulher, o que conta é o conjunto, é o todo. Não adianta o crítico ficar a toda hora a procurar enganos e pequenos erros. Estava certo Pablo Picaço quando dizia que pode-se passar a vida no meio de quadros sem se entender nada de pintura; do contrário, os guardas do Museu do Louvre seriam os melhores críticos do mundo.

Os eternos "procuradores de peninhas" conseguiram apanhar até o Cigoli, famoso pintor, porque este colocou Simeão mirando Jesus, tendo óculos sobre os olhos. E as lunetas só foram inventadas séculos mais tarde.

Acho que foi por isso que Michelangelo cometeu propositais "distrações", quando conscientemente colocou no Juízo Final, pintado na Capela Sistina, os retratos de todos aqueles que lhe eram desagradáveis, ou mesmo inimigos. Com isso vingou-se dos críticos e de outros chatos que falavam mal de suas obras...

EU, A TELEVISÃO E SUA ORGANIZAÇÃO

Certa vez numa festa fui apresentado a um cidadão que dizia assistir juntamente com a esposa, mais de 10 (?) horas diárias de televisão e que perguntou:

— Ah, você é daqueles publicistas que enchem a televisão de propaganda com Nescafé e Chanceller — o fino que satisfaz, não deixando espaço para os programas?

Tentei explicar começando pelo nível; que a qualidade altamente criativa da propaganda brasileira é a quarta mais premiada do mundo, e que se não fosse por ela aí sim ele não ia conseguir assistir nada, porque não adiantaria comprar um televisor e simplesmente ligá-lo sem a necessária verba dos patrocinadores para a produção dos programas.

Ele fechou o "Placar" que lia, apagou o Continental e agarrou firme no Passport para escutar a resposta por completo.

Em seguida expuz ao Videóta e sua esposa Televina, que eu não era um publicista e sim um publicitário, completamente diferente. O homem convenceu-se da verdade e até acabou perguntando: É difícil fazer filme de propaganda? Como é feito? Indagou sobre custo de produção etc.

Expliquei do **story bord** a finalização. Fui do roteiro, aos modelos, as cenas tiradas em locais especiais, os desenhos animados, o que era **background,** falamos sobre truques de filmagens, a **mixagem** e tudo mais.

Do cinema passamos para a televisão, fomos da **camera mixing** à câmara do **switch,** até o **boom**, mais conhecido como girafa. Falamos sobre **pan, time signal, zoom, trow a cue, theme, wipe**, chegando até o **chain break**, que é o intervalo comercial.

Só não comentei da má organização da televisão brasileira. Sem contar aquilo que é realmente duro para nós: aparecer frente às câmaras. A ogeriza, geral; todo o pessoal teme enfrentar o fato. Essa é a outra diferença entre o publicitário e o publicista, que algumas pessoas confundem.

Este último como homem público, político, adora enfrentar assistência, seja em palanque na praça ou no auditório cheio. Em conseqüência enfrenta as câmaras com maior naturalidade. Para nós de retaguarda, publicitários, que fazemos o trabalho por trás das câmaras através de um simples anúncio ou filme, é um sufoco ter que aparecer no vídeo. Falo por mim especificamente, como por outros que escrevem: jornalistas, pessoas que cuidam de roteiros, fazem os filmes, dirigem. Assisti certa vez o Rubem Braga, o príncipe dos cronistas, capaz de escrever com facilidade de pasmar, gaguejar e quase desmaiar ao ser apresentado na televisão. É quando surge o maldito branco total, parecendo que se vai caír num abismo sem fim; abre um vácuo tamanho em torno da pessoa focalizada que ao invés de falar uma coisa acaba citando outra.

Mas às vezes não podemos fugir desse monstro, cuja luzinha vermelha nos projeta por centenas de quilômetros a milhares de lares. Dessa máquina de fazer doidos, como gostava de citar o mestre Stanislaw Ponte Preta. Uma dessas vezes, foi no lançamento de meu livro: "No espaço não estamos sós. . .", que só parou de vender, na crise do país, quando tinha muito mais gente preocupada com o fim do mês do que com o fim do mundo.

A promoção se fazia necessária, para que o público tomasse conhecimento e consequentemente houvesse a venda. Para isso ninguém melhor que o próprio autor, para falar de sua obra e que além do mais publicitário; se fazia promoção para os outros porque não fazer também para si?

Ledo engano como diria o poeta. E o improviso na televisão brasileira e sua maravilhosa desorganização?

Comecei tentando no programa da Hebe Camargo, na TV Record de São Paulo. Foi uma espécie de debate sobre discos voadores, em que além do autor do livro, nervoso como sempre, estavam presentes o Flávio Pereira, **expert** no assunto, o general Uchôa, professor da Academia de Agulhas Negras e que presidia em Brasília, uma organização que estudava o fenômeno ou seja a aparição dos objetos aéreos não identificados, nos céus brasileiros. Compareceram também um repórter da revista "O Cruzeiro" e um rapaz que dizia ter tido encontro com seres dessas naves extraterrestres, no planalto goiano.

Gravamos durante algum tempo e qual não foi nosso espanto quando um funcionário no meio da noite veio avisar que o trabalho estava perdido, porque tinha havido falhas técnicas tanto na imagem quanto no som...

Nessa altura a maquilagem da Hebe já estava derretida e ela com pressa por termos perdido tanto tempo, deu a maior bronca na produção. Não teve jeito, mesmo com as desculpas da apresentadora tivemos que gravar tudo novamente até de madrugada, e o pior: lembrar do que havíamos conversado durante horas. Não tinha sequer **script** para orientação das perguntas. Toda essa luta, para finalmente aparecer no vídeo somente alguns poucos minutos de gravação e assim mal cortado, fazendo com que ninguém entendesse nada da reunião. Quanto à publicidade de meu livro, infelizmente tinha ficado na primeira parte gravada, isto é, não gravada, e consequentemente nada saiu...

Em seguida fui ao Rio de Janeiro, num programa dos mais populares da TV Globo. Quem sabe ali daria para se falar em livro. Cheguei na hora em que o animador começava o diálogo com os candidatos a qualquer coisa.

— O que você vai fazer, meu filho?

— Vou imitar bichos — e começou imitando o marreco, passando para o porco, em seguida ao cavalo, quando foi interrompido bruscamente pelo apresentador do programa:

— E veado meu filho, você sabe imitar? — querendo gozar o candidato.

— Sei, quer ver — e ato contínuo lançou o grito de guerra do animador:

— Terezinha!...

EU, A TELEVISÃO E SUA IMPROVISAÇÃO

Ah, a televisão brasileira esse templo eletrônico da promissão, que não revela apenas as próprias mazelas, mas também as carências do meio em que atua.

Desde que foi incorporada aos lares do mundo, nos anos 30, a televisão se tornou o mais poderoso veículo de informação e entretenimento que se conhece. Mas no Brasil ela não é apenas diversão, mas forma de resolver problemas. É como um irmão rico e generoso capaz de acabar com necessidades e satisfazer fantasias; cumpre ainda outras funções como, encontrar amigos desaparecidos com ajuda de astrólogas, arranjar namoradas, consultar curandeiros, e até penetrar no mundo da ilusão, pois tem gente que escreve para o Papai Noel, no Pólo Norte via TV brasileira, conforme um artigo que li na "Veja". Só eu, que ainda por cima era do ramo, não conseguia promover meu livro através dessa amiga das horas incertas...

Estava pensando e dando um tempo para ver se a televisão brasileira melhorava, quando fui procurado pela produção do Sílvio Santos, com convite para que desse uma entrevista a fim de colaborar com o quadro "Sinos de Belém", do programa "Cidade contra Cidade". Fui filmado sentado, segurando um volume de meu livro, com a promessa de que ele apareceria em primeiro plano entre outros papéis na mesa. Dei um longo depoimento sobre discos voadores muito em moda na época, devido à grande aparição deles no mundo inteiro.

Quando passaram na televisão não mostraram nada de meu livro. Foi simplesmente cortado, sem uma nota sequer a respeito. Apenas meu rosto, com a informação de que ufólogo dava depoimento. Material que logo foi misturado com a opinião de uma tal dona Maria, lavadeira do bairro da Casa Verde que frente às câmaras, não sabia ao certo se tinha mesmo visto uma nave extraterrestre e nem se tinha viajado nela, conforme enfatizara o aflito repórter.

— É parece que andei num troço desses... mas espera aí, não sei se sonhei... — disse a mulher simples, ajeitando o lenço na cabeça, tropeçando nas palavras, mais interessada no montão de roupas que ainda tinha no tanque e que essa sim ninguém na Terra ia ajudá-la, nem mesmo marcianos...

O resultado foi o mais desastroso possível. Fizeram um pastiche. Um típico programa de entrevistas "à moda da casa", onde a pessoa especializada é procurada para dar entrevista séria, depoimento cuidadoso, sobre determinado assunto, que em seguida é juntado com opinião de leigos, gerando a maior confusão. Com o corte que é inevitável, infalível, e nunca no lugar certo, o entrevistado não consegue completar o raciocínio e quem perde é o público pela desinformação; acaba entendendo menos do que antes de assistir tais programas.

A impressão que se tinha ao ver a miscelânea era como se alguém jogasse creme Nívea, juntamente com Castrol, batesse bem no liquidificador Arno, colocando sobre um pão Pullman e cobrisse com o "Jornal do Brasil". Não tinha nada a ver uma coisa com a outra!...

Mais uma tentativa. Pensei em voltar à televisão carioca, onde um outro programa tinha boa audiência popular. Fui à Tupi, do Rio de Janeiro e cheguei em má hora. Quando o apresentador cercou-se da moça que ia ser entrevistada ao vivo e sutil como um trator num jardim japonês, perguntou:

— Assim de bota, culote e chapeuzinho de jóquei como você está, só faltou trazer o cavalo...

A moça suburbana que havia gasto uma nota preta para se vestir (em butique que cobrava do ar condicionado às etiquetas), e comparecer ao programa, não gostou da gozação. Não perdeu a oportunidade para aparecer e desabafar:

— Não esqueci, não. Estou até falando com ele...

EU, A TELEVISÃO E SUA APRESENTAÇÃO

Por ocasião do lançamento de outro livro de minha autoria, "Amazônia, paraíso e inferno!" Tive mais sorte, pelo menos no início. Compareci a um programa na TV Globo, transmitido na hora do almoço. Tempos depois fui também ao programa da Xênia Biar, à tarde, na TV Bandeirantes. Até aí tudo bem, consegui finalmente falar nos dois programas paulistas, sobre meu livro. Fiquei mais animado. Teria mudado a televisão brasileira?

Não precisa ser rico para ser feliz. Após um Cabernet Marjolet, pão e queijo que só não combinavam com tristeza, resolvi comparecer na TV Tupi, a de São Paulo, para a divulgação do mesmo livro, nos programas apresentados pelo simpático casal **Mr. and Mrs. Show,** porém confesso, com certo receio. Não tanto pelo nervosismo de ter que enfrentar as câmaras novamente, mas pelos foras do apresentador, dados no ar, freqüentes e famosos. Ainda mais considerando que os programas eram ao vivo: uma vez soltada a mancada, jamais poderia ser recolhida.

Como não conhecia bem os citados programas, achei melhor dar uma averiguada antes, para observar o nível. Cheguei no auditório como quem não queria nada, e lá tinham plantado um idiota (evidentemente menos do que o outro que o mandava fazer aquilo), que erguia uma tabuleta onde aparecia a palavra "Palmas", toda vez em que o casal de apresentadores acabava de falar alguma coisa. Achei o supra sumo da baixaria.

O apresentador muito bonachão e desligado, realmente um bola fora incorrigível, a ponto de não melhorar nunca, nem com ameaça de divórcio.

Nessa noite em que estive presente não para falar sobre meu livro, mas somente para ver de perto, testar a veracidade sobre o que diziam do "Clube das Gafes" e como funcionava, a decepção foi enorme. Saí no começo quando o apresentador ao recepcionar o cantor Jorge Veiga, perguntou sobre a mulher que o acompanhava:

— É sua mãe?

E era a esposa...

Todos notaram, inclusive os telespectadores, que os olhos bonitos da apresentadora, ficaram vesgos de raiva e de vergonha. O que ninguém viu foi quando ela pisou disfarçadamente nos pés do apresentador, mas já tarde, seu marido havia soltado a batatada.

Pena que não havia sido inventado ainda o Vídeo-Cassete TDK para a confirmação disto tudo, porque contado ninguém acredita.

Fui na semana seguinte, de teimoso, no "Clube das Gafes" para ver se tomava coragem e lá estava o **Mr. Show** novamente com suas mancadas. Parecia que fazia de propósito só para chatear. Não se concebia um apresentador de televisão ser tão descuidado a ponto inclusive de trocar no ar, o nome do produto e do patrocinador. O homem parecia um autômato, não raciocinava, fazia duas ou três vezes as mesmas perguntas à mesma pessoa, não gravava nada na memória. Culminou quando foi à mesa do Gregório Barrios que estava acompanhado da esposa, uma distinta senhora. O cantor e a mulher trocavam carinhos a todo instante, numa demonstração de que viviam bem etc. Foi o bastante para o apresentador mais uma vez entrar em cena. Lançou ao microfone para todo o Brasil ouvir, mais uma das suas "pérolas" de frases:

— Vejam que belo par de amantes!...

Os olhos da **Mrs. Show** mais uma vez se cruzaram e juntos fulminaram o marido, acompanhado por baixo de mais uma botinada no velho estilo.

Dei outra chance para o apresentador desastrado. Fui pela terceira vez consecutiva assistir ao seu programa, para ver se finalmente dava para falar sobre meu livro. Eu particularmente achava que ninguém podia dar tantos foras, um atrás do outro; muito azar do coitado. **Mr. Show** tinha que parar um dia. Quem sabe seria agora? Mas não deu para encarar o homem. Naquele mês ele estava mesmo com a corda toda, como o diabo gostava, para suplício da esposa.

Mesas enfeitadas, muita moçada bonita, refrigerantes da Antárctica voltados com os rótulos para frente (outra recomendação especial da casa, aos convidados) sempre ao alcance das câmaras, algumas candidatas a **miss** interiorana e lá estavam também o maldito homenzinho da tabuleta pedindo palmas, toda vez que os apresentadores abrissem a boca, mesmo para bocejar, beber ou citar coisas sem nexo como a especialidade de **Mr. Show**.

Aquele dia o apresentador estava com a macaca, ou uns tragos a mais. Entre inúmeras gafes, fechou com chave de ouro quando a Vanusa, linda como uma fada entrou no palco. Aplausos espontâneos de todos os lados, sem precisar de tabuleta alguma. Piano fazendo clima, a simpática cantora estava grávida dentro de um diáfano vestido esvoaçante e o apresentador querendo elogiar a beleza da estrela, no afã de demonstrar que todos ali gostavam muito dela, que estavam ansiosos, tudo mais, lascou a preciosidade:

— O auditório todo é pai do filho da Vanusa!...

O rosto da moça avermelhou, aliás avermelhou o corpo todo. Seu cabelo de branco passou a rosa e ficou roxo. A cantora precisou segurar no braço do pianista para não cair, com o tamanho da tijolada...

Os olhos da apresentadora juntaram-se por uns minutos, quase não voltavam ao normal; a dose tinha sido dobrada porque a moça era amiga dela. E tome novamente e com muito mais força, um pisão no pé do marido e de choro uma botinada no tornozelo para ele aprender de vez...

Não fui ao "Clube das Gafes" seguinte, quando o apresentador chamou a cantora Maria Creusa, de "mulher do Antonio Carlos e Jocafi", nem nunca mais. Desisti de divulgar meus livros na televisão, até jurei. Mas ouvi dizer que nos próximos programas como a câmara só acompanhava mesmo o casal de apresentadores **Mr. and Mrs. Show,** da cintura para cima, a esposa resolveu o problema para evitar briga. Procurou dentro da estação de televisão, entre os produtos que os patrocinadores haviam deixado e encontrou a solução. Para não machucar muito os calejados pés do maridinho com os contínuos pisões, passou a usar um par de tênis Rainha. E o marido que não era bobo nem nada, já usava botas Comando, por precaução colocou tornozeleiras e joelheiras Adidas...

MAIS LIMPO QUE OSSO DE CACHORRO COM FOME (OU, UM BOM AVISO DA NATUREZA; CRIOU-NOS COM DOIS OUVIDOS E UMA BOCA)

Ainda se faz pesquisa no Brasil na base da mentira, e promoção totalmente inadequada além de altamente nociva, que são os comerciais de televisão que incluem propaganda sobre medicamentos. Atribuição específica da indústria farmacêutica que deveria ser processada somente em locais apropriados como hospitais e clínicas médicas, veterinárias e odontológicas, ou no decorrer de eventos científicos a ser dirigida diretamente aos profissionais dessas especialidades. E não abertamente ao público, como é mostrada no vídeo.

Há três décadas que o pesquisador brasileiro bate na porta da casa, ou toca a campainha do apartamento. Ao ser atendido pergunta invariavelmente:

— Por favor, em que canal está sintonizando seu televisor?

E às vezes ainda arrisca-se a receber o nome de desocupado:

— Você não tem o que fazer, perguntando bobagem a essa hora, em que estou fazendo o almoço e ao mesmo tempo preparando a criançada para a escola?...

Enquanto que nos Estados Unidos — o pessoal da classe **media** — já há muito usa uma perua equipada com o que tem de melhor no campo da eletrônica, com apenas uma antena voltada para as casas (o motorista não desce do carro, sem uma pergunta sequer e sem erros), acusa os canais que os aparelhos de televisão estão pegando.

E sem mentiras do tipo:

— Estou assistindo a TV Cultura. — Dando uma de importante, quando o pesquisador de fora, está ouvindo nitidamente a voz do Chacrinha, a risada do Sylvio Santos ou o plim-plim da Globo.

O entrevistador Marzagão que por qualquer coisa chutava o pau da barraca, não se conformou e disse para si mesmo:

— É como comer mortadela Ceratti e arrotar peru Sadia... Quando a mortadela é tão boa quanto o peru. Essa mania de ser uma coisa e querer aparentar outra é que mata o brasileiro. Não sabe ser autêntico, e que ao cuidar ainda de bomba de poço se mete a falar sobre bomba atômica! Tem mais é que resolver problema de bebê de sargeta, que existem muitos aqui, e discute bebê de proveta!...

Já na firma de pesquisa de mercado, o Xerife Marzagão olhou para o relógio Dimep, na parede. Estava na hora de completar o relatório de visitas. Culto, o andarilho muito preparado para aquele cargo, mas que não achara outro na publicidade, tirou o gasto sapato Passo Double e ainda em forma. Os pés ferviam de tanto caminhar pelo bairro.

Encontrei-me por acaso na rua, depois de alguns anos, com o pesquisador. Ele começou a falar sobre os comerciais que incluiam propaganda de medicamentos. Perguntou se eu era responsável por alguns deles. Respondi que não e até reprovava isso na televisão, uma das maiores invenções do nosso século, mas que pode se tornar em órgão dos mais perigosos se manipulado de forma inábil.

— É isso mesmo — concordou ele — a propaganda do produtos farmacêuticos se constitui em exemplo mais eloqüente do emprego inapropriado da televisão, pois pode transmitir ao público despreparado, informações parciais e destorcidas e, até mesmo inverídicas aliciando o povo a adquirir remédios. Estimula um dos mais graves problemas do país — e olha que temos muitos — qual seja o da automedicação. E argumentar-se de que a propaganda de certos medicamentos, ao contrário da divulgação de outros produtos como cigarros e bebidas alcoólicas, não é prejudicial, é enganosa e se torna um exemplo típico dessa distorção. Qualquer medicamento pode ser tóxico quando administrado sem orientação médica adequada, até mesmo vitaminas, erroneamente consideradas totalmente inócuas.

Concordei.

— E quanto aos medicamentos falsos, então? Sem valor nenhum apregoado e tão amplamente anunciados? — falei.

Até os japoneses estavam ficando malandrinhos, como foi o caso do famoso Wakamoto, tão divulgado na TV. Tremenda água com açúcar na forma de "milagrosas" pílulas, que não faziam efeito benéfico nenhum, a não ser ao bolso do fabricante, o conto do vigário japonês. De vitamina não continha nada, mais, um caso de polícia. Aquisição de medicamento que além de desnecessário se consttiuía também em fator agravante para a carteira da população, representada por uma maioria de baixo poder aquisitivo.

Como sou também contra atletas, que se prestam para esse tipo de coisa: promulgação e veiculação dessas informações que dão a entender a quem as usarem que vão transformar-se em superhomens. Quando lógico e benéfico seria se tais esportistas usassem seu carisma e transmitissem ao nosso povo em geral tão carente e sofrido, a importância de uma boa alimentação, sadia, bem balanceada ensinando assim a se defender de dois dos maiores males que afligem a população: as parasitoses e a desnutrição...

Alimentação farta lembrou mesa italiana e pratos da terra de Da Vinci nos recordou o José Guida. Saudoso e querido amigo com quem trabalhamos, eu e o Marzagão. Formávamos um trio de bons colegas.

Zé Guida, um desenhista sem cartaz e que não possuía títulos; não era ilustrador, **layoutman,** nem diretor de arte. Simplesmente um excelente arte-finalista. Xerife que desenhava de tudo e bem, em várias técnicas. Tanto uma lata de aditivo Bardall, uma máquina Tupan, de torrar café, como uma simples garrafa térmica Invictus.

O Zé Guida fazia **free-lancer** para as agências de publicidade. Jogava-se um **layout** em suas mãos e ele ia destrinchando. Começava fazendo o fundo, até chegar nas peças que desenhava com maestria. Mas o que eu gostava mesmo, das comidas que ele trazia com o simples nome de lanche. Boas e em grande quantidade, porções tamanho família, para várias pessoas. Impressionava a quantidade e a qualidade das iguarias. Um dia bela travessa de **bracholla,** no outro **pizza** em enormes pedaços. Às vezes a **fogazza,** um pastel recheado com queijo branco e tomate, ou então a **sardella,** uma pasta de anchovas com tomates, sempre acompanhadas com o doce **sfogliatelli.** O gordo Zé Guida era fã do lema: "**Lavora, ma mangia che te fa bene!**"...

Filho de italianos, o pai um simpático velhinho, barbeiro que possuía num vidro o cabelo que um dia cortara do Ruy Barbosa. Figura de idoso que inspirava o mais absoluto respeito. Perto dele todos mediam as palavras; palavrão então nem pensar. Não sei bem se o pai ou filho, criava umas galinhas. O fato é que era comum na agência, quando não gostavam de alguém, mandar: "Tomar onde as galinhas do Zé Guida tomam"...

A frase, de uso geral. Do diretor da agência ao simples pesquisador, do produtos gráfico ao planejador. Um dia houve uma fofoca qualquer no departamento dos **office-boys.** Um deles falou que o outro disse e tal, coisas de garotos. Foi quando o menos criança, o chefe deles, para mostrar autoridades e que já estava adulto, se apossou do velho chavão e berrou:

— Vá tomar onde as galinhas do Zé Guida...

Nisso entra o venerável ancião, o pai do Zé Guida, do tempo em que avião para chegar nos Estados Unidos, caía umas três vezes. Velhinho tão respeitador que sempre de terno escuro e gravata, tirava o chapéu ao cumprimentar quem quer que fosse na rua. Entrou e se descobriu. Era a imagem de um santo. Mais limpo que osso de cachorro com fome. O **boy** ficou perplexo pelo fato de alguém tirar o chapéu para ele. Embaraçado com a aparição repentina daquela figura lembrando seu bisavô, gaguejou, emendou, tentando consertar a frase já iniciada:

— ...onde as galinhas do "seu" Zé Guida **não** tomam...

TIRANDO A SARDINHA COM A MÃO DO GATO (OU, QUANDO NADA SE CRIA E TUDO SE COPIA)

Gênios e vedetes existem em todas as profissões. Eu considero até um simples restaurante como grande teatro. O público só o conhece de luzes acesas, quando é hora de espetáculos servidos no almoço e no jantar, mas desconhece as brigas de foice no escuro que são travadas por trás dos bastidores entre por exemplo chefe de cozinha, com chefe de garçons e outras figuras menos expressivas.

Em agência de publicidade a briga longe do cliente não é menor, promovida pelos adeptos do vedetismo. Há monstros sagrados não só na criação como na área do atendimento, alegando que sem bom contato não há cliente, e até mesmo na contabilidade com a desculpa de que sem capital bem administrado não há menor possibilidade de sobrevivência.

E a produtora de filmes para cinema e TV, não podia fugir à regra. Outra floresta encantada de duendes, fadas, mágicos e feiticeiros incríveis onde impera o estrelismo.

O cliente alegava que havia um festival de mesmice no ar. Faltavam idéias e ousadias e ele queria algo diferente.

— Olhando os anúncios atuais, assistindo aos comerciais e ouvindo **signature**, **spot announcements** e **jingles**, tem-se a impressão de que falta agressividade na propaganda. Algo que incomode o consumidor e o faça agir. O que fazer para que o material de rádio não tenha o mesmo ritmo, os anúncios que não se assemelhem e os comerciais não se repitam, é trabalho de vocês criadores publicitários!...

Depois de muito estudo surgiu o **theme.** Foi acertada uma grande idéia, sem a qual não ia adiantar querer compensar com excelente realização porque o filme ia ser quando muito, mediano. Um filme bonitinho, agradável de se assistir e nada mais.

Movimentaram o **script writer.** Com a aprovação do **story board** estava tudo pronto para iniciar a filmagem do comercial diferente conforme o cliente queria. E também resolvido, o **VT** e o filme iam trabalhar juntos, com tomadas interiores em 35 mm e cenas externas em 16 mm, somados a efeitos especiais que sugeriam ao espectador a sensação de estar assistindo a um longa metragem, com a diferença de que seria rodado em apenas três ou quatro dias.

A intenção da agência era produzir um comercial, visando trabalho altamente profissional, permitindo cenas sem trucagem valorizando o máximo, chamando atenção e resolvendo de vez o problema do cliente. E a este não interessava muito a pretensão de se levantar ou não, Leões no Festival da Sawa, realizado em Veneza, considerado o mais importante evento internacional do setor.

O pessoal de criação já havia se reunido com a produtora, ninho de cascavel. Escolheram o diretor de fotografia, um cobrão no assunto e o homem encarregado da supervisão de produção, outra vedete. Produtores discutiram detalhes com o contato, com o profissional encarregado da edição, também estrelo, e com a pessoa que cuidaria da supervisão geral, um monstro sagrado. Foram buscar o melhor diretor geral, este um gênio dos gênios, o mestre Deotorino.

O mercado de produção de comerciais contava com poucos bons diretores de cinema **free-lancer** à disposição. O cliente tinha lido não sei onde e queria alguém igual: com estilo muito próprio, dirigindo comerciais de boa qualidade, numa linguagem nacional desvinculada de escolas estrangeiras, Hollywoodianas principalmente. Enfim, um elemento considerado por todos da área, como gênio capaz de conseguir em apenas 30 segundos mostrar o produto de maneira eficiente, com inteligência, dentro de longa história de amor. Tinha que inovar, dar nova e moderna imagem não saindo da linha. Sem contar que isso tudo evitando grandes produções. . .

— Não quero saber de comerciais que a Macacobrás produz; bang-bang de mau gosto para nossa criançada, onde aparece índio brasileiro de calça comprida, mocassin e bolero de franja, com lança na mão e a outra na boca gritando uuu!. . . — Avisou furioso o cliente pedindo "escocês 12 anos".

O dono da agência de publicidade se apavorou, pensando logo na verba que poderia ir para o espaço. Levava o apelido de "Locomotiva de escritório", não era para menos. Só sabia andar para frente e para trás, fazendo fumaça e assobiando. . .

Tinha que ser coisa para o Reoto Deotorino, sem dúvida, que preferia um "sou" do que dois "fui". Chamaram o mestre, e ele começou logo riscando nomes da lista de colaboradores. O gênio da direção tinha maneira original de se comunicar:

— Com este não trabalho. Conheço-o apenas de ôbas e olás, mas nunca fez puma nenhorra que prestasse. . .

Na verdade o mestre não possuia muita autoridade para pixar ninguém. Certa vez fez uma película para a TV, a época de Nero, e no chão viam-se nitidamente marcas de esteiras de tratores e de contra-peso, aparecia em pleno céu azul, tranqüilamente cruzando, um enorme avião de passageiros. . .

— E daí — desculpava-se sempre que comentada a gafe, contra-atacando. — Já flagraram um Constelation sobrevoando uma batalha no filme "Helena de Tróia" e marcas de vacinas nos braços de Rossana Podestá. Nem por isso o filme perdeu seu valor! Descobriram um figurante de "Quo Vadis" usando relógio de pulso, mas a obra continua aí, de pé! E há outras marcas de vacinas famosas, nos braços de Bella Darvi em "O Egípcio" e de Jeans Collins em "Terra dos Faraós", belas marcas de vacinas por sinal — completava o cínico diretor tentando justificar suas falhas. — E para aqueles que ainda não repararam, em "Tia Mame", num jornal folheado durante a Depressão, vocês podem observar anúncios de programas de televisão. E daí, ou erros de estrangeiros célebres não valem?...

— Deotorino, por que você briga tanto com seus diretores de fotografias? As opiniões são diferentes? — Quis saber alguém, mais para mudar de assunto e cortar o barato do mestre.

Respondeu prontamente, com a mão no gargalo da garrafa, o gênio para quem mais valia um bêbado conhecido do que dois alcoólatras anônimos:

— Não. Brigamos bastante porque as opiniões são sempre iguais. Eles querem mandar na fita e eu também...

O mestre fez **diorama.** Foi providenciado box **set, props,** até chegar nos **camera shots**, porque segundo Guimarães Rosa, a colheita é comum mas o capinar é sozinho. Depois de muita briga interna o comercial estava finalmente concluído e já na **moviola.** Consultado o **rate class,** ia ser veiculado no horário nobre da mais cara emissora.

— Sinto cheiro de leão — gritou Deotorino o diretor, em alusão ao prêmio da Sawa, quando foi bruscamente interrompido.

Assistindo secretamente, o sobrinho do cliente, que se chamava Leão, achou que o tinham descoberto pelo bafo e transformou-se numa jararaca. Homem muito viajado, estrilou, dando violento murro na mesa fazendo voar a Dismac de calcular e o talão de cheques do Noroeste:

— Seus dragões da incompetência! Parecido a esse comercial, já vi um punhado deles na Europa e Estados Unidos. Não é original em nada, foi isso sim xerocopiado. Trata-se de autêntico e descarado plágio!...

— Pô — olhou para cima o diretor, prosseguindo — a nossa geração não tem mesmo sorte! Quando éramos jovens ensinaram-nos a respeitar os mais velhos; agora que somos os mais velhos, dizem que temos de ouvir os jovens!...

Realmente, como diria o Ferrentini que o Alex citava, "as diferenças eram poucas e as semelhanças, muitas"...

Ele ainda tinha um par de surradas Alpargatas Roda relíquia de família, não deixava de usar mesmo gasta e torta como estava. Filha única de mãe viúva pois a fábrica parara de fazê-la (por que se era uma delícia usá-la?) Sem perder um pé apoiado no **dolly,** o gênio Reoto Deotorino diretor geral do filme, que havia acionado o copiômetro de figurino importado, ao afastar o outro pé derrubou o litro de conhaque Domecq, mas não perdeu a linha o morde e sopra:

— **Stop motion,** moço... Xerocopiado, puma nenhorra... Plágio, meu amigo, é chupar de um cara só. Chupar de vários é pesquisa!...

DA PASSAMANARIA, AO PASSAR A MÃO NA MARIA

Cícero dizia que os homens são como o vinho: a idade azeda os maus e apura os bons...

Quem abre o jornal de classificados encontra com freqüência: "Precisa-se de buteiro" ou então: "Procura-se calceteiro". Um amigo meu, tipógrafo, procurou a vaga de topógrafo crente de que se tratava de um erro de imprensa. Outro mais afoito ou mais vivo, correu logo ao apelo de uma tal passamanaria, pensando que era para passar a mão na Maria, **full-time,** isto é, tempo integral.

O autor de grande parte desses textos, o Esfrisas, meu bom Esfrisas. Da velha guarda; do tempo em que tomar naquele lugar era tomar no bar da esquina.

Conheci o redator potiguar, numa agência do Rio de Janeiro. Com ele vieram do Rio Grande do Norte, mais quatro irmãos de nomes tão esquisitos quanto o seu. Todos acabaram de uma forma ou de outra trabalhando na propaganda: a Cantuarpina Avis, o Ubsclendes, o mais velho Duntalmium e o caçula Anclotinato Regis.

Esfrisas tão complicado ao ponto de no lugar de flores, detalhar e escrever "calêndulas, gôivos e gérberas". Começou fazendo textos tão ruins para anúncios de empregados procurados do tipo: "Precisa-se de empregada que durma no emprego" e acabou elaborando uma "jóia": "Precisa-se de cozinheira-arrumadeira, com grande experiência. Honesta, dia inteiro ou só meio dia".

Foi demais. Tanto que dias depois um colega foi visitá-lo e perguntou ao baixinho "Espírito de Grilo", sócio do magrinho "Mapa do Chile":

— Onde está o Esfrisas? Está doente?

— Não respondeu friamente o dono da agência de classificados — ele não trabalha mais aqui.

— Não diga! — Exclamou o colega, de olho no lugar dele — e você tem em vista alguém para preencher sua vaga?

— Não — retrucou o patrão Coronel asperamente — o Esfrisas não deixou vaga...

Mas com o passar do tempo ele melhorou muito. Empregou-se numa agência de promocional e acabou planejando belas campanhas publicitárias, dando também boa contribuição para os filmes comerciais. Esfrisas tinha mesmo seus repentes de genialidade, como naquele dia descobrindo que seu relógio de pulso, de tão velho já não funcionava mais. Mandou um telegrama para o fabricante: "Sou dono de um relógio fabricado por vocês. A propósito, que horas são?"

O estratagema funcionou, tanto que mandaram-lhe um Mido Ocean Star novinho em folha...

Como bebia muito, andava sempre a pé, dizendo que "a mão que ergue o copo da bebida, não deve nunca ser usada na alavanca de mudanças de marcha"...

Agora, o máximo do Esfrisas foi quando o médico disse para o boêmio redator, que ele tinha de deixar de fumar incessantemente as cigarrilhas Talvis e mesmo deixar das doses excessivas de Martini Seco tomadas quase que de meia em meia hora.

— Modere, que no seu estado, pode ser morte lenta!

— E daí, quem está com pressa... — Concluiu o redator já precisando de intérprete; estava tão bêbado que falava só com as consoantes.

No retorno, o potiguar foi ao consultório por honra da firma e de prontidão como fera acuada. O dia estava quente, ele realmente largou o Martini Seco, mas mandou rapidamente umas duas Malt 90 no ponto. Soltando baforadas como um dragão foi severo demais com o médico, antes que ele dissesse alguma coisa:

— Doutor, não vim aqui para o senhor me dizer que estou usando a vela pelos dois lados. Vim para arranjar mais cera...

SÁBIO QUE NÃO DIZ O QUE SABE, É COMO NUVEM QUE PASSA E NÃO TRAZ CHUVA

— No fim dá tudo certo. Se não deu certo, é porque ainda não chegou no fim... — Ele gostava de citar, apesar de afirmar que "conselho é como água, a gente só deve dar para quem pedir".

Naquele tempo existiam dois tipos de publicitários. Os que esperavam nos bares, passar a hora do **rush**, para depois seguirem para suas casas: os boêmios. E os outros que mal saíam do serviço corriam para junto da família: os camisolões. Fui do primeiro time até casar. Daí vieram os filhos e passei a defender a camiseta daqueles que se recolhiam cedo.

Pena que os boêmios duram pouco. O Vado-Cartão era outro redator alegre que adorava a boêmia. Excelente colega, Xerifão, bom profissional, muito capacitado e autor de grandes tiradas. Daquelas que só os mestres sabem. Tinha como lema: "Não me esperem para a colheita porque estarei sempre plantando"...

Um dia fui com o Vado-Cartão na Cinótica buscar um filme que ele havia levado para revelar. E assisti. Tendo já passado da meia-idade, o redator tornou-se pai pela primeira vez. Nesse dia quando apanhava cópias e negativos, a balconista lhe perguntou:

— É um de seus netos?

O Vado-Cartão coçando a barba branca simplesmente respondeu:

— É o neto mais velho de meu pai...

Quando um idoso tio de Sorocaba e usuário como que, lhe deixou em testamento uma pequena fortuna, Vado com a calma de quem sabe que o boi sonso é o que derruba porteira, participou o acontecimento no estilo do romancista francês Honoré de Balzac. Nos seguintes termos:

— Ontem, meu tio e eu trocamos esta vida por outra melhor!...

Vado-Cartão conhecia demais, ensinava tudo:

— Tem um provérbio árabe que afirma: sábio que não diz o que sabe, é como nuvem que passa e não traz chuva... — dizia o filósofo publicitário constantemente.

Lastimou-se uma única vez. Sua falha, segundo ele, tinha sido no casamento:

— Ter pai pobre é destino. Mas sogro sem dinheiro é burrice...

Sobre o casamento também costumava afirmar:

— A felicidade no lar nasce de dois defeitos: o marido tem de ser surdo e a mulher, cega...

Vado que sabia ser a vida uma bicicleta rodando e quem parar de pedalar tomba, não descansava. Tinha uma pequena firma, nas horas vagas. Não bem uma empresa modesta; ele bolava ou muitas vezes recortava de algum lugar, frases que depois mandava imprimir com o nome do patrocinador e distribuía gratuitamente pelos bares da vida. Daí seu apelido de Vado-Cartão. Num desses cartões impressos constavam pensamentos sobre o dinheiro:

"O dinheiro compra a cama, mas não compra o sono.

O dinheiro compra a casa, mas não compra o lar.

O dinheiro compra a comida, mas não compra o apetite.

O dinheiro compra o luxo, mas não compra a honra.

O dinheiro compra o remédio, mas não compra a saúde.

O dinheiro compra o livro, mas não compra a inteligência.

O dinheiro compra o julgamento, mas não compra a consciência.

O dinheiro compra o crucifixo, mas não compra a salvação"...

Outro cartão, era na forma de pequena história do pobre homem que ninguém tinha pena. Ele ia de porta em porta, pedindo um pedaço de pão. Muitas portas foram-lhe fechadas e mandaram-no embora, com insultos. O infeliz estava desesperado. Num dia de inverno caminhando pelas ruas escorregadias, caiu, quebrou uma perna e foi levado ao hospital. Quando o povo da cidade soube que o pobre forasteiro fôra levado ao hospital, com a perna quebrada, sentiu muita pena por ele. Uns foram consolá-lo, outros levaram-lhe boa comida e uma soma em dinheiro. Antes de deixar a cidade escreveu à sua mulher:

Louvado seja Deus, minha cara. Aconteceu um milagre: quebrei a perna!

Moral da história: — A maioria prefere ajudar ao que já caiu, ao invés de evitar a sua queda...

Vado tinha cartões para todos os gostos, como piadinhas de que um dia um russo apareceu gritando: "Kruschev é louco! Kruschev é louco!"

Foi condenado a vinte e cinco anos de prisão: cinco por ter insultado o Partido e vinte por ter revelado um segredo de Estado!"...

Ou então: "Nasser morreu de um colapso cardíaco quando recebeu um telegrama de Golda Meir: Vamos fazer amor, não a guerra."

Para perpetuar a profissão e garantir um lugar na própria, possuía um cartão que distribuía entre os empresários, cada vez que os encontrava no Galery ou no Ypopótamus:

"Lembre-se, todas as vezes que você pensar em cortar sua verba de publicidade: Parar de anunciar para economizar dinheiro é como parar o relógio para economizar tempo"...

Seu defeito, o "pichecose". Fã do **graffiti,** tinha mania de pichar muros e paredes, clandestinamente, de madrugada quando voltava da boêmia. Desse grafiteiro eram vários pensamentos espalhados pelo bairro em que morava.

Numa parede escrevia:

"Coma merda! Dez bilhões de moscas não podem estar erradas!"

Na outra: "Vote em Jesus para Cristo". Ou ainda: "Socorro minha filhinha já menstrua". Também: "Tanto os otimistas como os pessimistas contribuem para a nossa sociedade. O otimista inventa o avião e o pessimista o pára-quedas."

Ou ainda: "Mais vale um na mão, do que dois no sutien!" Enigmático: "Fure fila, faça figa, fuja do faro da fera." Voltava tentando meia seriedade, meia gozação:

"Democracia é um sistema pelo qual o povo é livre de escolher o homem que levará a culpa de tudo."

Para mexer com o vizinho do lado:

"Inglês, é um português que deu certo."

Para gozar outro:

"Alemão, é um português que conhece matemática!"...

Um dia o Vado-Cartão foi fazer um filme comercial juntamente com o Reoto Deotorino (já citado aqui) e contratou um talentoso compositor para que fizesse a trilha sonora.

O diretor de cara já não tinha gostado de um aviso do Vado, na clássica forma de cartão, sobre a mesa, onde se lia: "Aquele que não faz mais do que aquilo pelo qual é pago, não merece o que ganha"...

Pronta a obra cinematográfica eis que o temperamental diretor breca, alegando que não ia precisar de música.

— O filme deve ter **sound track**, puma nenhorra! — Protestou o diretor com sua habitual bronca grosseira demais. — Não tem sentido porque a ação se desenrola toda numa rústica jangada improvisada e em alto mar, portanto isolada de todos e de tudo! De onde poderia vir a música?

Diante da recusa do malcriado diretor, o calmo Vado-Cartão não pensou duas vezes para contestar:

— Responda de onde vem a sua câmara, e eu direi de onde vem a música...

NÃO DISCUTA COM BURRO. O BURRO ACABARÁ SENDO VOCÊ

Naquele ensolarado dia fui levar algo para que a Tonalidade fotografasse. No estúdio fotográfico pertencente ao Grupo Tona entrei na sala do Israel Latherman que à noite dava aula na Escola de Propaganda e durante o dia cuidava do **Marketing** do Grupo. (O Israel é um judeu que assiste o culto pela televisão, quando corre a sacolinha, ele muda de canal). Quem encontro? O Hugo Maia, irmão do Gastãozinho Maia, que por sua vez é irmão do Carlito Maia de frases geniais como a que citou um dia: — "Quero mostrar para as pessoas que fui um fracasso bem-sucedido, que venci na vida perdendo"...

Do também espirituoso Gastão lembro-me bem o dia em que caminhava na rua com ele e encontramos um colega, que o interpelou:

— Gastão-zinho, vo-vo-cê con-conhece u-uma esco-escola prá ga-ga-go?

O Gastão muito depressa:

— Prá que. Você gagueja tão bem!...

A pedido de meus filhos, eu tinha feito em casa uns textos para o concurso do chicle de bola Ploc. Concurso de frases e **slogans** sobre as qualidades do produto e que distribuiria video-games Atari. Não ia colocar nenhuma frase em meu nome e sim de parentes: mãe, mulher, filhos, sobrinhos, irmão etc. Meus filhos estavam entusiasmados com a possibilidade da família "faturar" o jogo eletrônico, que era uma novidade na praça, uma vez que meses atrás eu havia participado de outro concurso e tínhamos ganho um rádio-gravador Sanyo dos mais modernos. Foi um galinho do Macarrão Miojo Lamen, que pintei e coloquei em nome da minha esposa. Fomos contemplados e o desenho parece que foi parar no Japão, não lembro bem.

Antes de chegar no estúdio Tona, comprei uma caixa de goma de mascar de umas 100 peças (mais barato do que comprar uma por uma), já que em cada envelope concorrente deviam constar 5 embalagens Ploc. Passei a conversar com o Israel e o Hugo Maia sobre aspectos curiosos e engraçados da profissão quando percebi, nós três desembrulhávamos os chicles para o aproveitamento dos papéizinhos.

Foi quando o Hugo Maia no meio da "tarefa" contou uma daquelas de seu irmão. Um dia o Geraldo Alonso, da Norton, pediu ao Carlito Maia, um contato para contas pequenas. Ah... para que! No dia seguinte o Carlito atendendo ao amigo, mandou ao dono da agência, um anão...

Encerramos a preparação dos envelopes porque a hora do almoço chegava, e já estava acumulando "peru na roda". Um cidadão se aproximara leu as frases que eu havia bolado e não gostou de duas. Não discuti, pelo motivo do título da crônica. Exatamente as duas que foram premiadas:

"Eva, ao papo do Adão resistia,
porque Ploc não existia..."

Mandada em nome de minha mãe, ganhou um videogame Atari.

A outra frase premiada foi:

"Toda meia tem seu pé,
todo crente sua fé.
Toda luva sua mão,
todo corpo, coração.
Toda música seu toque,
toda boca tem seu Ploc!"

Que mandada em nome da minha esposa, nos deu o segundo videogame Atari do mesmo concurso.

Logo depois, em outro concurso, esta frase nos premiou com um terceiro videogame Atari:

"Só a rapidez do Instamen, dá ao seu prato o máximo!"

Só do Tang ganhei uns seis prêmios. Num dos concursos peguei o primeiro e o segundo lugar o que nos deu (para alegria da minha esposa e de meus filhos) uma compra no valor de um milhão e meio de cruzeiros e uma bicicleta Caloi Cross Extra Light.

As frases foram:

"Criatividade não é minha, que no papel ponho idéia a gerar.
Criatividade é do Tang, que do papel faz néctar jorrar!..."

E o segundo lugar no mesmo concurso:

"Perguntaram ao japonês o que era P.T., P.D.S., P.D.T. e P.M.D.B.

Ele respondeu: Puro Tang, Para Derrotar Sede, Pacote Dá Tanto, Para Metade do Brasil".

Nunca em meu nome. A primeira frase foi em nome de meu tio e a segunda no nome de meu irmão. Além disso ganhei uns quatro **long-play,** como prêmios de consolação.

Mais tarde foi no concurso da Mistura Preparada Sol e Santista que recebemos novos prêmios: 4 Grill e 4 bolas de vôlei, em nome de meus filhos.

A título de curiosidade relato aos leitores, algumas das frases feitas por mim. Se algum dia alguém quiser iniciar na participação de concursos do tipo é só mudar o tema. A fórmula é sempre válida. Garanto que o sistema funciona na criação de **slogans**, frases etc.

Pode se fazer frases curtas, ou na forma simpática de quadrilhas, quintilhas, sextilhas, à vontade do freguês. Com arte e jeito pode se contar até uma história curta tanto alegre como comovente. Vai bem nesse gênero de concurso. Quase sempre agrada aos jurados.

A criança por si só já é uma boa. Acompanhada dos mais velhos então é tiro e queda:

"Mascando o chicle com cuidado, de mansinho,
ao ver tristeza no lugar do riso, com carinho
filosofa o velho junto do netinho:
— Voa, voa meu bom Ploc; bendito papelzinho,
e traga logo um videogame Atari pro Betinho..."

Ou então:

"Ao ver o pai, Ploc abrir ansioso,
diz o previdente filhinho: — Pare
cuidado com o papelzinho valioso,
que pode dar um videogame Atari!..."

Pode ser também assim:

"Como nos velhos tempos, o vovô fala: supimpa! O netinho: é um barato!

Referindo-se ao chicle de bola Ploc, realmente bom de fato!"

Na forma de criança falando:

"Grande, só atrapalha criança contente,
a não ser quando faz Ploc prá gente..."

Mãe ralhando também vale:

"Pestinha é o filho do vizinho:
masca o Ploc aqui da casa e não deixa nem o papelzinho..."

Elogio ao produto nunca é demais, é fundamental:

"Morango, Tutti-frutti ou Hortelã?
O que importa é que Ploc dá prazer hoje, ao homem de amanhã!"

Slogan:

"Ploc — somente o que seu filho precisa para ser feliz..."

Outro:

"Ploc tem sabor original: de momento agradável."

Era dia de encontrar velhos colegas.

Dou de cara na rua com outro publicitário amigo cujo sonho maior, trabalhar na D.P.Z., agência considerada das melhores em criação, que já tinha dado um Neil Ferreira e um papa como o Washington Olivetto (maior salário da propaganda brasileira), redatores, criadores de renomes internacionais.

— O setor do classificado tem também seus Neil e Olivetto. O que nos falta é oportunidade nas agências grandes e estímulo para continuar...

Tratava-se do Catanhede, um redator que não ia para a frente porque não acreditava naquilo que fazia.

— Tenho alma de artista. Devia ser diretor de arte, não redator, para mim a boa imagem vale por mil palavras. Escrevo sabendo de antemão que ninguém lê texto em anúncios...

Todos os colegas voltavam-se contra ele por causa de sua estranha teoria.

— Não discuto com burro senão o burro acabará sendo eu. — Insistia o redator, que havia roubado minha frase que na verdade também ouvi de outro.

Um dia exibiu sua prova.

Mostrou numa página, alguns recortes de jornais em que se via muita criatividade nos anúncios classificados, os empregados procurados e os empregados que procuravam empregos.

— Isso é criação. Agora tem uma coisa, continuo insistindo que ninguém lê texto de anúncio... E o que é pior nem publicitário, e o que é mais lamentável, nem mesmo o redator de propaganda (?)...

Ato contínuo exibiu recorte de um pequeno anúncio em que trazia o texto:

"Diretor de arte — Redator — Past-up — Diretor de criação — Secretária — Ilustrador — Mídia — Tráfego — Chefe de estúdio — Atendimento. Se você procura um Gurgel X-12 TR, — ano 79, em ótimo estado e com mecânica "em cima", marque entrevista com Cristina pelo telefone tal."

E Catanhede mostrava também uma crônica do Eloy Simões publicada no caderno "Propaganda & Marketing" da "A Gazeta Esportiva":

No dia seguinte, uma segunda-feira, o telefone da Cristina não parou de tocar.

Com pequenas variações, os diálogos se passaram mais ou menos assim:

— Alô! Dona Cristina!

— Ela mesma.

— É aí que estão precisando de redator?

— Não...

— Mas o anúncio dizia que...

— Dizia que estou querendo vender um Gurgel.

— É, mas o anúncio...

— Você tem o anúncio aí?

— Sim...

— Então leia ele outra vez.

— Ih...

E desligava.

Outro telefonema:

— Alô.

— Pois não.

— É da agência que tá precisando de redator?

— Não senhor, é de uma casa de família, que tem uma pessoa que quer vender um Gurgel.

— Gurgel? Mas o anúncio dizia...

— Por favor, leia o anúncio outra vez.

— Nossa, dancei.
E desligava.
Novo telefonema:
— Sou diretor de arte e quero me candidatar ao emprego...
— Que estava no anúncio de ontem.
— Isso mesmo.
— Só que não estava.
— Como não?
— O anúncio é para vender um Gurgel.
— Gurgel?!
— É, leia ele outra vez.
— Legal, boa sacada, boa sacada, criativa mesmo...
E desligava sem jeito.
Outra vez o telefone toca:
— Alô...
— Dona Cristina, por favor.
— É ela.
— Acontece que sou contato e estou interessado naquele emprego que...
— Nós anunciamos.
— É isso aí.
— O senhor quer ter a bondade de ler o anúncio outra vez?
— Estou lendo. E agora vejo que a senhora quer é vender um carro.
— Isso mesmo.
— Mas isso é uma palhaçada: por que não pôs o anúncio na página dos classificados. Criativa é? Quer fazer gracinha em cima da gente?
Agora quem desligou foi a Cristina...
Foram 123 telefonemas, 108 na segunda-feira, os outros na terça. Desses todos, somente um, falou sobre o objeto específico do anúncio, isto é, a venda de um Gurgel. E o que é pior: a grande maioria era candidata ao cargo de redator...

Boa parte dos clientes afirma que ninguém lê texto de anúncio. Alguns quando dizem isso, fazem-no baseado na sua experiência. Outros, citam pesquisas. Mas o mais curioso, provou o Catanhede: publicitário não lê anúncio, menos ainda se for redator...

A moça foi perguntar para os publicitários se eles queriam comprar um Gurgel, e acabou descobrindo que boa parte deles não sabe interpretar o que lê — se é que lê.

Alguns criativos anúncios classificados.

E o anúncio da Cristina que alguns publicitários não entenderam. Ou não leram.

QUEM NADA EM ÁGUA DOCE NÃO IMAGINA O QUE É SEDE

Horácio Lafer, o ministro de Getúlio Vargas, não era um nome comum, e sim uma legenda.

Um dia alguém do seu corpo de auxiliares descobriu estarrecido que um homônimo do patrão tinha título apontado num dos cartórios da capital e correu avisá-lo.

Horácio Lafer mandou imediatamente que localizassem a figura. Acharam e levaram o homem à sua presença. Um velhinho tranqüilo que pela primeira vez entrava em dificuldade financeira e consequentemente, em pane. Horácio Lafer com muito tato o fez ver que não ficava bem ter título naquelas condições e que afinal o fato também o prejudicaria, se um dia realmente chegasse a ser protestado por falta de pagamento, já que tinham o mesmo nome.

Naquele dia, Lafer não só mandou pagar a fatura do velhinho como recomendou que toda vez em que se metesse em dívidas que o procurasse, sem receio. Não deu outra! Acabaram-se os apertos e problemas do ancião! Quase que mensalmente o homônimo telefonava. E ainda reclamava da sorte, aos amigos:

— Pena que agora no fim da linha, depois de trabalhar em vão durante todos esses anos, descobri que só meu nome, pode gerar algum lucro...

Quem contava penalizado essa história era o Esfrisas. E completava bem humorado:

— Coração de pobre não bate, apanha... Sou imortal, porque não tenho onde cair morto! Nem eu, infelizmente e nem meus irmãos Duntalmiun, Anclotinato Regis, Cantuarpina Avis e o Ubsclendes podemos sonhar com tal dádiva, mina dourada, como teve o Lafer segundo. Quem importante tem nomes destes, parecendo remédio? Nem outros pobres como nós. Somos os primeiros e únicos...

O redator potiguar um dia decidiu reformar-se, isto é, abandonar a boêmia. No primeiro dia cortou os cigarros. No segundo cortou a bebida. No terceiro, as mulheres. No quarto, passou a cortar bonecos de papel...

Foi nessa fase crítica que tornamos a nos encontrar e no dia em que visitava o Grupo Tona, dos irmãos Manoel e Sílvio Escada. Disse o Esfrisas com voz cansada:

— Deixei a boêmia e voltei a ser criança, portanto vou ajudá-los a "descascar" os chicles de bola Ploc. Em seguida meteu mãos à obra e até auxiliou a colocar nas cartas mais textos que eu havia feito para o concurso de frases. Foi a última vez que vimos o Xerife Esfrisas, que no estilo do Xerife Vado-Cartão, era outro criador de frases inesquecíveis...

Aqui cabe um particular com relação a esses concursos precedidos de grandes campanhas publicitárias. O que o povão desconhece é o elevado número de profissionais que participa. Profissionais de propaganda, mais especificamente da área de criação. As regras geralmente são claras: qualquer um pode participar, desde que não seja da própria empresa patrocinadora e da agência de publicidade que atende a conta. Outros publicitários, participam à vontade. O que todos nós fazemos. Em apenas um ano levantei mais de vinte prêmios. Apenas não colocamos nossos nomes porque pode constranger algum jurado conhecido, colega de profissão e amigo. Daí a colocação de nomes de parentes. E verdade seja dita, entre milhares de participantes por esse Brasil a fora, existem aqueles que nunca estudaram propaganda, nunca viram uma agência de perto, mas são criativos demais. São os publicitários natos.

O Esfrisas leu e gostou dos textos que preparei com pitadas de malícia, concordando que agrada em concursos do gênero:

"A mulher elogia — Puxa não teve pressa!
E ele todo encabulado ainda confessa:
— É Ploc, meu bem, revitaliza à bessa..."

Ou:

"Desnuda com jeito e só em pensar no ato, delira.
Entre os dentes violenta, quando prometia toque.
Não resiste, ainda morde, e na aflição suspira:
— É sabor de tutti-frutti, é chicle de bola Ploc."

Pode ser assim:

"Até no desempenho do amor,
Ploc tem melhor sabor:
um antes, outro depois, mais gostoso para os dois..."

Podendo também ser deste jeito:

"Depois do frango com nhoc,
na garota um toque,
e finalmente Ploc!"

Completando com última pitada de malícia:
"Na parede escreve a garota colírio:
Ploc, fofão, você no amasso é um delírio..."
Mostrando um pouco da veia poética:
"Isolado, distante, sem do ser humano um toque,
torna-se perto, movimentado, se o companheiro é Ploc..."
Velho provérbio adaptado também é boa fórmula, como este:
"Ploc é como o sândalo: perfuma a boca que o fere..."

O CASAMENTO É A ÚNICA GUERRA EM QUE OS INIMIGOS DORMEM JUNTOS

Nesta escala de Xerifes e Coronéis, o baiano Geniválzio era o único produto híbrido. Talvez um Xeri-nel ou um Coro-ife. De atuação sempre dúbia. Com jogadas surpreendentemente boas e em seguida outras repletas de lances e ações de maucaratista militante confesso e empedernido.

Mais um dos loucos-lúcidos da boêmia publicitária. Feio e desengonçado; enólogo em excesso e charuteiro irrecuperável o redator, um frustrado concurseiro profissional de sábados e domingos. Para o "Tonel Falante", participar tornava-se um **relax**, não perdia um. Só que nunca ganhara um prêmio, nem de consolação...

Apesar de achar que o casamento significava a única guerra em que os inimigos dormiam juntos, admirava demais a mulher. Sonhava ver a esposa forrada de jóias distribuídas pelo concurso do creme dental Kolynos, tanto que mandara as frases: "A mão que afaga é a mesma que apedreja. Mas boca que é de Kolynos é a única que só beija". "Só Kolynos para manter o sorriso da Cida, ao enfrentar os TRU, RAZ e PIS, da vida..."

Os concursos estavam na moda e os publicitários tinham que aproveitar. Nossos filhos exigiam nossa participação. Como eu já tinha ganho sete prêmios em concurso, só naquele ano, o último tinha sido enviado em nome de meu cunhado, onde havia levantado o terceiro vídeo-game Atari (sobre o cozimento rápido do Instamen), procurei incentivar o redator baiano.

Não ganhou jóia nenhuma. Não pegou nem aproximação...

Geniválzio imaginava sua casa repleta de som, vídeo, tv, secretária eletrônica, rádio-relógio, secador de cabelos. Sob a estante componível, vaso-escultura com assinatura de artista, baixela de prata com escudo para gravação de monograma, faqueiro com **design** europeu, ganhos no Concurso do Dia das Mães, da revista "Veja".

Mentalizava que em sua garagem já estavam estacionados uma Voyage Parati para sua filha, que na certa ele ganharia da Promoção Fantástica Kodacolor, mais um Gol 1.6, para seu filho, além da Honda GG 125, para o sobrinho. Era só escrever: porque o Kodacolor disparava na frente.

Seu sonho mesmo, para ele, um carro dado pela Chevrolet. Só bolar e pintar o desenho e ganharia um belíssimo Chevi personalizado, para as pescarias de fim de semana. Jurava até que se ganhasse esse único concurso da sua vida, não perderia mais fins de semana fazendo frases e gastando dinheiro com selos para as cartas. Mas como sempre, não passou de sonho. Mais uma vez, nada ganhou...

Ainda tinha chances. Bastava procurar nos seus arquivos implacáveis alguma foto que registrasse algo de interessante e enviar para o concurso do Guia-Brasil e Curt, poderia ganhar um Chevette. Mas foto não estava na relação de sua especialidade. Assim como tinha chances nos concursos da Rede Globo com frases e versinhos sobre bicicleta Calói e camiseta Hering. E quem sabe livraria a cara do presente de aniversário da irmã. Ela adorava aquele forno micro-ondas que Modess estava distribuindo no concurso. A casa que a água mineral natural Minalba dava em Campos do Jordão era muito para sua cabeça, e os prêmios da lâmpada Philips tentadores, mesmo aqueles de consolação.

Existia ainda de contra-peso o Grande Concurso Fusca. Bastava escrever uma pequena história interessante que não ultrapassasse 20 linhas e zás! Pelo menos um concurso estaria no papo! Afinal seria um Volkswagen zero quilômetro!

Fez a história que levava por título "De como meu primo vivo e com o auxílio do velho Fusca, subjugou o ladrão panaca lá pras bandas das Minas Gerais".

E começou enxugando o texto para dar as 20 linhas do regulamento:

"Aconteceu com o Aderbalzinho que foi vender lingüiça. Voltava todo satisfeito depois de negociar alguns metros daquela que assusta cachorro mordido de cobra, quando foi abordado por um marginal. O bandido encostou-lhe o trezoitão na quarta costela sem a devida licença, o que deixou o Aderbalzinho um pouco amedrontado com o tamanho do cano, porém sem perder a esportiva. Entregou-lhe todo o dinheiro, com única súplica: que o meliante (pois o trombadão pertencia mais ou menos ao tempo em que se chamava amigo do alheio por esse nome) o ajudasse a tornar o fato mais aceitável, para sua mulher que era mais brava do que surucucú pico de jaca. Sugeriu que o ladrão desse uns tiros na lataria do velho Fusca para dar mais autenticidade. O gatuno como todo idióta achou graça na destruição. Postou-se na frente do carro e lascou o primeiro. O Fusca gemeu. O degenerado mental tomou gosto e descarregou o revólver no coitado.

Foi só as balas acabarem, seu moço, para o Aderbalzinho virar capeta! Pulou em cima e deu uma coça homérica no tal vândalo surrupiador! Quando o larápio acordou, estava amarrado com lingüiça até o pescoço, já a caminho da delegacia e dentro do heróico Fusca ferido, que sorria satisfeito, apenas com algumas falhas nos dentes e um olho apagado. . ."

Os jurados do concurso da Volkswagen não devem ter gostado da história bolada pelo redator publicitário que já estava fazendo uns três quilômetros por litro e latindo em jardim para economizar cachorro. Não pegou nem prêmio de consolação, como sempre. . . E continuou mais apertado que São Jorge na minguante. . .

Em matéria de carro não ganhou nem o míni-bugue do concurso Grande Aventura Hellmann's. Pegou foi nova bronca da esposa! A "inimiga íntima" quebrou o pau com o Geniválzio por ele ter perdido selos e mais um sábado e domingo em casa, tentando ganhar algo que só conseguiriam indo à loja. Foi mais um fim de semana sem sair com a família.

Desanimado com os resultados de tudo em que se metia, o feio e mal ajambrado Geniválzio, de quem o Esfrisas dizia que se tivesse nascido dez minutos depois sairia uma máquina de sulfatar batatas, tomou uns vinhos a mais e com terrível BTL-Bafo de Tigre Louco, foi visitar o zoológico para espairecer. O baiano carrancudo, arcado, pernas curtas e paletó escorrendo pelos longos braços (quando bebia muito arreava o esqueleto) deu uma pendida violenta, aproximando-se demais da jaula. De mau humor, jogando cinzas do charuto para todo lado, com o bico do sapato ainda chutou a vasilha do bicho pelo vão da grade.

Diz o Vado-Cartão que ouviu e até jurou. O macaco ficou próximo e familiarizado com os traços do Genivalzio sapecou:

— Me conta logo quem é teu advogado, meu irmão, que eu também quero sair daqui!...

SÓ TOMAVA LARANJADA QUANDO SAÍA BRIGA NA FEIRA

Da boêmia publicitária antiga lembro-me bem de três bons desenhistas que acabaram falecendo por excesso de álcool, infelizmente. Homens da propaganda que se foram nas dobras do tempo. Perdas irreparáveis. Exímios profissionais, excelentes Xerifes...

Um, o Renato Macedo, que desenhava as figuras dos anúncios das lojas Garbo. Ele mesmo contava, tendo que viajar em companhia de um amigo, paravam mais do que deviam nos bares da estrada e revezavam também demais no volante: tanto que a certa altura da viagem, o carro voava baixo e o amigo apavorado gemeu enrolando as palavras:

— Olha, cuidado, que aí vem uma ponte!

— Cuidado, como? — respondeu o Macedo — não é você quem está guiando?...

O outro, o italiano Romano, capaz de fazer notáveis trabalhos a cores, como vi certa vez, cartaz mostrando um sanduíche de presunto, queijo e alface executado por ele, de dar água na boca de tão real.

O Romano no restaurante já havia tomado uns goles a mais de vinho, quando chegou-se a uma mesa onde encontravam-se dois rapazes parecidíssimos e com roupas iguais.

— Ué! Será que eu estou vendo demais?

— Não é bem isso — esclareceu um dos moços — nós somos gêmeos.

E o Romano, admirado:

— Os quatro?...

O Wellingthon Campos, o terceiro boêmio de boas tiradas. Na época os títulos dos anúncios tinham que ser desenhados, não existiam ainda as fotoletras, e o Welingthon era o melhor letrista de São Paulo. Conheci o artista no apogeu de sua carreira tanto que existia uma mesa só para ele no Hotel Excelsior e um aperitivo com seu nome. O Hotel Excelsior, um dos melhores da cidade, ficava em cima de onde é hoje o cine Ypiranga.

Lembro-me da fase áurea, ao seu desaparecimento trágico. Faleceu, num banco de jardim, completamente abandonado, na cidade de Buri no interior de São Paulo, quando procurava chegar à fazenda de sua prima. Um cartão da APP-Associação Paulista de Propaganda no bolso de seu paletó salvou-o de ser enterrado como indigente.

O Welingthon, um mulato sempre bem vestido, de terno e gravata, carregando minúsculo estojo onde havia apenas tira-linhas, pequenos esquadros, alguns pincéis e tintas nanquim preta. Tinha também guache branco para retoques que quase nunca usava tamanha a prática em desenhar letras. Ganhava o que queria. Sua clientela, a melhor possível; **free-lancer**, somente percorria agências maiores e multinacionais como Thompson, Mac Cann, N. W. Ayer, Lintas, Grant e outras do nível.

Sei quanto era duro desenhar letras porque havia um teste maldito que os desenhistas mais velhos passavam para a gente que estava iniciando, e que consistia na esguinte frase: "Nossos ossos, são mais grossos que os vossos ossos!" Ter que desenhar tudo isso com o "ós" todos iguais, a maior dureza; no fim terminava com uma guerra de guache preto contra branco, tanto os retoques, coisa que com o experiente Welingthon jamais acontecia...

Pedi uma laranjada. O Welingthon riu e arrematou:

— Só tomo laranjada quando sai briga na feira...

Estavamos no Ponto Chic, que o Adoniram Barbosa chamava de Ponto Chico, o primeiro a receber ainda no domingo à noite, a edição segunda-feirina da "A Gazeta Esportiva", mas no primeiro dia da semana, na parte da manhã era calmo. Largo do Paissandú quase esquina com avenida São João. O movimento de segunda-feira no tradicional Ponto começava logo depois do almoço. Atores de cinema, televisão e teatro, sem contratos. Mulheres excessivamente coloridas, jogadores fracassados, de futebol. Mágicos aprendendo truques novos. Palhaços que não riam. Num ambiente para ser melhor desenvolvido por um George Simenon do que para um Rigsil. Enquanto surdo-mudos contavam piadas com gestos e demonstravam hilariedade batendo violentamente as mãos nas mesas. Das piadas passavam às discussões políticas e todos bebiam muita cerveja até de madrugada...

O Welingthon de terno branco, mulatólogo confesso com ares de carioca matreiro, virando-se para o gerente do bar indagou:

— Quantos barris de chope vocês vendem aqui no Ponto Chic, por semana?

— Uns quarenta, respondeu, vaidoso, ajeitando o Rolex no pulso, entre Cynar e Mistura Fina espalhados sobre o balcão.

— Pois bem. Eu sei de um sistema para você vender oitenta.

Interessado, o gerente perguntou como seria possível.

— Simples — respondeu o gozador desenhista — basta encher bem os copos...

CADA OVELHA COM SUA PARELHA (OU XERIFES & CORONÉIS DE SAIAS). (OU TROCANDO GUICHÊ POR CLICHÊ)

Trabalhei com duas Xerifes de saias, na mesma agência, que homenageio aqui. Uma, a Katia Maria, de primeiro nome russo, mas produto do Japão com... Minas Gerais! Simpática japonezinhamineira, da Moóca, de quem fui seu primeiro diretor de arte.

Outra Xerife, a Malú. Maria Lúcia Lima Barbosa, pequena grande redatora do Sumaré. Outra simpatia de pessoa.

Educadas, competentes e excelentes colegas de trabalho, contrastando com as duas moças que atendiam no Sindicato dos Publicitários, grosseiras ao extremo; ninguém gostava delas. De eterno mau humor, respondiam de má vontade qualquer pergunta daqueles, que afinal, pagavam seus salários.

Como eram inúmeras as reclamações contra o trabalho das referidas donzelas e poderiam ser mandadas embora, pensaram melhor, afinal o seguro morreu de velho e o desconfiado ainda está vivo. Resolveram por elas mesmas, num exame de consciência desocuparem o beco, como diziam, iam passar de vidraças para pedras. Para mim, trocar o guichê pelo clichê.

Eurasiana estudava (em hora de expediente) para ser **media** de uma agência e explicava à sua assistente, a companheira Jordanésia, que os principais veículos usados na publicidade eram os jornais, as revistas, como aquelas que estavam lendo no momento, televisões, rádios e cinemas. Impressos, anúncio ao ar livre (**outdoor**), painéis, luminosos e cartazes murais. Exposições, feiras e mostras. Cartazes de balcões e de vitrinas e giratórios (**mobile**). Usando-se também aviões, balões, paraquedas etc.

Para completar a carteira de saúde que a agência havia solicitado, não precisaram passar no sindicato pois já estavam no próprio. Uma delas fechou a revista "Capricho" que lia e esperou um pouco a outra que modelava o cabelo com o Braun. Ali mesmo, preencheram suas fichas, ajeitaram as langeries Valiére, desceram simplesmente a portinha do guichê e seguiram em direção da clínica médica para as devidas consultas.

Com a Eurasiana, o médico de avançada idade passando no ouvido, Cotonete — o carinho que limpa, foi taxativo:

— Sua doença não tem nenhuma gravidade. Basta um pouco de sossego e descanso.

— Mas doutor, veja minha língua.

— Também precisa de descanso...

Com a ajudante da Eurasiana, a Jordanésia, o diálogo foi outro:

— Minha senhora, tenho uma ótima notícia.

— Senhora não, doutor, senhorita.

— Senhorita, tenho uma péssima notícia...

Quem soube de tudo isso foi o produtor Amarildo. Antes de sair da sala do consultório percebeu que eram as duas que iam ser atendidas logo depois dele. Deixou o Sanyo ligado sem que o médico percebesse e voltou depois para apanhá-lo, após a saída das moças, uma grande e vermelha como o Elefante da Cica, outra pequena e amarelinha como pilha Ray-O-Vac.

A entojada Eurasiana e a desgadelhada Jordanésia que estudavam publicidade não sabiam que existia também outro veículo de divulgação: o gravador. Principalmente quando propositadamente esquecido ligado em consultório médico...

COICE DE CAVALHO NÃO MACHUCA ÉGUA

Esta crônica tem sabor de mistério e testemunha para comprovar. É o caso do Coronel que virou Xerife.

O casal dono da agência XY era a reencarnação de Napoleão e Josefina, no trato e na aparência. O homem de cabelo raro escorrendo vaselina, embora baixinho destacava-se da mulher por ser mais autoritário, pelo menos fora do lar. Afirmavam ser casados, assim como ele dizia ser engenheiro e ela médica. Mas ninguém acreditava nos títulos nem no casamento do Teodolito com a Tiaminose.

Prepotente, o barrigudinho apelidado pelos empregados de "Tatu de chuteira" porque tinha quase a metade da altura da mulher a ser escalada, julgando-se um Adonis ainda tentava conquistar outros monumentos. Cantava indistintamente todas as funcionárias da casa e isso fazia com que a esposa o acusasse de ser louco por um rabo de saia.

Porém loucos pareciam tanto o marido como a mulher.

Seu ídolo, Napoleão Bonaparte também tinha sido?

— Todos os grandes homens da História tiveram qualquer coisa de patológico no seu sistema nervoso. — Afirmava o dono da agência. — Num determinado sentido Júlio Cesar, Dante, Shakespeare, Napoleão, foram loucos...

Na verdade Napoleão, quando rapaz, sofria intensamente dos nervos e mais tarde foi freqüentemente atormentado por nevralgias faciais. Às vezes tinha ataques nervosos de caráter epilético. Sumamente irritável e tinha crises de abatimento nervoso que reduziam o imperador à condição de simples mulherzinha histérica.

Por coisas insignificantes tinha acessos de raiva furiosa; quebrava nessas ocasiões tudo quanto estava perto dele. Na última trágica noite em que passou com Josefina antes do divórcio, seu travesseiro ficou ensopado de lágrimas. Dominava-o uma melancolia profunda que nunca o deixou desde menino.

Mas a megalomania que o destruiu, foi seu desejo de dominar o mundo. Por causa desse sonho maluco morreram mais de um milhão de soldados...

Teodolito, o minúsculo dono da agência de publicidade XY, a repetição. Queria conquistar todas as contas publicitárias existentes no mercado e arrazava a praça com o que estivesse na sua frente. Só não destruía mais por falta de mais poder. Dava desconto para o cliente quando o sindicato não permitia tal desconto, para tirar contas de outras agências. Não pagava os aumentos anuais que os trabalhadores tinham direito por lei e ainda os ameaçava de mandar embora se reclamassem...

Um certo dia (sempre tem um dia para tudo) depois da sua habitual melancolia caiu numa gritaria que assustou todo mundo.

Foi um corre-corre entre funcionários e clientes. Acometido de violenta dor de dente, enfureceu. Como louco varrido arremessou para cima talões de cheques do Banco Real, maço de Minister, textos, **layouts,** artes finais além de agredir a todos que se aproximavam. Só não assustou a mulher, porque coice de cavalo não machuca égua.

O possesso acalmou-se um pouco com a presença de seu médico (já que não acreditava no conhecimento medicinal da mulher). O doutor no entretanto, para surpresa do paciente e dos presentes aplicou-lhe mais uns safanões que remédios. Louco mas não o suficiente para comer caca e rasgar dinheiro; abismado estranhou a atitude do doutor e o agrediu também.

Diante do sucedido (foi um escândalo na agência) só conseguiram acalmar o homenzinho de vez, quando chegou a camisa de força para substituir a Raphy bonita que ele usava.

Vestido e amarrado, "caregado em triunfo" o Napoleãozinho publicitário foi remetido às pressas para o hospital, tido já como doente. Lá, devidamente anestesiado, seu dente inflamado extraído enquanto uma estranha claridade, fora do normal e sentida por todos, iluminou o quarto acalmando o doente.

O fato muito comentado na época, assustou tanto o Teodolito como a Tiaminose.

Dias depois do acontecido, o dono da agência XY recebe uma carta misteriosa como se fôra muito antiga. Papel amarelado pelo tempo, tinta desbotada. No rodapé assinada por um tal doutor Antonmaschi, que havia sido médico de Napoleão Bonaparte na Ilha de Santa Helena!!!

Segundo essa carta escrita em francês, e que foi exibida na agência a quem quisesse vê-la, o imperador tinha um medo extraordinário de dentista. O médico narrava que Napoleão tinha sofrido de terrível dor de dente e não podendo mais resistir à infecção, havia consentido que o dentista extraísse o dente.

Mas a operação não correu bem. No momento próprio o vencedor de Austerlitz começou a gritar como um louco. E como o médico estivesse perto dele, mimoseou-o com alguns safanões. Para vencer a resistência do paciente o doutor Antonmaschi foi obrigado a amarrá-lo fortemente.

Depois da operação, o imperador todo convulso, queixava-se de frio e embora se sentisse em perfeito estado, exigiu que se acendessem muitas luzes. Só à vista das chamas sentiu-se reanimado...

À primeira vista o dono da agência não acreditou na história. — "Tenho funcionários inteligentes e gozadores, capazes de falsificações perfeitas e brincadeiras desse tipo ou mais!"

Mas, meio desconfiado, consultou um historiador especialista sobre a vida de Napoleão Bonaparte e mais assustado ficou ainda quando o **expert** confirmou não apenas o episódio, como provou também a existência de uma carta contando o fato e do tal doutor Antonmaschi, como tendo sido médico do pequeno-grande imperador. A coincidência do fato, por demais evidente. Poderiam forjá-la?...

O acontecido foi suficiente para Teodolito, o arrogante pequeno homem da propaganda que tinha mania de imitar Napoleão Bonaparte em tudo, não trabalhar durante uma semana acometido de forte dor de barriga causada pelo medo. Não entendeu o fenômeno, mas compreendeu a mensagem; significava: parar de ser ganancioso ou teria o mesmo fim do seu ídolo. Procurou desfazer a imagem a partir do corte de cabelo e fez regime para perder a barriga. Foi-se também a antipática postura de colocar uma mão atrás e outra enfiada dentro do paletó ao conversar com os outros.

Além do mais, também de forma misteriosa, fizeram chegar às mãos do Teodolito, informações que cientistas, examinando relatos históricos sobre os sintomas de Napoleão, nos últimos anos de sua vida — sonolência, dores estomacais, perda de pêlos e atrofia dos órgãos genitais — asseguravam que o imperador padeceu de um grave distúrbio glandular, que lhe teria provocado gradativa mudança de sexo. Tumores benignos nas glândulas endócrinas provocaram alterações no corpo de Napoleão, que teria assumido formas cada vez mais afeminadas até sua morte.

O fato é que os patrões melhoraram muito. Tanto o Teodolito como a Tiaminose se acalmaram e passaram a fazer longas viagens pela Europa.

Como o departamento de criação de uma agência de publicidade é cartola de mágico, truque ou não, foi ótimo para o ambiente de trabalho. O prepotente "Tatu de chuteira", nunca mais encheu o saco dos funcionários...

EXPERIENTE? COMO O CAVALO DE NAPOLEÃO PARTICIPOU DE MIL BATALHAS, MAS NADA APRENDEU...

Muito mais fácil, quando era do "seu" Souza ou do "seu" Cruz...

As palavras quando saem de seus países de origem passam a ter curiosos sons...

Eu, quando jovem em São Paulo, bem antes de ter no Brasil, agência de propaganda com o estranho nome de Scali, Mac-Cabe, Sloves e (imaginem quando vierem as Needham Harper, World-wuide, Saatchi & Satchi Compton, D'Arcy MacMannus & Masius, Doyle Dane Bernbach, Tathan-Laird & Kudner, John Clemenger Pty Ltd ou a Hayhurst Advertising Ltd) e passava em frente a uma firma que trazia na parede: Said, Cima, Racy & Companhia. Seguindo os conselhos da tabuleta, um dia o Racy saiu de cima e entrou o Simão que deve estar lá até hoje...

Na mesma época em Mato Grosso, os brasileiros da fronteira ouviam o prefixo de uma emissora de rádio do Paraguai: ZPA-1, ZPA-2. Como em espanhól o Z é pronunciado seta, ouvia-se no nosso lado: Seta pe a 1, seta pe a 2; aí entrava o espírito de gozação do brasileiro que completava: pero **no** se tapea 3...

Quando a Companhia de Cigarros Souza Cruz tinha como proprietário o velho lutador português, Albino Souza Cruz, os nomes clássicos de cigarros eram: Continental, Luiz XV, Hollywood, Belmont, Lincoln, Beverly, Cônsul, Lancaster, Capri e outros. Depois que a Souza Cruz foi vendida aos norte-americanos e surgiram também a Philips Morris e a R. J. Reynolds, os "marketeiros" cismaram de sofisticar para dar mais classe às marcas e apareceram então no mercado: Master, Shelton, Chanceller, Century, River, Advance. E vieram também as fases dos **Lights** e **Ultra Lights.**

Tem homem que gosta de fumar Ella mas pede baixinho, sussurrando quase às escondidas. O nome de cigarro Parker, cheira à caneta, Elmo então deve ter sabor de museu e Fio de Ouro, gosto de doce. Colúmbia, lembra nave espacial; Cruzeiro, time de futebol; Imperador, centuriões; Cassino e Monte Carlo, jogo; Corcel, automóvel; Magestic está mais para cinema de bairro. Vila Rica nos recorda o Gerson e outros que gostam de levar vantagem em tudo, pela propaganda feita em torno do tema. Monterrey parece cigarro do Zorro; Camel, deve ser o preferido dos legionários e beduínos e Comander, o predileto de militares prontos para o ataque.

Pedir Ringo, Gaivota, Tufuna e Arizona é até meio cais do porto, chegado num cafajeste, para se pedir. Mas, fácil e de boa memorização. Já os sofisticados nomes Finesse, Montblanc, St. Moritz, Plaza Slims e Kissme, são afrescalhados demais. O cara conforme o ambiente, precisa engrossar a voz ao pedí-los e fazer cara feia em volta para assustar.

Aí é que chego à conclusão de que os norte-americanos são ingênuos, quando colocam em cigarros, nomes que lembram firmas de auditores canadenses, pesquisadores neozelandezes ou editores ingleses, e querem que se tornem populares, num país de língua completamente diferente, como o nosso.

Eles acham que é fácil para o brasileiro, chegar num bar qualquer da vida e pedir de sopetão com a maior naturalidade, sem se machucar e ao mesmo tempo fazer com que o "seu" Manuel lusitano entenda:

— Oh, meu, me dá aí, um maço de Benson & Hedges!...

Para nós, Mustang não é marca difícil de pronunciar mas Carlton, é. E é também de dar nó na língua.

O mesmo acontecendo com Rhotmans, Mark-ten, Parliament, Wembley e Pall Mall, que são de pronúncias extremamente difíceis para o povão.

Se palavras escritas em inglês criam problemas ao sair de países de língua inglesa, pronunciadas então no rádio e na televisão do Brasil são um Deus nos acuda; viram tragédias. Foi o caso do delicioso chocolate Fadgies que pararam de anunciar no poderoso veículo de propaganda que tanto é ouvido no Mercedes como no carrinho de pipóca. Porque quando gritado no rádio soava coisa completamente diferente...

Eu ria com o norte-americano que trabalhava comigo, porque ele não se conformava com o fato do brasileiro ao ler farol Sealed Bean, não pronunciar como ele queria "Silibim". Nem Scotch Brite por "Scotchibraiti"...

Para que tal acontecesse, deviam pelo menos fazer como o Grecin que nos Estados Unidos é Grecian, e que foi modificado aqui para que a pronúncia desse certo. Ou como se fez a L'Oréal que lançou no Brasil, o Cabelo e Pontas e não em francês Longueur et Pointes, que seria um absurdo.

O infeliz que sugeriu o nome original de Brown Cow, entre nós, para o chocolate, ao invés da simpática expressão Vaquinha Marrom tão a gosto da nossa garotada, merecia "levar chifrada no traseiro para largar a mão de ser esnobe e besta", como bem citou um amigo.

O mesmo acontecendo com os introdutores em nossa pátria, de Bliss, Fresh, Feel Free que só enchem o saco. Porque pronunciar "Fiu-Fri" se pode-se dizer Sinta-se Livre?

O mesmo tratamento recomendo para o autor da idéia, de ser usado o difícil nome de Uncle Ben's, para arroz, entre nós. E não venham com a teoria de que deve ser usado o nome original, em qualquer parte do mundo, porque não aceito. O Uncle Ben's Converted com tal nome e pretender que seja pronunciado e consumido aqui com facilidade, vai para a mesma panela da sopa Campbels...

Nem tudo que é bom para os Estados Unidos é bom para o Brasil. O mesmo nome usado na Matriz, pode não funcionar a contento ao chegar na Filial. Isso o norte-americano positivamente não aprende. Tem a experiência do cavalo de Napoleão...

Uma empresa norte-americana mandou para cá série enorme de malhas para homens, onde a estampa maior no peito era um vistoso veado galheiro. Aqui não daria pé, nunca. Seria dose dupla.

Mas não somente os norte-americanos. Os "marketeiros" alemães também falharam anos atrás, quando lançaram no Brasil, os carros com "teto solar". Fracassaram e os carros encalharam nas revendedoras depois que se espalhou a gozação popular de que eram "para os chifres ficarem de fora". Hoje não só há aceitação, como procura, para se colocar o corte no teto. Os tempos teriam mudado?...

De qualquer maneira, são símbolos que não se deve arriscar. Lembro-me que quase tive que brigar com um cliente por ele insistir. Queria usar na criação do logotipo para sua fazenda, um par de chifres, mesmo estilizado; só porque ele tinha visto igual numa fazenda dos Estados Unidos. A "Macacobrás" em ação. Com aspas não se brinca no Brasil. O que esse cidadão ia receber de gozação por onde sua camioneta passasse não ia ser fácil de agüentar...

Deixemos o assunto para lá; vamos voltar aos nomes infelizes estrangeiros, que complicados para o povão pronunciar, já tem o destino traçado: fracasso total. Antes que os norte-americanos mandem para cá o carro coreano "4 door Hyundai Excel GL". Nem com a força maciça da propaganda vai ajudar a vender o produto. Como aconteceu com relação ao refrigerante de nome difícil, que muita gente não acertava pronunciar, ao ler o cartaz.

Sem contar o refrigerante Mountain Dew que testaram no Rio Grande do Sul e que morreu no ato. Até escreveram entre parênteses no **outdoor:** Mão-tem-du, quando deveriam simplesmente colocar: Orvalho da Montanha. Infelizmente, o Sprit (Spraiti), é gado que caminha para o mesmo pantanal.

Ao pagar um 7 up (Sevenapi), ao velho caboclo, numa xiboca de beira de estrada, no início da Transamazônica, ele agradeceu-me e disse:

— Essa tar de "Seteupi" fria é boa mermo; mais o nominho é que é de matá, sô!...

AO REI TUDO SE DÁ MENOS A HONRA!

O colega Millôr Fernandes disse certa ocasião da admiração por nós publicitários porque transformar a Coca-Cola numa coisa universalmente digerível não é fácil. Segundo ele é preciso extraordinária capacidade de criação e persuasão.

Millôr, o gozador de mão cheia, acha que em nossa profissão só dá gênio E arrematou — "é como no cinema, outra profissão de gênios, não sei se vocês já repararam, diretor, diretor de fotografia, roteirista, dialoguista, câmara, servidor de café e contínuo, botou o pé numa produção cinematográfica, é gênio!"

A publicidade tem encantos mil. Realmente já fomos chamados de tudo. De gênios a mentirosos profissionais e houve até quem dissesse que fazer anúncios através de agências de publicidade é sustentar um exército de bem vestidos... publicitutos.

Muitos conservam a imagem estereotipada de que somos cidadãos que ganham fortunas, andam bem vestidos, freqüentam os lugares da moda, possuem carrões último tipo, são cheios de manias e excentricidades e que vivem cercados de mulheres lindíssimas. Homens pagos a preço de ouro, com milhões de dólares na jogada. Mandados para se inspirarem no Afeganistão com volta pela Patagonia com descanso de quinze dias nos alpes suíços, para depois de tanto, trazerem na algibeira o **slogan:** "Coca-Cola é isso aí!"...

Só que tem uma coisa, ser publicitário é gostoso mas não é fácil. O Millôr citou a Coca-Cola esquecendo-se de que temos que apresentar a Kombi como extraordinário carro quando Ralph Nader, depois de atacar os automóveis dos Estados Unidos em seu livro "Inseguro a qualquer velocidade" fez um estudo sobre a Kombi e concluiu que é um veículo "perigoso até parado"...

Em matéria de cigarros — apesar do velho Pitigrilli afirmar que o cigarro é um cilindro de papel, cheio de fumo, com uma brasa numa das pontas e um idiota na outra — no Brasil só não anunciam cigarros em cartilha escolar.

A propaganda entra com muita força nos lares e cativa por ser bonita e atraente. Mostrando atléticos jovens de sorriso branco batendo recordes quando na verdade todos nós sabemos que o cigarro é altamente cancerígeno e o único que pode levar alguém em primeiro lugar e como prêmio, é ao leito de um hospital, sem retorno.

Propaganda que é fundamentalmente dedicada à criança, uma vez que a primeira baforada constitui cerca de 80% de probabilidade da conquista de um fumante para o resto da vida. Nas telas das televisões e nas páginas das revistas o indivíduo que fuma vira sucesso, isto é, de operário passa a ser gerente da empresa onde trabalha. As histórias que vemos e ouvimos são incapazes de impressionar adultos e sim apenas crianças, por conterem algo mágico: diz-se uma palavra e se fará sua vontade. Fuma um cigarro e o que você deseja acontecerá. Esta provocação leva a criança a provar o "instrumento mágico", passando a ser um dependente...

Refrigerante então, além de engordar a criança, ataca terrivelmente seus dentes e assim mesmo o "mentiroso profissional do publicitário" para ganhar a sua vida e dos seus, tem que fazer das tripas coração. Tem o caso do escritor Marcos Rey, que trabalhou como redator na Norton, Panan, Eclética etc. Uma bela manhã ele chegou na agência numa tremenda ressaca e tinha reunião marcada para as 8 horas com a diretoria. De cara o diretor perguntou-lhe:

— Você entendeu o problema do nosso cliente?

Marcos Rey respondeu na bucha e meio aéreo:

— Não, agora estou preocupado com os meus problemas; quem tem uma puta indústria de refrigerantes, não tem problemas!

Foi despedido no ato...

O Brasil é líder mundial de consumo de bebidas destiladas graças e sobretudo a uma gigantesca produção anual de 900 milhões de litros de cachaça e para ampliar sua legião de alcoólatras foi lançado um sorvete contendo álcool. Dizia a campanha publicitária em torno do absurdo: "Proibido para crianças". Como se fosse possível controlar a curiosidade infantil principalmente no que diz respeito a sorvetes, e como se o negociante tivesse escrúpulos em não vendê-los a menores.

Você é publicitário, tem filhos, é empregado, tem portanto obrigação de caprichar na campanha publicitária como dever profissional. É fácil?...

Concordamos até que condenar fabricantes de bebidas alcoólicas pela existência de alcoólatras é como condenar fabricantes de facas pelos esfaqueamentos, mas, uma coisa é falarmos sobre álcool entre adultos, outra é anunciar em publicações infantis...

Claro que aquele redator quando começou na profissão sabia ser a propaganda uma faca de dois gumes. Já conhecia a história do ministro da propaganda do nazismo, Goebbels, que achava que a mentira repetida cem vezes passava a ser verdade. Dizia o nazista: — "Conte a mentira, repita a mentira, insista na mentira que acabarão por acreditar nela!"

Mas quando se aproximava o Natal e na agência apareceu aquele brinquedo fajuto que não representava nada daquilo que o cliente queria que ele mostrasse, o redator Xerife pensou na mulher e principalmente no filho. Não era machão grosseiro, mas vivera o tempo em que homem cortava cabelo escovinha e mulher fazia permanente. Brinco até veado tinha vergonha de usar. Lembrou-se que no começo de sua carreira já tinha deixado na sala falando sozinho, um cliente fabricante de cigarros, porque este desejava uma campanha capaz de atingir jovens de 12 anos. O redator revoltou-se diante do brinquedo enganador e mandou o emprego para o espaço. Jogou o **briefing** e todo o resto da papelada na cara do cliente para espanto do dono da agência que acabava de perder milhões:

— Ao rei tudo se dá, menos a honra! Até mentiroso profissional tem limites! Para adulto faço publicidade do que quiserem: massagistas de araque, que massageiam apenas num lugar e faturam mais do que as autênticas "operárias da calçada"; armas de fogo, loterias, cigarros, bebidas alcoólicas, remédios, agrotóxicos e até ajudo a vender loteamentos clandestinos, mas não engano criancinhas!...

NON DUCOR, DUCO VERSUS PRO BRASILIA FIANT EXIMIA

Trabalhei numa agência na Praça Antonio Prado, parecendo o quartel general dos paulistas de quatrocentos anos. Tinha o Paulinho Assumpção que era neto do venerável João Sampaio. O Chico Paes de Barros que descendia de bandeirantes, o Rubens Lira de Almeida Prado, de família das mais tradicionais. Depois fomos chegando, eu, o Paulo Vernini, o Alceu Silveira e outros que embora nascidos na capital de São Paulo e de pais paulistanos, éramos ainda considerados forasteiros, quase estrangeiros.

A agência composta de Xerifes, foi obrigada a ir empregando gente sem consultar registro de linhagem de ancestrais, à maneira que o serviço foi aumentando e os tradicionais paulistas, escasseando. Além do que não podiam contar muito com o Rubão, que constantemente colocava a Yashica no ombro, espremia o Ray-ban no rosto avantajado e partia para Jaú afim de pedir a "bênção do tio Ademar". O dr. Ademar de Almeida Prado, criador de cavalos de raça e presidente do Jockey Clube e São Paulo.

Quando o funcionário da agência ficava duro, corria para o interior rumo à fazenda do parente rico, para terror também dos cavalos já que o Rubão pesava perto de 200 quilos...

Nas adjacências, Largo do Café, rua de São Bento, rua Boa Vista (considerada a **Wall Street** do maior Estado da Federação por concentrar grande número de matrizes de bancos), cruzava-se com banqueiros também de famílias quatrocentonas como o ex-governador Abreu Sodré e o ex-prefeito Olavo Setúbal.

A tradição no pedaço, uma praga. Na praça era comum rapazes e moças portarem seus escudos e brazões bordados ou na forma de crachás. Havia uma espécie de disputa entre clubes, aqueles que haviam nascido na capital usavam o dístico: "Non ducor, duco" ("Conduzo, não sou conduzido") divisa do brasão da cidade de São Paulo, versus outros nascidos no interior que portavam o do Estado: "Pro Brasilia fiant eximia" ("Para o Brasil façam-se grandes coisas", há quem traduza: "Para o Brasil o que há de melhor") e que nasceu "Pro São Paulo fiant eximia". Oportuna modificação, porquanto, no momento em que foi feita, os rádios a serviço da ditadura getulina espalhavam pelo Brasil a balela de que o movimento de 1932 significava separatismo, conduzido por italianos.

O mais curioso é que até no café da praça Antonio Prado, onde a agência ficava, discutiam-se árvores genealógicas, **pedigree.** Presencie um bate-boca dos mais idiotas certa vez entre um rapaz de calça olho de perdiz e brazão dourado do Estado, brilhando no paletó Príncipe de Gales e bonita moça trajando elegante Korrigan completo da sandália ao cinto, levando bordado na altura do peito estufado o lema da capital. Um dos granfinos alegava ser mais paulista por tradição, porque descendia dos primeiros portugueses enquanto o outro de origem espanhola estrilava, isto tudo arrotando tanto um quanto outro, que possuíam há muitos anos propriedades, como fazendas no interior, prédios na capital etc.

A inútil discussão me fez voltar para o tempo em que São Paulo era a vila de Piratininga no século XVII. A moça, Madalena Vândalo, formosa patrícia, dama mais rica e famosa, da Colina Sagrada, como chamavam São Paulo naquela época. Mulher que possuía um enxoval suficiente para vestir companhias teatrais inteiras. E o rapaz parecia o milionário padre Guilherme Pompeu de Almeida que alguns cronistas desse tempo chamavam de "Monte Cristo Paulista", o banqueiro dos bandeirantes. Dele referia-se Pedro Taques, ser tão rico que fazia paramentar cem camas cada uma com cortinado próprio, lençóis finos de bretanha, e uma bacia de prata debaixo de cada uma das ditas cem camas...

E a discussão das origens lembrava a guerra de 1700, entre Pires e Camargo que durou cem anos...

A primeira família, de origem portuguesa, a segunda, espanhola. Da primeira turma participavam os Pires, Leme, Almeida, fiéis a S. Magestade, por quem davam o sangue e a vida. A segunda, composta de Camargo, Pedroso, Bueno, que já haviam tentado certa vez fazer da cidade um império para afrontar a Coroa lusitana, visando aclamar Amador Bueno, rei de Piratininga.

No meio dessas sangrentas batalhas onde ninguém ficava em casa, até crianças xingavam-se nas ruas dizendo-se orgulhosamente serem "Pires" ou "Camargo", enquanto o sino de São Bento e os carrilhões do Páteo do Colégio badalavam desesperados, como plangente súplica dirigida à população enloquecida...

CHUPETA & PICARETA, IRMÃOS E FILHOS, COMPANHIA LIMITADA, AGÊNCIA TÃO SUJA QUE OS RATOS QUANDO SAÍAM LIMPAVAM OS PÉS NO CAPACHO

Como diz o Arapa, a melhor prova de que Deus é brasileiro é o fato de ter morrido entre ladrões...

Quando o fabricante de sabão, que estava longe da qualidade do Minerva, baixava o preço, o outro descia mais ainda. Nova baixa, nova queda do segundo industrial. Assim foi indo até que o primeiro não agüentou mais e mandou chamar o concorrente. Perfumado com Chinelo n.º 5, foi sincero:

— Qual é, oh meu! Vamos conversar às claras, de larápio para larápio. Com você agindo dessa maneira sou obrigado a abrir o jogo! Vendo barato, porque não tenho despesas com matéria-prima. Roubo o sebo, roubo a cinza, roubo a sóda cáustica e tudo mais, como é que você pode vender ainda mais barato do que eu?...

A resposta foi rápida:

— Simples. Eu roubo o sabão já pronto! E no caixote!...

Mais ou menos assim foi o que aconteceu com aquelas duas agências pequenas, de publicidade. A primeira perdia todas as concorrências para a segunda, pelo preço. O dono de uma, Coronelzão dos grandes, chamou o diretor da outra e se abriu todo:

— Pô, qual é? Chupo tudo. Sou um canudinho universal. Possuo uma enorme pasta arquivada com as melhores idéias de campanhas. São textos copiados das grandes revistas norte-americanas. Como domino mais ou menos o idioma, traduzo e faço as adaptações necessárias para os clientes brasileiros. Com isso economizo o salário alto de criação, do redator... Tenho também outra pasta onde guardo os melhores **layouts** que recorto de revistas estrangeiras. Quando preciso de um, pestapeio o título e o texto em português, coloco **passepartout** e mando fotografar. Apresento o **layout** novo fotografado, montado em cartão Duplex e cartolina preta. Bonito, vistoso, limpo. O cliente tem idéia do seu anúncio já produzido, pronto para ser publicado, com a condição de qualquer modificação se fazer a **posteriore.** Economizo com isso o trabalho profissional do diretor de arte que iria supervisionar, o do **layoutman** que iria marcar, do produtor gráfico, do ilustrador e até do fotógrafo, conforme o caso, com suas verbas de produção, cachê de modelo etc., mesmo para esboço. Bem, depois de todo esse "meu esforço" como é que você pode oferecer trabalho por preço menor?...

Respondeu o outro publicituto:

— Simples. Eu roubo o anúncio já pronto!... E embalado!...

Prosseguiu: — Picareteio tudo como você. Contratei o serviço de um homem especializado em espionagem industrial. Pessoa que a meu mando empregou-se numa agência de publicidade das mais criativas do país. Num fim de semana só, ele fotografou todo o arquivo onde gênios pagos a preço de ouro, guardavam todas as campanhas recusadas por multinacionais. Inéditas, novinhas em folha. E assim foi feito em várias agências grandes. O estoque de "minhas criatividades" é enorme. Você já viu, né, dispensadas por clientes estrangeiros importantes, que para os meus, são idéias mais do que ótimas. Com muito menos trabalho do que você, eu tenho tudo pronto. É só substituir os logotipos dos clientes, nos rodapés dos anúncios...

Como os métodos de "trabalho" eram parecidos resolveram fazer fusão de agências, mesmo porque, um já havia descoberto a maneira do outro furtar. O primeiro tinha como símbolo uma chupeta dentro de um círculo dourado. O segundo, uma picareta num quadrado. Juntaram os arquivos que substituiam os profissionais das áreas de redação e arte, e os negativos de campanhas surrupiadas e microfilmadas, do segundo. Para completar fizeram fusão dos logotipos. A nova logomarca surgiu triunfante: uma chupeta entrelaçada numa picareta! Desenvolveram melhor o **know-how,** aliaram-se aos irmãos e repassaram aos filhos, porque família que rouba unida, fatura unida. A agência, mais sofisticada, cresceu. Trabalhando para o Paraguai e Bolívia, tornou-se internacionalmente conhecida como Pipette & Pick, Brother and Son Company Limited. Incentivando naqueles países a venda de carros roubados do Brasil e contrabando em geral e em especial "talquito boliviano"...

A Pipette & Pick, um dia no Brasil pegou conta do Estado. Os dois sócios da agência, chegaram para falar sobre o montante de verba para a campanha, na hora em que o governador passava a tropa em revista. No jardim todo enfeitado, sons de clarins e movimentação militar. Diante de tantos soldados, os dois "publicitários" foram traídos pelo inconsciente. Não se contiveram e em coro indagaram:

— Roubaram alguma coisa aqui também?...

PASSARINHO QUE ACOMPANHA MORCEGO ACABA DORMINDO DE CABEÇA PARA BAIXO

O Micha, um judeu engravatado que trabalhou comigo era necessitado e inconformado, porque desde que nascera chamava urubú de meu louro:

— Pobre só come carne quando morde a língua... e ladrão na casa de pobre só leva susto...

Tinha dois ídolos e uma paixão. O primeiro, o israelita-húngaro Joseph Pulitzer, que foi para os Estados Unidos, em 1864, mocinho, só, sem vintém nem apoio e que morreu possuidor de milhões de dólares e proprietário de vários jornais, entre os quais o New-York Herald, por ele dirigido até o último momento, apesar de estar cego e doente.

Uma noite de cruel inverno, logo que chegou à América, Pulitzer implorara a hospitalidade num albergue que agasalhava gente pobre. Não tinha um centavo o mísero rapaz, torturado pelo frio e pela fome. O dono do albergue o enxotou e o infeliz adormeceu num ângulo da porta. Anos depois, porém, Pulitzer adquiriu a casa de onde fôra enxotado, mandou arrasar o prédio que lhe recordava a desolação daquela noite tétrica e em seu lugar mandou erguer um grande palácio, com cúpula dourada, no qual fixou a sede de seu jornal...

Um dia, o Micha estava no elevador da TV Manchete quando viu um bailarino metido num cintilante agasalho, comendo um sanduíche. Em seguida entrou um senhor de cabelos brancos que foi logo fulminando: — "É proibido comer no elevador". O rapaz que aproveitava um momento de folga nas gravações, para se alimentar, protestou: — "Comprei o sanduíche com meu dinheiro e o como onde bem entender". No que foi logo cortado pelo dono daquilo tudo: — "O sanduíche o senhor comprou com o seu dinheiro, mas o elevador comprei com o meu. E não quero que seja transformado num boteco"...

O homem de cabelos brancos era o Adolph Bloch, segundo ídolo do Micha, um milionário que dizia sempre: — "A gente nasce na pobreza para sair dela, não para ficar."

O velho judeu começou a trabalhar como tipógrafo aos 9 anos, em Kiev, capital da Ucrânia, onde nasceu. Já no Rio de Janeiro em 1926, como improvisado corretor começou a vender uns terrenos à prazo, no Leblon, com os conselhos: — "Desde que se possa comprar fiado, sempre dá para crescer. O importante é não ficar parado".

Baseado em sua própria teoria, com muito esforço conseguiu ser anos depois, dono das poderosas organizações Bloch, do qual fazem parte a revista "Manchete" e a Rede Manchete de Televisão...

A paixão do Micha, o vinho branco Maison De Ville, tanto que se tivesse um dia um jornal, conforme seu sonho, esse seria o título.

Na infância tinha sido peão de obra e só foi à escola quando estava construindo. Aprendeu tudo o que sabia quebrando a cara pelo mundo afora.

— Quando pobre enfia a mão no bolso só tira cinco dedos...

Naquele dia o Micha estava arrazado. Só se sentiu gente quando bateram no banheiro e ele respondeu: — "Tem gente!"

Resolveu sair do emprego e montar o sonhado pequeno jornal do interior de Minas Gerais, começando seu império como fizeram Pulitzer e Bloch:

— Pobre só voa quando cai da construção e somente sobe na vida quando explode o barraco...

Mas tentou um pouco tarde, já que estava contaminado pelo bem-bom. O Micha afrouxou a encardida gravata pela primeira vez e despediu-se com Maison De Ville, como só podia acontecer, sempre enaltecendo as qualidades de seus ídolos no jornalismo e sua paixão pelo vinho.

Sua última frase:

— Dia do pobre é sempre o dia seguinte...

Nunca mais ouvi falar nele. Até que entrando no Maracanã num bonito domingo de sol, dou de cara com o próprio. A primeira vez que o via sem terno e o surrado pedaço de pano enrolado no pescoço. Estava esportivo demais para seu gosto e muito à vontade. Desligado, até. Calçava tênis Topper e usava **jeans** US Top, portando numa das mãos vistosa maleta preta tipo 007, Tramontina e na outra uma garrafa de cerveja Kaiser.

— Micha, meu caro, há quanto tempo...

Perguntei rapidamente sobre seu sonhado jornal do interior, o Maison De Ville, se estava escrevendo, sobre seus planos, seus velhos ídolos e seus ideais; o judeu um tanto mudado e misterioso, com pressa desconversou.

Um crioulão de camiseta cavada, preta e vermelha, desbotada e encardida, impaciente chegou junto e simplesmente não pediu licença para entrar no assunto:

— Oh, Malaquias, vais ficar junto dos Arquibaldos ou dos Geraldinos?

O Micha encolheu os ombros e abriu os braços em minha direção; num curto tcháu deu no pé de fininho...

— Pobre só vai prá frente quando a polícia vem atrás...

Matei a charada, se Arquibaldo na gíria era o nome dado a quem sentava nas arquibancadas e Geraldino, aos que ficavam na geral, Malaquias, o nome que o irreverente pessoal dos bastidores do futebol carioca dava para o "homem da mala". Aquele que trazia a grana para o suborno.

Na saída do estádio lá estava ele entrando num camburão, rodeado de policiais. O Micha tentou esconder-se de mim mas não deu. Conformado resolveu assumir. Encolheu os ombros mais uma vez e sussurrou em minha direção:

— É a crise! E nela pobre só anda de carro quando vai preso...

SAUDADE É A MEMÓRIA DO CORAÇÃO

A época não era mais aquela em que davam um Puma zero quilômetro e ainda dobravam o salário do diretor de arte para que ele simplesmente mudasse de agência. Já entrava no tempo da galopante inflação, altíssimo custo de vida e desemprego total que viria logo depois, onde com a falta de galinha, já tinha macumbeiro usando Caldo Knorr. A dupla de criação que recebia quadrada e entregava redondinha estava tendo dificuldade para ingressar numa agência grande. A saudade, imensa, grande a dor no coração pelos bons momentos. Na padaria da Baroneza de Itu, onde encontravam-se outros profissionais da área, os dois ouviam as críticas com respeito, apesar de serem os mais velhos da roda:

— Redator, mesmo do tempo da Caneta Parker 51, ainda de gravata, passa, porque pode alegar que faz bico na imprensa conservadora, mas diretor de arte, é imperdoável, tem dó! Tão tentando tirar água do mar com balde, não vão chegar nunca lá!...

Diante das broncas, afastaram os paletós, jogaram fora as gravatas. Passaram a usar somente as camisas sociais.

Tempos depois ouviram novas críticas:

— Mesmo assim vocês ainda parecem peças de museus; são as próprias figuras dos inventores da propaganda; bonitinhos, arrumadinhos; rótulos de Rexona e Patchuli, mas cheirando a mofo! É preciso agitar as bases, alterar profundamente o visual!...

Os dois coroas animaram-se mais ainda, quando na esquina, outros publicitários comentavam sobre a bela crônica do Madia de Souza, que citava o "Pistoleiros ao Entardecer", um clássico do faroeste. Nesse filme, diante dos problemas causados por facínoras junto a uma comunidade, e não podendo recorrer aos novos talentos por razões de total eficiência mas absoluta ineficácia, os cidadãos se decidiram por recorrer aos Pistoleiros ao Entardecer; velhos **cow-boys,** rotos e sujos, meio para o bêbado, com dificuldade de locomoção, respiração ofegante, feios, mas eficazes.

Os facínoras voltavam, e agora se chamavam crise. Assim como os cidadãos daquela aldeia, sairam à busca de pessoas não apenas competentes mas capazes de resolver o problema, o mundo fazia o mesmo. O mundo, os países, as empresas, em todos os setores de atividades. As agências de publicidade, teriam que recorrer também a eles.

Velhos, meio barrigudos, alguns já calvos, outros com os cabelos brancos, mas formados na escola da prática e da habilidade. Todos possuidores de indiscutível e melhor **know-how:** pessoas que sabiam fazer com que as coisas acontecessem.

Seus dedos já não se mostravam tão ágeis, o revólver demorava um pouco mais para sair do coldre mas a cabeça continuava boa: quando o gatilho acionado, o tiro era mortal.

A idade avançando e os dois Pistoleiros ao Entardecer, não tinham ainda vencido na vida, no sentido que o capitalismo selvagem da propaganda dava. Quem sabe seria agora?

Influenciados, certos de que as agências grandes não vacilariam em recorrer a eles, resolveram mudar de vez; dos pés à cabeça! Encostaram o Prestobarba. Não titubearam em escurecer os cabelos na base do Grecin e fizeram meia permanente para dar mais charme. Embarcaram para as barrancas do rio Miranda e lá em Mato Grosso ficaram numa pescaria de um mês, protegidos pelo Copertone. Trocaram a Pirassununga e a lataria da Eskoll por um ameno regime de leite em pó desnatado Molico.

Voltaram barbudos, encaracolados e queimados do sol, dentro de desbotadas camisetas cavadas. Rústicas sandálias de couro crú, substituiram os finos Sútoris. Meteram nos ombros embornais trabalhados e deram adeus à maldita pasta preta e lustrosa que na propaganda levava o pomposo título de **portfolio.** Como a tarde estava quente, vestiram surradas bermudas para completar.

Seriam **hippys,** dupla de cangaceiros em retirada ou D. Quixote e Sancho Pança modernos? Pistoleiros ao Entardecer não pareciam muito. Chamavam mais atenção no centrão da séria São Paulo do que se fossem verdes marcianos. O redator havia trocado o elegante óculos de tartaruga pelo redondinho caído sobre o nariz. Alto e magro como um falso Lampião, sem brilho e sem a peixeira. Seu lugar tenente, o desenhista baixinho que metera uma fita na cabeça com desenhos de patinhos lembrando símbolos egípcios, atrasava um pouco os passos, balançando as pronunciadas gordurinhas que não o abandonaram de vez, apesar de todo o esforço. Atrapalhava-se com as novas alpercatas que a todo instante insistiam em sair de seus pés não acostumados com o grosseiro couro e a longas caminhadas. Atravessaram o viaduto do Chá e desceram para a praça mais conhecida como Sindicato das Bichas, onde travestidos de moderninhos causaram no meio do alvoroço todo, a maior sensação.

Apanharam um Galaxy Slims e um Hilton Flip Top que não significavam carro, nem hotel, tomaram um rápido cafezinho e em seguida um táxi. Foi só entrar na agência como a dupla de criação que havia chegado do Rio de Janeiro, para sem nenhuma consulta ao tão importante **portfolio,** conseguir emprego no ato.

Os colegas da rua Baroneza de Itú que aconselharam os Pistoleiros ao Entardecer, estavam com a razão. Porém até certo ponto. Porque a alegria da dupla excêntrica fantasiada de "futurista antigo" não durou mais do que poucos dias. Tempo suficiente para o bronzeado desaparecer dando ênfase às varizes. O pior foi quando o redator no meio da conversa deixou escapar:

— Sossega leão...

Uma gíria do tempo da Glostora.

ONTEM, HOJE E AMANHÃ. (OU, O TRABALHO MAL FEITO VAIA SEU MALFEITOR)

Existem dois lugares no mundo onde as pessoas podem falar livremente: o Hyde Park, em Londres, e a Boca Maldita, em Curitiba.

Freqüentam o espaço da Boca, jornalistas, militares da reserva, políticos, atletas, funcionários públicos, aposentados em geral e publicitários.

Foi nessa pequena quadra da avenida Luiz Xavier, no centro, composta de três cafés e algumas bancas de revistas, que nos encontrávamos nesse dia. Os anos eram os negros do regime militar, mas mesmo assim o espaço permanecia intocável.

Receoso mesmo, só o previdente paranaense que nos servia o cafezinho. Sem que ninguém tivesse perguntado nada, falou baixinho, murmurando, quase que só para ele:

— Eu heim! De ditador não acho nada — baixando cada vez mais o tom da voz — meu compadre achou, acharam ele, e nunca mais achamos o compadre...

Falávamos sobre o país e também da publicidade do passado e do futuro. O produtor, um mineirão sossegado:

— Um país é como uma empresa, só vai para frente se for bem administrado. E somente há boa administração se a pessoa gostar do que está fazendo. A fase de ouro da propaganda no Brasil deve ao fato de ter um presidente como o Juça. Do ramo, gostava do que fazia, além do que, culto, inteligente e fino. Um **gentleman** que irradiava simpatia e o mais importante nisso tudo, para mim, era extremamente modesto! Santa diferença daqueles que vieram depois: arrogantes, prepotentes, incultos. Despreparados, que foram impostos, não gostavam de governar e nem tinham capacidade. Quem só sabe obedecer não presta para mandar...

Concordei que realmente foi o melhor tempo da propaganda. Tinha serviço para todos e ganhava-se o que queria. Na opinião do produtor, só Juscelino Kubitschek de Oliveira foi Xerife o resto, Coronel...

Os anos dourados da propaganda foram de 1954 a 1964, até chegarem os militares...

A inauguração de Brasília, a meu ver, foi o mais lindo dia da publicidade brasileira. Páginas inteiras de jornais e revistas saudavam o dia 21 de Abril de 1960. Muita cor, muita mensagem de otimismo quando Brasília tornava-se a mais palpitante realidade de nossa história.

Por intermédio de sua cadeia de Rádio e TV, as Emissoras Associadas deram cobertura à inauguração. Fizeram parte da rede radiofônica, as emissoras da rede de televisão, compreendendo a TV Tupi (São Paulo e Rio), a TV Itacolomi de Belo Horizonte e a TV Ribeirão Preto. As reportagens filmadas foram transmitidas pela TV Brasília, inaugurada também no dia 21 de Abril.

Sem qualquer critério seletivo, mas visando tão somente em termos publicitários, registrar o nascimento de Brasília, comecei a citar alguns anúncios da época:

— A Thompson fez brilhantes deles. — Disse eu. — Um para a Firestone, sob o título: "A interiorização do Brasil", citando "uma das mais importantes decisões governamentais dos últimos 460 anos!" Fez também "Climax, o mais brasileiro dos refrigeradores saúda Brasília — o símbolo do progresso nacional!" Para a Albra-Alumínio do Brasil: "No momento histórico da inauguração de Brasília, Albra está presente!" Para Walita Auto-Peças: "Nasceu Brasília!" E para a Ford: "Este Ford ajudou a construir Brasília!"

A MacCann produziu outro tanto de boas peças. Preparou para a Bom-Bril "Salve Brasília, símbolo vivo da energia, capacidade e esperança de todo um povo!" Para a Nestlé lançou: "Neste 21 de Abril saudamos as 3567 crianças de Brasília". Com o nome da General Motors no rodapé: "Toque de alvorada no planalto goiano!" Para a Anderson Clayton a agência criou: "Futuro que se fez presente... Sonho que se fez realidade!" E para Tintas Coral: "Brasil, teu coração é Brasília"...

A Itapetininga criou também ótimos anúncios, "Brasília o acontecimento do século", para Móveis Teperman. Além de um que "cumprimentava o povo brasileiro pela mais nova e moderna capital do mundo — exemplo de iniciativa, perseverança e realização de um país"... E assinava: Scania-Vabis do Brasil.

A Inter-Americana fez para seu cliente, a Eucatex. "O Brasil esperou 460 anos por Brasília". A Panam lançou: "Brasília, Brasília, Ano 1", para a Pignatari. A Standar no seu anúncio para a Union Carbide citava: "Utopia, expectativa, sonho, audácia, energia, determinação, marcha, conquista, posse, trabalho, dinamismo, realização. Brasília Ano 1." E para a York, apresentava um bebê pegando todo o **layout**, com o título: "Ele hoje acordou para um Novo Brasil." A Wolf, através de sua agência, Lince, lançava sua nova linha, o Talher Alvorada!

"O futuro é nosso... e ele começa hoje!", dizia o anúncio da Champion Celulose elaborado pela Publitec. "Brasília o progresso em marcha", vistoso **layout** para o Frigorífico Wilson. E "Alvorada de um povo!", assinava a Pirelli.

A Orion preparou "Saudação à Brasília", para a Kastrup e "A um novo Brasil que surge... Brasília! — Afirmação de uma vontade indômita!", para Philco Rádio e Televisão. A Apra, para Irmãos Pugliese citava "Brasília já tem história..." A Triângulo escreveu "Chegamos com os pioneiros", para a Brafor. Enquanto a Tupinambá com o título de apenas "Brasília" homenageava a nova capital, a capital da esperança em nome de seu cliente Aços Vilares.

"No começo era apenas a fé...", fez a Multi para a Telespark de **layout** simples e de boa visualização. "No rumo do grande destino", assinava a Motores Perkins, "Marco de uma nova era!", para a Propac e com "Resposta ao paralelo 16!", a agência brindou a Vasp.

Em São Paulo fiz os **layouts** da MWJ para os clientes: Mafersa-Material Ferroviário, onde citávamos: "Três sonhos estupendos concretizados na maravilhosa realidade de Brasília, hoje incorporada oficialmente à nação..." "Na epopéia de Brasília também há Bandeirante — mais de 40 anos de pioneirismo", para Tapetes Bandeirante. "Na noite histórica de hoje estaremos contribuindo para a iluminação de Brasília", Carmos Máquinas e Material Elétrico. "Ação que significa progresso", para a Ocian, e outros.

A Dória Associados bolou: "Clark a marca de calçados mais antiga do Brasil! 138 anos, saúda Brasília a capital mais nova do mundo!" O Xerife Agripino Dória excelente redator e dono da agência, colocou a foto de seu filho, João Dória Junior, quase um bebê na época, no anúncio da própria agência. Homenageou a Capital da Esperança com o título: "Dois amigos de infância."

No texto ele citava que a criança e Brasília cresciam juntos e seu desejo era o de um Brasil próspero e rico de bens espirituais e materiais, de igual oportunidade para todos, com a sub-nutrição e o sub-desenvolvimento relegados ao passado, "e onde a vida valha a pena ser vivida. Brasil onde o pão e o leite, o abrigo e a escola, a saúde e o bem-estar, o trabalho e o recreio, a terra e o berço, o Direito e a Justiça sejam patrimônio de todos e não privilégio de alguns..."

Isto escrito em 1960...

Mal eu tinha acabado de citar os anúncios que tiveram por tema saudar aquele extraordinário acontecimento, o produtor mineiro interrompe:

— Onde está grande parte desses clientes; empresas que anunciavam com freqüência? E outro tanto das agências de propaganda citadas, que nos empregavam? E onde está finalmente, essa Capital da Esperança? De lá para cá, por incompetência e despreparo aumentaram os males da truculenta ditadura, que acabaram por comprometer irremediavelmente o futuro do país...

Como otimista, dei minha opinião de que um dia o país ainda voltará a ter sua fase áurea na propaganda.

O produtor que era mais velho do que eu e sabia mais das coisas, foi franco e duro:

— Sabe quando o Brasil vai voltar ao seu tempo de ouro da propaganda? Quando o sargento Garcia prender o Zorro! Nunca...

1986 — As mulheres fazendo musculação, os homens usando brinquinho na orelha. Nova Copa do Mundo. Novas campanhas publicitárias cheia de ardor patriótico, da Sony Betamax, a estrela da Copa e seu anúncio Brilha Brasil, nas principais revistas do país. Rádio Orelhinha, Semp-Toshiba. A BASF — Prá sempre, Brasil e a Chevrolet, a GM desejando para todos se "unirem num só grito". Mas a vitória não veio do México como não havia vindo da Espanha, há quatro anos atrás.

O grito começou na cidade de Nezahualcoyote onde o pontapé inicial foi dado, passando por Guadalajara, Querétero, morrendo logo. Silenciaram Zé da Galera, Bolada, Araken o Gol-man. Nem precisaram usar muito a novidade do Tira-Teima, a composição computadorizada da Globo.

Quem encontramos novamente no caminho? Isso mesmo, o fazendeiro-militar, eterno candidato a deputado. O latifundiário, citado páginas atrás, tentava mais uma vez; agora para a Constituinte. A mesma insistência para que nossa equipe cuidasse da propaganda de sua campanha política. Perdera tempo na anterior e possivelmente perderia na futura. Esquecera a bronca recebida há quatro anos atrás, ou sem vergonha que era, fingiu que nada tinha acontecido.

Recebeu o mesmo desabafo do Dantas, que estava mais triste, desencantado e desiludido com os anos sem militares no poder, mas a mesma mordomia e a corrupção maior do que nunca.

— Lutamos tanto para tirar os militares do poder e o que adiantou? Novos grupos de oportunistas se alojaram em todos os setores. Alguns dos componentes nem novos são... O que vemos são vereadores, prefeitos, deputados, governadores, senadores, ministros, que pouco fazem pelo povo. Ganham fortunas e quase nem comparecem a seus locais de trabalho...

Melancólico o Dantas encerrou:

— Está confirmado. Pior do que militar para governar, só o político brasileiro... Nosso país não tem mesmo solução...

Era a confirmação também da velha história do ajudante de São Pedro, no Céu, quando chiou com a proteção do mestre em separar um bom pedaço da Terra que possuía ouro e diamantes em abundância e não tinha terremotos, deserto de areia, vulcão, tufão e outras pragas. São Pedro justificou-se: — Mas você vai ver o tipo de gente que vou por ali para administrar... Os prepotentes Coronéis, que mandarão nos pobres Xerifes...

Entramos na década de 90, o que nos aguardará?...

O PATO NADA, VOA, ANDA E FAZ MAL AS TRÊS COISAS. (OU, DE COMO TROQUEI OS ESTADOS UNIDOS DA AMÉRICA DO NORTE, POR... UM LUGAR MELHOR).

— Faça uma só coisa na vida e procure fazê-la bem feita. — Dizia meu avô. — Não siga o exemplo do pato. Um bicho que nada, voa, anda e faz mal as três coisas.

Desta vez não segui o conselho do sábio. Dentro da fauna simpática faço contato, escrevo e desenho. Na área de atendimento é voz corrente de que ninguém faz contato, se redaciona ou faz **layout.** Para os redatores eu sempre fui um estranho no ninho pois devia me preocupar apenas em escrever e não ilustrar o que escrevia. Junto aos diretores de arte eu representava um cara que queria ir além, estava ali para desenhar e não devia meter-me a escrever.

Por isso entrei no bloco do "eu sozinho". Pelo menos gosto do que escrevo e admiro meus desenhos...

Como profissão então, passei de três. Sou jornalista, pintor, escritor... embora em minha carteira profissional conste: publicitário...

Talvez até devido a isso, eu tinha sido convidado a trabalhar nos Estados Unidos, mas preferi ir para outro lugar.

Que lugar seria esse? Uma Campaign Palace, uma Mojo Australia ou MCR Compton, agências de publicidade na Austrália? Uma TBWA da Alemanha? Uma Boulet Dru Dupuy Petit ou Daniel Fargeat et Associes, da França? Uma Lautrec, mais perto, da Argentina? Uma Benton & Bowles, da Itália? Ou Dentsu, Osaka, do Japão? Ou ainda uma Colenso Comunications ou Rialto Advertising, da longínqua Nova Zelândia?...

Saí de São Paulo, devido à poluição ambiental que já estava atingindo níveis insuportáveis, com toda aquela passarinhada tossindo nas árvores.

Morava em apartamento e meus filhos, no lugar do verde necessário avistavam através das janelas, apenas tufos de fuligem jogados à noite a fim de não despertar muita atenção.

São Paulo, que segundo o Faustão, é a única cidade do mundo em que você vê o ar que respira.

Dei sugestão à Prefeitura da cidade, estudar uma composição química que pelo menos deixasse a fumaça... verde. Não fui levado a sério. Nem isso consegui para melhorar a paisagem da minha terra...

Foi então que cheguei num lugar simples, para morar, pintar e escrever. Onde meus filhos passaram a ver estrelas no céu e pela primeira vez na vida, ao vivo. Tinha pracinha, belo jardim, Caixa Econômica, muitas árvores e ainda distribuíam Almanaque Capivarol nas farmácias, em ruas onde todos se cumprimentavam. Depois foram chegando Banco do Brasil, Casas Buri e Casas Pernambucanas que também não podiam faltar.

Não se tratava de nenhuma cidadezinha longe, perdida no imenso interior. E sim promissor município, distante apenas 33 quilômetros da capital paulista, ou seja do marco zero da Praça da Sé. Onde passei também a prestar assessoria publicitária às empresas locais e adjacentes.

Optei por um padrão melhor: ganhar menos e viver mais.

Isso tudo porque continuo acreditando que o valor do homem está nas poucas coisas que ele cria e não nas muitas que acumula...

Tive um problema. Morava no centro da cidade onde o progresso não demorou a chegar, e rapidamente minha garagem passou a estar ocupada com carros estacionados na frente. Coloquei uma placa: "Garagem. Não estacione". E em tamanho menor a mesma mensagem em japonês e em árabe. O que de nada adiantou, o "japa" Hiro (que eu chamava insistentemente de Hiroito e que na verdade chamava-se Hirosato) que vendia biscoitos e chocolates numa Kombi, não enxergava nem a tabuleta quanto mais o que estava escrito nela, e o Ali como já havia deixado o Líbano há muita tempo, esquecera o idioma da terra onde nascera e para ganhar bastante dinheiro não teve tempo de aprender o português...

O que chamou mais minha atenção no pequeno município, no entanto foi o código de postura que encontrei na Prefeitura durante a visita ao prefeito, meu amigo.

Nele continham proibições como: É proibido lavar roupa no chafariz. E na cidade não havia chafariz nenhum. É proibido assistir aos espetáculos de chapéu à cabeça. E ali ninguém usava mais chapéu. É proibido conduzir carro de bois sem guieiro. E não vi boi, a não ser em açougues.

Se bem que eu não devia estranhar muito, porque o Código de Caça, brasileiro, desde 1943 estabelece em sua letra G, que: É proibido caçar no Jardim Zoológico!...

E, como eu sabia também que em Pine Island, no Estado de Minnessota, nos Estados Unidos, os homens ainda são obrigados por lei, a tirar o chapéu quando passam por uma vaca.

Que na Califórnia, é ilegal descascar laranjas nos quartos de hotéis.

Ninguém pode amarrar um crocodilo a um hidrante, em Michigan.

Há penalidade severíssima para quem dormir numa banheira em Detroit.

Em Waterville, no Maine, é proibido assoar o nariz em público.

Elefantes não podem beber cerveja, em Natchez, Mississipi.

Depois que o sol se põe não se compra mais amendoim no Alabama.

E ai, de quem, em Minnessota, pendurar no mesmo varal roupas íntimas masculinas e femininas...

Analisei tudo e cheguei à conclusão de que em matéria de leis absurdas e proibições esdrúxulas os Estados Unidos ganhavam longe. Foi então que resolvi ficar mesmo em Itaquaquecetuba...

GLOSSÁRIO DE PUBLICIDADE INGLÊS-PORTUGUÊS

Account Executive — Contato, representante.
Air Brush — Aerógrafo.
Art Director — Diretor de arte.
Background — Fundo musical, de desenho ou de cenário.
Blow-up — Ampliação fotográfica.
Boom — Girafa, um guindaste móvel usado em TV.
Box Set — Paredes de cenário.
Boy Sales — Jornaleiro.
Briefing — Instruções sumárias e finais.
Bristol Board — Cartolina Bristol.
Broadside — Folhetão, folheto-cartaz.
Brainstorming — Traduzida ao pé da letra seria Tempestade Cerebral, mas em publicidade é uma reunião criativa.
Camera Mixing — Câmara do **switch** (mesa de controle).
Camera Shots — Ângulos de câmara.
Chain Break — Intervalo comercial.
Copyright — Direitos autorais.
Copywriter — Redator.
Cover — Capa.
Diorama — Diorama (cenários em miniatura).
Display — Expositor (peça promocional).
Dolly — Carrinho usado para mover a câmara de TV.
Free Lance — Profissional independente (redator, desenhista etc.), autônomo.
Full Time — Tempo integral.
Hot-Shop — Loja quente. Denominação que os norte-americanos dão a agências muito criativas.
House Agency — Agência da casa.
House Organ — Jornal de empresa, periódico empresarial.
Ilustration Board — Cartão para ilustração.
Jingle — Anúncio gravado em forma de música.
Layout — Esboço.
Lettering — Letras.
Letter Spacing — Espacejamento de letras.
Logotype — Logotipo.
Make-up — Diagramação.
Marketing — Mercadologia, comercialização.
Media — Departamento que cuida dos veículos publicitários como jornais, rádios, TVs.

Media Survey — Pesquisa de média.
Merchandising — Merceologia. Parte da ciência do comércio que se ocupa especialmente da compra e venda.
Moviola — Moviola, aparelho para editar filmes cinematográficos.
Mr. and Mrs. Show — Sr. e Sra. Show (programa onde atua um casal).
National Advertising — Publicidade nacional.
Outdoor Advertising — Publicidade ao ar livre (cartaz de rua).
Outdoor Advertising Plant — Empresa de anúncios ao ar livre.
Pan — Panorâmica, movimento da câmara de TV.
Past-up — Colagem, montagem.
Proof — Prova.
Props — Artifícios. Material, cenários para cinema e TV.
Rate Class — Tabela de preços dos horários de rádio e televisão.
Release — Noticiário para imprensa. **(Press Release).**
Rough — Rascunho, esboço preliminar.
Signature — Prefixo musical.
Slide — Transparência, quadro fixo ou dispositivo.
Script — Roteiro, em rádio e TV.
Script Writer — Redator de roteiro, em rádio, TV ou cinema.
Sound Track — Trilha sonora.
Speedball — Pena metálica para desenhar letras.
Spot Announcements — Anúncios locais, em rádio ou TV.
Standar Advertising Register — Manual de Publicidade.
Stop Motion — Parar o movimento (técnica de produção de filmes em TV).
Story Board — Roteiro ilustrado.
Stripping — Recortes, montagem em filmes de fotolito.
Talent Cost — Custo de artistas.
Teaser Campaign — Campanha de expectativa, insinuante, provocativa.
Theme — Tema (TV).
Time Signal — Sinal para começar (gongo, hora certa), em rádio ou TV.
Traffic Departament — Departamento de tráfego da agência.
Trainne — Estagiário.
Trow a Cue — Dar a deixa, tanto na TV quanto no rádio.
VT — Video-tape, vídeo-fita.
Wipe — Em TV, apagar as cenas, dissolver.
Zoom or Zoom in — Lente de aproximação, ou afastamento, denominada Zoomar.

Obras de **RENATO IGNÁCIO DA SILVA**

"Natureza morta. História viva".
(Que ligações possuiam as personalidades mais importantes do mundo com a "Floresta Encantada"?).

"Amazônia, paraíso e inferno!"
(O que é a Amazônia. Como sobreviver na selva e no mar).

Ecologia

Destruição

"Selva Assombrada"
(Contos. O cheiro da terra, o perfume da mata. A vivência com índios, sertanejos e seus costumes).

"Pantanal Silencioso".
(Novela mostrando a destruição do Pantanal matogrossense).

—esplendor e agonia do último mundo verde.

PANTANAL SILENCIOSO

—esplendor e agonia do último mundo verde.

Cada espécie animal ou vegetal tem seu espaço no planeta, o **habitat**, como o tigre na selva, o urso no gelo, o camelo no deserto. O único bicho que não tem ambiente específico é o homem. Um intruso. Vem de fora, é incompatível e essencialmente inadaptado. Um ser a parte no mundo animal, não leva vida natural, precisa cozinhar para se alimentar e construir para poder habitar. Não dá valor ao ar como a andorinha, nem tem respeito pela água, como o peixe. O homem, totalmente desadaptado à Terra, é um estranho no ninho da mãe natureza, por isso não a respeita...

E o pior é que ele está esquecendo-se de que ao vir para o mundo, não foi jogado no deserto. Prepararam antes um belo jardim a fim de recebê-lo, onde não faltavam frutos delicioso, rios de águas cristalinas e peixes; aves e animais. A terra árida, não é fatalidade. As áreas sem vida, de hoje, são obras do ser humano.

O planeta sobrevive sem o homem. Melhor até. O homem é que não sobrevive sem o planeta.

Infelizmente o ser humano ainda não percebeu que devastando a natureza que o rodeia, está destruindo a si próprio...

RENATO IGNÁCIO DA SILVA

PEDIDOS: CATAVENTO DISTRIBUIDORA DE LIVROS · R. CONS. RAMALHO, 928 · FONE: 289-0811 (PBX) · SÃO PAULO

Uma edição: **RENIG** - Rua Capitão José Leite, 160-B.
Centro - Itaquaquecetuba - Cep. 08580 - São Paulo - Brasil

Renato Ignácio da Silva não necessita de apresentação pomposa.

É escritor que à cada trabalho, automaticamente nos transporta com armas e bagagens.

Possui o dom de transmitir em estilo simples, tamanho realismo e perfeição nas cenas, que nos coloca num passo de mágica, no sertão. Onde reforçado de grande criatividade não só sentimos o cheiro da terra, o perfume das matas, como passamos a viver no meio de índios, sertanejos e seus costumes.

Desta vez é a Amazônia com assombro.

Sem dúvida o Autor é dos melhores conhecedores da selva. Atestam isso seus amigos sertanistas, entre eles os irmãos Villas Boas. Cláudio prontificou-se a escrever a "orelha", enquanto Orlando prefaciou, este "Selva Assombrada", livro de ficção, da melhor qualidade.

selva assombrada

renato ignácio da silva

CAPITÃO PIRANHA

A FLOR TROPICAL QUE TÃO RAPIDAMENTE SE FIZERA EM BOTÃO, MURCHAVA, DESBOTAVA-SE E CAIAM-LHE AS PÉTALAS...

O estilo de Renato Ignácio da Silva, é o atual romance-verdade, onde a realidade se funde com a ficção; se combinam o trabalho exato em todos os detalhes da pesquisa e as técnicas do romance. Narrativas de acontecimentos, reais, beneficiando-se do esforço em profundidade do ficcionista, da dramática força da obra de imaginação, com fascinantes resultados, conforme os leitores poderão observar

O Autor foi muito original ao colocar nomes dos personagens de acordo com os tipos que operam na região. A começar pelo terrível aventureiro e destruidor implacável Serrasalmus Rhombeus, o Capitão Piranha. Passando ao parasita Mahanarva Posticata, às moscas Callitroga Americana, Callitroga Macellaria e o piolho Pthirius Pubis. Mavutciním é o nosso herói, acompanha-no no verde palco, sua mãe, a bela índia Maici, o covarde índio-caolho Umbé, o valente mateiro Marráio, o crioulo Boca de Alpargatas e até a simpática cobra Geralda Sem Dentes.

Se o leitor não for da Região Norte, ficará sabendo o que é um paneiro ou um xerimbabo e se deliciará com uma mixira bem feita. Evitará um candiru mas não uma jaquitiranabóia, cujo nome assusta. Se protegerá isso sim, contra o ataque de um "potó", de um "bizogó", de um "lambe-olho". E com muita certeza evitará também de perto, um "tinga", um "curuá" ou um "açu". Saberá o que é uma "viração", o que é pescar de "bubúia", desviando-se do "banzeiro" e fugirá principalmente de um "banho de piranha".

O livro mostra ainda, o prejudicial trabalho de alguns religiosos, no futuro dos indígenas. As experiências norte-americanas na Amazônia. Do silicone aplicado nas índias, provocando descoloração da pele e gangrena, ao Taquiflexil, droga derivada do veneno curare. Esta última para desenvolver métodos que produzissem fundas cicatrizes mentais e nenhuma lesão física. Passando pelo uso indevido do DIU.

No Jovanka Zôo, os animais são as maiores vítimas. Em macacos são testados toxinas de mariscos podres, ingredientes que ainda não existe antídoto conhecido. Nos laboratórios da selva estudam poderosos venenos em cuja composição entram além de moluscos, peçonhas de serpentes, aranhas e escorpiões.

Misturas com DDT e outros inseticidas, passam para as plantas. Destas são levadas para o ar e para a água, atingindo toda a flora e a fauna da região, que juntamente com a irracional derrubada das matas, tudo leva para a criação de um deserto a mais no planeta.

natureza morta. história viva.

O autor é historiógrafo, romancista, contista, novelista, cronista e biógrafo.

Nesta história sobre a História, Renato Ignácio da Silva novamente nos brinda com seu saber invejável, construindo obra de superlativo valor. E grande utilidade para os jovens tomarem conhecimento do que foram as vidas ilustres do passado. Lutas e conquistas. Onde mais de 100 biografias de personalidades das mais importantes do mundo, em todas as épocas, são apresentadas com inteligente criatividade.

"Natureza morta. História viva.", é instrutivo e alertante. Na forma de ficção é exposta a verdade cristalina. O autor como sempre fiel a linha ecológica defende a preservação da Amazônia — mais importante e rica expressão da natureza no globo terrestre.

Nenhum problema ambiental a nível mundial é tão grave quanto a devastação da floresta tropical amazônica...

Quando as borboletas desaparecem é sinal de que a natureza e o homem estão ameaçados. E os acampamentos dos lenhadores destruidores da mata sagrada estavam cercados somente de moscas e mosquitos...

Para o admirável autor de "Natureza morta. História viva.", fusão da ficção com a realidade — a Amazônia é obra-prima da criação, um dom de Deus. — Por isso ele a defende como ninguém, da dilapidação e destruição, procurando manter a mata sagrada de riqueza natural, intacta com lendas e segredos.

O livro de Renato Ignácio da Silva, revela a devastação da "Floresta Encantada" em aterrorizante ritmo, brutal e irracional. Uma das maiores ameaças que pesam sobre a humanidade. Objeto de forte cobiça internacional, pelo seu fantástico potencial de recursos naturais — minerais, energéticos, madeireiro, biológico etc.

Mas que ligações possuiam as figuras importantes do passado, com a destruição daquela selva misteriosa?...

O valoroso trabalho literário traz à luz, fatos que ao longo do tempo foram se perdendo e que de vez em quando precisam voltar à tona, por medidas de precaução. Como citando a passagem da tentativa de posse da nossa Região Norte, que só não se concretizou porque foi iniciada a guerra da Secessão nos Estados Unidos. Se tal não ocorresse, hoje talvez a Amazônia pertencesse aos norte-americanos, como da mesma forma eles se apossaram da Califórnia...

renato ignácio da silva

PEDIDOS: CATAVENTO DISTRIBUIDORA DE LIVROS · R. CONS. RAMALHO, 928 · FONE: 289-0811 (PBX) · SÃO PAULO

Uma edição: **RENIG** - Rua Capitão José Leite, 160-B.
Centro - Itaquaquecetuba - Cep. 08580 - São Paulo - Brasil

AMAZÔNIA
paraíso e inferno!

de

RENATO IGNÁCIO DA SILVA

Êste livro foi escrito com a cooperação da Fôrça Aérea Brasileira. Tem êle uma finalidade exclusiva: — auxiliá-lo em uma emergência, facilitando sua sobrevivência e seu salvamento, na Amazônia ou qualquer região do Brasil, como também sôbre o mar, ao longo da costa brasileira. Embora feito especialmente para a maior região florestal do globo, os conselhos aqui emitidos e as regras de sobrevivência servem para tôda parte do mundo, o mesmo acontecendo com os códigos de sinalizações apresentados, pois são internacionais.

O presente trabalho abrange as condições de emergência que podem ocorrer logo após um acidente aeronáutico. Os ensinamentos se referem às medidas que deverão ser tomadas pelos sobreviventes quer em terra quer no mar. E os meios de sobrevivência, isto é, como conhecer e utilizar os recursos naturais da região, tanto terrestre quanto marítima, o uso correto do equipamento de sobrevivência etc.

XARANA
Viagem ao desconhecido

"XARANA. Viagem ao desconhecido.", é sem exagero, obra das mais perfeitas entre as jóias da ficção científica brasileira. Encerra dez excelentes contos do consagrado escritor. Primorosas viagens sob uma visão singular do autor de tantos sucessos.

Renato Ignácio da Silva, com vistas ao futuro, numa atmosfera de mistério constrói neste livro um mundo interessante e diferente. Seu estilo preciso e marcante funde magia e realidade, conteúdo humano e social.

NO ESPAÇO NÃO ESTAMOS SÓS... RENATO IGNÁCIO DA SILVA

Durante muitos séculos, os homens viveram iludidos em seus pequenos mundos. Pensavam estar sós, inteiramente sós, em suas minúsculas civilizações. Eram homens ilhados. Robinsons Crusoés coletivos, satisfeitos e orgulhosos da solidão. Mais tarde, descobriram a existência de outros homens, de outras civilizações ao seu redor. E então apelaram ao rei da Guerra, a terrível divindade do extermínio. Aquela mesma que, na Bíblia, recebeu o nome de Deus dos Exércitos. Foram precisos a vida e o sacrifício de Jesus, pregando e vivendo uma vida realmente humana, para que as pequenas e atrevidas civilizações ilhadas começassem a soletrar, muito lentamente, o alfabeto da solidariedade fraterna.

Mas, uma vez comprovada a existência de uma só Humanidade, em toda a Terra, foi fácil ao homem encontrar uma escapatória para o seu orgulho. Bastou ilhar-se no Cosmo. Inventou que o Universo inteiro, cujas proporções não podia sequer imaginar, existia apenas para rodar em torno do nosso planêta. E dessa época até hoje, milhões de criaturas, não obstante as provas lógicas e científicas em contrário, sustentam que a Terra é o único mundo habitado por criaturas inteligentes. Fora deste planetinha orgulhoso e tolo, bamboleando no espaço como um grão de areia num vendaval do Saara, não existe e não pode existir qualquer outra espécie de Humanidade.

Monteiro Lobato disse, certa vez, com a sua graça habitual, que somos semelhantes a bichos de goiaba, orgulhosos de só existirem bichos na sua goiaba. E é para contradizer esse orgulho estúpido, inteiramente destituido de fundamento, que Renato Ignácio da Silva lança êste livro copérnico: "No espaço não estamos sós..." A sorte de Ignácio é que os astronautas já andam pelo espaço cósmico, e as fogueiras medievais estão apagadas. Isto lhe dá liberdade para proclamar sem medo, que somos simplesmente uma população de subúrbio. A Terra pobre mundinho sublunar, é uma espécie de aldeiazinha de botocudos na imensidade cósmica.

Um livro empolgante, ilustrado com desenhos do próprio autor e que atualiza o leitor com a era espacial.

Herculano Pires

"No espaço não estamos sós...", de Renato Ignácio da Silva. Membro da Sociedade Interplanetária Brasileira e do Instituto Brasileiro de Astronáutica e Ciências Espaciais, o autor revela-se neste livro profundo conhecedor das últimas conquistas da Ciência no empolgante capítulo da vida espacial. Para compô-lo, recorreu às mais importantes fontes contemporâneas de estudos e pesquisas. O que essas instituições verificaram, quer através de estudos científicos, quer mediante experimentação quotidiana, aqui está em resumo — o que torna o livro do sr. Renato Ignácio da Silva altamente proveitoso para tôda sorte de leitores.

Em verdade, não há, nos nossos dias, assunto mais fascinante. Haverá vida em outros planetas? A resposta é, em linhas gerais, afirmativa. Não se trata da "nossa" vida, da vida tal como conhecemos na Terra — mas, sem dúvida, de uma forma diversa dela.

Nas várias galáxias que compõem o Universo há bilhões de planetas mais importantes que a terra! Não seria estúpido imaginar que só neste mísero grão de areia é que a Vida se desenvolveu no curso de milhões de anos? Tais são os problemas para cuja solução eminentes sábios trabalham, conforme lemos neste fascinante e notabilíssimo volume.

General Berilo Neves

O livro "No espaço não estamos sós...", do sr. Renato Ignácio da Silva, se destina a popularizar valiosas noções, a respeito dos mais recentes e sensacionais avanços do conhecimento humano, em domínios extra-terrenos, até há poucos anos apenas objetos de engenhosas conjecturas. No entanto, apesar da despreocupação do estilo, em linguagem acessível ao homem de mediana cultura, o texto se lê como se fôra novela fantasista, de tal maneira se repleta de revelações e descobertas que desafiam a mais arrojada imaginação.

A fria exatidão dos cálculos, eriçados de cifras, empregando a linguagem quase aflitiva de quantidades "astronômicas" — sem eufemismo — relega para trás as mais audazes façanhas sonhadas ingenuamente, no comêço do século, por Júlio Verne e H. G. Wells.

Gigantescas experiências, no campo da exploração do Cosmos, pelas duas nações mais interessadas em liderar êsses assuntos e conquistar a glória pioneira — os Estados Unidos e a União Soviética — para isto não recuando ambas, ante a perspectiva e necessidade imediata de enormes dispêndios e esforços humanos. Percorridos todos os caminhos dêste globo sublunar, os cientistas agora se voltam para as regiões interplanetárias, sonham estabelecer comunicações com outros sêres, habitantes prováveis de outros sistemas solares.

A leitura do livro é, assim cheia de interêsse e palpitante sensação de "suspense", como costumam apresentar as obras de gênero menos sério, por simples gratuidade. E acontece que estamos, aqui, diante duma casta de cientistas que nada afirmam sem a mais sólida e inabalável certeza.

Alvaro Augusto Lopes

"No espaço não estamos sós... "é sem dúvida alguma de grande utilidade para quem deseja aperfeiçoar seus conhecimentos sobre astronáutica e possível vida em outros planêtas. Trata-se de um tema que vem apaixonando o mundo todo, pois nunca esteve tão em foco como na atualidade, graças a forte competição, por enquanto apenas científica, entre as duas maiores potencias do globo.

O autor, dotado de farta documentação e de invulgar espírito de pesquisa e observação, disserta em suas páginas, sôbre os feitos daquelas duas nações, que vem deixando o mundo atônito.

O problema da vida nos demais planetas, que assumiu notável incremento nos últimos tempos tem preocupado e bastante, não só os homens de ciência, mas também os adeptos da Parapsicologia.

É, pois, digna de louvor essa belíssima contribuição do jovem escritor, que, aliás, como perfeito conhecedor do tema a que se dedicou, apresenta comentários que prendem a atenção do leitor.

Realçamos dessa bela e utilíssima obra, os capítulos sobre as previsões de Robert Heinlein, sonhos premonitórios, telepatia extra-terrena, parapsicologia, discos voadores, o "caso Mantell" e a dolorosa história do ex-major Claude Eatherly, co-responsável pelo lançamento da bomba atômica sôbre Hiroshima.

São páginas que nos predispõem a sérias meditações quanto aos destinos da Humanidade. As ilustrações, do próprio punho do autor, valorizam bastante a obra.

Com os meus parabens ao jovem e talentoso confrade, é com prazer que recomendo a leitura de "No espaço não estamos sós..." pelo muito de grande interesse e curiosidade que nele se encontra.

Jacob Penteado

PEDIDOS: CATAVENTO DISTRIBUIDORA DE LIVROS · R. CONS. RAMALHO, 928 · FONE: 289-0811 (PBX) · SÃO PAULO

Uma edição: **RENIG** - Rua Capitão José Leite, 160-B.
Centro - Itaquaquecetuba - Cep. 08580 - São Paulo - Brasil

XERIFES

Luta e muita alegria
entre a encantada
fauna publicitária

&

Romântico mundo
privilegiado
de gênios

CORONÉIS

RENATO IGNÁCIO DA SILVA

"**No espaço não estamos sós...**"
(Estudo sobre o espaço cósmico e seus mistérios).

"**Xarana. Viagem ao desconhecido**".
(Aventura, suspense, num mundo interessante e diferente).

CONHEÇA BEM SUA TERRA,
PARA TER O QUE CONTAR NO ESTRANGEIRO...

Ecologia

Destruição

Uma edição:
RENIG - Rua Capitão José Leite, 160 - B.
Centro - Itaquaquecetuba - Cep. 08580
São Paulo - Brasil.

PEDIDOS: CATAVENTO DISTRIBUIDORA DE LIVROS
R. CONS. RAMALHO, 928 · FONE: 289-0811 (PBX)
SÃO PAULO

"**Capitão Piranha**"
(Romance. Nada que o homem fazia contra a natureza, ficava sem resposta).

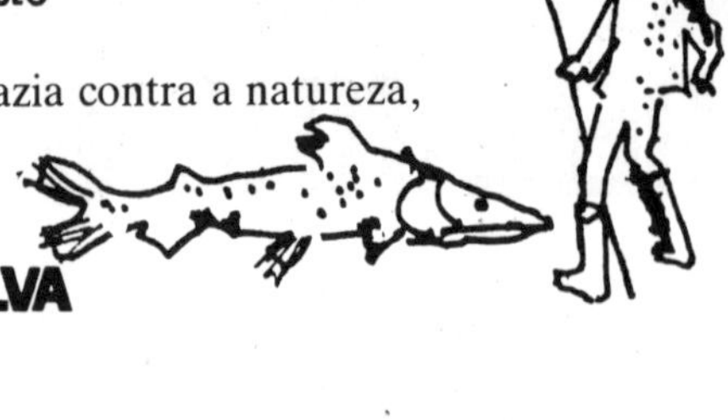

Obras de
RENATO IGNÁCIO DA SILVA